速玉の謎

城戸 舟行
KIDO Shukou

文芸社

速玉の謎

目次

序章　食客の誕生……6

第一章　方士徐氏一族……8
一、徐名《じょめい》が来る　8
二、金山鎮「三兄弟」　10
三、趙湖村に強盗が現れ　13
四、清貧に甘んずる徐家の家計　16
五、「三兄弟」の成長　18
六、不意の客　22
七、東渡を拝命　29
八、琅邪台　36
九、思いがけない懇願者　42
十、運命のいたずら　48

第二章　人知れず徐福の苦心……54
一、徐福の覚悟　54
二、苦い思い出再び　60
三、使者視察　64
四、千里有縁（千里に縁あり）　72
五、徐福の葛藤　78

第三章　天涯の旅路……85
一、東渡の聖旨　85
二、出航用意！　91
三、「神仙」の島へ　97
四、航路の選択　101
五、海男　109
六、一海渡り　116
七、ここは「蓬莱島《ほうらいとう》」？　119

八、時空を飛び越えて（タイムスリップ）　126
九、以心伝心　133
十、三番船沈没　140
十一、浮盃の再会　145
十二、魚心あれば水心　152
十三、「蓬莱」の先着者　156

第四章　徐福「蓬莱」で生きる……………160
一、「高良郷」誕生　160
二、四海之内皆兄弟　165
三、異国の地に生きる　170
四、「国」作り　172
五、案ずるより産むが易し　176
六、高良の入居　181
七、蛤岳《はまぐりだけ》の日出《ひので》　185
八、水がほしい！　192

九、不老不死の薬草　195
十、徐福の困惑　199
十一、徐福受難　204
十二、思い出の山　211
十三、故郷が恋しい　214
十四、高良郷第一号住民誕生　219
十五、第二の郷に別れを告げる　225

第五章　徐福華夏に帰る……………231
一、徐福帰国　231
二、懐かしい故郷　238
三、宰相李斯　246
四、造船に力を注ぐ　252
五、密かに東渡の用意　255
六、焚書坑儒（書籍を燃やし、儒者を穴に生き埋め）　263
七、高紅が逝く　268

八、淇県の思い出　275
九、宰相の思い　282

第六章　徐福再び東渡……291
一、故郷よ！　さらば　291
二、帝国終焉　296
三、大船団の運命　301
四、再び「蓬莱」の土を踏む　305
五、意外な闖者　310
六、陸をさがせ！　315
七、七年振りの再会　321
八、三根郷の成長　327

第七章　修羅場をくぐり抜ける三船団……332
一、第三船団の運命　332
二、一難去ってまた一難　339
三、おまえらは海人《うみと》？　344
四、世紀を超越した人の絆　349
五、倭の地に第三船団上陸　356
六、「仙境」を切り開く　360
七、山人（仙人）の人々　365
八、徐善が婚約？　373
九、第一船団上陸　378
十、千里之行始於足下　384
十一、親子再会　391

第八章　徐福「平原広沢」の民となる……399
一、寝耳に水　399
二、四年振りの再会　404
三、新宮の誕生　410
四、黄泉《よみ》の国　416
五、富士山を登る　420
六、徐福帰郷　425
七、策士張良　428

八、故郷に再び別れを告げる　432
九、速玉の名とは　435
十、タツの思い出　439
十一、高良とスミレ再会　442
十二、人間到処有青山（人間到る処に青山あり）　446
終章　徐福は人々の心に生きる……………452

速玉の謎

序章　食客の誕生

西暦前八世紀、昔の中国、西周という宗主国の力が弱まり、二百以上の都市国家は独立し、乱戦の次ぐ春秋戦国時代の幕が開けた。それからの五百五十年の間、激烈な戦いが繰り広げられ、中国全土は焦土と血の海と化した。

世襲利権（領地や地位）を持つ諸侯、貴族たちは、自衛と力を誇示するための手段として、ひそかに人材（食客）を集め始めた。これが「養士」（士を養う）の始まりである。この「養士」から食客が誕生した。

「食客」とは、諸侯、貴族、豪族といった「主人」に養われて、主人に尽くす人のことであり、「門客」あるいは門下の客とも呼ばれた。かれらは、「只知有家、不知有国」（家があることのみを知り、国があることは知らず）として、「家主」に対してのみ忠誠を誓っていた。

「食客」の中には、学士、方士、術士、策士、占い師のほかに、道士や呪術士、風水師、祈とう師などもおり、まさに寄せ集めの集団であり、政治塾のようなものだった。

戦乱が激しくなるにつれ、諸侯貴族たちは、国の運命を占い、策略を練り出すため、積極的に「食客」の知恵を取り入れ、時に用心棒や刺客まで「食客」にやらせるようになった。こうして、「食客」

という人間集団が誕生した。

戦国四君子と称される斉の孟嘗君《もうしょう》、魏の信陵君《しんりょう》、楚の春申君《しゅんしん》と趙の平原君《へいげん》は多くの食客を抱えていることで知られており、秦の呂不韋《ろふい》も三千名の食客を養っていた。

数千人の食客は国々に散らばり、春秋戦国時代の動乱の中、一大新興勢力として、いろいろなところで活躍し、注目を集めた。

郡県制、土地制度、法治国家の基盤を作った秦の商鞅《しょうおう》は魏の公叔座《こうしゅくざ》の門下生であり、伍子胥《ごししょ》将軍は呉王闔閭《こうりょ》の門下行人であった。秦王の暗殺未遂事件の際、命を落とした荊訶《けいか》は燕の田光《でんこう》の食客であり、兵法家の孫武は呉王闔閭の門下客であった。そして、秦の統一後に宰相になった李斯《りし》は呂不韋相国の門下生であった。歴史の表舞台で彼らは紛れもなく名高い食客であった。

彼らとは対照的に、不本意に食客として召集され、権力者にこき使われ、名も残すこともなく、一生を終えた者もいた。また、その中のごく一部には、彼らが積み上げた功績により、後世の人々から尊敬され、伝説となり、神のようにあがめられた人物もいた。その伝説となったある人物の足跡をたどり、彼の偉業に光を当てていく。

第一章　方士徐氏一族

一、徐名《じょめい》が来る

徐氏一族の先祖は禹《う》帝九世の子孫伯翳《はくえい》から始まり、その次男若木が徐の地に封じられ、東夷の徐の国の王であった。また、三十二代目の偃《えん》王徐誕は運河の創始者である。

偃王は周辺三十数カ国から朝貢を受けるほど、厚い人望があったが、彼は、周王朝になってからも、前商殷王朝に対する忠誠心を捨てきれず、周穆《ぼく》王を襲うことまで考えていた。これが周穆王の怒りを買った。

西暦前九二六年、周穆王はひそかに楚と連合軍を組み、徐の国に攻め込んだ。徐王は彭城《ほうじょう》（徐州）武原県東山で戦死した。後に、この山は「徐山」と呼ばれる。周穆王は徐の国の管理を偃王の子孫に託したが、西暦前五一二年、徐の国は、南隣の呉国に滅ぼされ、千年余り徐国の歴史は、幕を下ろした。こうして、かつて、貴族上位の「諸侯」（公）だった徐一族は、貴族禄位の一番下の「士」に転落した。

だが、徐氏一族はどん底に墜ちても、凛として「士」の身分を固く守り続けた。一族は学問と教養を忘れずに、方士を家業として乱世を生き抜いた。

徐名は、幼い時から、私塾の成績が優れていた。河南地区偃師一帯で、徐名の評判は高かった。彼は十八歳になる前に一人前の方士となった。

ある日、彼はいつも通りかかる池で、ナマズがビクビク泳ぐ姿をみた。また、その夕方、血のような夕焼けが目に映った。帰り途に、彼は一人の老人に告げた。「近々、地震があるよ」と呟いた。その二日後、本当に地震があった。「あの若者は徒者ではないな」周辺にそのうわさが広まった。

同じ州内の琅邪《ろうじゃ》郡に、赤痢が流行した時、彼は父と相談して、馬車に倉庫にある薬草を積み、赤痢流行地域へ出向いた。十日ほど寝泊まりして、治療に当たった。彼の努力の甲斐もあって、赤痢を撲滅した。若い方士の献身ぶりは、皆を驚かせた。

徐名は「政《まつりごと》」について、父から聞くことはほとんどなかったが、秦が隣の韓、趙、魏の周辺諸国を攻め、激戦が続いていたころ、父の口から、時勢を傍観している斉を心配するように、ポツポツと国の興亡について語られるようになった。

父から、役人という仕事は、われわれ一族には縁がないぞと、耳が痛いほど聞かされた。しかし、父の教え子には郡丞（県の上、地区の副長官）や県守（知事）になった人もいるのに、どうして、徐一族の人は役人になれないのかと疑念を持っていた。「一度役人になってみるか」と若さに任せ、欲を出した。試しに彼は、郷試、郡試で、すべてトップをとり、「郡守にでもなってやろうか」と夢を膨らませた。しかし、郡試結果発表の掲示板では、彼は琅邪郡贛榆《かんゆ》県の県丞（副県守—副知事相当）に命じられた。心で泣いて徐名は家族を連れて贛榆に赴任した。

贛榆県で、県丞の徐名は県の仕事をほとんど任された。報告書の作成や整理、通達の伝達や指示、人事事案の処理、告示の作成など、仕事は山積みだった。

徐名に対する評判もよく、彼を訪ねる人も多かったが、県守にとって、あまり面白くはなかった。ある会合で、「皆さん、この県丞は《虚名《すゆいみん》》ではありませんぞ、正真正銘の《徐名《すゆいみん》》でございます。彼こそ、あの有名な運河発明者徐偃王の子孫ですぞ」などと言い触らしていた。暗に「この徐名は、逆賊の子孫だぞ」と言わんばかりに。徐名の堪忍袋の緒が切れた。「烏紗帽」（役人が被る帽子）を脱ぎ捨て、彼は役所をあとにした。

その後、彼は妻のふたいとこの趙貴を頼りに、趙湖村にやって来て、隣村徐阜村《じょふそん》に移り住んだ。

二、金山鎮「三兄弟」

趙貴一家は、もともと、徐家と同じ一族だったが、徐偃王没後、趙に名前を変えた分家の人たちが、徐の地に留まった。趙貴はその分家の子孫である。

趙家は祖父の代に作った造船場を受け継いでいる。その昔、海進があって、海が近くにあったから、造船の商売が繁盛していたとよく祖父からの話を聞かされた。

　趙貴は父の跡を継いで一家の当主となっていた。趙貴夫婦のほか、年老いた母、長男の趙豊と二歳年下の娘趙珉の五人家族であり、造船場の職人や、家事手伝いや使用人など合わせると二十人ほどの大所帯である。大きな構内には、母屋を挟んで、東西両側に使用人らの長屋や予備部屋がある。広い屋敷が、村の南西地区の一区画を占めている。趙貴の家は中国の昔の三合院建築（中庭に東西北の三面に建物と土壁で囲んだ建物群）である。

　趙貴家の南東一角には、高祥一家が住んでいる。

　高祥は代々呉（江蘇省呉江市一帯）で造船業を営んでいた。父の代、度重なる戦乱の中、造船場は焼けてしまい、職人もほとんど辞めてしまったため、会社の経営が成り立たなくなった。高祥は船大工の腕を頼りに、各地の造船場を転々とした。贛楡にいた頃、彼は酒場で偶然趙貴と知り合った。同じ造船業者の二人は、いつも船の話に熱くなる。趙貴は腕の良い、純朴な高祥を強引に誘い、造船場で働くようになった。高祥一家は趙湖村に移り、趙貴の隣に、四間房（大部屋四つ）の広い家を建て、造船場で仕事し始めた。高祥は造船場の大番頭と現場の親分となり、造船場のすべてを任された。

　金山鎮趙湖村の南隣りの「南岡《なんこう》」と呼ばれていた小高い台地に、約二百人の集落があった。集落に徐氏の人が七割以上もいたため、「徐岡《じょこう》」と呼ばれ、さらに、「岡」と同義の「阜《ふ》」に替え、「徐阜村」と呼ばれるようになった。徐名がこの「徐阜村」に移り住んだのは、西暦前二八三年頃だった。

　徐名と趙貴は同じ年、高祥は一つ下。年頃の三人は顔馴染みで、県府で勤めていた徐名とは、よく贛楡で酒を交わした。徐名が徐阜村に来てから、三人は一緒に楽しい酒を飲み、海釣りや川釣りにも行った。時に、山に登り、薬草採取もした。間もなく、意気投合した三人は義兄弟の契りを交わし、金山鎮《きんさんちん》三兄弟が誕生した。

長兄の徐名、次兄の趙貴と弟の高祥である。

父が亡くなったあと、趙豊は造船場の経営を継ぎ、高仁も父の後に、造船場の番頭と現場の親方を継いだ。

徐阜村の徐隆一家は、士族出身であり、官位でいえば、貴族の中、王、公、卿、大夫、士の一番下にあたるが、王の分家は公（諸侯）、公の上位家臣は卿、公の分家は大夫、大夫の分家は士族である。一番下の士族といっても、庶民（農民）、工商（商人）と奴隷とは、明らかに身分が違う。

徐阜村が大きくなるにつれ、徐名は村の最長老の一人になった。徐名方士は、戦乱から逃れ、嫌な都会生活を離れ、このへんぴな田舎で、静かな暮らしに満足している。野に下って、数十年の歳月が過ぎていた。

西暦前二三〇年頃、趙貴ら三人は相次いで他界し、二代目の趙豊、高仁と徐隆が親の跡を継いだ。時代の流れをよそに、彼らは平々凡々と穏やかな日々を過ごしていた。やがて、三人共結婚し、それぞれ子供が生まれた。

高仁には長女高紅《こうこう》、長男高良《こうりょう》が生まれ、徐隆には長男徐福《じょふく》、長女徐坤《じょこん》が生まれた。そして趙豊の家には長男趙寛が誕生した。三家族を合わせて、五人の子供が徐阜村と趙湖村の間をよく行き来して、両村ににぎわいをもたらした。

後に、妻を先に絶たれた高仁は、寡婦になった趙豊の妹趙珉と再婚し、幼なじみの三家族は、親戚同士になった。

三、趙湖村に強盗が現れ

趙湖村は龍河の東に位置している。龍河の流れは緩やかで、水深も深い。村には昔から趙氏一族の造船所があった。この趙湖村は王集湖という小さな湖のそばにあるから、趙湖村と名付けられたそうだ。

趙湖村の近辺には曲がり道が多く、広い道はない。道を通る人は、ほとんど地元の人で、お互いに見慣れた顔ばかりだから、よそ者が通るとすぐ分かる。金山鎮と王集湖でできたこの三角形地帯は、地の利を生かして、小康生活には、もってこいのところであるから、ここに十数の集落が集まっている。春秋戦国の乱世の中、人々は身を潜めこの地に静かに暮らしている。

李玉柱一家は趙湖村の南、少し離れたところに住んでいる。夫婦と六歳になったばかりの長男と一歳未満の娘の四人家族である。農業を営む一家は、ぎりぎりの暮らしである。

西暦前三五〇年頃から、秦国は、商鞅変法、軍事改革実施により、最強国となり、周辺諸国の脅威となった。西暦二五〇年頃から、金山鎮あたりにも、逃亡兵が出没するようになった。戦いに気が狂った彼らは、殺人、放火、略奪、婦女暴行など、なんでも平気でやる。始めは、村民は恐る恐ると逃げ回っていたが、度重なる被害を受け、侵入者の蛮行に耐えきれなくなった。殺されるより、戦って死んだ方がましだという合言葉で、自警団を組織した。いざという時に、皆一斉に農具のつるはし、フォーク、鎌、こん棒などを持って、大人数で逃亡兵を囲んで、やっつけることにした。そのあと、死体を河か海へと捨てた。

その日の夕方、李玉柱が畑から戻って、家に入った途端、後ろを付けてきた三人の男が、入口から、押し入って来た。背の高い男、低い男と細い男だった。

「食べ物を出せ！」「金があるだろう？」と入口を閉めた背の高い男は雷のような声で叫んだ。

びっくりした六歳の男の子は、裏窓から逃げた。

母親に抱かれていた女の子は、突然大声で泣き出した。

「このチビ、泣くな！」オンドルに上がった細身の男は、慌てて泣きやまない子供の首をつかみ、土間に投げ、さらに足で踏んだ。あっという間に、子供の息は止まった。

入口の傍で呆然としていた李玉柱は、全身を震わせた。「この畜生！」彼は傍にあったフォーク（農具）をつかみ、細身の男の首目掛けて刺した。細身の男は倒れた。

入口にいた背の高い男は、手にした刀で李に切りかかった。李玉柱のフォークの柄に当たり、首狙いの一撃は外れたが、右肩から肘まで大きな傷口が開いて、血がドッと流れ出て、李はふらふらと倒れた。

「いや！　いや！」李玉柱の妻がオンドルに座りこんで、涙顔で大声で叫びながら、むしろをたたき続けた。

「逃げろ！」台所にいた低い男が叫んだ。投げられた鍋の水蒸気と煙が家中に充満した。

「父ちゃん、母ちゃん！」外から男の子の呼び声が聞こえた。

入口から、窓から十数人の男がどっと入って来た。

「逃がすな！」

「たたきつぶせ！」

掛け声の中、手にしたつるはし、鎌、フォーク、こん棒が一斉に逃亡兵に振り下ろされた。

三人の悪党は跡形もなく片付けられた。

この日の亥《い》の刻（夜九時過ぎ）、死んだ娘の埋葬は村人に託され、李玉柱夫婦は方士徐隆の家に、趙貴の馬車で運ばれてきた。

出血多量の李玉柱は昏睡状態になっていた。傷口を消毒して、感染を防ぐ膏薬を塗りつけて、綁帯で括った。妻は胸に長い傷が二、三カ所あったが、浅い傷口を消毒して、薬で処置した。治療は夜中まで続き、皆徐隆の家で泊まることになった。

徐隆は久しぶりに趙豊と会い、二人は酒盛りしながら、朝を迎えた。

四、清貧に甘んずる徐家の家計

西暦前二八三年、斉の湣《びん》王は楚、燕の連合軍に大敗し、楚軍に殺された。その翌年、徐名は念願の役人となったが、この頃から、斉の運命は旦夕にありと感じていた。加えて、役所で小役人の薄汚い根性に嫌気がさしたため、彼はあっさりと県府を後にして、家族を連れて、この琅邪郡贛榆県金山鎮に移ってきた。

西暦前二六二年、二代目の徐隆は一時鬼谷子《きこくし》塾に入学したが、父徐名が半身不随で倒れたため、一年足らずで辞めて、徐隆は鬼谷子の著書を馬車にいっぱいに積んで、郷に戻った。

西暦前二五八年、徐隆は家長の座についた。癸丑《きちゅう》年（西暦前二四八年）春、徐隆は趙豊と高仁に相談して、三家族五人の子供を自分の塾に入れることにした。

徐隆の家は、中庭を囲むような四合院造りである。北側には正房（母屋）がある。これは正庁ともいう。正房の両側には廂房《しょうほう》（母屋の脇棟）があり、それぞれ東廂房と西廂房とよぶ。東廂房（西向き）の方がランクは上、貴賓用部屋、調理室、風呂場を設け、予備室もある。西廂房には私塾の教室、先生用部屋と習字部屋がある。また、四合院の中庭は「埕《てい》」（庭と同意）と呼ばれ、多目的広場になっている。

夏商の頃から、官学のない時代に塾は子供の教育を担っていた。なお、この頃の塾は、大まかに「聴講生」と「塾生」に分けられていた。「聴講生」は半年～一年で終了し、「塾生」は三年または六年の長丁場である。

「聴講生」の授業は、主に、道徳、しつけ、習字（常用漢字など約三百字）である。

「塾生」は、「三年」と「六年」に分かれている。「塾生」の授業は、まず「聴講生」から始まり、その後、三年制の塾生は「四書」（論語、孟子、大学、中庸）を学び、並行して、算木（古代算数）の掛け算や割り算の外に、作文も学ぶ。六年制の「塾生」は三年制の授業が終了してから、「六経」（詩経、周易――後に易経と呼ばれる、儀礼、春秋、書経、楽経。漢以降は「五経」となる――詩経、易経、礼記、春秋、書経）を学び、書物を読んで、批評したり、自己主張を文章にして論じたりする。今流でいえば、卒業論文のようなものである。

「読む」と「書く」は勉学の基本である。先生が先に文章を読み、生徒が後について読むことを、「領読《りょうどく》」といい、続いて、各自が大声で本を読む。これが「朗読《ろうどく》」である。「朗読」の後に、丸暗記の「背書《はいしょ》」という最大の難関にかかる。この難関のあとに、先生からのテキストによる講義を聞くことになる。

「読む」と並行して「書く」も教える。「算木」（算数）も、もちろんその合間に、授業の一環となる。家庭の事情や、農作業に合わせて、塾の授業も変わることもある。

徐家の場合は、午後二刻（四時間）の間、徐家塾の教室は、西廂房（西側の脇部屋）にあり、細長い部屋で、一番奥には先生の机と椅子、そして、向かい合わせで、先生の左右両列に分けて、小さな机一つと椅子一つが一人一人に与えられた。

塾の授業は、科目別時間割はなく、大体月の初めに、先生が教えてくれる。また、塾の定期試験、期末試験などはなく、本を丸ごと暗記し、先生の解釈が理解できると認められた場合、先生から竹簡の「修了証書」を受け取り、その塾生は卒業したと認められる。

数百年の戦乱を経て、子供の両親はみんな子供に期待を寄せた。子供らも、みんな勉強に手を抜かなかった。塾での学業が優れていた場合、郡や国で奉仕する役人になることもでき、立身出世や名誉などの夢は、満天の星のように、幼い子供の心に輝いた。

この徐家塾は六年制の塾生を終了すれば、現在の大学卒業程度の知識人として、認められる。さらに、自信があれば、郷や県、あるいは郡の試験も受けられる。徐隆の教え子の中に、近所の亭(村)や、郷、県、郡で役人になった者も少なくなかった。

ちなみに、近代中国の毛沢東や魯迅《ろじん》といった有名人も、みんな、「私塾」に通っていた。

五、「三兄弟」の成長

西暦前二四六年、秦は荘襄《そうじょう》王没後、十三歳の嬴政《えいせい》が王になった。

趙徐両村の徐福らはすくすくと成長していった。四年前に塾に入学した三代目は、徐福と趙寛が数えで十歳、高良は九歳になり、また、高良の姉高紅は十二歳、徐福の妹は八歳になった。

三兄弟は一日のほとんどを一緒に過ごす。塾のほか、午前中は家事と家の畑の手伝い、水汲み、柴刈、鶏の世話と花の水やり、それが一段落すると、川で魚を釣り、川泳ぎをして昼まで過ごす。午後は、趙寛の家から小舟を出して、海まで川下りをする。海釣りもたまにやる。釣った魚は夕食のおかずに、拾った枯れ木は燃料につかう。遊びながらも、親に褒めてもらえることが、三人の喜びの一つであった。気がつけば、三代目は、みんな十三、四歳になっていた。

三兄弟が遊びにいく時に、徐坤と高紅もよく加わった。

ある夏の昼下がり、五人は川下りをしようと船を出した。櫂の操作は高良に任せ、操舵は趙寛が引き受けた。徐福と高紅は船首の方で居眠りしていた。徐坤は、船の左側に座って、一人で慣れない船上で一本釣りをし始めた。緩やかな流れに任せ、船はゆっくり進んだ。

「あっ！　魚だ！」徐坤は叫んだ。徐福と高紅は目を覚ました。徐坤は魚のあまりの大きさに驚いて、半腰を起こし、釣り糸を握った手を高々と上げた。

「激しく揺らすな！　船がひっくり返るぞ！」

舵とりの趙寛が注意した。徐坤は、魚の動きに合わせ、右へ左へと体を動かしている。見兼ねた趙寛が、舵を紐で固定して、ゆっくり徐坤の方に近づこうとした。趙寛が高良の横を通ったとき高良の体にあたり、船は右へ傾いた。「あっ！　危ない！」徐坤の声と同時に、船は一瞬のうちに転覆してしまった。五人は川の中に放りだされた。「みんな上がれ！」趙寛は船をつかみ、みんなに声を掛けた。水に慣れていた五人はすぐ岸へと泳いだ。

男の子は裸になり、びしょびしょになった服をしぼった。高紅は川の方に向いて、座っていた。徐坤は、堂々と裸になって、自分の服を絞った「オー、坤のお尻は大きいぞ！」趙寛の声だった。「バカ、バカバカ！　このスケベ野郎！」徐坤は下着だけ履いて、趙寛を追い駆けたが、追いつかなかった。高紅はつかれた徐坤に上着を着せ、抱きしめてやった。

静かになった。徐福はこの一瞬を凄く長く感じた。趙寛は徐坤の体が気になり始めたことに驚き、自分が高紅の濡れたままの姿を覗いたことを思うと、何となく後ろめたさを感じた。年頃の甘酸っぱい思い出だった。

徐福たちが塾に入ってから、五年が過ぎた。それからさらに半年が経ち、趙寛と高良は親の仕事の手伝いをしなければならなくなった。高紅と徐坤も一応聴講生を卒業し、家事の手伝いに専念するようになった。残ったのは徐福一人と隣村から来た五人だけだった。六人は引き続き二年間の勉強をすることとなった。

同級生のなかに付浩《ふこう》という頭のいい男の子がいた。「人が少なくなり、寂しくなるな！」と徐福は思った。

ある日の朝、徐福は父に誘われ、薬草を採りに近くの大呉山を登った。十八歩（約四十メートル）の小高い山だったが、徐福には、頂上までの距離が相当長く感じられた。

徐福は、父と同じように竹籠を背負い、枝で作った杖を片手に持った。

「これがヨモギだ、覚えておけ」

徐隆は息子に声をかけた。

「うん、分かった」

徐福は答えた。

「どんな薬草か分かるか？」

徐隆は聞いた。

「分からない」

「この薬草は、解毒効果がある。外で寝るとき、これを周り一面に敷くと、蛇や虫が近寄らないのだぞ。夏にこれを燃やすと、その煙で、蚊や虫などはみんな逃げてしまうのだ。また、止血、痛み止めの効用もある。お腹が痛くなった時、乾燥したヨモギを茶にして飲むと、痛みが和らぐ、血が出た時、ヨモギの葉っぱを貼り付けると、血が止まるぞ」

徐福は採ったばかりのヨモギを手に、じっと見つめていた。

その後も、楠、くちなし、桑、甘草、いちじく、アロエなど、色々な薬草のことを父徐隆から教え込まれた。気がつけば、徐福は、道端の草一つ一つまで気にするようになった。気になった草を摘んで、「これ何？」と徐隆に聞くことも度々だった。薬草に関する勉強はこうして始まり、そして、いつの間にか、徐福は自分一人で山へ行くようになった。この時の経験が後の人生に大いに役に立った。

子供だ、子供だと言いながら、気がつけば、その子供もみんな大きくなった。徐福は十六歳になったとき、父親が通っていた鬼谷子塾に入学した。そこで三年間、勉学に励み、徐福はさらに一まわり大きくなった。

六、不意の客

嬴政二十六年（西暦前二二一年）。徐福の一家が金山鎮徐阜村に住み始めて、六十四年になる。この徐阜村で生まれ育った徐福は、鬼谷子塾や天竺の遊学で過ごした六年間を除けば、ほとんどこの村から離れることはなかった。

翌年還暦を迎える父徐隆は、持病の腰痛に悩まされ、母徐趙氏も水腫を罹った足が自由に動かず、二人とも外出もままならない状態である。結婚十三年目にして、三十五歳の徐福は、六人の子宝に恵まれ、徐家の主になっている。

徐福は祖父と父の跡継ぎとして、薬屋と占いの傍ら、私塾経営も手を掛けている。数人の使用人を加え、十数人の大所帯の生計を維持するには、いつもぎりぎりの生活である。妻高紅は裏方の大黒柱として、倹約に気を配り、家事をこなしながら、両親や子供の世話も一人でやっている。

十月一日の新年を過ぎて（注：古代瑞頊暦の一年は、十月～九月と定めていた）もう一カ月過ぎた。家はいつものように静まり返っていた。もうすぐ十二月二十二日の立春がやって来る。

徐福は書斎の木簡を整理して、庭にある大きな切り株に腰を下ろした。緑が消えた庭が、まるで荒野のように広く見えた。柳の枝にとまった小鳥のさえずりが、庭を抜ける秋風と一緒に耳に入って来る。

「旦那様、都からお役人様が来られております」

使用人が来た。

「都？　秦の役人か？」

徐福は耳を疑った。都の役人が何のためにこのへんぴな田舎に来るのか？　徐福は重い腰を上げた。

「中へ案内して」

徐福一家は、思わぬ緊張と興奮に包まれた。この「不意の来客」に、皆は全身の神経を研ぎ澄ませた。出入りの足音、門の開け閉めの音さえよく聞こえるようになった。

来客は役人一人、護衛二人の三人組だった。「客庁」（客間）で休憩を取らせることにした。

四十代の使者は、黒ずくめの武官装束を身にまとい、甲冑と佩刀《はいとう》の黄金色の縁が鮮やかに光る。客間に入って来た徐福を見て、すぐ徐福に向かって、拝礼した。

次に瞬間、使者は黄色い風呂敷で包んだ絹の書物を頭上に上げた。

「李斯《りし》宰相の申しつけにより、琅邪郡徐阜村方士徐福様にご栄転の召喚状を持参して参りました」

稀に聞くこのあいさつに、徐福は目が覚めた。

「茲《ここ》に琅邪《ろうじゃ》方士徐福に命ずる」

使者は一字一字かみしめるように、ゆっくりと令書を広げた。

「はっ、はー！」

徐福は令書の前に拝跪《はいき》した。

「方士徐福に宰相府直属門生（食客）として、三十日以内に、宰相官邸に赴任することを命ずる。宰相李斯」

読み上げた令書を持って、使者は徐福の前に立った。

「確かに宰相の御召喚状を拝受いたしました」

徐福は使者から令書を手にした。

雷に撃たれたように、徐福はよろめきながら体を椅子に埋めた。令書を握った両手が小刻みに震えている。

「どうぞ、お茶を召し上がってください」

高紅は助け舟を出してくれた。

「おっ、お客様の食事の用意はできたか？」

徐福は隣の来客用食堂へ客人を案内した。

「遠路はるばる大儀であった。この小銭を帰りの食事の足しに使ってください」

徐福は食事を勧め、用意したお金をそっと使者に渡した。

「ありがとうございます。徐福様のご栄転を心から祝福いたします」

使者は大層喜んでいた。食事をしながら、使者の説明を聞き、徐福からも二、三の質問をした。

一刻（二時間）後、特史一行は帰っていった。

徐福はやっと虚脱状態から解放された。

「酒を出してくれ！」徐福の甲高い声に高紅は驚いた。

「青天の霹靂《へきれき》だ！」「青天の霹靂だ！」徐福は心の中で叫んだ。夕方まで、彼は狭い部屋から一歩も出なかった。外には、断続的に徐福の叫び声が響いた。


彼は使者からの説明を振り返った。

門客には、年に、一五〇〇〇銭（一銭＝半両銭一枚、およそ五〇〇円）支給される。これは、徐福の年収の三倍以上に当たる。そして、年に二回二十日間の有給休暇が有り、家族、親友との再会や、家のことの処理などには、十分余裕がある。もちろん、昇進することになれば、一家は都に移り住むこともできる……。

日頃、父は「門客」を軽蔑していた。「食客」とよび、職業として印象はよくなかった。世間でもまた、この「食客」は、「口八丁手八丁」、「ハッタリ屋」、「法螺吹き」、「主人の飼い犬」などと陰で呼ばれ、見下されていた。父は、「食客には出世と破滅は紙一重だ、浮浪人と変わらないのだぞ」と言う。彼らは、時に命を落とすこともあるぞと。

徐福も父と同様、「食客」になる気は皆無であった。

この日の、父と話の中、父は頻りに「李斯さんは、宰相になったのか？」と李斯のことを口にした。そして、徐福に対する助言や注意も全くなかった。徐福は不思議に思った。

徐隆の部屋から出た徐福は、自分の部屋で横になった。両親のこと、妻高紅のこと、子供のこと、親類のこと……、次から次へと思いを馳せた。

そのとき、兄のうわさを聞いた妹の徐坤が隣の趙湖村からやって来た……。

「兄さん、大変なことになったね」

後ろから徐福の背中をさすりながら、徐福に声をかけた。

「こんな屑物だ！」

徐福は妹の前で感情をあらわにし、机の令書をみせた。足元に竹簡の説明書らしきものが散乱しており、飲みかけた酒が机の上に零れている。

「そうだろうね、困ったな」

相槌を打ちながら、徐坤は竹簡を拾い、机を拭いた。

「気晴らしに、うちの旦那と良ちゃんの三人で、一杯やったらどう？」

心配そうに、徐福の顔をのぞきこんで、徐坤は言った。

「ん、段取りしてくれ」徐福はすぐ答えた。

「めそめそしないで。いつもおやじが言うように、『心配するな、なるようになる』って」

大らかな徐坤は徐福の肩をたたいた。

幼い頃、徐福はよく徐坤を背負って遊びに出ていた。

「川に行きたい」と坤が言うと、「ん、川だね」と徐福は相槌を打つ。

ちょっとしたことであっても、「兄ちゃん、兄ちゃん」という徐坤の声を聞くと、すぐ徐坤の傍に飛んでくる。徐福は妹に弱い。徐坤もよく徐福に甘える。

そんな二人は大人になり、親となった今も、昔のままの兄妹である。隣村に嫁いだ後の徐坤は、よく家計の面で助けてくれた。徐福は徐坤を頼りにしている。

趙湖村と徐阜村とは、目と鼻の先だ。その晩、徐坤の夫趙寛の家では、徐福を囲んで、妻高紅の弟高良と三人で朝方まで飲んだ。

二人の義弟の前で、徐福は頭を下げ、手元の杯を握ったまま、黙って、二人の説教に耳を傾けた。

とにかく、宰相の「食客」になるということは、大変名誉なことだ。福兄の大出世だぞ。

食客として、堂堂と宰相府に乗りこんで、思うままに振る舞えば、良いじゃないか？　後は、大きな船に乗ったつもりで、運に身を任せる。

これが趙寛と高良から出した「結論」だった。

「おれが福兄に代わって、都に行ってくるか？」

お調子ものの高良は突然言い出した。

「それはむりだろう」

趙寛は真剣に言った。

「小船やかんおけばかり作るおまえが？　すぐ宰相に追い出されるぞ」

皆、腹を抱えて笑った。

徐坤は徐福の大きな湯のみに、お茶を入れてくれた。

「兄さんは男だ。しかも有名な方士じゃないか？　宰相が選ぶ方士に、兄さんに白羽の矢が立ったと思うと、何だが嬉しくなるな」徐坤に言われた徐福は苦笑いで見返した。

幼なじみの四人は、兄弟のように大人になった。ただ一緒にいるだけで、何となく落ち着く。困ったことがあっても、いつの間にか解決する。この日も、四人の笑いが途切れることはなかった。

落ち着いた徐福は明るいうちに、家に帰ることにした。

「坤、ありがとう。あとは頼んだぞ」

遠くまで見送りにきた妹に、徐福は言った。

「任せて。出世払いですぞ！」

徐坤は右手を挙げて、徐福に言った。

「はい、はい」

徐福は白い息を吐きながら、帰りの道を急いだ。

肌寒い朝の風がさわやかだった。村のあっちこっちから、掛け合いをしている犬の吠える声が元気そうに聞こえ、徐福に励ましの言葉をかけているように感じた。

七、東渡を拝命

徐福が都咸陽《かんよう》に移って、もうすぐ二カ月になる。謎めいた食客集団の中で、徐福は退屈な日々を送っていた。

ここは宰相府公堂である。ここに集まったものの中には、気象を読めない方士もいれば、八卦のできない占い師もいる。六経の説明さえできない学者もいれば、よく力士に土下座させられる「武芸達者」のものもいて、「泥棒専門」のものや物まねを得意とするものもそろっている。道士や弁士などもそろっている……ここは正しく何でもありの政治塾であり、人材バンクである。

この公堂は、朝礼の後から、一日中にぎやかである。身ぶり手ぶりで空論を弄ぶものは大勢いて、激論の末、つかみ合いになることもあった。出世をまちくたびれたものの激しい競争が一日中繰り広げられる。これが「門客」の現実だ。ここは出世待機の私立「政治塾」である。もちろん、この中には、舌先三寸のペテン師やハッタリ屋、ほら吹きなども潜んでいる。徐福は自分がなぜこの連中らと一緒にいるか、いつも不思議に思った。一体、宰相李斯は何をたくらんでいるのだろうか？

そもそも李斯が集めた食客は総勢三百名ほどであるが、八割以上は引退した恩師呂不韋《ろふい》相国から引き受けた者である。もちろん、皆は口達者であるが、その中に、燕国の盧生《ろせい》とその子分である侯生《こうせい》が際立つ。二枚舌を使う彼らは宦官趙高《ちょうこう》の信頼を得て、じかに始皇帝に錬金術と称する金粉などを献上して、飲ませることに成功した。さらに、彼らは始皇帝に、長生の術として、「真人」になることを勧めた。「真人」になるためには、まず、帝自身の姿を他人に見せないこと。帝は、この勧めを聞き入れ、人と会わないようにするために、身を隠す宮殿を次から次へと建造し、秘密通路で往来していた。日頃、執務大臣らはほとんど皇帝に面会できず、朝廷のナンバー二である李斯宰相さえ、帝にじかに会うことはなく、始皇帝の命令は、すべて宦官の趙高を通して、宰相李斯に伝えるという三重構造で行われていた。

皇帝のいない金鑾殿《きんらんでん》（玉座）の前に、群臣が集められ、玉座の傍に立つ宦官趙高が聖旨を読みあげるという朝廷の雰囲気が極めて異様であった。

歪んだ始皇帝の施政に対して、宰相李斯は憂慮していた。彼は趙高の束縛から帝を救おうと考えた。彼は再三、古代名君三皇五帝の例を取り上げ、始皇帝に各国の巡幸や封禅の儀を行うよう勧めた。始皇帝はこれを了承した。こうして五回におよぶ始皇帝の巡幸が始まった。

嬴政《えいせい》二十七年（西暦前二二〇年）二月、始皇帝一回目の北西巡幸を出発する半年前に、徐福は李斯に呼ばれた。徐福の初めての謁見である。

「方士徐福、近う寄れ！」

李斯は階段下で拝礼している徐福に声をかけた。

「はあー、宰相閣下にお目にかかり、恐縮至極にございます」

頭を下げたまま、徐福は答えた。

「そなたは、徐隆殿のご子息だな？」

優しい口調で李斯が徐福に声をかけた。

「さようでございます」

いきなり父の名を呼ばれた徐福は、さらに緊張が高まり、背中に冷や汗が流れた。

「帰郷の節に、お父様によろしく伝えてくれたまえ。それより先に、今からそなたに、大事な話を申しつける」

穏やかな声だが、ドスが効いている。

「いいか？　今からの話をよく聞くがよい！」

一息ついて、徐福を見下ろした。

この会見は、未の刻から申の刻まで続いた（およそ四時間）。宰相李斯から、次から次へと、天地をひっくり返すような話を聞かされた。まるで雲の上に乗せられたように、徐福は激しいめまいを覚えた。


李斯から申しつけられたこととは……

その一、ただ今から徐福に大金を渡す。

この資金を使い、今年中に琅邪山で海を一望できる展望台を建造すること。その展望台は、陛下がじきじきにお登りになる展望台である。そして、来年春になった頃、その琅邪台に刻石を建てる段取りになっている。

その二、来年八月頃に、泰山などの御巡幸の際に、陛下は琅邪台にお登りになる。その時、そなたには陛下に大事なことを直訴してもらう。斉の国や魯の国で、古来語り継がれた東海三神山の話に続き、不老不死の薬のことも詳しく説明してもらう。

ここで、不老不死の薬については、全く知らないと陛下の前で申せば、そなたはその場で首を刎《は》ねられることになる。わしは思うに、もし、不老不死の薬が本当にあるとすれば、ここには舜帝や禹帝がいるはずだろう。三皇五帝がここにおられないということは、不老不死の仙薬も存在しないことだ。ただし！　これは、ここだけの話だぞ！

由緒のある斉の国の方士のそなたには、帝が納得できるように説明してもらいたい。聞くところによるととか、先人の話だとか、言い伝えによりますとか、いろいろな言い回しがあると思うが、そなたは鬼谷子塾に通い、天竺で三年間留学して見識のある名士であろう。陛下が満足されるように申せばいい！　琅邪郡一帯では、そなたの名声が高く、才知も一流だと聞いているから、その才知と名声を十分生かして、東海の三神山に不老不死の薬がありそうだと、陛下を説得してほしい。

その三、この不老不死の薬の話が一段落したら、すぐ、陛下からそなたに東渡し、薬を探す聖旨(帝のおぼしめし)が下る。

東渡の準備として、まず琅邪港と造船場を建造すること。そのあとは、造船、そして東渡という一大事を成し遂げてもらいたい。

なお、この東渡については、そなたは必ず生きて戻ることだ。里に残る家族のことについては、わしが面倒をみる。

ここで李斯の話が終わった。滑らかな口調、歯切れのいい声、そして、時折、「分かったな?」と質問される。徐福は頭を地べたにつけたまま、小さくなった体を、硬直させていた。

退屈に過ごしたこの数カ月のつらさが、一瞬にして消え、李斯の言葉が、千万の弓矢のように一斉に徐福に襲いかかった。話された事の重大さが、山のように体に迫り、息ができないほどの重圧を感じた。徐福の驚き、恐れと不安は限界に達した。

徐福は両頬から流れ落ちた汗を拭きながら、宰相の話を懸命に聞こうとするが、彼はすでに虚脱状態に陥った。

「この琅邪台建設の施工に当たり、工程の進捗状況などを含め、逐一郡守（郡の長、県知事上の地区長官相当）に報告し相談すること」

「展望台の完成を期待しているぞ。なお、そなたの報酬は、渡した資金から捻出すればいい。自分で決めればよい」

「まず、展望台、港と造船場建設に関わる費用として、そなたには資金は五〇〇万両（一〇〇〇万半両銭に相当する）を渡す!」

雷が耳を貫通した!

「五〇〇万両！」

正に雷だ！　鼓膜が破れそうになった。〝俺の千年の収入より大金だ！〟徐福は腰が抜けたような気がした。

開いた口から、かすかな声で答えた。

「はっ！　はあー！」

「幸せ至極にございます」

押しの強い宰相の話が一段落したところ、頭が真っ白になった徐福は、やっとのことで硬直している両脚を動かし座りなおした。

「私は、この命をかけて、大臣の御命令に従い、大秦帝国始皇帝陛下の展望台を完工させ、神仙島への東渡を遂行いたします」

その後、徐福は、震える両手で李斯から委任状を拝受したが、詳しいことについては、ほとんど覚えていない。

「大秦帝国睦東特史……」字が揺れ動いて大きく目に入って来た。「……大秦帝国歴訪東方三州……力求近隣和睦……」（大秦帝国東方の三州を歴訪し、近隣の和睦を図る……）などの文句も惚《ほや》けて見えていた……。

「は、はあー！」と徐福は再び声を絞り出して、委任状を手にし、宰相府を出た。

「この親書を以て、郡守や県令を訪ねたまえ」

宰相の声は空からきた「山彦」のように聞こえた。

どのように李斯に別れを告げたか、どんなふうに宿に帰ったのか、徐福は覚えていない。彼は幽霊のように宿に戻り、黙々と帰りの支度をし始めた。彼は、付き人李義と一緒に李斯大臣より下賜した御者付きの馬車に乗り、十数名の護衛を連れて、帰郷の道を急いだ。

出発して十八日目の夕方に、徐福らは徐阜村手前の金山鎮の宿で休息を取った。夕食の後

「ひとりにしてくれ！」

徐福は李義に言った。

徐福は木箱から『山海経』を取り出して、ゆっくりと、読み始めた。この中国最古の地理誌は、信ぴょう性がなく奇説怪談だとよく言われるが、本の中の北狄、匈奴などの話は、今になって、いずれも実在する国だと証明された。本当かうそか分からない『山海経』を読むには、集中力と忍耐力が必要だった。

『山海経』第九海外東経。

「磋丘、爰有遺玉、青馬、視肉、楊高、甘楂、甘華。……在東海、両山夾丘、上有樹木……」（磋丘、ここには遺玉、青馬、楊高、甘楂、甘華があり、……東海にあって、二つの丘に挟まれ、上に樹木あり……）

「……大人国在其北、為人大、坐而削船……」（大人国はその北にあり、人として大きい、座りにして船を漕ぐ）などなど……。

この百十字の一節中に、海の東にある国として、左記のものを挙げられた。

磋丘国、大人国、君子国、青丘国、竪亥国、黒歯国、湯谷、雨師妾国、玄股国、毛民国、労民国、東方句芒などとあるが、それぞれの国の正確な位置や距離などは、定かではなかった。「大人国の人が大きく、座ったままで船を漕ぐ」「君子国の人は、衣冠を身にし、剣を帯び、獣肉を食に用いる」「黒歯国の人は黒く、稲を食す」……など、そこにいる「彼ら」はわれわれとは似たところが随所に見られる。神話的に感じられる一方、現実的な一面も垣間見ることができる。徐福は少し不安から解放され、肩の重荷も幾分軽くなった。『山海経』の「海外東経」は徐福にとって、正しく一縷《いちる》の希望の光のようだ。

久々に、徐福は一人で酒を飲み、杯を持ったまま、眠りについた。

翌日午の刻頃（正午）に、徐福主僕は十数名の護衛と一緒に徐阜村に戻った。

八、琅邪台

徐福帰郷の一報が伝わると、お祝いに駆けつけた人で、徐福の家はひっくり返ったように、ひと山が築かれた。来客の応対の騒ぎが、翌日の夕方まで続いた。

徐家で、久しぶりのだんらんだった。食事中、徐福の口は重かった。食事の後に、徐福は一晩中父徐隆と語り合った。徐福は久々に父に甘え、自分の愚痴を思う随分徐隆に訴えた。彼は父の同情の言葉や慰めの話を聞きたかったが、なぜか徐隆は極めて冷静だった。

「あ、そう？」

「宰相に任せば、良いことだ」

「おまえなら、大丈夫だろう」

「わしが草蔭に入るまでには帰ってきてくれ」

「産みの苦しみはこれからだな」などと、まるで他人事の様子だった。

徐福は父の無関心な態度を意外に思った。彼は早いうちに話を切り上げ、戌の刻（午後八時頃）に床についた。

次の日、朝食を済ませた後、徐福は趙寛の家を訪ね、趙寛と高良に、琅邪台建設と東渡のことを話した。事の重大さに、趙寛も高良もあぜんとした。三人とも、顔の広い、韓の大富豪張開仁の息子張慈《ちょうじ》が必要だと思った。張慈は竹を割ったような、さっぱりとした気質の人、渉外や人集めに最適任者だと三人とも認めている。

夕方にそろった四人は、趙寛の家で四日間、缶詰となり、徹夜の打ち合わせを続けた。

これから一年内に、やらなければならないことが山積みだ。歳月人を待たず、取り敢えず、琅邪台、琅邪港及び造船場建設の本部組織を立ち上げることが優先事項だった。

徐福は総指揮として琅邪隣の石家村で陣取り、高良は建設本部長（大頭領）として、徐福の隣に住居兼事務所を構える。彼は本部の全体を見ながら琅邪台建設の頭領を兼任する。趙寛は琅邪造船場建設頭領として造船場建設と造船を指揮する。張慈は琅邪港建設頭領兼資機材調達を担当する。仕事関連の深い港と造船場を担当する趙寛と張慈は同じ琅邪港予定地の近くに事務所を置くことにした。なお、三つの建設部の下に、それぞれ組と班を置くことにした。

この夜、少年時代に戻った四人は、げらげら笑いながら、酒を交わし、昔話に夢中だった。彼らは五日目の朝まで飲み続けた。

朝食の後、徐福は張慈を連れて、資金調達のために、郡府へと向かった。贛楡で郡府の近くに宿をとり、その翌日、郡府の迎え馬車に乗り換え、一路郡府（知事公舎）を伺った。

郡丞（副知事）の迎えを受け、郡守（知事）との会見となり、郡丞（副郡守兼総務総括）と郡尉（郡の軍隊、警察の総括）も同席した。

「兼ね兼ね、大使（任命書には特史）の御芳名をうわさで伺っておりますが、この度、お目に掛かりまして、大変幸甚に存じます」

郡守から声を掛けられた。杓子定規の言葉に徐福は少し戸惑ったが、やはり、型どおりのあいさつが必要だった。

「大変恐縮に存じます。一介の庶民の私が、国の一大事業を預かり、郡守様にお目に掛かり、誠に幸せ至極に存じます」

郡守と言えば、全国四十八郡の一つであり、一国一城の主、県知事に相当する要職である。いくら地方名士とはいえ、徐福はいささか緊張していた。

「この琅邪郡から、秦国初の大使が生まれ、しかも、宰相直々の御任命であるから、郡としては、非常に名誉なことでございます」

郡守は依然「大使」を呼び続け、徐福に席を勧めた。

「恐縮でございます」

徐福は深く一礼をした。

「さっそくですが、琅邪台建設、船の建造などの費用については、一応五〇〇万両を、宰相から用意するようにと言われておりますが、必要な場合は、幾らでも出すようにと御命令がありました。後ほど、郡丞から資金のこと、郡尉から護衛のことについて、それぞれ説明させますから、取り敢えず、どうぞ、お食事ができましたので、ごゆるりと寛いてください」と郡守はあくまでも、丁寧であった。

食事の後、郡丞から資金などの説明があった。

（一）資金総額は五〇〇万両であると言い渡された。その内訳は

・琅邪台造営費用　　二五〇万両
・港建設費用　　一〇〇万両
・造船場並びに造船費用　　一五〇万両
・徐福専用費用資金総額外（先払い）　五〇万両

工事関連の資金は、琅邪台、造船場、造船などに関わる人件費、材料費、運搬費、外注費、食糧な

ど諸雑費、現場管理棟建造費などに使うものとする。

なお、この資金の支給は、偶数月の六日に支払うものとし、資金が不足した場合は、見積りを精察の上、考慮するものとする。

琅邪台定礎式と進水式の費用は、琅邪府より、実費で支給するものとする。（三年間の食糧、燃料、医療用品、水、航海機器器具の購入、日常雑用品、相手国へのお土産などの用意も含む）
（二）三〇〇人三年分の費用とみなし、帝より、徐福大使に下賜する東渡費用は、三〇〇万両とする。
（三）また、出航時に、宰相から、始皇帝陛下より乗船者全員の家族に、下賜される。
①留守家族の手当を手渡すこととなる。
②全員にそれぞれに三〇〇〇半両銭。
（四）また、李斯宰相より、徐福大使に、下記のものが下賜された。
①東渡時用旗（大秦帝国睦東使者と赤地に黄色字の刺繍、長さ一丈二尺、幅七尺の旗）一面並びに大旗の四半分の小旗三〇面。いずれも各船に飾るものとする。
②国内用として
・大使専用馬車　一台
・琅邪造船場近くに徐福大使用住居　一棟
・馬車用馬　五頭
・予備用馬　四頭

最後に、郡尉からは、警護について説明された。
・徐福専用保鏢（ガードマン）　護衛兵　五名
・琅邪台に　　　　　　　　　護衛兵計三十名
・造船場に　　　　　　　　　護衛兵計三十名
徐福の護衛兵は、一日二交代で徐福と寝食をともにする。
また、護衛兵も保鏢もそれぞれ乗用の馬二頭を持ち、緊急時などに備えるものとする。護衛の七十名は、全員が短刀、鉾を使いこなし、弓矢使いの達人であること。

護衛兵や保鏢の評価や賞罰は徐大使に一任する。護衛らに、使節団に対し害をあたえる背信や不忠があった場合、斬首を命ずる権限も与えた。

長い引き渡しの話を聞いた徐福と張慈の耳には、正に天からお告げを聞いたような異様な響きが残った。国という巨大なものの威厳と恐ろしさを痛感した。

「福兄がここまで脚光を浴びるとは、正に夢の夢だな」歩きながら、張慈は言った。徐福は黙って、軽いためいきを漏らした。

二人が徐福の家に着くと、取り敢えず、張慈は金山鎮で借りてきたテントで、徐福の庭の中に臨時の事務所を造った。

四日後、徐福ら四人は徐福の事務所に集まり、琅邪台建設の打ち合わせをし始めた。趙寛は琅邪港東にある入り江にいい場所を見つけたという。入江周辺には、広い平地があり、水深は約一六尺（五メートル弱）以上もあると分かったので、この地は最適だと趙寛は言った。

高良は造船場の予定地近くの石家村で、広い敷地を買い取り、徐福専用住居の隣に、三棟の家を建てた。こうして、同じ敷地内に、徐福、趙豊、張慈と高良の住居兼事務所ができた。護衛隊長の康泰《こうたい》は護衛兵を連れて、自分らの仮設住居を組みたてた。

翌日、徐福と高良は贛楡《かんゆ》県庁へ足を運び、手短に人員の召集を県令に依頼した。

九、思いがけない懇願者

高良、趙寛と張慈の三人は、造船場の設計を終えた後、昔越王勾践が建てた「望郷楼」の情報を調べることにした。

周辺の住民から、「確かに越王勾践が勾践二十五年に琅邪に遷都してきて、東海を一望できる観台を建てた」という言い伝えを聞いただけに終わった。

『山海経』には「海の辺に山があり、形は台のごとく。琅邪にあるので、琅邪台と呼ぶ」と書いてあるが、それは、二百四十年以上の歳月がたった呉越春秋時代のことである。西暦前四七三年に、越王勾践が呉を倒した後、前四六八年に都を会稽《かいけい》から琅邪に移した。望郷の念に駆られ、越王はこの琅邪台に「望郷楼」を建てたということである。

今は、「望郷楼」の建物の痕跡もなく、小高い山の上には、散乱した石が目立ち、一面荒野になっている。「困った、困った」と言いながら、あっという間に十日間は過ぎた。その間、高良は時間があれば、すぐ山に登り、周辺の地形を調べた。

始皇帝は泰山で封禅の儀を済ませた後、意気揚々とこの琅邪台を登る。ここで東海を一望して、さらにその向こうを眺めてみたいという雄大な思いがある……。いわば、この高台で東海を「眺望」して、眼下を「鳥かん」することになる。文化の聖地斉《さい》と魯《ろ》で、帝としての「尊厳」を天下に誇示しながら、不老不死の薬に関わる情報も手に入れたいという願望があったに違いないと高良は推測した。「眺望」と「鳥かん」、「夢」と「尊厳」をいかに織り込んで表現するかが、この琅邪台の命だろうと高良の脳裏に琅邪台の雄大なイメージが浮かび上がった。

「福兄！」

数日後の夕方、高良は徐福の部屋に入ってきた。目を丸くした高良は叫ぶように言った。

「福兄！　できたぞ！」

抱えてきたうさぎの革に書いた図面を机の上に置いた。

「オー、早い、早いな！　まあ、座れ」

「福兄、目を通してくれ」

高良は革に書かれた図面を広げた。図面は上が南、下が北になっている。

「琅邪山の山並に合わせて、北西方向に高さ九歩（約十五メートル）の盛土をして、直径百五十歩（直径約二百五十メートル）の広さの土台を作る」高良の顔は紅潮している。

……土台の上の平地に、高さ約六・五歩、三層の主楼「仙遊楼」を建て、主楼の東に大きな石造りの祭壇を置く。北西の方に、陛下の「行宮」（行在所）として「養神閣」を設け、南西の方に、刻石用の「六角亭」を建てる。

北から「登雲梯」を上がると、「養神閣」、「仙遊楼」と「六角亭」が立ち並ぶ。「仙遊楼」を中心とした琅邪台の周辺は大理石の欄干で囲み、厳粛な琅邪台のシンボルとなる。この台に登る三つの道を作る。西から幅一丈五尺の御道、御道は大理石の欄干で飾る。北は屋根付きの「天橋」（歩道橋のようなもの）を作り、三つの緩い曲がり階段で登り、台と同じ高さになったところから、屋根付きの橋で「仙遊楼」まで歩いて渡る。南と東には三つに分けた十八段の石階段を造り、陛下が登る通路とする……。

「さあ、これが全てです。これで完成だ！　福兄！」

高良は一気に計画の全貌を説明した。この半月間、寝食を忘れた高良の顔に心からの喜びが見え、苦労の結晶が自信となって目に現れている。

徐福は目を潤ませた。正に想像を絶する偉大な構想だった。夢に見たような図面だった。

「良！　ありがとう」

徐福は言葉を詰まらせた。彼は高良に酒を渡して、二人は乾杯した。

「今晩は、思いっきり飲もう！」

酒を二、三杯交わした後、高良は突然徐福の前にひざまずいた。

「兄貴、この高良を東渡の時にぜひ連れて行ってください。天竺遊学と同じように、俺を同行させてくれ！」叫ぶように、高良は徐福に懇願した。

「立て！　立つのだ」突然の出来事に徐福は驚いた。

「俺は、大分前から一緒に連れて行ってくれと言っただろう。俺は大した役には立てないが、小さい時から、兄貴の傍を離れてないだろう。頼む、兄貴。一緒に行かせてくれ」高良はじっと徐福を見ながら、両手で床をたたいた。

徐福の目に涙があふれた。彼は高良の襟をつかみ、無理やりに高良を立たせた。

「よく言ってくれた。ありがとう」

子供のときから、一緒に大きくなり、弟のように慕ってくれる高良は正に兄弟だ。徐福は高良が傍にいるだけで、心強い。彼の知恵と能力は最も頼りになると徐福は分かっている。

徐福は高らかな笑い声をあげ、高良に酒をすすめた。二人は酒をなめながら、会心の笑みを見せた。

翌日、徐福と高良は馬に乗って、琅邪郡守を訪ねた。まず、高良から琅邪台の設計を説明した。郡守の顔に笑みが浮かび、傍にいた郡丞、郡尉も、驚きの表情を隠せなかった。

「高良殿、『天橋』の図面はどこにあるか？」

郡丞は聞いた。

「恐れ入ります、ここに『天橋』の図面があります」

高良は図面の一角を指して、郡守に見せた。

「そうか、そうか！　緩やかな階段を作り、台の高さになったところから、仙遊楼へと一直線に渡るのか」

郡尉は感心して、図面を軽くたたいた。徐福は三人に向かって、黙って深く一礼した。

「これでよし！　明日早朝に出発だ。咸陽に行こう！　直々に宰相に報告しよう。郡尉も一緒だぞ！」

郡守はご機嫌のようだ。

帰り際に、郡守が、「養神閣」と「天橋」の名前について、自分の考えた名称に改めたいと言いだしたところ、徐福は「郡守にお任しします」と答えた。

郡守は、どこかで、自分の色をつけたいのだろうと徐福はすでに予測していた。

夕方、高良と別れて、徐皐村に戻った。夕暮れの霧と立ち上がる炊煙に包まれた村は、一段と美しく見えた。

この年の春から、琅邪郡はにぎやかになった。始皇帝の命令を受け、全国各地からおよそ三万人の受刑者を集め、この琅邪郡に移り住ませた。張慈は琅邪郡内の琅邪鎮、東武鎮、贛楡鎮、不其鎮などに、『招工』（技能者、労働者募集）の看板を貼り出した。予想通り、人がドッと集まった。概算見積りだけで、琅邪台に土工は延べ三十五万人、造船場には延べ三十万人が必要となるが、わずか十五日で募集達成となった。

世の中は、金が動くところに、人が動き、そして、町がにぎわう。琅邪に来た職人は、周辺郡県に限らず、遠く南の楚や北の燕からの人もいた。

徐福は仕事場として、新しい建物ができるまで、琅邪台近くの石家村で庭付きの広い一軒家を借りた。

この日、早く仕事を終え、徐福は椅子にもたれて、久々に休みを取った。

入口から、張慈が入ってきた。

「ご苦労」徐福は笑って張慈を迎えた。

「福兄こそ、ご苦労さん。実は、二日前に、趙（河南省邯鄲《かんたん》）の国からの青年が事務所に来た。徐福先生にぜひお目にかかりたいというのです」

張慈はカバンから、三枚の木簡を取り出した。

「その青年は、柳向隆《りゅうこうりゅう》といいます、年齢は十八歳」木簡に書いた名前を徐福に渡した。

「俺に会いたいと？」徐福は聞いた。

「そう。ぜひ、じかに福兄に会いたいと言っていた」

「その青年は、今どこにいる？」

「外にいます」張慈は言った。

「呼んでこい！」徐福は腰を上げた。

「はい」

「柳向隆と申します」目の前に、背の高い青年が立っている。

「柳君は、どうして、この私に会いたいのか？」徐福は聞いた。

柳向隆は話を止め、張慈をみた。

「張頭領様には申しわけないのですが、二人だけでお話をさせていただけないでしょうか？」

張慈に向かって、深く一礼をした。

「慈、ちょっと外してくれ」

徐福は言った。

「はい、はい、分かった」

張慈はしぶしぶと帰っていった。

十、運命のいたずら

「改めて、柳向隆と申します」目の前の青年が直立不動の姿勢で立っている。

「大変不しつけでございますが、ご無礼をお許しください」青年は徐福にあいさつをした。

「柳君は、どうして、この私に会いたいのか？」徐福は聞いた。

「私の父は柳隆徳《りゅうとく》と申します」二人だけになったところで、青年は急に徐福の目の前でひざまずいた。

「父の父、私の祖父は柳盛《りゅうせい》でございます」声が震えている。地面につけた頭を上げなかった。

徐福は自分の耳を疑った。

「柳盛！」

なに⁉　あの強盗の一味に加担した「柳盛」？　それも、その柳盛は強盗に足を折られ、右目をつぶされた無残な姿になっていたと父から聞いていた。目の前の青年は柳盛の孫？　徐福は頭が打たれたように、目の前が真っ白になった。

かつて父徐隆から、柳盛の話は聞いていた。父は、妻子を人質にされたために強盗に手を貸した柳盛に対し、大変同情していた。しかし、こんな忙しい時期に、その柳盛の孫が、なぜわざわざこの俺を訪ねて来たか？　わけが分からない……。

あの忌まわしい二十数年前の出来事は本当に思い出したくない。

西暦前二四六年、秦国が西周王朝を滅ばした後、周辺諸国は秦に対して警戒心を強め、国間の混戦もますます激しくなった。社会の治安も一層悪くなり、各地で強盗や殺人が絶えなかった。

この時、徐福は十歳頃だった。義弟趙寛の叔母趙珉（趙寛の父趙豊の妹）は同じ造船場の職人李周明と婚約した。婚約と結納を終えた李周明は、結婚式の資金を用意するため、若い使用人一人を連れて、建てた家の代金回収に燕の国へ出かけた。令支（今の河北省盧竜市）、薊《けい》（北京）、博陽（泰安）を回った後、帰りに、いつもの曲阜《きょくふ》、日照は寄らず、臨沂《りんぎ》から金山鎮に戻る近道をえらんだ。この臨沂を抜けた山道で、李周明ら二人は、三人の追剥《おいはぎ》に襲われた。李周明は使用人をかばい、金を持って逃げさせたが、李周明は強盗に殺された。戻ってきた使用人が追剥の中に、臨沂の米商の番頭柳盛がいたと趙豊に報告した。

一方、この日の夜中、臨沂の宋という米商が、馬車で徐隆を尋ねてきた。けが人がいるから至急馬車で一緒に来てほしいと言われ、徐隆を連れて出て行った。宋商人の家に着くと、そこで柳盛の無残な姿を目にした。右足膝の骨が砕けていて、膝より下がぶらぶらになっていた。右目から大量の血が流れていて、目玉が消え、眼の縁に黒い穴が空いていた。意識がもうろうとしている柳盛の口から「うーうー」と低い呻く声が聞こえてくる。徐隆は何も言わずに、すぐ柳盛の手当てをし始めた。のこぎりで砕けた右足を切断し、止血した上、消炎と痛め止めの膏薬を塗り、包帯を巻き付けた。目の縁から、棒で潰された目の中の汚物を取り、奇麗に洗った上、消炎薬を塗り、布で巻いた。手当は二刻くらい（四時間ほど）かかった。

翌日帰り際に、米商の宋氏から、柳盛の話を聞くことができた。

資金回収にきた李周明に、店の建て増し代金を渡した米商の番頭柳盛は、令支で知り合いの賈仁《かじん》、賈義《かぎ》の悪い兄弟に目をつけられ、脅かされた。妻と九歳の娘を人質にされた柳盛から二人は李周明の資金回収話を聞き出し、その回収資金を奪う道案内をさせた。賈仁、賈義らは李周明を殺害し、金を奪った後、妻子が監禁されている山小屋の手前で、「おまえの分け前として、おまえに妻子を返すぞ。

それから、仲間の印しをつけておく……」と、棒で柳盛の足を折り、睨みつけた柳盛の目を潰した。

村の人が道端で血まみれになった柳盛ら家族三人を助け、米屋の宋に届けた。

「いずれ、柳盛を連れて、自白書を提出させます。経緯を説明して、処罰を受けさせるつもりです」

米商の宋は徐隆に話した。

「柳も被害者だと、県尉に寛大の処罰をお願いするつもりですが、どうなろうと、柳盛はこの地方にはいることができないので、趙の国か、韓の国に行かせるつもりです」

宋は徐隆に話した後、三樽の酒、三石の米と三樽の醤油を徐隆に渡し、

「ありがとうございました」と深々と頭を下げた。

翌日の未の刻（午後二時）頃、疲れ切った徐隆は、家に帰った。

「昨日のことは一切口にするな」と彼は厳しい口調で妻に言った後、すぐ寝た。

趙珉の婚約者の葬式は趙豊の家で行った。突然の出来事に、田舎は大騒ぎとなった。

趙珉は年頃の高仁の妻金怡《きんい》とは仲よしだった。特に、高仁の二歳になった娘高紅は、趙珉によく懐く。趙珉は寡婦になってから、高仁の家に頻繁に行き来するようになった。

諺に「福不重来、禍不単行」（福は重ねて来ないが、災いの後にまた災いがやって来る）とあるが、趙珉の婚約者李周明が殺された一年後に、高仁の家にも不幸が訪れた。

臨月になった妻金怡は、長女高紅を連れて、実家の呉に帰っていた。呉で息子の高良が生まれて、

一カ月たったある日、長女高紅が突然いなくなった。慌てた金怡は町に出て、高紅を探した。町中、黒い軍服の秦兵が呉や魏の反乱兵を追い回していた。その矢先、金怡が流れ矢に当たり、道路の真ん中で亡くなった。何も知らない高紅は高良の揺籃の後ろに隠れて、寝てしまっていた。彼女は母の死を知り、大きな声で泣いた。母金怡の死が高紅の幼い心に暗い影を落とした。

二年後に、徐福と張慈の勧めで、寡婦の趙珉は、寡夫《かふ》の高仁と再婚した。徐隆、趙豊と高仁の三兄弟は、より一層親しくなった。

目の前の青年は、叫ぶように許しを乞い、頭を地面に何回も突き、額から血を出している。

徐福の目は潤んだ。彼は青年に近づき、肩に手を掛けた。青年は無言のままで立ち、徐福が出してくれた椅子に座った。

「よく分かった。もうずいぶん昔のことだ。柳君の御祖父、父上と柳君自身もどれほど傷つき、どれほど苦しかったか、推察できる。だから、すべてを許し、すべてを忘れる！　これが答えだ」徐福は軽く柳向隆の肩をたたいた。

「ありがとうございます。恩に切ります」柳向隆は答えた。

「ところで、柳君の一家の近況は？」徐福は話題を換えた。

「申し上げます。祖父も祖母も今年で六十三歳です。父は四十三歳、父より八歳年下の叔母がおります。私は、次男坊でございます。

祖父は、米屋の宋旦那様と徐隆先生に対して、いつも感謝しております。そして、祖父はわしの命も、おまえらの命も、みな徐隆先生がくれたものだぞとよく言います。そのために、私の父の兄妹とわれらの兄弟に、徐隆様の『隆』の一字を拝借して、名前をつけてくれました。父は柳隆徳、叔母は柳隆珍、兄は柳順隆、私は柳向隆。自分の名前を思うと、徐隆先生のご恩を忘れることができません。

徐隆先生には、何のお礼もせずに、今日まで至り、一家はそろって、大変申しわけなく思っております。
五、六年の間、父は祖父の代わりに、徐隆様を訪ねました。徐隆さまは、すべてのお礼を断りました。『お礼を言うなら、米屋の宋さんに言え』と言われました。今年二月、徐福様が大使になられたと風のうわさで伺いまして、私は、これなら徐隆様に恩返しの機会が来たと思いました。父に私の考えを話したところ、祖父母も、父母もみんな賛同してくれました」
「恩返し？　どういうことだ？」徐福は思った。

「実は、柳家にはお金はございませんが、人なら、おります。いま、二十歳になった兄は跡継ぎで商売をしております。私は、祖父の替わりに、徐福様のご身辺に務めさせていただきたいと存じます。物としてもいいし、牛馬としても構いませんから、少しでもお役に立てればと思っております。どうか、ご身辺に置いてください」柳向隆は再び頭を地面に打ち続けた。

「座って、話しなさい！」徐福は声が荒くなった。

「はい」柳向隆は直立不動の姿勢で徐福に答えた。

第二章　人知れず徐福の苦心

一、徐福の覚悟

「わしの身辺には、十数人の護衛がついている、彼らは、わしの『衣食住』のすべてを見てくれる。君の出る幕がないんだ。分かるかな?」徐福は言った。

「それは、……なら、徐福先生の側近の方のお世話をさせてください」柳向隆の反応が早かった。

「側近?……誰でもいいというわけにはいかないだろう」徐福は目を逸らした。

「……分かった。じゃ、約束をしてもらえるのか?」徐福は聞いた。

「はい、お約束を守ります」柳は答えた。

「ん……、まあ、これだけ約束してくれ!」徐福の言葉が緩んだ。

「一つに、その側近という人は、わしの兄弟だ。手と足となって、彼の指示に従うこと。その二は、家族などのことをさらさないこと。君はわしの義兄弟の子供だと言い通すことだ。特に君の祖父の名前は絶対に口にするな。これらの約束を守れるか?」徐福は真剣になった。

「誓ってお約束いたします」柳向隆はすぐ答えた。

徐福は、この青年の根気に負けた。

徐福は向隆を高良に預けた。高良は、まず向隆に部屋の整理、整頓、食事の用意などを任した。

彼は「四書六経」（古代中国儒学の経典、四書：大学、中庸、論語、孟子。六経：易経、書経、詩経、春秋、礼記、樂経）を熟知し、字もうまい。いろいろと少しずつ慣れさせてから、徐々に高良の仕事の手伝いをさせるようになった。

さらに、日頃、ひとりで練習する向隆の棒術を見て、彼の武術も確かなものだと、高良は心強かった。高良は片腕として、毎日柳向隆を連れて、現場を歩き回った。

着工の準備が落ち着いたところ、徐福は徐阜村に戻った。彼は、東渡のことついて、どう切り出した方がいいか随分と迷っている。しかし、こんな大事なことについて、いずれ、皆と話さないといけないと悟っていた。この日、徐福は父徐隆、母徐趙氏、妻高紅らと四人で話すことにした。徐福が、「琅邪台建設、東渡準備使者」という役職の本当の仕事は、始皇帝が東海を眺望できるように琅邪台を建設した後、始皇帝の命令で、不老不死の薬を探すために東渡することだと説明すると、皆は愕然とした。

「やはり、おまえは、本当に東渡するのか？」父徐隆は大声で言った。

「行くようになると思う」

「やはり」という父の言葉に、少し違和感を覚えた徐福は、きっぱりと答えた。

「紅のことはどうするつもりなの？」母は言った。

まず、徐福は妻高紅の体が弱く、果てしない荒海の中、もしものことで、病気にでもなったら、養生の場所も治療の余裕もないことや、小さな子供たちの傍に母親の紅が必要だと説明し、今回の東渡は、高紅を連れて行けないと話した。さらに、義弟高良が一緒に東渡するから、安心してほしいとも話した。繰り返し話しているうちに、両親はようやく同意してくれたが、高紅はずっと黙り込んでいた。

最後に、徐福は父徐隆にもう一人身内の者がいれば、心が強いと申し出た。徐隆は、明日すぐ、徐山郷のいとこ徐興のところに頼んでみると言ってくれた。

航海の案内役探しを、高良と高良の父高仁に任せると、三、四名の倭人、海人を見つけてくれた。その倭人たちの先祖は、もともと呉の国の人だったという。言い伝えによれば、数百年昔、呉、魏の国が相次いで滅ぼされた後、多くの呉の人や越の人は海を渡り倭の国へ逃げたという。彼らは外地に逃げた華夏人の九代、十代目の子孫に当たるらしい。外見は、華夏そのものだし、文字はほとんど読めないが、華夏の言葉は通じる。しかも、彼らは、何度となく、華夏と倭の間を行き来したことがあるという。

「ん、あり得る話だな」徐隆は話し始めた。

「『山海経』には、『蓋国在鉅燕南、倭北倭属燕』（蓋国は鉅燕の南、倭の北にあり。倭は燕に属す）と倭の国は燕に朝貢していたことを明記してある。

『論語』にも、『子欲居九夷　或曰　陋如之何』（孔子は九夷に行きたいが、人は言う、その地は遅れていると、孔子は曰、君が住むところ、なぜ遅れるか?)、『子曰、道不行、乗桴浮于海』(孔子曰道路はうまく行かず、イカダに乗って海を渡ろうか)と東海九夷のことを述べているぞ」

「考えてみて、この華夏の大地以外に、全く別の人がいても、不思議ではないだろう? 匈奴《きょうど》、羌《きょう》などの異民族については、堯舜時代にはほとんどは知らなかった国だったぞ」徐隆は酒を徐福に勧めた。

「運を天に任せるしかないな。行くのはいいとして、お迎えが来るまでに、また会えるかどうか心配だ」徐隆はクルミを握りしめガリガリと音を立てていた。徐隆は長い息をしながら、静かに体を椅子に沈めた。

「おやじ、心配するな。俺は早い内に戻りますから!」徐福は、徐隆に酒をついだ。

工事が始まる。現場もにぎやかになった。

父が紹介してくれた遠戚の叔父徐興の孫がやって来た。名は徐連といい、柳向隆と同じ十八歳になったばかり。徐山郷で塾を出て、贛楡県で役人になったばかりで、学問も、武芸も身に付けているらしい。叔父徐興から徐福東渡の話を聞いた途端、徐連はどうしても東渡したいと自分から申し出た。そこで徐連を連れて来たという。

徐福はすぐ徐連を自分の鞄持《かばんもち》にするぞと高良に言った。

琅邪台の工事が着工してから半年がたち、季節は八月初めになった。主楼の「宇安楼《うあんろう》」はすでに完成しており、「御道」も「登雲梯《とうんてい》」も全て竣工した。

主楼の名は「仙遊楼」から「観竜閣」に、「天橋」も「登雲梯」と郡守に変えられていたが、李斯宰相により、頌徳碑《しょうとくひ》（偉人をほめたたえる碑）の刻石文を取り入れて、主楼と六角亭は、それぞれ「宇安楼」と「六合亭《ろくごうてい》」に名を変えた。

『宇安楼』は「莫不受徳、各安其宇」（それぞれの家庭は秦の恩徳を受け、みんなは平穏無事である事）に由来し、

『六合亭』は「六合之内、皇帝之土」（天、地、東、西、南、北の六合の内、すべては皇帝の土地也）に由来する。

「登雲梯」は郡守の名付け通りとなった。特に「宇安楼」と「登雲梯」建築について、李斯宰相は非常に喜んでいたと郡守は話してくれた。

（ちなみに、始皇帝は、占いの進言により、「六」の数字と、「黒」の色と「水」を秦の象徴的なものとして決めていた）

この日、久々に両現場とも休みにした。徐福は責任者を呼び、でき上がったばかりの宇安楼一階広間で竣工祝賀会を開いた。護衛兵らにも、久しぶりの休みを取らせた。

「福兄、連がいないぞ」趙寛は言った。

「あーあれか？　隆と一緒に留守番をしている」徐福は答えながら、みんなに酒を勧めた。時刻は、巳《み》の刻（十時頃）を指していた。

久々の集まりに、みんな思い思いに酒を勧め合った。

「半年前、ここは草ぼうぼうの小さな丘だったな。そして、工事が始まり、毎日三千、五千という人たちがこの丘を埋め尽くし、たちまち山ほどの土や石などを運んできた。町も山もにぎやかになった。琅邪鎮はもちろんのこと、この琅邪郡全体が沸き上がったな。わずか三カ月で、この小高い山ができ、続いて、建物もできた。本当に感無量だ」徐福の言葉は重かった。彼の話の後に、あっちこっちから雑談が始まった。

高良の采配のよさ、張慈の顔の広さ、向隆の勤勉さ、そして、康泰隊長の機敏さなど……、話題が次から次へと変わり、部屋中熱気であふれていた。

突然、徐連と柳向隆が息を切らせて走って入って来た。徐連は徐福の耳元で何かを話した。徐福の表情は、だんだんと厳しくなった。

「何かあった？　福兄」趙寛は心配そうに寄って来た。

「われわれが留守の間、おまえの現場が悪党に襲われたぞ」徐福は趙寛に言った。

「まあ、大したことはなかったから、安心してくれ」

「なに？」趙寛は寄ってきた。

徐福は趙寛の肩を押さえて、「今から連に、経緯を報告してもらおう」

二、苦い思い出再び

「ご説明いたします」連はみんなに一礼をした。「私は、隆君と一緒に、趙寛頭領の現場で留守番をしていました。護衛の康隊長も来てくれました。私らは東の脇棟の外で雑談していて、趙頭領の使用人四人は内庭で、掃除や整理をしていました。およそ一刻（二時間）後に、突然、南門外からざわめきが聞こえました。康隊長は、南門ののぞき窓から外を見ました。外には馬に乗った年配の二人と徒歩の者六人がいました。趙頭領の名前を呼びながら、手に持った鉾、短刀の振り回しをしていました。『中の者に告げる、早く門を開けろ！　さもないと、みんな火だるまになって、灰になるぞ！』と、馬に乗った二人が行ったり来たりして、大声で叫びました」

「それで？」高良は聞いた。

「はい。隊長はすぐ番頭を呼び、裏門から抜け出して、村に駐屯している郡兵に報告するように指示しました。そして、残りの使用人を集め、各自自分のなれた護身道具と弓矢を持って、隊長のいる南門の西棟に集まったのです」

徐連は一息をして、

「『みな、慌てずに行動してください。まず、これから、矢を弓につがえて、私の号令で一斉に弓を射ってください』と隊長は落ち着いて皆に言ったのです。それから、隊長は外の動きをみながら、『矢を討て！』と号令を出しました。皆一斉に矢を射ちました。まず、矢は一番年配のボスの腰当たりに命中し、そのボスが落馬しました。もう一人のボスが、逃げようとしたところ、康隊長はすぐさま矢を射ちました。その矢が見事にそのボスの肩に当たり、そのボスもゆらゆらと馬から落ちました。残り六人は、『命を助けてください！』と叫びながら、武器を捨て、ひざまずきました。

われわれ七人が八人の悪党を囲み、一人一人に縄を掛けようとしました。その時、肩をケガした若ボスが、使用人から剣を取り上げ、背後から康隊長を刺そうとしたのです。『この野郎！』傍にいた向隆の剣は若いボスの首を刺し、若ボスが倒木のように地面に倒れた。

悪党どもが大人しくなったことを確認して、大ボスと他の六名を五花大綁《ごかだいほう》（首、両手、両足をがんじがらめに縛りあげること）したところ、番頭が三十数名の郡兵を連れて帰ってきたのです。

康泰隊長は強盗の一味を郡兵に引き渡しました。郡兵の小隊長から、盗賊のボス二人は三十数年前に手配されていた強盗常習犯の賈仁、賈義だと聞きました。その後、康泰隊長は郡兵の隊長と言葉を交わした。

『徐連さん、長年に追いかけていた悪党の賈仁、賈義は郡兵に贛楡で捕まったと、必ず徐大使に伝えてください。死んだのは弟の賈義です』郡兵の小隊長は私に言ったのです。

この時、向隆は突然大声を出して、『この畜生！』と叫び、剣を抜いて、死んだ若ボスの腹を何回も刺しました。

以上でございます。康泰隊長は、本当に勇猛果敢な方でした」

傍にいた柳向隆も黙って頷いた。

「よかった！　よかったな」みんなが歓声をあげた。

徐福は趙寛と高良を呼んだ。

「向も来てくれ」徐福は一言を付け加えた。

四人は隣の「養神閣」に移った。向隆は炊事場でお茶を用意し始めた。

「まあ、仕事は一段落だな。強盗騒ぎも済んだし、二人には休みを取ってもらおうか？」徐福は二人に声を掛けた。

「どうして？」趙寛は不思議そうに徐福に詰めた。

「実は、二人には向と一緒に、向の両親と祖父母に会って、俺からのお礼を伝えてほしいんだ」

炊事場から、ヤカンが落ちたような大きな音がした、ガラガラと茶わんの音もした。

徐福は話を続けた。

「向隆はここにきて、もう半年はたったたな。彼はもうこの地に慣れて、良にも慣れた。良は向隆のことをどう思う？」

「いい子だよ。気のよく効く、よく働く子だ。申し分のないいい子だ」良は笑みを見せた。

「向がここに来た時に、良は向隆の家に行って、あいさつしたいと言っただろう？　今がちょうどいい機会じゃないのか？」

向隆は黙って三人のお茶を入れた後、外へ出た。

徐福は立ち、趙寛と高良の肩に手をかけ、しんみりとした口調で語り始めた。

「いいか？　聞いてくれよ！　四日後に、邯鄲で悪党賈仁の斬首刑が執行されるのだ。これが、悪党どもの年貢の納め時だ。その後、賈仁と賈義はさらし首にされることになっている。寛と良に、悪党らの最期を自分自身の目で見届けてほしい」

怒りに震えた徐福の顔が歪んで見えた。

「もう一つ、おまえらに話しておこう。よーく聞け！　実は、賈仁と賈義は三十数年前、寛の叔母である趙珉の婚約者李周明を殺した張本人だ」

「なに！　こん畜生！　俺がこの手で奴らを殺したかった！」

趙寛は仁王立ちになり、血相が変わった。彼は机上のヤカンを壁に投げつけ、お茶は土間一面に零れた。

高良の脳裏には一瞬母金怡のことと、義母趙珉のことがかすめ、彼は両手で頭を抱えて、立ったまま、悔し涙を流した。

「向のおじいさんは、昔米商の番頭をしていたが、偶然知人の賈仁と賈義らに会い、奥さんと娘を人質に取られ、奴らの情報収集に使われた。妻子の安否を心配して、李周明の通り道を賈仁らに教えた。その道で、李周明が賈仁らに殺され、金を取られた。向のおじいさんは、やっと妻子らに会えると思ったが、別れる際、賈仁と賈義は、おじいさんの右目をつぶし、右足の膝を折った。血まみれになった向のおじいさんらは、通りかかった旅人に助けられ、米商宋さんの家に連れて行かれた。わしの父は向のおじいさんの手当てをした。後に、向のおじいさんも郡で裁きを受けた。同じ被害者として処罰を免れたが、贑楡県から追放されることになった。後は、おまえらの知る通りだ」

徐福が炊事場に入った時、向隆は竈の前に座っていた。徐福は向隆の肩に手をかけた。

「趙寛叔父さんと高良親分を、お父さんに合わせてくれ。おまえは、何の罪もなく、悪いこともしてないから、堂々と受け止めてくれ。今は、なにもかも、さらす機会だ。おまえにとって、一生一度の大試練だ。これを乗り越えてくれれば、おまえはスッキリするだろう。おまえならきっとできる。頼むぞ！　向！」

徐福は落ち着いた声で向に話した。向は涙を拭きながら、うなずいた。

「いいか？　いつもの通りに振る舞え！」

柳向隆が現れてからこの半年間、彼のことをどう明らかにすればいいのか、徐福はずっと悩んでいたが、賈仁、賈義を処罰することになった今、やっと落ち着きそうだ。徐福の重苦しい思いは一気に吹き飛んだ。

三、使者視察

嬴政二十七年（西暦前二二〇年）十月末、郡守からの通達がきた。琅邪台の進捗状況を調べるために、朝廷から宰相の特史がやって来るという。そのために、十月初旬までに、琅邪台の工事を竣工しなければならない。

　琅邪台現場は緊張状態が続いた。徐福、高良、趙寛と張慈の四人は、昼夜を問わず、工事の確認に奔走した。

　九月末、琅邪台と上部の建物もすべて竣工した。盛土の上に大理石で組み立てた高台広場は、ひと際目立った。広場の周りに、石の欄干が並び、三メートルごとに並んだ縦柱には、小動物の石彫を施している。真っ白な大理石広場の真ん中に、六角形三階建ての「宇安楼」がそびえ立つ。朱紅の本体に、黄金色の瓦、そして真っ赤な柱と、宇安楼は正に宝石のよう艶々と光る。

　宇安楼の三階は展望台になっている。ここから、膠州湾と黄海の景色が眼下に見え、遠い魯の国の泰山まで眺望できる。

　皇帝の「行宮」（行在所）の「養神閣」は高い屋根と朱色の外観に威厳のある輝きを放ち、「六合亭」の反り上げた金色の瓦が眩しく見える。そして、「宇安楼」、「養神閣」と「六合亭」の三つの建物が高台の上にそびえ、幅三丈（約八・五メートル）もある西側の「御道」から、「宇安楼」へと一直線につながる。右（南側）に石の階段、左（北側）に「登雲梯」からも、高台の広場に登れる。一連の交通網の形成により、渾然一体の立体的な構造物が仕上げられている。

　御道を下り、入口の表門（「正門」や「楼門」とも呼ぶ）に、「東贍門《とうせんもん》」がある。表門と両側の通用門（側門）はいずれも黄金色の屋根が付き、竜の彫刻を施された石門である。「東贍門」は高さ一・五丈（およそ五メートル）、幅は二丈（およそ五・五メートル）余りである。門の扁額（横額）に、李斯宰相の揮《き》毫《ごう》された「巍然東瞻《ぎぜんとうせん》」という横批《へんぴ》（副横額のようなもの）の輝きが眩しく見える。この横批「東瞻」に由来して「東瞻門」と命名された。

宇安楼一階南の広い空き地に、広々とした祭壇を設けてある。東に面して、両端を反り上げた大きな石机には香爐、蝋燭台、果物の石皿と大きな石の杯が備えており、石机の西の内側に、四人座れる長い二つの石座を据え付けてある。祭壇周辺は、粛々とした雰囲気の中、身に迫って来る威圧感が漂う。

徐福は琅邪山の最高峰に登り立ち、目を細め、遠くから琅邪台をながめた。「これなら、越王の『望越楼』に比べても、遜色《そんしょく》ないぞ！」彼は満足気にほほ笑み、こころからの喜びを顕わにした。

この日、立冬を過ぎて、十日ほどたっていた。青空に雲はひとつもなかった。「カッカッカッ」響きのよい御者の鞭の音が静けさを破り、特史一行の馬車は埋め尽くされた人の群れを切り分け、郡守と二十数人の護衛を伴って、琅邪台に到着した。

徐福らは、数百人の職人と一緒に、郡丞、郡尉と護衛兵の後ろで整列して、宰相の特史を迎えに、「東瞻門」の外で待機していた。

ラッパと太鼓の音が鳴り始めた。宰相の特史を先頭に、郡守と護衛を従え、八色の旗の渦をくぐるように、「東瞻門」を通り抜けた。

特史一同は、「宇安楼」の三階に登った。雷鳴のような歓声とともに、太鼓、銅鑼《どら》、ラッパなどが一斉に鳴り響いた。まず、郡守が短いあいさつをした後に、特史は「みんな、ご苦労でした！」と大声で一言。群衆からの歓声がさらに高くなり、人々は酔い痴れたように、叫び続けた。群衆の中に、酒と干し肉を配る人が行き来し始めた。

特史から李斯宰相の言葉が伝えられた。

「この琅邪台建設に当たり、皆の尽力により無事完成したことを心から喜んでいる。来年の九月頃に、皇帝陛下は十万の大軍を連れ、この琅邪台にお越しになる」そう伝えると、群衆から万歳の歓声が沸き上がった。待っていたかのように、みんな酒を手にした。隣同士で話す者もいれば、陽気に踊り出す者もいた。この歓迎会場の周りには、工事に携わるおよそ三万人の者がいたが、その中には二万人以上は各地からの受刑者である。徐福の配慮により、彼らにも酒を配った。「次の仕事も、頼むぞ！」と徐福は彼らに声をかけた。

式典はおよそ半刻（一時間）で終わり、特史は郡守を従えて、琅邪府へ帰ろうとした。徐福も帰り支度をし始めた。

特史の一行は、徐福の後に着いて、石家村の彼の住処に来た。

「徐大使、徐阜村に帰られますか？」特史は徐福に声をかけた。

「さようでございます。勅使殿。仕事の用意するために、寒舎（拙宅）に戻る所存でございます」

徐福は初めて頭を上げ、特史を見た。二十代くらいの穏やかな人だった。

「徐福様、大変ご苦労さまでございます」

徐福は軽く解釈した。

「郡守様、私は、宰相から、徐福大使にじかに伝える事項がございますので、郡府に寄る前に、徐福大使のお宅にお邪魔させてもらおうと思いますが……」

特史は郡守に声をかけた。一連の話の中で、「徐福様」と「徐福大使」を使い分けていることを、徐福は妙に感じた。

「さようでございますか。後ほど、琅邪台の図面や説明などは改めて用意いたしますので、郡府に戻られる際、お渡しいたします。われら一同は、郡府でお待ちしていますので、どうぞ、ごゆっくりなさってください」

郡守は丁重に答えた。

一方の徐福はあぜんとしていた。宰相の特史である方が、なぜわざわざわが家を訪ねるのか、どうするつもりなのか？　尋常なことではなさそうだ……。

彼はすぐ趙寛に現場の片付けを頼み、徐連に馬車の用意を指示した。時は、巳《み》の刻(十時)を過ぎた。

「徐福様、貴府（お宅）にお世話をおかけいたします、どうぞ、よろしくお願いいたします」

特史は明らかに敬語を使い始めた。徐福は驚いた。

家につくまでの間、徐福は慎重に言葉を選び、周辺の風景や街並みについて使者に説明した。

正午に家につき、開けた南門には、すでに護衛や家の者が列をなして、貴賓を待っていた。

「ようこそ、勅使様」年老いた徐福の父徐隆が深々と一礼をした。右手で動けない左手を擦りながら、特史にあいさつした。

「いや、いや、恐縮でございます。突然お邪魔いたしまして、申しわけなく存じます」特史も深い一礼を返した。

「歓迎勅使光臨！（特史の御光臨を歓迎いたします）」列を組んだ一同は高らかな声を上げた。

「お邪魔いたします」特史はみんなに会釈した。客間で、徐隆、徐福と特史の三人が席についた。

「勅使さま、私はちょっと、失礼させていただきます」徐隆は左手を擦りながら、席を立った。

徐福は使者にお酒肴を薦めた。

「勅使様は、私にご用がございますか？」杯にお酒を注いだ。

「たいしたことはございませんから、それより、まず宰相からの指示をお伝えいたします」

使者は手元の竹簡を広げた。

「宰相のお話によりますと、来年初めに、陛下ご一行は東部郡県を巡幸する際に、この琅邪台を登られます。その節には、大使様に勅書をじかに渡されます。予定としては、来年十月中に、東渡し、不老不死の薬を探すよう、命令が下る予定でございます。それまでに、船の建造が間に合うか否か、乗組員や随行者の召集について、困ることはないかと宰相は心配なさっておられます。謁見の時、確信のない話は許しませんので、重々注意されるようにと、宰相からの伝言でございました。なお、私は勅使ではなく、宰相の使者として、こちらに参りましたので、どうぞ、お気になさらないでください」

話を終え、安堵の笑みを見せ、使者は杯を挙げた。

「さようでございますか？　宰相のご心労を察するに当たり、衷心より感謝を申し上げます」徐福は一礼をした。

「船の建造につきましては、琅邪台工事の着工と同時に、職人などの募集が終わりまして、材料もほぼそろいました。今から、ドックと作業場の建造に着手します。続いて、造船工事が始まります。八カ月前に、宰相から、まず、帆船三隻を建造するという指示でしたが、それは変わりませんか？」

徐福は確認することにした。

「その通りでございます」

特史は答えた後、部屋の飾りを見て回った。

特史は席を立ち、西壁に飾った家系図に向かった。祭壇に置いた線香に火を付け、家系図の前にひざまずき、額《ぬか》ずいた。徐福は慌てた。常識的には、家族以外の者は、他人の家で、家系図の前にひざまずくことは、習慣として絶対にあり得ないことだ。宰相の特史となると、なおさらだ。これはどういうことだ？　徐福の額に汗が滲んできた。

「特史殿」徐福は急に殿と呼び、使者の隣にひざまずいた。

「恐れ入ります」

「いいえ、こちらこそ、大変失敬いたしました」

話しながら、特史は立ち、席に座った。壁に飾っている絹の家系図を振り向いて、何度も懐かしそうにうなずいた。

「改めて、自己紹介させていただきます。私は大使と同じく、徐の姓を持ちまして、徐信と申します、この八月で二十四歳になりました。彭城《ほうじょう》（徐州）の出身でございます」

拱手《きょうしゅ》の礼をして、話し始めた。

「彭城」の二文字を聞いた途端、徐福は目を大きく見開いた。

「父は徐范と申しまして、兄は徐献と申します。両親は跡継ぎの兄と一緒に彭城におりますが、私は妻と一男一女の四人家族で、咸陽に住いを構えております。愚息には徐正と名づけております」

徐信は手に持った木箱をゆっくりと開けた。

「ここに、写してきたわが家の『家譜』（家系図）がございます。お許しをいただければ、見ていただけないでしょうか？」

手を止め、徐福の顔をのぞいた。

「あ！　ぜひ、どうぞ、どうぞ！」

徐福は首を出して、徐信の手にした絹の巻物を見た。「ぜひ、拝見させてください」

オンドルの長い机に巻物を移し、徐福は食い入るように、徐信の「家譜」をゆっくり見始めた。そして、徐福の顔はだんだんと紅潮し始め、手が小刻みに震えだした。

「ちょっと失礼……」

徐福は足早で部屋から出ていった。

四、千里有縁（千里に縁あり）

「失礼いたしました」

しばらくして、息切れした徐福は、父の徐隆と息子の徐訓を連れてきた。三人とも異様な目で徐信を見た。

「使者殿、こちらは、愚息の徐訓でございます、今年は満十一歳になりました。どうぞ、引き続き、御『家譜』を拝見させてください」

四人は黙々と、二つの家系図を見比べた。

「オー、こっちも偃《えん》王様の後裔だの……」

徐隆は突然手で額を押さえ、長いため息を漏らした。

「あー、神様！　信じられませんな！　本当に信じられない！　わが家とそっくりの『家譜』がここにありますぞ！　徐偃王以下、徐宝宗、徐滄、徐平……、今から五代前までの名前は全く同じものだ！数百年も続いたこの徐一族の血の流れが、ここの二つの『家譜』につながっているとは、正に奇縁だぞ！」

興奮のあまり、徐隆は、息がきれそうになった。よろけそうになった体を机に伏せた。年を老いた徐隆は大粒の涙を流した。

「突然皆さんを驚かせて、申しわけございませんでした！」

徐信は徐隆の前にひざまずいた。

「どうか、お許しください」

徐信は徐福の手を握った。

「これで、お分かりになりましたか？」

「親子ともども、心から感謝いたしておりますから、どうぞ、楽にしてくださいませ」

徐福は手を伸ばして徐信を立たせた。

「私は倭王から数えて二十四代目です。お宅の『家譜』と照らし合わせてみますと、徐訓君と私は同輩（代）です。従って、徐福大使は、私の叔父の代に当たり、徐訓君のおじい様は、私の祖父の代ですので、どうぞ、後輩の拝礼をお受けください」

さすがに役人出身とあって、徐信は、徐隆と徐福の前にひざまずいた。「おじい様、叔父様、先祖の名のもとにおいて、茲《ここ》に、後輩徐信の拝礼をさせていただきます」

一回拱手して、三回額ずいた。同じことを三回繰り返した（所謂「三拝九叩」である）。徐隆も徐福も口を開けたまま言葉に詰まった。気がつけば、目を潤ませた徐信は二人の足を抱きかかえていた。

徐隆と徐福はわが子を見るように、徐信をじっと見つめた。

「いい青年だ。これは夢じゃないですぞ」

二人は同時に言った。

「黄泉の国に行く前に、こんな素晴らしい朗報を耳にして、わしは幸せものだ」

徐隆は大声を出した。

徐訓が部屋に戻った。

「お父さん、勅使さまの随行者のみなさんに、母が昼食を用意していますが、こちらは、どうなさいます？　始めましょうか？」

「そうだな。だいぶ遅くなったな。始めよう」

徐福はよく気がつく妻高紅の段取りに喜んだ。

徐福一族の三代に徐信を加えた四人が、一刻(二時間)遅れの昼食を取り始めた。徐隆は半年ぶりに、酒を口にした。

「よくぞ、『家譜』を持ってきてくれた」

徐隆は三、四回頷いた。

「これも、宰相の温かい心遣いでございます。出発前々日に、宰相に呼ばれまして、『家譜』の写しを持って行きなさいと言われました。どうしてですかと聞くと、ひょっとするとおまえは、徐大使と一族であるかもしれないぞと言われた時は、さらに驚いたのです。こうして、うまく来られたのも、すべて宰相のおかげです」

徐信は徐福の杯にお酒を注いだ。

「ほかに、宰相から何を言われましたか？」

徐隆は聞いた。

「宰相の話によりますと、おじい様とは、しばらく鬼谷子塾で、一緒に勉学されていたとおっしゃいました。確かに三カ月後に、おじい様は、家の事情で塾をやめたとも仰いました」

「そのとおりだ。これも重なったご縁というものだな。実は、今回の東渡の件についても、早々に宰相はこの田舎老いぼれに相談の書状をくださった。わしは嬉しかった。天下大事を語る宰相の姿を思い出すな」

「え？」

徐福は徐隆の話を聞き、驚きのあまり、体を壁にもたれかけさせた。門下生になる時も、東渡を命令された時も、皆父に相談したが、なぜか父は関心がなく、「宰相に任せばいい」と人ごとのように言っていた。やはり父はすべて事前に宰相の相談を受けていたのか……。

徐隆の目には涙が浮かんでいた。

「それから、私自身のことを申し上げます」徐信は自己紹介を続けた。

「楽にして、話してください」徐福はお酒を勧めた。

「はい。遅くなりましたが、私が生まれ育ったのは四川郡彭城県（今の徐州市。四川郡は後の漢の時に、泗水《しすい》郡と名を変えた）です。県試を受け、合格した後、さらに郡試を受けました。幸いこれも合格したのです。若さに任せ、中央の試験も臨みましたが、不合格でした。中央と言えば、やはり高嶺の花でした。

父からおまえは本当に怖いもの知らず、よくも中央へ上がろうと思ったものだ。わが徐家は中央に行くようなことはできないのだと、言われまして、なかなか納得しなかったのです。見兼ねた祖母が『おまえのせいでもないし、親のせいでもないのだ。力があっても、できないことはあるのだ。これも、徐家の先祖が残した遺産だから、黙って運命に任すしかないのだぞ』と教えてくれました。もちろん、徐偃王のことも教えてくれました。しばらくすると、郡府から、令書が来て、彭城県の県丞に任命されたのです」

「わたしの父徐名も県丞止まりだった。まあ、徐家の者は、精々そこまでだな。おばあ様の言う通りだった。しかしだ。わが先祖徐偃王を責めるわけには、いかない。徐偃王は商殷に対する忠誠が災いとなったが、その一途の心は尊いものであろう。『敗莫敗於不自知』(呂氏春秋：人生最大の失敗は、己を知らないところにある)という言葉があるが、己と周辺の事情をよく知っていれば、偃王も死ななかっただろう」徐隆は口を挟んで説明した。

「その通りです」徐信は話を続けた。

「去年の夏、宰相は各国の視察する時に、偶然彭城県にお寄りになったのです。彭城県の税収などをお聞きになった時、私の書いた帳簿がお目に留まりました。『この帳簿を書いた者を呼べ！』宰相は私を呼びました。『県令、今日からこの徐信を私の宰相府で使う者にしたいが、よろしいかな？』と、宰相は彭城県令に聞きました。『承知いたしました』と一言、こうして、私は宰相の随員となったのです。宰相府に入り、私は内史の補佐官に命じられ、司直関係の書類の整理や審査官になりました。

官職としては、郡丞と同じくらい、六品か七品の官位です。これが私の出世談でございます」

「すごいぞ！　郡丞か、大した出世だぞ」徐隆は自分のことのように喜び、両手を揉みながら、土間を歩いた。

「さて、ちょっと聞くが、徐信君、どうして、そんなに出世できたのかな？」

「おやじ、失礼だぞ！」徐福は口を挟んだ。

「いいえ、わが家の皆もそう思いました。実は、私自身さえ、びっくりしておりました。後々、宰相に伺ったところ、『字は人なり』と一言の返事でした。宰相は字をみて人が分かると言っておられます。字に対する見方は非常に厳しいのです。私の字の、筆先を見せない蔵峰の書き方や、縦横の線をできるだけ直線にして、角をまるやかにするというところが、宰相の字に似るところがございまして、宰相は私に『耿《こう》』『澄《ちょう》』『節《せつ》』という三文字の竹簡をくださいました。それが私に対する評価のようです」

　徐信は恥ずかしそうにうつむいた。

「耿、澄、節だね。そうか！　なるほど」

　徐隆は、目を細め、解説し始めた。

「正直の耿、清潔の澄、忠実の節だ。いい言葉だな！　しかも、それぞれ、火と水と竹の部首を引っ掛けていることからみて、実に教養のある立派なご発想だ。宰相の御引きはもちろん有難いことだが、それなりに徐信君の懐が深く、器も大きいということだ。これから徐信君の前途は洋々たるものだ」

徐隆は満面に笑みを浮かべ、徐信を見つめた。

「おじい様、ありがとうございます」徐信は初めて徐隆を祖父と呼んだ。そして、「叔父上も」と徐福にお酒を勧めた。徐福は笑顔で徐信の酌を受けた。

ご機嫌になった徐福は、趙寛と趙寛の父趙豊、高良と高良の父高仁も呼んだ。理論派の趙寛、楽天派の高良に学究の徐福を加え、宴会はたちまちにぎやかになった。その間、徐福は護衛隊長を呼び、郡府まで一走りして、特史が徐家で夕食をされると郡守に連絡を入れた。

特史徐信が馬車で郡府に着いたのは、戌の刻（午後八時）の拍子木が鳴った後だった。

徐信は、郡守から、琅邪台の図面や報告書を聞き、郡守に宰相から預かった絹に書いた「刻石」碑文を渡した。そして、二人はお茶を飲み、地方の出来事などをしばらく話した。

徐信が郡府の貴賓館で寛いでいた折り、徐福が別れ際にお土産を詰めた四つの木箱を馬車に積んでくれた、と御者からの報告があった。徐信が中身を確認すると、山珍海味（海山の珍味）や銘酒銘菓のほかに、彫塑骨董や霊薬滋養などがぎっしり入っている。徐信は木箱の上に挟んだ一枚の木簡を見た。「千里有縁」（千里に縁あり）と書き記してある。彼は木簡を静かに木箱に収め、両手を合わせた。

五、徐福の葛藤

眠れない徐福は、夜中に何回もトイレに行った。朝方になり、彼は玄関傍の椅子に腰を下ろした。楊の並木の長い影が庭を横切るように東向きに倒れている。通り抜けない風が、庭の中で小回りの竜巻になっている。

あ、あ、寂しい！　徐福は無性に人恋しく感じた。

東渡の日が迫って来る。来年の今頃、俺はどこにいるのか？　残された家族はどうなるだろうか？

父徐隆の半身不随は治る見込みはなく、母の不自由な足のことも心配だ。妻高紅のぜんそくも治してやりたい。そして一人一人の子供の顔も……。

あれこれ思ううち、冬の風が吹き抜け、肌寒く感じた。

「あなた、もう朝よ」ウトウトしていた徐福は、高紅の声で目が覚めた。

彼はトボトボと父徐隆の部屋に入った。

「おやじ、徐信に宰相の三文字について、話しましたね」徐福は徐隆に話しかけた。

「ん、火、水、竹の話か？　ああいう頭のいい人は、最後まで言わなくても分かってくれるだろう」

徐隆は体を起こし、お茶を飲み始めた。

「火は情熱、武勇と正直、水は穏当、静謐《せいひつ》と慈愛、そして竹は忠節、向上と努力を意味することは、おまえも知っているだろう」

「よく、分かりました、父上。やはり、父上は偉い！　それじゃ、失礼しますよ」父のしっかりした姿をみて、徐福は安心した。

徐福は調理場に入った。妻の高紅は使用人の女性と一緒に朝食を用意している。

「あっ、旦那様！」使用人の女性がおどろいた。

「何かご用ですか？　旦那様」高紅は聞いた。

「永《えい》と善《ぜん》は何歳になったかな？」意外な質問だった。

「え？」高紅は徐福の顔をのぞいた。

「本当に大丈夫ですか？　自分の子供の年齢でしょう。覚えてくださいな。長女燕《えん》は十四歳、長男訓《くん》は十二歳、次男賀《が》は十歳、次女梅《ばい》は九歳、三男永は七歳、末子善は六歳でございます。はい！　食事の用意です！　邪魔しないでください」徐福は早々と調理場から追い出された。

朝食の後、徐福は長男徐訓を馬に乗せて、徐山郷へ出かけた。途中の店であめを買い、一つは徐訓にやり、残りは、ほかの子供らにやることにした。

徐訓は六歳から塾に入り、負けん気の強い性格のせいか、読み書きは、いつもトップだが、算木（算数）だけは、覚えが悪かった。その分、全く塾の授業とは関係ない占い本に興味を持ち、気象や天体観察でも、大人顔負けの知識が身についた。

「父ちゃん、もう墓地についたね」訓は言った。二人は馬から降りて、祖墳（先祖代々のお墓）の前にひざまずいた。

この小高い山の頂から、数えて二十数基の墓は、裾を開いたような麓《ふもと》に扇型に展開している。本家のお墓だけは、上から下まで一直線に続き、分家のお墓は、その左右に並んでいる。一族の墓地を見て、先祖や家系を大事にする中国人の慣習を、垣間を見ることができる。

徐福は、両手を合わせた。「ご先祖のみな様、ここに徐福と息子の徐訓が祖墳の御前に参りました。

家族一同はみんなが元気でおります。心から、先祖の御加護を心から感謝いたします」徐福は目を閉じ、先祖に感謝の言葉を述べた。

「これからも」徐福の傍から、徐訓は唱え言葉を続けた。「みなが健康長寿でありますように、皆が暖衣飽食でありますように、よろしくお願いいたします」

二人は三回拝礼した後、立ち上がった。徐福は黙って徐訓の頭をなで、しっかりと抱きしめた。

「父上、泣いているの？」徐訓は聞いた。

「ん？　さあ、帰ろうか？」徐福は徐訓を馬に乗せ、帰路についた。

「訓、父ちゃんは一族の墓を守ってきたが、これからは、おまえの番だぞ」徐福は徐訓に話し掛けた。

「おまえは兄弟六人の長男、幸せ者だぞ」

「ん、僕もそう思う」徐訓は答えた。

「僕は長男だから、父ちゃんの跡を継いで、一族のお墓を守り、一族のみんなも守りますから、安心してね」徐訓は堂々と答えた。何も知らない子供の言葉に徐福の目が潤んだ。

二人は趙湖村に寄った。妹の徐坤は趙寛の嫁になって、この趙湖村に移り住み、早十六年になる。一人息子の趙明はもう十五歳だ。

「兄さん、親子そろって、珍しいね！」徐坤は笑って、玄関まで迎えに来てくれた。「訓ちゃん、大きくなったね」訓にも声を掛けた。

亡くなった祖母似の徐坤は、世話好きな人だ。困った徐福一家に、徐坤と趙寛はよく手を差し伸べてくれた。「貧乏方士」の徐福にとって、妹夫婦は、掛け替えのない存在だ。

「福兄、食事して帰る?」趙寛は言った。

「そうだな、もう昼か? じゃ、ご馳走になろうか」そういう間に、高良もぶらりとやって来た。

「さあ、飲もうよ」趙寛は、高良に酒を勧めた。その間、趙明は徐訓を誘って遊びに出ていった。

酒だけは進んだが、三人とも黙っていた。冗談もなく、笑いもなかった。趙寛と高良も気を使って、自分から話題を言いだせなかった。

「兄さん、良ちゃんと海に出ていくのは、来年でしょう?」見兼ねた徐坤が単刀直入にみんながさけていた話題を持ち出した。

「オイ、おまえ!」趙寛はびっくりした。

「分かっている、兄ちゃんの気持ちも、皆の気持ちも、重々分かっています」徐坤は話を続けた。「山の大将徐福と海の大将高良の二人がいれば、天の果てまで行っても、怖いことはないでしょう?」徐坤は目を丸めて皆を見た。

「そう、睦東大使、この海の大将がついていますぞ!」高良は満面に笑み浮かべ、徐福を見た。

「良ちゃん、天竺遊学の時に、強盗と戦った話、西海岸で暗闇を帆走した武勇伝を話してくれないか? あのような話は、何回聞いても飽きないよ。ぜひ聞きたいな」徐坤は三人の男に火をつけた。

高良は天竺の話をし始めたが、いつの間にか、話題が橘弘《きつこう》のことに集中した。背の高い橘は何種類の言葉も話せるし、神経は細かく、武芸も一人前……。橘は一体何者か？

「あれは、蓬莱島《ほうらいとう》の人じゃないのか？」高良は言った。

「違うだろう、あれは仙人には見えないぞ」徐福の好奇心も目覚めた。

「確かに、橘は曽祖父の曽祖父の頃に、一家は呉の国から東の島に渡ったと言っていたよね」徐坤はつぶやいた。

徐坤のこの一言で、徐福は少し落ち着いてきた。橘一家は元呉出身であればこそ、天竺遊学がうまく行った。ならば、橘がそばにおいて、道に慣れた彼に任せればいいのではないかと、徐福は自分に言い聞かせた。

なにより、弟の高良が一緒に行くから、一番心強い。幼い馴染みの二人は、息が合う。徐福が動くと、影のように、高良はぴったりとついてくる。後は、家のことを趙寛と坤に託そう。これで良いだろう。


趙寛の家を出た。徐訓は馬に乗ったまま、頭を父徐福の胸につけ、至福の思いで、父に甘えた。夕日が背を照らした。徐福親子は自分の影を踏みながら、帰り道を急いだ。

徐福は、すでに前の晩から、一年後のことを考えた。遠戚の徐信から、李斯宰相の考えを聞き、始皇帝のかなえ難い夢を追い、不老不死の薬を探すための東渡は、自分にとって、正に避けられない運命のいたずらだと思った。

李斯に召集されてから、田舎方士徐福の人生は一変した。これから、のんびりとしたこの田舎生活と離れ、両親や妻子らとも別れてしまう、そして、果てしない未知の「蓬莱」へ渡り、その見知らぬ陸に上がる。万が一、みんなと永別するようになるかもしれないと思った瞬間、彼は背中に異様な寒さを感じた。

第三章　天涯の旅路

一、東渡の聖旨

徐福は東渡について随分と躊躇《ためら》っていたが、三カ月がたった今は、預かった数百人の運命のことを真剣に考えるようになった。

嬴政《えいせい》二十八年（西暦前二一九年）五月一日、郡守から李斯宰相親筆の刻石原紙が届いた。それから二十日後に、高さ八尺（約二百二十センチ）幅五尺（およそ百三十九センチ）の刻石ができ上がり、六合亭の台座に取り付けた。郡守らの立ち会いのもと、琅邪《ろうじゃ》台工事の竣工式を行った。続いて、使者徐信による検査と確認も終わった。

二月二十八日（西暦三月二十八日頃）、始皇帝一行は第二回の巡幸に出発した。『秦始皇本紀』には、「……二十八年、始皇東行郡県、上鄒嶧山……」（始皇帝二十八年、始皇帝東部の郡県を回り、鄒県《すうけん》の嶧山《えきさん》を登る……）とある。

二月二十八日に出発する今回の巡幸は、山東省、湖南省、湖北省、陝西省と直線距離でおよそ四千五百キロにおよび、実際の距離は五千九百キロを超える長旅である。十月下旬に首都咸陽《かんよう》に戻るまで、実に八カ月の月日を費やす予定である。その長旅の中、琅邪で長期滞在を予定していた。

四月初め、鄒県の嶧山で刻石を見た時、始皇帝は自分の名を大地に刻んだ事を、宙に浮くように喜んでいた。

四月中旬、東岳泰山の玉皇頂と岱廟《たいびょう》で封の儀式（天を祀り、天に謝恩する儀式）を、泰安から東約八十キロ離れた梁父《りょうふ》山で禅の儀式（地を祀り、地に謝恩を表す儀式）を執り行う時も、始皇帝は天から舞い降りたように上機嫌だった。泰山刻石を見た後、始皇帝は顔を輝かせ、大声で笑った。始皇帝が上機嫌になったところを見計らって、李斯は急行軍を命じ、睡県《すいけん》、成山、之罘《しふさん》山を通りぬけ、六月初めに、目的地の琅邪台に駆けつけた。

琅邪（膠南）は、碣石《けっせき》（秦皇島）、転附《てんふ》（煙台）、会稽《かいけい》（紹興）、句章《くしょう》（寧波）と並んで五大港の一つとして知られており、また、越王がここに遷都したことも有名である。

始皇帝一行が、六月七日から九月十一日までの三カ月もの間、辺鄙《へんぴ》な田舎琅邪に滞在したことは、世を驚かした。

二日間の休息を取った後、嬴政二十八年六月八日乙亥（西暦七月四日）、始皇帝は李斯ら大臣を伴い、琅邪台を登り、厳かな雰囲気の中、琅邪台刻石の除幕式が執り行われた。宇安楼《うあんろう》の三階にある祭壇で、線香の煙はもくもくと空に舞い昇り、道士による神事を行われた。お祓いの終了合図と同時に、太鼓、銅鑼《どら》とラッパは一斉に鳴らし始め、琅邪台を埋め尽くした数千本八色の旗が春風に翻り、「万歳」の歓声が琅邪山の山々に響き渡った。

始皇帝一行は宇安楼から降りたころ、広い琅邪台は水を打ったように静まりかえった。今から、刻石の披露が始まる。護衛兵と大臣に囲まれ、始皇帝は西側の正面階段から下り、赤い絨毯《じゅうたん》の道に沿って、南西にある『六合亭』へと足を運んだ。刻石の前に立った始皇帝は、ゆっくりと刻石を覆っている真っ白な布の引き綱を引き、除幕布が落とされた。

「維二十八年皇帝作始、端平法度、萬物之紀……」（嬴政二十八年〈西暦前二一九年〉、皇帝は初めて統一国家を作り、法度を公平正しくし、万物の風紀となり……）

深彫した李斯の黒墨を塗り付けた端正な篆書が、純白の大理石の滑らかな石肌に光り輝いた。李斯は高らかな声でゆっくりと二百九十余字の刻石文を一気に読み上げた。

「秦の始皇帝万歳！　万歳！　万々歳！！！」郡守のかけ声の後に、数万人の歓声が雷鳴のごとく、琅邪台から、広く海の彼方へ、遠い山々の向こうへと響き渡った……。

始皇帝の巡幸に駆けつけた琅邪郡周辺の二十一の郡守らは、それぞれ県令や郷の三老、游徼《ゆうきょう》まで連れてきて、始皇帝に謁見する機会を窺った。特に都から遠く離れた遼東郡、遼西郡、雁門郡、代郡、陳郡など、各郡の郡守らは、多くの随行者や貢ぎ物を積んだ車馬などを連れてきており、これらの役人だけでも、数千人に上り、琅邪郡全体がごった返していた。

始皇帝一行は、刻石の儀を終えた後、再び宇安楼に登った。管弦鐘鼓の穏やかな旋律の吹奏が再び始まった。李斯の合図の後、郡守らによる十日間の謁見が始まった。

真っ赤な欄干の前で、護衛兵に足を止められた郡守たちは、ここでひざまずいて、大声で謁見の言葉をのべる。

「××郡守○○が始皇帝陛下に拝謁申し上げます。秦の始皇帝陛下、万歳、万歳、万々歳！」

「斉郡臨淄《りんし》市劉大維、ここに秦始皇帝陛下に御謁見申し上げます」

「秦の始皇帝陛下、万歳、万歳、万々歳！」商人らしき者が、台の下にひざまずき、大声で謁見の礼を述べ、連れの四人が大きな箱二つ台の下に置いた。

「ここに、金五〇〇〇両を持参して参りましたので、陛下に進呈いたします」

始皇帝が、「ご苦労であった」、「これからも、頼むぞ」など、一言を述べる。それだけでも、その貴重品を献上した郡守らはみんな喜んで帰った。一日に一刻（二時間）の謁見が終わると、陛下はお休みとなる。ニンジン茶や茘枝《れいし》と桃が出され、柔らかな音色の笙《しょう》の合奏に合わせ、舞子が踊り始めた。

十日目の謁見が終わり、琅邪台周辺も大分静かになった。一刻ほどの休憩を取った後、再び、李斯が台上に登った。

「ただいまより、始皇帝陛下は民の声をじかにお聞きになりたいと仰せられております。陛下に、謁見したい者がおれば、前に出て参れ！」

小太り商人の後に、道士らしき者が謁見を申し出た。その後、しばらく待っていたが、誰も出てこなかった。李斯は、人を探し始めた。

「次の謁見を申し出る者は、そのあたりにはいないのか？」

「畏れながら、ここにございます！」徐福だった。

かつて、李斯は徐福方士のうわさ話を、皇帝に進言したことがある。ここで彼は徐福に謁見をさせることにした。

「臣琅邪郡贛榆《かんゆ》県の方士徐福でございます。恐れ多くも、陛下にお目にかかり、恐縮至極でございます」

徐福は拱手《きょうしゅ》の礼をした後、階下に拝跪《はいき》した。

「何か申すことがあるなら、申せ！」李斯は言った。

「恐れ入ります。この徐福は、斉の出身の方士でございますが、いにしえによりますと、東海に三神山あり、曰く蓬萊《ほうらい》、方丈《ほうじょう》、瀛洲《えんじゅう》と申します。その神山には、神仙が住んでおられます。彼らは、みんな不老不死の薬を飲み、長生きてしております。願わくば、私はその神山に渡り、神仙から不老不死の薬を手に入れ、皇帝陛下に御献上させていただきたく存じます」徐福は李斯の表情をのぞいた。

「待て！　宰相！」後ろの玉座から、始皇帝の声がした。

「その話、朕《ちん》から聞こう。徐福！　近う寄れ！」

李斯は「は、はっ」と頭を下げ、半歩身を引き、徐福は少し前に進んだ。

「その三神山の話は本当の話だというのか？」始皇帝は聞いた。

「いにしえの伝えでございまして、確信はございませんが……」徐福はしっかりとした声で答えた。

「確信のない話だと？　信用のできないこととは違うのか？」始皇帝は旋毛《つむじ》を曲げ、徐福に迫ってきた。

「陛下の仰せの通りでございます。確信のない話は確かに信じるに値しませんが、この神山に関する話は、幾百年もの昔から今日まで伝えられてきたお話でございますので、確信がなくても、否定することもできないのでございます」徐福はゆっくりと答えた。

「否めないことを、信じようと言うのか？」始皇帝は鋭い目つきで徐福を見おろした。

「孔子は『信而好古』（いにしえを信じて、愛すること）とおしゃいました。いにしえは、万人が辛労を重ね、千人の知恵を集めた珠玉の宝庫でございます。その言い伝えについては、すべてを信じようとは申せませんが、すべてを否めることもできないと存じます。また、孔子は『無信不立』（信なくば、立たず）とも仰いましたが、やはり、信じること自体が、物事の始まりではないかと存じます。

　思えば、かつて、曾祖父から聞いた話でございますが、斉の威王（西暦前三五〇～西暦前三二〇）が東海に不老不死の薬を探すため、人を遣りました。帰ってきた人より、蓬莱は正に理想郷だと報告をうけたそうでございますが、……結局、その後どうであったのか、知るよしもございませんでした。

　これらのいにしえから考えてみますと、いろいろな可能性を信じて、さらに探れば、何らかの結論が出てくるものと信じております故、ぜひ、万難を排し、神山を見つけ、不老不死の薬を手に入れる所存でございます」徐福は一息ついて、再び、始皇帝の様子を窺った。

「宰相はどう思うか？」始皇帝は徐福を見ずに李斯に聞いた。

「陛下の思う通りでございますので、ご決断をくだされば……。人員、船舶などは全て用意済みでございますので……」もうすでに事前に話したことであるため、宰相李斯はここでうまく逃げた。

「さて！」始皇帝は立ち上がった。「ただいまより、方士徐福に神仙の島へ渡ることを命じる。詳細は宰相から聞け！　下がってよい」始皇帝は頭を上げ、体を後ろの玉座にもたれかけた。

「はっはー！　承知いたしました。恐悦至極にございます。皇帝万歳、万歳、万々歳！」徐福は三度拝礼した。

始皇帝謁見の儀が終わり、李斯はすぐ徐福を呼び、船の点検や乗組員の確認を指示し、水や食料品などの用意にも念を押した。

この日から、およそ二カ月余り、始皇帝は、潮湾造船場と東渡啓航処（出発地）をご覧になり、航海用帆船に試乗して海上航海することとなる。

二、出航用意！

琅邪台工事竣工後、造船工事の進行と同時に、徐福は人集めと資材機材の調達に着手し始めた。徐福は、天竺遊学中にみた橘弘《きつこう》の行動力と知識の広さに注目し、よく橘に意見を聞いた。

まず、航海の乗組員について、橘に見積りをしてもらった。帆船一隻につき、幹部船員は最低でも八人が必要。一般船員には、人数の一番多い櫂を扱う水手、帆を扱う水手のほかに、見張り要員、拍子木たたき担当、調理室の料理長と料理人、手信号手、照明担当、深浅測量と速力測量、気象天候と時刻担当、連絡人、雑用工……。こうして、全部足してみると、一隻には少なくとも、四十人前後が必要だと分かった。そして、この全員が武器を使える元気な者であることも大事なことだ。

次に、徐福は通訳と道案内選びを高良に一任した。名乗り出た者の中から、高良は安曇族の海人オカ、タカと済州島出身の大石の三人を採用した。

さらに、徐信から聞いた話によると、李斯宰相は楚の国から、櫂を扱う水手と帆を扱う水手候補として、約百八十名の若い滇人《てん》（西南夷─雲南省少数民族）男子を連れてきたという。訓練すれば、みなが使えると宰相は言ったそうだ。

徐福らは三日間かけて、あらゆることを想定した準備を行った。帆船三隻の人数の配分、水、食料と照明などの用意など、逐一確認した。また、航海の安全を考慮して、各船の護衛について、たくさんの護衛は要らないという始皇帝の意向に沿って、名目として最小限、一番船に七人、外の二隻は五人ずつの護衛に決めた。……まとめてみると、一番船は百六人、二番船と三番船はそれぞれ百二名、合計三百十名の大所帯となった。

徐福が人員、資機材、飲料、食料品などを用意する間に、高良は橘弘らと一緒に、ひそかに乗組員の航海技能確認と操船の基本訓練を始めた。琅邪湾に面した海岸に、長い簡易の建物が建てられ、六十名以上の幹部乗組員をここで寝泊りさせ、広い入江で航海の特訓を受けさせた。

高良はこの特訓を通じて、初めて滇人たちの働きぶりに気がついた。彼らは拍子木に合わせて、すぐ櫂の漕ぎ方を覚えた。彼らはリズム感がよく、歌いながら、櫂を漕ぐ姿は実にほほえましかった。帆の使い方についても、笛に合わせて、ひもを上手にさばき、その敏速さも凄まじかった。マストにのぼり、綱を括る時も、彼らは全く怖じることなく、ひもの結び方なども いち早く覚えた。彼らは、みんなが真面目で、黙々とよく働く。「あれは、天竺で出会ったタイガーらによく似ているな」感心した高良は徐福に何回も同じことを言った。特訓は十五日で終わった。

操船関連の乗組員以外に、炊事担当、気象時刻担当、照明信号担当、水深水速の測量担当などに加えて、各船に薬草医者各三名ずつ、全部合わせるとおよそ八十数名が集まった。

郡守がよく協力してくれたおかげで、百八十日分の水や二年分の食材などの調達も無事終わり、あとは、李斯宰相からの出航指示を待つばかりとなった。

九月五日昼過ぎ、宰相の特史徐信がやって来た。九月八日、始皇帝が琅邪港に来られる折、徐福一行の出航を見届けたいという連絡だった。「叔父上のご健勝をお祈りいたします」徐信からの言葉を聞いた時、徐福は堪え切れずに目が潤んだ。

徐福は徐信を誘い、完成した三隻の船を逐一視察してもらった。

「叔父上に申し上げたいことがあります。構いませんでしょうか？」徐信は言った。

「大事なことか？」徐福は足を止め、徐信を見た。

「最近、宰相閣下は苛々しておられます。叔父上、盧生《ろせい》という方はご存じありませんか？」

「同じ釜めしを食っているから、名前だけは聞いたことはあるが、詳しいことはよく知らない」突然の話に、徐福は妙に思った。

「盧生とその子分の侯生《こうせい》が、宦官趙高をうまく使って、始皇帝に錬金術や不老不死術のことを進言しています。陛下は趙高の推薦を聞き入れ、まず金粉入りの食物を口にし始めたのです。続いて、盧生は『真人』になるためには、世間の者と顔を合わせないことを勧めました。陛下は人と合わないように、建てた宮殿の間を行き来しており、日頃の政務にはほとんど顔を出しません。陛下の命令や宰相からの報告も、全て趙高を通じて伝えられるようになっております。一車馬の管理係が、すべての実権を握っています。宰相は、陛下と朝廷の事を非常に憂慮しています」徐信は切々と徐福に訴えた。

「うわさは聞いていたが、事実はそれよりひどいようだ。今回の東渡も、陛下の目が政務に向くように、宰相がお考えになった妙案ではないのか？　信君、都近くの禹王《うおう》村にわしの義父である斉という人がおるから、時間があれば、その人から趙高らのことを探ってみたら、どうか？」

徐福は斉老人のことを思い出した。

「禹王村？」

「そう、その禹王村に、薬屋をしている斉という老人がおるから、わしの名前を言えば、分かってくれる」

「分かりました」徐信は答えた。

その後、仕事に追われた徐信は、長い間斉老人を訪ねて行かなかった。後に彼は禹王村を訪ねて行ったが、斉老人はすでに他界していた。正に一生の悔いとなった。

東渡出発を二日を控え、慌ただしい日々が続いた。

九月一日まで三百十名の東渡者をすでに待機させた。資機材、水、食料などは全て荷役した。

徐福、高良と趙寛の三家族の人々は、見送るために琅邪港に泊り込んでいる。

「いよいよだな」六日朝一番、東渡する者全員を広場に集め、徐福の訓示を聞くこととなった。

「みなの者！　これから、私と一緒に長旅に出かけるから、よろしく頼むぞ」

徐福は透き通った声で皆に声をかけた。

「見渡す限り、青い海がどこまでも続き、われわれは、この青い海の上で波と戦いながら、神仙の島へと渡る。その神仙島を見つけるまでは、日夜ともに一緒に生活することになる。どうか、みなの力添えをいただきたい。われらは、未知の世界へ駆け進み、不老不死の薬を手に入れるぞ。みんな、よろしく！」

「徐福大使についてまいります！」「徐福様のために力を尽くします！」……三百余名の同志の声が雷鳴の如く、広場に響き渡った。徐福は右手の拳を高々と上げた。

「今から、みんなに『同舟共済、人命至尊』という言葉を送る。しっかりと、覚えてもらいたい。同じ船に乗る者として、互いに助け合うこと、そして、命を大事にすること。みな、肝に銘じてほしい」

徐福の話が終わった途端、

「同舟共済、人命至尊！」という喊声《かんせい》があがった。

徐福は両手を広げた。

「最後に、大事な知らせがある。われらの出発は、九月八日と決まった。始皇帝陛下は、われらの見送りに、来られる予定だ」

「秦の始皇帝万歳、万々歳！」「大秦帝国万歳！　万々歳！」言うまでもなく、みんなが陛下からのご褒美を心待ちしている。

いよいよ、この日がやって来た。嬴政二十八年九月八日（甲辰、西暦前二一九年十月一日）、白露を過ぎて、雲ひとつなく晴れた日であった。朝から人のざわめきが耳に入り、徐福は落ち着かなかった。一晩中みんなと飲み、遅くまで話したため、疲れが頂点に達した。目が覚めると、趙寛一家、高良の家族、張敬一家、橘の家族と護衛康泰隊長の家族らが、みんなそろっていた。

徐福は末子の徐善の手を握り、静かにみなに声をかけた。「今回の東渡は、宰相命令に従って実行するものだ。家のことは、趙寛と徐坤を頼りにすればいい。大事な話があれば、徐信に相談すること。健康管理は、徐訓に任してくれ、訓なら、安心していいぞ。彼には医術や薬草のことを、十分教えてやったつもりだから、心配は無用だ」高紅を見ると、紅は真っ赤な顔をして、しきりにうなずいている。父徐隆も涙をこらえて、徐福に笑顔を見せた。徐訓、趙寛、徐坤、徐燕、張敬……。一人一人の顔を食い入るようにのぞいた。誰も涙を見せなかった。

「さあ、良！　行こうか？」徐福は高良に声をかけた。

「行ってくるぞ！」いつも仕事に出かけるように、彼は高々と右手を挙げた。

三、「神仙」の島へ

乗組員は皆甲板に立ち、始皇帝と宰相の訓令を待っていた。管弦楽器が一斉に奏でる中、琅邪台北の竜王溜に、三日前に建てた検閲台に、黒一色の兵隊に囲まれた始皇帝の一行は登った。港は人と車馬で埋め尽くされていた。

巳の刻（十時）に、李斯が台の前に立った。歓声が嵐のように沸き上がった。李斯は前へ進み、両手を広げた。港一帯は一瞬にして、水を打ったように静かになった。

「これより、方士徐福一行の神仙島東渡の出港式が執り行われます。ただいまから、大秦帝国始皇帝陛下のお出ましでございます」

「始皇帝陛下万歳、万歳、万々歳！」四方八方から歓声が上がった。徐福は、幹部船員と一緒に桟橋に一列に並び、ひざまずいた。

宰相は再び手を高々と挙げた。

「東渡の皆に告げる。今日、この恵まれた日に、陛下は、皆の見送りに来られたのでございます。皆の勇気と知恵をたたえ、陛下のご慈愛により、ここに、彼ら一人一人の残された家族に金三〇〇〇両の賜金《しきん》を贈る運びとなりました」

「始皇帝万歳、万々歳、万々歳！」乗務員一同は、高々と両手を挙げ、深々と一礼をした。船上で数十の八色旗が大きく揺れ動いた。岸壁に立っていた家族も大歓声を挙げた。

「なお、陛下は、方士徐福を、『大秦帝国睦東大使』と任命し、その証として、茲《ここ》に全権大使宝剣と大使旗を贈ることと致す」宰相は振り向いて、用意していた宝剣と大使旗を始皇帝の手から受け取った。

「徐福、参れ！」李斯が徐福を呼んだ。

徐福ら幹部船員五人は早足で船橋から降り、拝礼した後、前へと進み、台に上がった。下を向いたまま、両手を頭上に上げ、宝剣と旗を受け取った。そのまま、後ろに下がり、みんなの方に宝剣と旗を高々と挙げた。

「大秦帝国万歳、万歳、万々歳！」湧き上がった歓声の中、徐福は高座の始皇帝に拝礼して、台を降りた。数千本の八色旗が翻り、バタバタと音を立てて、風の中で飄々《ひょうひょう》と揺れている。

「今から、皇帝陛下より、東渡諸君に、贈る言葉がございます。一同、耳を傾け慎んで聞きたまえ！」李斯が拝跪して、始皇帝のお言葉を乞うこととなった。

始皇帝は龍袍《りゅうほう》（竜を刺繍した皇帝の上着）の袖《そで》を左右に振り分け、ゆっくりと玉座から立ち上がった。

「神仙の島へ渡るみなの者、ご苦労！」始皇帝は片手を上げた。

乗組員の万歳三唱の歓声が再び上がった。

「大秦帝国睦東大使徐福並びに随員一同に告げる。一帆風順、平安帰秦！」始皇帝の右手ははるか遠い東の方を指した。

「みなの者、よく聞け！　陛下は、みなが順風満帆で、無事に大秦帝国に戻ることを訓示されましたぞ！」李斯の声と同時に、太鼓、ラッパと銅鑼《どら》の音が一段と高く鳴り響いた。

「始皇帝万歳！　大秦帝国万々歳！」

火山が噴火したように歓声がだんだん高くなり、徐福一行は、船上から高々と手を挙げた。

「さあ！　陛下は、みんなの朗報を待っておられるぞ！　いざ、出発だ！」李斯宰相は右手を振り下ろした。

始皇帝と随従の大臣らは、一斉に立ち、手を振り、徐福らの出航を見守った。港は数千本の翻す八色旗と人の海で埋め尽くされていた。


徐福はパッと前方を指差した。大帆船はゆっくりと右に舵をとり、帆を広げた。右へ、右へと、円を書くようにした後、再び港に戻ってきた。見送りの人々からの歓声を聞きながら、三隻の帆船が、一斉に八色の旗を広げ、北へ針路を定め、海面から静かに滑り出した。岸から、太鼓、銅鑼の音が鳴り響き、奏でるラッパと笛の音は遠征者に勇気を与えるように聞こえた。そして、全ての音が糸を引いたように、だんだんと細く、細く、細くなっていく。

船団は北へ、北へと針路を取り、水平線上にその姿は消えた。琅邪も見えなくなった。時はすでに未《み》の刻(午後二時頃)を回った。琅邪港の北に小さな漁村がある(後の青島市)。その漁村を抜けると、広々とした膠州《ぎょうしゅう》湾が見えた。

ここで、徐福は高良に船団の操舵と櫂漕ぎの実戦訓練を命じた。三船とも、帆を降ろし、櫂だけで船を動かし、横一列と縦一列の行進を試みた。逆風や横風、暗い闇の中、あるいは離岸、接岸などの時、帆が使えなくなった場合、船の航行は、全てかじ取りと櫂を扱う水手の働きにかかっている。高良は何度も各船長を呼び、櫂を扱う水手とかじ取りの訓練を確認した。

船首に立った徐福は各船団長に指示を出して、船団間、船舶間の連係作業と連絡手段も再確認して、実戦訓練を終了した。

戌の刻（午後八時）、夕食後に、大使船（一番船）に幹部船員を集め、全船団の組織と指揮系統（階級、順位）を発表した。

まず、船団の総指揮は徐福大使、副団長高良、副団長補佐徐連の三人に定めた。一番船責任者は徐福、船長は橘弘、通訳案内はオカ、二番船責任者は高良、船長は関大勝、通訳案内はクマ、三番船責任者は徐連、船長は原志強、通訳案内は大石、とそれぞれ任命した。

さらに、各船は船長の下に操帆、操舵と計測計量を担当する操船第一班と櫂を扱う水手、甲板員、見張り、信号手を担当する操船第二班に定めた。

続いて、各船の総務長の下に、照明、炊事、通信、調達、会計担当を統括し、薬草班も管轄内に決めた。

会議の後、徐福は、高良、徐連と橘四人で、酒を交わしながら、雑談した。特に航海経験豊富な橘に質問が集中した。

「渤海渡りは一つの山です。馬韓の沿岸で海賊が現れますので、指示に従って、行動してください。最後は、一番大事な一海渡りです。一気に海を渡りましょう」橘は短く説明した。

時はすでに三更（夜中零時）を過ぎた。

四、航路の選択

朝辰の刻（八時）、徐連が小船で六十代の男三名を連れて徐福の船に上がってきた。三名は医者として乗船したが、事情を聞いてみると、三人共医者ではないと言いだした。一人は元韓の国の天文学者柳正哲、もう一人は斉の国の道士何建民だという。護衛隊長康泰が最後の一人をジッと睨み、そしてその男の頭をわし掴みで、引っ張りだした。「大使、こいつは、長年手配されていた強盗殺人犯賈仁、賈義の甥《おい》、強盗殺人犯の王仁です」と徐福に報告した。みなが驚いた。「宰相府にいた頃、一度こいつを捕まえかけたところ、横から大勢の悪人が助けにきたため、こいつを逃がしてしまったのです」悔しそうな顔で康泰が言った。

「ご明察です。手配の人相で、郡兵に見つかったので、列に紛れ込んで乗船したのです。どうか、どうか、命だけはお助けください」

王仁は頭を地べたにガンガンと突きつづけた。

徐福は王仁の名前を聞いた途端、ぱっと立ち、両手の拳を握ったまま、王仁を睨みつけた。三十数年前、父から聞いた趙珉叔母の不幸な過去のことが一瞬脳裏に過った。まさか、今という時に、その強盗の甥が目の前に現れるとは……。目から火がでるような顔をした徐福は荒い息をはき続けた。しばらく目を閉じた徐福は康泰を呼んだ。

「王仁、よーく、聞くがいい！　われわれは、大秦帝国の命を受け、東渡する使命がある。貴様みたいなくずを処罰する気持ちはさらさらない。貴様は大秦帝国の処罰を受けることになる」王仁を睨みつけ、引導を渡した。「康泰、ただいまから、このくずを小船で膠東《こうとう》郡守に渡せ。六日後、迎えの船が転附《てんふ》港（煙台）で待っているから、そこで乗船しなさい」言い終えた後、徐福は後を見ずに席を立った。

「大使様！　大使様！　郡守に渡さないでください！」王仁は気が狂ったように暴れ始め、叫び続けた。そして、両手に縄がついたままで走りだして、頭から海に飛び込んだ。あっという間に、王仁の姿が激流の中に消えてしまった。

「申しわけございません！」康泰は徐福の足元に拝きした。

「あいつは秦の拷問に耐えられるような魂《たま》じゃありませんから、これで魚の餌になるでしょう」康泰は静かに部屋から出ていった。

翌日、南東の風が後に東南東の風に変わり、満帆の船はスーッと流れるように、静かに走り出した。

暇になった櫂を扱う水手たちは、甲板に出た。操帆員と話す者もいた。海岸に沿った「地乗り航法」（陸に沿った航海法）のため、海上には波が少なく、船の揺れも少なかった。三、四日過ごすと、海に対する恐怖心が薄れ、航海にも大分慣れてきた。しかし、道案内のオカ、クマ、大石らは、「海は川と違うぞ！」「海をなめたらいかん、これからは本番だぞ」「これからが勝負だぞ」としきりに皆に注意を呼びかけた。

出港して七日目の夕方に、船は転附港（煙台）に着いた。ここから、三山《さんざん》（大連市）へ渡ることとなる。陸続きの渤海湾内であるが、港を一里でも出れば、四面とも海に囲まれる。この初めての内海渡りが、大海原を渡る前の特訓となる。高良と橘弘は幹部船員を呼び、船酔い対策を説明した。乗組員が一斉に買い物に転附の町へ出かけた後、船上に残る三船の船長と道案内は、航路と安全対策を再度検討した。

道案内の大石は、海賊の襲撃に備え、手頃な小石を集めて、船尾の両側に置いた方がいいという。橘弘は「燃料用の木材を三尺くらい（一メートル）の長さに切っておいて、海に落ちた時に、木材を浮き袋の代わりに使える」と言った。

高良は、転附港で買ってきた鳩を各船に配った。鳩は上空から遠くまで見渡せるから、帰って来た鳩の後を追えば、必ず近くに島や陸が見つかるという。彼の丁寧な説明に、みんなは「おー」と驚きの声を上げた。

転附（煙台）から、三山（大連）まで、水路およそ四百二十里（約二百十キロ）である。転附を出発し、その日の夕方に、小さな港黄県に着き、翌朝巳の刻（九時頃）に、渤海渡りが始まった。

ところが、黄県から出た直後、海が急に荒れ始めた。東（右）の強い横風で、帆が使えなくなり、櫂が唯一の動力となった。北に針路を取ったものの、陸からの返し波に押されて、船は幾分か西に流された。徐福はみんなに北北東の針路を取るように指示したが、この時から、各船から相次いで、船酔いの報告が入ってきた。大使船も例外ではなかった。六十名の水手のうち、半数以上は船酔いになった。二番船は二十五名、三番船は三十三名とほぼ半数が船酔いにやられている。西からの横波に無情に船はたたきつけられ、東の風は波飛沫《しぶき》を容赦なく船に覆いかぶせてきた。

船酔いで苦しむ人々は、足をふらつかせながら甲板にでて、大声で叫ぶ。彼らがはき出した汚物が、甲板一面に散らばった。悪臭が船上に漂い、往来さえ思うようにならなかった。正に大問題だ。

二刻（約四時間）がたってから、潮の流れが右（東）から襲ってきた。東の風と共に、流れが一段と速くなった。

「人が海に落ちました！」

誰かが叫んでいる。

船酔いに耐えきれない十数人は、まだ、船へりに立っている。

徐福はすぐ、各船に呼びかけた。

「甲板上の者をすぐ連れ戻せ！　みんな海に落ちてしまうぞ」

甲板にいる水手らを、全員連れ戻したが、急いで確認したところ、一番船では八名が海に落ち、二番船は行方不明者十三名、三番船に九名だった……相次いで被害の報告が入ってきた。戌の刻（午後八時）大欽（長島にある小島）に着いた。予想より大分遅れたが、それより、三十名の行方不明者を出したことに、徐福は大変ショックを受けた。

夜遅く、上級船員を集め、航海の状況を確認した。憔悴《しょうすい》した一人一人の表情は暗かった。この日、徐福はずっと黙っていて一言も話さなかった。時折、「すまん、すまんな」と誰かの質問に答えるくらいだった。会合の最後に、彼は水手数人に命じて、上陸して板を調達し、その木材で、木箱を作らせた。

徐福は涙目で叫んだ。

「頼むぞ、自分の命を無駄にするな！」

翌日も前日と同じく、甲板の上に人が上がってきた。船首、船尾にそれぞれ手作りの木箱を括りつけて、船酔いの汚物をみな木箱に片付けた。船上には通路ができて、みんなも大分落ち着いてきた。

昼過ぎ、雨が降り出した。風と波で船は四、五尺ほどももち上げられたが、夕方未の刻（十四時頃）に風がやみ、三山（大連）の岸が見えてきた。十五刻（およそ三十時間）を費やした渤海との戦いが終わった。徐福は長いため息を漏らした。

三山で一日の休みを取った。濵人たちは、砂浜で三々五々と集まり、話したり、泣いたりして、遭難した仲間をしのんでいた。

三山を発ち、一路南へと進む。無風や逆風の日が多かったため、木浦まではほとんど、櫂に頼らざるを得なかった。海に慣れてきた濵人たちの働きは活発になった。彼らは亡くなった仲間をしのぶように、黙々と働いた。その半月後に馬韓の木浦にたどり着いた。

ここで航路選択について、思いがけない激論が繰り広げられた。橘は一番安全な航路として、対馬から壱岐、壱岐から大原郷（福岡）に渡るのが安全で最もいい航路と主張したが、海人オカ、クマと大石の三人は、済州島から一気に東進する航路の方が早く倭の国に着くと提案した。

「仕方がない、運を天に任せる」と橘は黙りこんだ。

両者は平行線のまま、結論を徐福と高良に預けた。

徐福は高良を外へ呼び出した。

「良は、どちらがいい？」

徐福は高良に聞いた。

「どちらも一理ある。橘の言ったことは一番理にかなうと思う。ただ、今後のことを考えれば、経験として、両方とも採用したらと思う」

徐福は高良の案に手を上げた。

二人は部屋に戻った。

部屋の中では、にらみあいの状態が依然続いている。皆が手を組んだまま、天井を見ている。

「どうだ？　勝負はついたか？」

徐福は四人に聞いた。

「いいえ、まだです」オカは答えた。

「大使、それより、大使が指示を出してください」橘は言った。

「そうです。大使が指示を出してください」

三人の海人も徐福に近寄ってきた。

「うん、そうだな。わしから言おう」徐福は先ほど高良と話したことをみんなに説明した。橘らはじっと徐福の話に耳を傾けた。

「同じ考えです。それが良いと思います」

話を聞いた後、四人はほぼ同時に答えた。

「え？　みなどうして、そう思ったか？」

徐福は橘に聞いた。

「次の航海を考えれば、経験と教訓になると思いましたから」

橘は答えた。

高良と橘の考えは合致していた。

話は、すぐ出航の段取りに移ったが、橘はそれとなく席を立ち、徐福と高良の杯に酒を入れた。彼は土間を行ったり来たり、落ち着かなかった。

「少しお話してもいいですか？」橘が口を開いた。

「われわれが行くところは、他人の土地です、いきなり人の家に乗り込むのと同じです。そこにいる人々がわれわれをどう見るかによって、話が違ってきます。あるところは、われらを歓迎し、喜んでくれる。あるところは、今まで経験した苦い思いを思い出して、命をかけて、われらを追い払うかもしれません。聞いたうわさですが、あるところに着いた船は、地元民に包囲され、上陸した者は全員殺された。あるところには、上陸した者は地元民と戦いになった。村は焼きはらわれ、村民は皆逃げた。しばらくして、村民が周辺の集落と連合し、上陸者は半数以上殺され、残りは別のところへ逃げてしまった」橘は皆の暗い顔を見た。

「そういう予期のできないことに、臨機応変に対処することを考えなければいけないと思います」橘は皆の顔を見た。

「橘なら、どう対処するか？」徐福は聞き返した。

「人間同士ですから、以心伝心でやるしかないと思います」橘は何か思い付いたように、徐福を見てうなずいた。

「出雲に上陸した人たちの話です。彼らは呉や越人についてきた瀕人が多いのですが、村人とは本気で戦わずに、できるだけ流血をせずに、死者も出さないように、粘り強く地元民に話しかけて、理解を求めた。長い交渉の結果、皆、無事上陸し、そこに定住しました。そうした方がいいなと思っていますす」恐縮そうに、橘は徐福と高良の顔をのぞいた。

「よく言ってくれた。ありがとう」徐福は言った。徐福の脳裏に一抹の不安が過った。

航路論争は一段落し、連日雨のあとに晴れわたった空を見たように、みながすがすがしい気持ちで酒を交わした。

五、海男

高良と徐連の船は先に出航した。高良の方から「お先に、行って参ります」と手信号が入り、徐福もすぐ「がんばれ！　向こうであおう」と手信号を返した。快晴の空、風もなく、波も穏やかだった。海面を滑り出した二隻の船影が、たちまち視界から消えた。徐福は橘弘の方を見た。「ただいま、出港します」橘は手を挙げた。

高良と橘の逞しい姿を見て、徐福の脳裏には十四年前、この二人との足掛け三年間の天竺（インド）遊学のことが脳裏に過った。

二十歳になった徐福は、父徐隆から幼なじみの高良と航海経験のある使用人橘弘と三人での天竺留学を言い渡された。

橘弘は高良の父高仁が徐福の父徐隆に紹介した使用人である。彼は身長六尺（一・七メートルくらい）を超す背の高い男、二十二歳。熊曾《くまそ》の出身だという。橘の話によると、十一歳頃から、父について船に乗り、熊曾から高句麗、亶の国、呉、呂宋、天竺、南越といろいろなところを回ったという。名も知らない国々のことや、遭難したことや、国々の人々のことなどを淡々と話してくれた。あまりにも落ち着いた彼の態度に、徐福と高良は、がく然となった。この男は、世界を知り、海にも相当慣れているという直感があったが、彼は、父親のことも、家族のことも一切口にしなかった。

嬴政十二年（西暦前二三五年）十月二十四日、軽装した三人は天竺の旅に出た。江水（長江）流域の江城（武漢）、夜郎国（貴州省）を通り、国境の地、瀘西《ろせい》に着いた。

ここで、心配していた強盗に出くわしたが、武芸達者な高良と橘は強盗らを片付けた。強盗らは、ロバと貴重品を置いたまま逃げた。このロバのおかげで、三人の旅は大分楽になった。

その次の日から、孟尤《モンユ》、蒙有瓦《モウユウワ》、吉大港《チッタゴン》、達卡《ダッカ》を抜け、天竺の土を踏み、加尓各達《カルカタ》に入った。

天竺の西海岸の広い道を歩くこと二百日が過ぎて、六月初めに内洛尓《ネロール》に着いた。四十数日間海岸道を歩いて、大海原に吸い込まれそうになった高良は、これから帆船で、天竺最南端まで帆走したいと提案した。

「どうしても船に乗りたいか？　なら、そうせい。おまえの言う通りにせい」徐福は言った。

生き返ったように、高良は大声で橘を呼び、船頭つきの船を借りて、インド洋の広大な海を帆走することになった。長さはおよそ六丈（約一六・六メートル）、幅は一丈半（およそ四メートル）の船だった。船には船頭のタイガーと操帆員がついていた。

走り出した船は追い風に乗り、大海原の中へと突っ込んでいく。船は海岸からおよそ三百メートルほど離れてから、海岸線に沿って、南に針路を定め、全速力で走りだした。船は速かった。機械の振動もなく雑音も全くない帆船は、滑るように海面すれすれを動き出し、軽く蛇行しながら、ほぼ一直線に南へと走っていく。高良は、帆使いにぴったりとついて、桁《けた》の使い方や、風に合わせた帆の左右の切り返しを教わった。海男の橘弘は体を低めにして、帆のロープを括りつけて、帆船の速力を上げたり、船頭と話したりしていた。高良は羨ましそうに橘を見た。かれは子供のようにはしゃいで、大声で笑い続けた。

その夜、チェンナイで一泊して、翌日、目的地のカリメール岬に着いた。高良はお土産として持ってきた干し棗《なつめ》を船頭のタイガーに渡した。

五人が夕食を済ませると、徐福は高良と橘弘を呼び、日程の打ち合わせをした。

「徐福様、船頭は、いただいた干し棗のお礼として、ぜひ夜間航海に案内させてほしいと申し出まして、よければ、その後、蒂魯吉拉伯利《ティルチラーパリ》まで来ていただいて、この船の船主であるサニーさんを紹介したいと話していますが、どうしますか？」橘弘が徐福に聞いた。

「いいぞ、夜間航海をして、ご主人のサニーさんにも会いましょう！」徐福は迷わずに即答した。

船が走りだしてから、橘は徐福に話を続けた。パリのサニー氏は、海運、河川運送、造船場を経営しているという。

穏やかな夜だった。三日月は六月の空を真っ白に染めた。そよ風が肌をなでるように吹き抜け、きらきらと光りがさし、さざなみもウロコのように次から次へと形を変えていく。船の動きは速かった。みるみるうちに、南南東の針路を取り、船体が水面に浮かぶ瓢箪《ひょうたん》のように、揺れながら軽やかに進んでいる。

「福兄、海のはてまでだぞ！」高良は大声で叫んだ。

輝く一団の星があった。「北斗七星だな！」徐福も大声を上げた。

夜間航海は面白いとよく聞くが、実際、今夜の航海を通じて、その実感は想像以上に、高良を興奮させた。船頭も帆扱う者もそれぞれ船首と船尾に座ったまま居眠りしている間、橘弘が舵を取り、高良は帆をさばいて、二人はわがもの顔で操船していた。

カーライカールを抜けた後、クンバコナムで一泊した。翌日、カーヴェリ川を上り、水路でネロールを出発して十五日目にテイルチラーパリに上陸した。

翌六月十七日未《み》の刻（午後二時）にテイルチラーパリ市内のサニー邸に着いた。

井の字のような高い門柱の間、馬車二台並んで通れるくらいの並木道は、長さはおよそ二十二丈（およそ六十メートル）ある。一直線に玄関へと向かう。

主人のサニーは、満面笑顔で迎え出た。

「サニー・ナイルと申します。ようこそ、いらっしゃいませ！」よどみない華夏の言葉だった。徐福は外国人の口から華夏の言葉を聞き、耳を疑った。

「徐福と申します。お目にかかり、嬉しく思います。お世話になります、よろしくお願いいたします」

徐福もあいさつして、両手を合わした。

「ご主人は華夏の言葉が、お上手でございますね」

「ありがとうございます。私は、商売上、楚の国によく行きます。渝《ゆ》（重慶）という町で商売をしたことがあります」サニーは答えながら、食卓へと案内した。

食事の後、お茶が出た。徐福はこのような接客態度からみて、この人は決して尋常な人物ではないとうすうす感じていた。

お茶の後、サニーは使用人二人を連れ、徐福一行と一緒に、船でサニーの造船場に向かった。送り風に乗り、船は速かった。四半刻（三十分）たったころ、船は大きな湾に入った。サニーの造船場だった。高良と橘弘はすぐ使用人に案内してもらって、造船場の現場に入った。

「私たちのことを少しお話しします」サニーは話し始めた。

「そもそも、われらアーリス族は、はるか西の方に住んでいましたが、今から、およそ千三百年前（西暦前一五〇〇年頃）にこちらに大移動しまして、この天竺の北部や中部地区に根を下ろしました。私の先祖も一応ボーバールあたりで住居を構えましたが、造船場の都合があって、われわれはこの少し南に移り住むようになったのです。このテイルチラーパリは内陸地ですが、大河カーヴェリ川が天竺の東海岸に流れておりますので、ここは、少し西よりに位置しながら、北部や東部への交通も便利です。また、南部には、先住民のドラヴィタ族人（西暦前三千五百年頃、移住してきた黒人）が多く住んでおり、労働力が非常に安いのです」サニーは徐福にお茶を勧めた。

「うわさによると、徐福様の御家系は大変由緒ある名門だと伺いました。どうぞ、よろしくお願いいたします」サニーの態度は実に穏やかだった。

二人の話は、次から次へと進んだ。「カースト制度」のこと、バラモン教のこと、天竺の船と楚の船との違い、海賊が東沿岸に出没しているため、海運におけるリスクがあることなど、サニーは気さくに話してくれた。

朝から造船場の見学に出て行った高良と橘は、夕食頃に、タイガーと一緒に帰って来た。

「最高に楽しかった！　福兄、ありがとう」高良は徐福にお礼を言った。

翌日も造船場を見学し、それから、三日目、四日目は、高良は徐福に相談して、タイガーと一緒に近くのバラモン教堂の見物に出かけた。徐福もその間に、サニーの案内で、町に出て、水陸の交通の便利さや、町の繁栄状況を目の当たりにした。

はや滞在六日目になった。いよいよお別れの日となり、徐福は出発の用意をする間、東海岸の船賃と、この六日間の寝食費用を精算するよう橘に命じた。

しばらくして、橘弘が戻って来た。

サニーは「遠路はるばる来られた徐福様に十分におもてなしできず、大変悔やんでいるのに、諸費用を受け取ることはできない」と言ったそうだ。

徐福は一瞬驚いた。高良を呼び、相談した。徐福は橘弘に言った。

「橘弘に頼みたい。サニーさんの前でそなたの棒術と鏢技《しゅりけんわざ》の演武をやってくれないか？　これなら、サニーさんも、断ることはないだろう」しぶっていた橘弘は、徐福の頼みに折れた。

三人はそろって、サニーを訪ねた。

徐福はサニーに諸費用を無料にしていただいて、大変心苦しく思いますとお礼を述べた後、お礼として、使用人橘弘に秦の国の棒術と飛鏢《ひびょう》技の演武をさせてほしいと話した。

サニーは席を立った。「有難いお言葉、大変恐縮でございます」サニー一家が集まった。

橘弘は立ちあがり、ポーズ（亮相《りゃんしゃん》）を取った後、背後から六尺の棒を一瞬に取り出した。棒の動きに風が鳴る。片手回し、両手回し、目まぐるしい棒の動きにみんなあぜんとした。続いて、突き刺す（戳《つぉ》）、たたき斬る（劈《ぴー》）、左右払い、打ち降ろす（掃《さお》）と受け（架《じゃ》）の技を手短く見せた（後に、中国のこん棒術は、劈、掃、戳、項、点、挑、格、擋、架の八種類技となった後、輪、崩、掛、背、攔、撃を加え、十四の技となった）。およそ八四半刻（十五分）の演武が終わった。サニーらは、一斉に席を立ち、拍手を送った。

続いて、橘弘は用意した薄板の真ん中に赤い丸を書いた。軽く一礼した後、橘は、シュッシュッシュッと、手投げ矛を投げた。五本とも板の赤い「的」に命中した。沸き上がった大拍手の中、橘弘がサニーの前に、両手を地につけた。「サニー様、いろいろと本当にありがとうございました。ここに、主人徐福から、お礼として、お土産がございます。こちらの袋には、華夏の干し棗《なつめ》とくるみそれぞれ二箱と華夏の人参二十本と甘草一箱がございます。どうぞ納めください」箱上に一枚の木簡を備えていた。木簡には「四海之内皆兄弟也」（論語より）と書いている。

サニーは大らかな声で「これは、お見事でございますぞ！　徐福様、貴殿は偉いお人です。武芸といい、棗とくるみという珍味中の珍味といい、本当にありがとうございました。それに、これほどの貴重な薬草があれば、私は薬屋でもやれそうですな。今日は、本当に一本を取られましたが、そのうちに、お返しいたしますぞ」庭に高らかな笑いが響く。朝の静けさの中、遠くまで聞こえた。

サニーの好意により、使用人二人に案内してもらい、徐福一行は、班加洛尓《バンガロール》まで船で川を下り、陸路で標高二千七百メートルのアナイ・ムデイ山の北側を抜けて、天竺の西海岸の科欽《コーチン》に着いた。その後、艾哈邁達巴徳《アーメダバード》の造船場と博帕尓《ボーパール》の昔のバラモン教の寺院で、高良は休まずに図面を書いた。足掛け三年間の天竺遊学を通じて、高良も橘も一人前の海男に成長した。情熱と勤勉さに、勇気を加えた高良は特に大きく見えた。船大工であり、宮大工であり、そして、海の男でもある高良がいるから、安心していられた。そして橘という海のプロがついている。その豊かな語学力、沈着冷静な判断と無駄のない行動力を備えた彼に、徐福は期待を寄せた。試練は正にこれからだ。

六、一海渡り

高良一行は、余裕を持って、六日で木浦から崎陽（長崎）に着くと計算していた。木浦と済州間は二日、済州と五島間は三日、五島から崎陽までは一日とみていた。

出発の翌日から、黄海の北西の風が吹き始め、両船はすぐ帆を目一杯揚げた。

木浦から莞島《かんとう》まで一日かかった。「気を引き締めろ！　明日から本番だぞ」高良は徐連と航路を再確認して、みんなに油断しないように念を押した。

朝早く、莞島を出発。九月中旬の朝は少し肌寒い。北北西の風に天気は曇り。三番船を先頭に南方向に針路を取った。二本の帆柱に帆が一杯張られ、受けた北北西の風に押されて、船はすいすいと進んだ。ここで、高良は目一杯休みを取った。その時、海岸近くの海に比べ、前方の波は幾分黒く見えた。

「船長、報告します」見張りが来た。「前方に多くのカモメが飛んでおります。前方の空も黒くなっています」

「了解！」関船長は答えた。出発して、二時間も経っていなかった。

「信号手、直ちに三番船に連絡！『前方にカモメ多数飛来、空は黒くなっている、強風到来だ』以上」関は短い指示を出した。

しばらくして、信号手が帰ってきた。「報告します。三番船から『了解。このまま進む』とのことです」

「何！　大変だ！　このまま進むと？　まともに台風にぶつかるぞ！　クマは分からないのか？　副団長、引き返すように指示してください」関船長は慌てた。

「信号手、副団長補佐に緊急連絡。安全のため、三番船直ちに莞島に引き返せ」高良もあせった。見る見るうちに、高さ一丈以上の黒い波が船にたたきつけてきて、向かい風も強くなった。

関船長は前方のことを気にしながら、本船を引き返し始めた。

「報告します」信号手が来た。「『ただいまから、莞島に引き返します』と三番船の返信がありました」

二番船が急いで、莞島に向け走り出した時には、台風前線がもう目の前に来ていた。気が狂ったような波が船をおもちゃのように揺さぶる。船首は高々と持ち上げられた後、ドスン、ドスンと海にたたきつけられる。悲鳴と喊声《かんせい》が船に響き渡った。帆は使えず、櫂だけの運行になった。渤海を渡る時に、八人の櫂を扱う水手が海に落ちたため、櫂を扱う水手の交代ができないまま、働き続けた。さらに、甲板上の作業員五人が海に落ちて、行方不明になっていた。

午の刻（正午）に、二番船が莞島に戻り、遅れること半刻、三番船も戻った。三番船全員が船酔いしていた。

「副団長、申しわけございません。ご心配をかけました」徐連は頭を下げて、高良に謝った。「つい調子に乗ってしまいまして、予想外の危険などは全く気にしていませんでした。副団長からの指示がなかったら、今はもう台風の餌食になっていたでしょう」明らかに、徐連のショックは大きかった。

「船は無事で何よりだ。お礼を言うなら、この関船長に言ってくれ。彼が鳥と雲に気がついてくれたから、助かった」安心した高良は、徐連の背中をたたいた。

「関船長、ありがとう。本当にかたじけない」徐連は関に礼を言った。

「いいえ。たまたま、副団長から聞いた鳥と雲の話を思い出して、何となく気になったのです」関は淡々と答えた。「余計な話ですが、道案内が二人もいれば、何らかの思い違いが出てくるかも知りませんな。もちろん、二人がいると、安心するようになるかも知りませんが……」

回りくどい関の話を聞いて、高良ははっと気がついた。安曇人の海人と馬韓の海人だった二人が、同じ船で道案内をする……、お互いに譲り合う？　自分から先に出ずに相手の出方を待つ……？　高良は天竺の旅で見た、橘とタイガーのことを思い出した。

高良は両船の道案内の使い方を考え直すことにした。

二日間台風の通過を待ち、四日目に出発した。徐連から三番船の船は十二名が行方不明になったという報告が入った。

さらに、二番船の行方不明者を詳しく調査し始めた。結論が早く出た。前方の帆柱で作業をしていた十五人が、莞島に引き返す作業した後、誰も見当たらなくなったという。前方の帆柱のヤード（桁）を回す時、ブレース（操桁索）に絡まれ、海に落ちたとみられる。早速、三番船から三名の船員を二番船に補充して、さらに一日遅れて出発することとなった。

再出発前日の夕方、高良は徐連と関、原両船長を呼んだ。これからは、二番船に気の合うオカとクマを配置し、三番船は元の大石一人に任せることにした。関も原もこれに賛同した。徐連は黙って、高良の傍により、深々と会釈をした。

七、ここは「蓬莱島《ほうらいとう》」？

一方、大使船（一番船）は、予定通り、木浦から出港する予定だったが、台風待ちのため、二日遅れの出港となった。七日目の昼前に草梁《そうりょう》（釜山）に着き、翌日にやっと津島（対馬）に着いた。橘船長は次の島、そして次の島まではいずれも一日以内で着くぞと、みんなに繰り返し説明し、安心させた。

「明日、対馬から出発する前に、念入りに点検してくれ！」

そして、台風一過、澄み切った快晴となった。秋風に吹かれて、操帆員らは、みんなは自信満々だった。海に大分慣れたかじ取りは橘の指示に従い、落ち着いて舵をさばいている。この約百四十里（約六十八キロ）の海路を無事に渡れるか気にしている。

橘が寄ってきた。「大使様、部屋で休んでください。周辺の見張りに命じて、二番船、三番船の船影を探しますから、ご安心ください」

徐福は大使室に戻ったが、高良ら両船のことが依然気にかかる。

「最初に橘の言う通りに、一緒に来てくれればよかったかな……」

「オカはなぜ自分の意見を言わなかった？」

「あの大石は、ずっと黙っていたな……」

波が船をノックするような音を聞いているうち、徐福は眠りについた。

二番船を先頭に莞島から再出発した。オカとクマが船長関の後ろにいた。オカはクマに向かって軽く手を挙げた。クマもそれを見て、二、三回うなずいた。二人はあうんの呼吸で入れ替わりに船の前後左右を見回った。

「一番船の船影が見えないね」クマはオカに話しかけた。

「そうだな、橘船長は手堅いから、大丈夫だろう」オカは静かに答えた。

「このままだと、われらも済州島には早く着くだろう」

「ん、そうだな」オカは答えた。

百六十里（約八十キロ）の距離をおよそ四刻（八時間）以内で走り抜き、大きな済州島が見えた。港らしき海岸に船は静かに接岸した。係船の作業が済むと、高良と関は先に下船した。総務係の者は、すぐ宿泊の段取りをし始めた。四半刻（三十分位）遅れて、三番船も着いた。台風騒ぎの後のこともあって、陸に上がると、みんなはほっとした。

水手たちは、この地をよく知る大石の後ろに着いて、町に繰り出した。その一番後ろに、オカとクマがいた。

夕食の後、高良のテントに幹部船員が集まり、これからの二、三日間の連続航海について打ち合わせた。潮の干満の観察、鳩の確保、見張りの強化、照明の用意、星座の観測、夜回りと時の知らせ担当、そして水深、速度の計測など、逐一確認した。

高良と徐連のテントには、夜中まで、灯が点いていた。

「連、陸が見えてくるときが、一番危ないぞ」高良は橘の言葉を思い出した。

「われわれは東へ向かうだろう、その右の横から、南の大潮（対馬海流）がやってくる。大潮に船はかなり翻弄《ほんろう》される。北の方へ流されるか、操船違いで転覆する恐れもある。十分に気をつけなければならないんだ。大潮の流れは一刻（二時間）二十八里（十四キロ）以上の速さだぞ、分かるか？　小走りくらいの早さだ」

「すごいね。大潮から抜けるためには、勝負は櫂を扱う水手にかかりますね」徐連の声はなぜか弱かった。

「その通り。まあ、びびるな。ベテランのオカらがいるから、大丈夫だ」高良は徐連に信号手間の連絡を密にするように注意を加えた。

夜中に点呼した結果、船酔いの後に、さらに下痢と高熱で、二番船は十二名、三番船は七名の病人が出た。高良は大石の意見を聞き入れ、大石の世話で、この十九人を済州島に残すことにした。

卯の刻（六時）に満潮となり、両船はほぼ同時に出港した。薄い地平線は白々と明けてきた。南南東の風に吹かれて、帆を目一杯広げた。昼食を取る前に、日差しが一段と強くなり、はるか遠くまでよく見えるようになった。

「副団長、三番船からの報告です。『右前方、海賊船らしきものあり、注意してください』以上です」信号手が帰った。

「関船長、船尾の投槍と栗石はまだ使ってないから、念のため、確認してくれ」高良は関船長に指示した。

「投槍は左右それぞれ六本を用意しております。栗石はたくさんありますので、濵人たちは自信満々です」関船長が戻って来た。

「海賊らは、こんな大きな船を見たことはなかろう。副団長、すぐ片づけますから」

関の顔には余裕があった。

オカは船尾にあるのぞき窓《まど》に立っていた。

見えてきた！　独木舟《まるきぶね》二隻！　舟にそれぞれ四人が乗っている。

「良い物はありませんか？」と、華夏の言葉で海賊の叫び声が聞こえた。いつの間に、オカも高良の傍に来ていた。「奴らは、偵察に来たようです。思いっきり知らせてやりましょう。まず、この高さの船には、簡単には上がれないから、おそらく火攻めでくると思います。先に投石機でやっつけましょう……」話が済むと、オカは船尾へ走った。

船尾では、すでに、戦いが始まっていた。滇人たちは、左右に各七、八人に分かれて、海賊船に目掛けて、一斉に投石し始めた。雨のような石が海賊船に注いだ。丸出しの海賊らは、舟の上に倒れた。頭や、体にあたり、手足は出血して、大声で悲鳴を上げている。そこにオカは投石機で大きな石を打った。石がまっすぐ先頭の独木舟に当たった。独木船は船首から海に突っ込み、乗っていた四人は海に出された。もう一隻は、投槍に当たり、船尾に穴が空いたため、船上の者が一斉に海に飛び込み、けがした二人がすぐ海に流された。海上に浮いた六人は、転覆した舟を掴み、泳ぎながら逃げた。

「深追いはしない方がいい。奴らを帰らせて、こちらの怖さを知らせてもらうことにしよう。運が悪かったら、奴らはサメの餌食になるかもしれません」さすがオカは経験豊富のようだ。

三番船から、手信号がきた。「副団長補佐一同より、副団長の勝利を祝福します」という。この意外な遭遇で船上の活気が一気に上がった。

穏やかになった海上で、第一夜を迎えた。事前の打ち合わせの通り、各船で星空の講義を行うことにした。両船とも船長が講師を務めた。主に北斗七星とオリオン座の勉強であった。そして、ともしびによる信号連絡も確かめた。

翌日も、穏やかな海だった。遅い朝食を済ませた時、急に警報の太鼓の音が聞こえた。十数隻の独木船が列を成して、真正面からこちらに突っ込もうとしている。その真ん中に、一回り大きな船が二隻あった。

「みなに知らせる。これは昨日逃げた小船の仲間だ。真正面から突っ込めないから、脅しに乗らないで、こちらから先制攻撃だ。速力揚げ、思いっ切り突っ込め！　なお、護衛隊に命ずる！　直ちに弓矢を用意し、先頭の指令船を狙って、やっつけてやれ」関は落ち着いて指令を出した。

スピードを上げたこちらの巨大帆船を目の前に、海賊船は動揺し始め、慌てて隊列を左右に分けて避けたが、しばらくすると、また、本船を包囲する隊列になった。この時、護衛隊は、左側の指令船を目掛けて一斉に弓矢を放ち、指令船に五、六人が倒れた。指令船は右向きに逃げ始めた。もう一隻の船は投石機の大石に当てられ、帆柱が折れ、船が傾き始めた。小船の一団は、パニック状態になり、みな大船の後に隠れて逃げようとした。その時、こちらの太鼓が一斉に鳴り響き、喊声とともに海賊船を追い駆けた。海賊船は乱れ始め、撃沈された二隻の大船を捨てて、一目散に四方八方へ逃げた。

一方、大使船は、その日の申の刻（午後四時）頃、津島（対馬）に着いた。航海日記を整理していた徐福が津島だと報告を受けた時、船の接岸作業はすでに終わっていた。

ここは大石の里、船の出入りができる貿易港のようなところだった。想像より大きかったこの津島には、華夏に似たように、岸壁も、係船設備も整っている。

ここで、ひと休みし、島で食料品などの必需品を調達した後、台風を避けるため、翌朝、早めに津島を出発した。

帆を一杯揚げた。南西の潮（対馬海流）を横切るため、全速力で走る必要があった。風は斜め向かいから吹きつけ、潮も幾分黒くなった。「台風か？」、みんなが固唾を飲んで、じっと前方の陸らしきものを見つめていた。

「船長！　後ろの帆柱の横梁（ヤード）が隅索（タック）に絡み、折れております」意外な事故だった。折れた横梁に当たり、帆を扱う水手や甲板員数名が船から海に落とされた。さらに、船は尻振りし始め、船体のバランスが取れなくなった。船は高々と持ち上げられ、またドスンと海面にたたきつけられる。船体が左右前後の不安定な揺れが激しく、数名の船員が海に飛ばされた。痛ましい事故の連続だった。

「後ろの帆柱の横梁を全部降ろせ！　邪魔な綱を切れ！」橘は叫んだ。横梁を降ろして、操桁索も帆脚綱も隅索もみんな緩めた。船はやっと落ち着いた。

「後ろの帆柱担当を櫂漕ぎの手伝いに回せ！　前の帆柱担当の者は、しっかり帆を扱ってくれ！」橘は叫び続けた。気がつくと、頭をケガしたかじ取りは舵を握ったまま、体が浮いている。「甲板長、かじ取りをしてくれ！」橘は指示した。甲板長は頭を打たれたかじ取りを横に寝かせて、舵を取った。

日が沈む。島は目の前にあった。壱伎島（壱岐）だ。島は小さかったが、港らしきものが見えた。島は暗かった。わずかな光が遠い山の向こうに点在している。広い海岸に接岸した後、すぐテントを張った。仲間を失くした事故を思い、皆は無言のまま、横になった。

八、時空を飛び越えて（タイムスリップ）

「大使、お目覚めですか？　もうすぐ蓬莱でございます」護衛隊長の康泰は徐福を起こした。一夜が明けて、もう辰《たつ》の刻（八時）を過ぎた。

「おー、康泰。よく寝た。夢もみたぞ」

「橘船長がお待ちしております」

康泰は徐福にお茶を出した。

「すぐ呼んできてくれ」徐福はやっと目が覚めた。

徐福の脳裏に昨日の悪夢が蘇った。

「大使、昨日の損害を報告します。昨日接岸作業中に、本船の行方不明者は三十七名出ました。操船一係が十八名、二係十三名、総務係り五名と護衛兵一名でございます。また、かじ取り一名は、重体になっております。なお、本船の後ろの帆柱の帆が使えなくなりました。このまま、航海は続けられますが、修理する必要があります。以上です」橘は立ったまま、頭を上げなかった。

「帆柱が折れた状態で、よくやってくれたぞ。康泰から、いろいろと聞いた。船の帆柱が風と波に負けた。橘には何もできなかった。な、橘、おまえのおかげで、みんな助かったぞ！　礼を言うぞ！」

徐福は立ち、橘を座らせた。

「大使……」橘は目を潤ませた。

「今は壱伎島（壱岐）、次は大原郷（後に怡土国＝福岡）だな？」徐福は橘に聞いた。

「そうです。そこに陸が微かに見えます。距離はおよそ五十六、七里（二十八キロ相当）ですので、一刻半で着くと思います」橘は答えた。

「そうか？　橘！　あと一息だな？」徐福は朗報を待ちくたびれたような気持ちで橘を見た。

「ですが、着く直前、島と陸間の狭い海峡をくぐり抜ける時、危険が多いのです」橘は静かに答えた。

「頼むぞ！」徐福は橘の背中をたたいた。

夢でみていた島か？　万感の思いで、徐福は己の興奮を隠さなかった。

未の刻（午後二時）頃に、待望の大原郷の志賀島（福岡）が見えてきた。

綿のような淡い雲が大陸方面から、ゆっくりと流れてきた。晴れていた空も、薄霧に覆われ、陸地には薄いカーテンがかかったように見え、素晴らしい風景だった。徐福は大使室を出て、周辺を一望した。スーッと五臓を通り抜けるような澄みきった空気が美味しかった。緑一面の風景を目にした時、徐福は両手を開き、深呼吸した。

点在している藁葺《わらぶき》の竪穴住居から、煙が糸を引くようにあがっている。

「華夏に似ている」徐福の第一印象だった。

田んぼに人影が見えるが、こちらに関心はなさそうだった。浜辺の漁師らしき者も、自分の仕事に専念して、こちらに目も向けなかった。人々は世の流れの中にいて、みんながそれぞれの歩調《ペース》で悠々と暮らしているように見えた。実にのどかな清々しい風景だ。

「タイムスリップのようだな。橘」徐福は感無量だった。

「堯《ぎょう》、舜《しゅん》、禹《う》時代に戻ったようだ。こんなゆったりと暮らすなら、人間はみんな長生きするだろうよ」

徐福は意外なものを感じた。目の前の現実は、山海経に描いた「神仙」国のイメージとは大分かけ離れている。


上陸地を決める間、船は錨を下ろして、船上で夕食を取ることにした。それより先に、予備知識として、橘に知る限りのことを説明してもらう。

「この先は大原郷です。ここは、ご覧の通り、緑一面の大自然、澄み切った川の清流、高くそびえる山々……、これぞ神仙の島です。華夏とほぼ同じ風景です。ここの人々は、全く別の言葉で話しています。私は話せますので、用があれば、私に言ってください」

「ここに女はいるか?」誰かが聞いた。

「おります、皆美人です」

「うそつけ」

「そう、うそだ。正確にいうと、きれいな人もいます」

久々の冗句を聞き、強烈な笑いが噴出した。

橘は話し続けた。

「ここには、戦いはないので、兵はいません」

「イザコザがあれば、首長間で話し合うか、第三者の首長に仲裁してもらい解決します」

「役所もありません。首長、長老が一番偉い人です。そして、長老の住む場所は役所です」

「市場は物々交換で取引していますから、金というものはありませんが、華夏や馬韓のお金なら、時として、『金《きん》』も物々交換の対象です」

「正に尭舜禹時代のようだ」橘が出ていった後、徐福は皆に話しかけた。

「しかし、われらは、ずっとここに住むことはできない。始皇帝陛下の命令を背負って、不老不死の薬を持って帰らなければならないのだ」徐福は言葉を選びながら話し続けた。

どんよりとした夜空の下、風もなく、空に星の影すら見えなかった。船は海面に漂うように進む。単調なリズムで波打つ船舷の音が眠りを誘う。船首と船尾にはそれぞれ二名が当直している。初秋の冷たさで皆体を縮めて小さくなっている。ガタガタという音で目が覚めた船尾の李桂民と付長順の二人はすぐ棒を持って、両舷に向かった。

李桂民は警笛を吹きながら、左舷へと走った。そこに、突然黒い頭が現れた。

「このヤロ」、驚いた李桂民は黒い頭に目掛けて思い切り棒で横払いをした。「うー」と鈍い声の後、人影が消え、海からドボンという音がした。右舷の楚玉文は左舷のことが気になって、振り向いたところ、右舷から上がってきた侵入者が刀を持って付長順に飛びつこうとした。

「付、危ない！」李は叫んだ。

付はパッと体を甲板に伏せ、くるくると体を回転させた。上がった黒い影が再び刀を上げたが、李桂民はさっと棒を黒い影の足を狙って投げた。回転した棒が黒い影に命中した。

「●△※×△※×○……」黒い影が何か叫んでいる。

「もういいぞ。殺さないでくれと言っているぞ」いつの間にか、橘船長が駆けつけた。

橘は侵入者の頭をわしづかみにして質問した。相手は地元の倭人だと分かった。彼らは、徐福一行が強盗や略奪者と思い、上陸を阻止しようとした。

「やはり、われらは、人の家に足を突っ込んだようだ」橘は倭人を縄で括った。そして、加害はしないから、大人しくしなさいと命じた。

「左舷で呻きが聞こえるぞ」李桂民が言った。

李桂民と付長順は左舷へと走った。

「さっき、たたき落とした奴が、縄に足がかかって逆様になっているのだ。この野郎、待っておけ、拾ってやるぞ」李桂民と付長順は縄にかかっていた倭人をつり上げた。たたき落とした時に足が縄に絡んで、右足が脱臼した様子。彼もしきりに殺さないでくれと橘に懇願した。橘は二人の倭人を船倉に連れていった。

船首から槍と弓を持った二人の水手が走って来た。

「船長、船首で見張りをしていた黄志年と楚玉文が上がって来た倭人にやられました。われわれ四人が駆け付けたとき、二人は倭人に刺され、血だらけになっていました。われら四人はこの二人を生けどりにするつもりでしたが、二人がなかなか屈しないので、結局、われらの槍で二人を仕留めました」

水手が報告した。

「殺したか？」橘は聞いた。

「はい」

「弱ったな。ひと波乱起きそうだな」橘が何を言ったか、皆その意味が分からなかった。

「報告します」帆を扱う水手の二人が走ってきた。「船尾に四、五隻の倭人の小船が付いてきています。どうしますか？」二人は指示を待っていた。

「もう、辰の刻（八時頃）だ。明るくなったから、小船のことを気にせずに、落ち着いて接岸しよう。あまりじゃまするようなら、火で脅かしてやれ、それでもだめなら、先頭の船に投石機で穴を空けてやればいい」橘は非常に沈着冷静だった。彼の口からは、「殺せ！」「地獄へ送ってやれ」という言葉は出なかった。

橘は五、六人を連れて船尾の方に向かった。投げてきた投石が船舷に当たり、バンバンという音が響いた。のぞき窓から下を見ると、先頭の小船の船頭に立っている男が、弓を引いて、こちらを狙っている。他の四隻も弓を構え始めた。先手をやられて、たまるか！　橘は急に傍の男から、弓を取り、甲板にあるわら紐で矢の先に括り、油を付けて、火を付けた。ゆっくりと、先頭の小船に狙いを定め、シューと弓を引いた。そして、大声で「小石で先頭の船を狙え！」と指示を出した。火だるまになった先頭の小船は、雨のような小石にたたかれ、乗った船上の七人はパニック状態になり、われ先にと海に飛び込んだ。これを見た他の四隻も一斉に逃げ始めた。

先頭船の一人は矢に当たって即死、もう一人は右足負傷。ほかの五人の中に二人は投石に当たって、海に沈んだ。他の三人はけがをしたまま一人だけが逃げ切り、仲間の船に救助された。逃げ遅れた二人は海に浮いたところで捕まった。足をけがした一人を合わせた三人は、船長室へ連れていかれた。この三人はここ大原郷の住民、トモ、ウリとクマという。彼らは使節団を監視する任務に当てられていたが、本船の上陸が早まったため、全員上陸を阻止せよと指示を受けたそうだ。

橘から報告を受け、徐福は陸の発見というつかの間の喜びから、目が覚めた。これからの戦いや犠牲を考えると、徐福はぞっとした。われわれは、確かに、自分の身勝手で上陸すべきでないとはっきりした。

やはり、「ここは他人の土地、他人の家、よそ者が勝手に立ち入ることは、許されない。おまけに、侵入者や強盗だと思われたら、相手は命をかけて戦うだろう」

「『以眼還眼、以牙還牙』（目に目を、歯に歯を）で戦うか？　このわずか二、三百人乗組員で、船上ならともかく、一時的に勝ち目はあるが、陸に上がると、昼夜、この地の何百、何千、あるいは何万人に包囲され、戦うようになる。夜襲、放火、一斉の攻撃など、武器の供給、食料品の調達……、最終的には、負ける。精一杯頑張ったとしても、せいぜい、二十日も持たないだろう。そして、皆命を落とす」

「このまま引き返すわけにも、いかない。始皇帝の至上命令だから」

こうなると、橘が言うように「以心伝心」で、相手に理解してもらうしかない。かつて、この地に流れてきて、地元民の理解と助けを受け、信頼してもらった呉、越の難民のように……。

船長、副長、操船二班、総務長、通訳案内、警護班、薬草班の八人を呼び、緊急会議を開いた。会議中、徐福は、「以心伝心」という言葉を十数回も繰り返した。

一刻前の奇襲騒ぎがまた冷めないうちに、これから、接岸の問題が待っている。さて、この難関をどう突破するのか？

九、以心伝心

十数隻の小船が船尾についてきている。

船尾方向から、「出て行け！」「出て行け！」「ここはわれらの土地だ」と叫び声が聞こえている。

空は幾分あかるくなり、卯の刻（六時）を知らせる拍子木の音が鳴ったところだった。再度の奇襲に備え、船の左右に各十五名の射手を配置した。周辺の状況を見ながら、大帆船はゆっくりと岸に着いた。

船橋で徐福は陸の状況や人の動きをくまなく観察した。橘は徐福と少し言葉を交わした後、船橋から甲板に降りた。

「皆、よく聞け」橘は大声で叫んだ。

「われわれは友好訪問代表団であることを忘れるな。船の修理、船員の一時休養のため、ここの港を寄ったと。われわれは略奪者でもなく、侵入者でもないということを心に刻んでほしい。ここは彼らの土地だ。彼らの後ろに、何百何千人の仲間がいることを忘れるな。相手から攻撃しない限り、先制攻撃してはならない。しかし、やむを得なく、戦いが始まれば、相手の下半身を狙え、少しは痛めつけるつもりでやれ、絶対に殺すな」橘は船首から船尾まで走りながら同じ言葉を繰り返した。

係船作業が終わった後、橘は八名の護衛を連れて、船から降りた。

それまで陸に、海にいた人々は、皆首長の周辺に集まった。橘と護衛兵らの向かいに、同じ九人の男が立っている。貫頭衣《かんとうい》（布の中央に穴をあけて、その穴に頭を通す古代衣装）を身にまとい、草履を履いた地元の人々が真剣な顔で橘を凝視している。

「われわれは、秦の国の訪問団です。秦の始皇帝の命令を受け、周辺諸国を訪ねています。われわれは、長い海の旅で、損傷した船を修理し、疲れた乗組員を休ませるために、ここに立ち寄ることになりました。どうか、ここで休みを取らせてください」橘はよどみのない倭の言葉で首長らしき人に、拱手《きょうしゅ》の礼であいさつした。首長一瞬橘を見て、同じ拱手で返礼した。

「わしは、この大原郷の首長ヤマだ。そちらは随分と苦労したようだな」体格のいい五十代前半の男がこちらを見据えた。

「この二、三百年間、華夏から、馬韓から、大量の避難民がこの島に流れてきた。最初のうちは、われわれは、同情の念を持って、彼らを迎え入れ、この地に定住するまで面倒を見てやった。歳月がたつにつれ、彼らは紛れもなく、この地の民となった。

しかし、ここ百年になって、流れて来る人の質が変わった。彼らは武器を持ち、船を持つ。彼らは上陸すると、いきなり地元民に襲いかかる。婦人を暴行し、財産を奪った上、その集落に放火して、地元民を皆惨殺した。実に憎い侵入者、醜い悪魔の集団だった。

われらも、もちろんみな一丸となって、彼らと戦った。今朝、わしが指揮した戦いは、正にわれらの命と土地を守るための戦いだった。勝負はついていないが、そちらは多少手加減していることも、よく分かる。まず、そちらは、何のために、ここに来たのか？　聞かせてほしい。次に、ここに長居しないことを警告する。もし、そちらが、力ずくでこの地に長居し、あるいはこの土地を奪うつもりなら、われわれは、徹底的に戦う」首長は右手を上げた。

「何しに来たか？」「ここはわれらの土地だ、出ていけ！」「ここから、出ていけ！」、首長の話が終わると、地元民は物凄いけんまくで一斉に声を上げた。遠く森の陰に、数十人の人影が見えた。みなはこん棒を持っている模様。

「それは誤解です。われらは強盗でもなく、侵入者でもない。土地を奪うなら、こんな落ち着いて話はしません」康泰を控えて、徐福は船橋から降りた。橘はすぐ徐福のそばで、通訳し始めた。

「首長様、私は船団長の徐福です。先ほど橘船長から申し上げた通り、われわれは、訪問団として、周辺各国を友好訪問しています。乗組員のけがや、疲れもあって、船の損傷も修理する必要がありますので、この地にお邪魔したのです。われわれは、よその各地の港と同様、港で休息を取った後、再出発するつもりでしたが、今朝未明、予想しないそちらの不意打ちに遭い、当方の乗組員三名の尊い命を落とし、七名がけがを負いました。われらにとって、これは正に災難です。もちろんそちらも、いくつかの死傷者があったと思いますが、このような痛ましい争いが起きて、本当に残念です」紅潮した徐福の顔で首長を見据えた。

黙っていた首長は、自分から徐福に近寄り、頭を下げた。徐福もすぐ返礼した。

「徐福団長、われわれは、度重なる侵入者の襲撃に備え、この地を守るため、精一杯です。そちらの損傷も大変だろうが、われらの方は、それ以上です。今朝のことについては、教訓として、われわれは、勝手にこの地に入って来た船をすべて武力で追い払うつもりでした。われわれにとって、やるべきことでした。ご理解をいただきますか？」再び首長は一礼した。徐福もすぐ一礼した。

「首長様、有難いお言葉です。私の方も、事前に何らかの連絡を取るべきでした。暗闇の中、大きな船が陸に迫って来る。さぞ、皆様も驚かれたでしょう。不届きな所をご寛容ください。そして、われらはこのままでは航海できないので、しばらくこの地をお借りして、休みを取らせていただきたいと思いますので、ぜひ首長のご了承をいただきたい」徐福は深く一礼した。

首長の表情が緩やかになった。首長はすぐ部下の七人を呼び、しばらく話した。

「徐福団長、この地で良ければ、ゆるりと、おくつろぎください。再出発のため、船を修理し、皆さんも骨休めをしてください」

「今朝のことは、本当に痛ましいことでした。私の考えとして、互いにこの出来事を忘れてほしいのです。犯人の追及や、詳しい経過なども忘れましょう。今朝、大きな船が接岸とした、『侵入者』じゃないかと、若者たちは勘違いして、船を襲った。暗闇の中、互いに死傷者を出した。明るくなってから、両方の話し合いを通じ、誤解がとけたという筋書きでよろしいかと思います。

ついでに、私事ですが、錨を狙って船首右舷に乗船した一郎という者は、私の姉の息子です。姉一家は夫婦息子三人で近くにある小さな村に住んでいました、四年前に、よそから来た侵入者に襲われ、姉夫婦は殺され、命からがら甥《おい》の一郎は、私のところに来ました。彼は大きくなり、復讐の血が騒ぎ、この地に来る船を、いつも無慈悲に痛めつけました。船体を傷つける、時に弓で相手を撃つ、たいまつを相手船に投げ込む……。その結果、今朝のような不幸を招きました」首長の顔に青筋が立ち、目に涙が浮かんでいた。

「誠に不幸の限りです。その時、船首左舷の当番していた楚玉文は、私の塾の教え子でした」徐福は言った。「先生について行きたいと、乗船したのです。この港沖に、彼は、右舷当番の黄志年と一緒に、あっという間に、暗闇から出てきたものに、殺されたのです。この航海が終わると、故郷で結婚式を上げる予定でしたのに……」徐福は手で口を押さえ、潤んだ目で遠くを見た。

「団長さん、お酒を出しましょうか？」橘が来た。
「おー、首長さん、よろしかったら、一つ、一杯やりませんか？」徐福は首長に聞いた。
首長は周りの者を見た。皆は黙ってうなずいた。
「そうしましょうか」首長の傍の七人が集まった。
船から降りた康泰は一つの木箱を徐福の傍に置いた。「われわれ九人でよろしいでしょうか？」
「ここに、銅鏡一面と玉の首飾り一つを初対面のお土産として、首長に差し上げます、どうか、受け取ってください」
橘は通訳した。徐福は箱から取り出した銅鏡と首飾りを両手に、首長の目の前に出した。
男たちは互いに顔を見て、そしてすぐ箱を囲み、お土産を見始めた。首飾りの鮮やかさに、みなが
驚いた様子。首長の了解をえて、手から手に首飾りを回して見ていた。銅鏡の前で、みなが妙な顔で
鏡の中の自分を見た。徐福は近寄り、銅鏡を取り出して、皆の前に鏡を見せた。鏡に映った自分の顔
をのぞき、みなが互いに指でさしながら、にやにやしていた。
入れ墨顔の首長はおおらかな笑顔を見せ、みなとしばらく「贈物」を見た後、「お土産」を箱に
収めた。「お心遣い、ありがとうございます」深々と一礼をして、後ろの者に手を振った。
一人の男が、動物の革で作った入れ物を持ってきて、首長に渡した。
「これは地元の酒です。どうぞ、一杯召し上がってください」首長はお酒入りの革袋を徐福の目の前
に置いた。
砂浜の地べたにみんな輪になって座った。船上から酒肴を出して、初対面の会食が始まった。通訳

の橘は忙しかった。首長側は連絡人を入れて計九人、こちらは、徐福の外に幹部船員と護衛隊長を入れて計八人。次々と運ばれてきた地元の魚と貝の乾物は美味しかった、船の肉料理をみんなが喜んでくれた。お酒を二、三杯くらい交わすと、皆の気持ちも和らいだ。徐福は、船上の飯団子（握り飯）を首長らに配った。みんなはここで食べずに、持って帰ると言った。よほど貴重品のように見えたのだろうか。

別れ際に、徐福は高良と徐連のことを心配していると、首長に告げた。首長は「知訶島《ちかのしま》を通って、三根あたりに上陸するでしょう。なら、私の方から、先方の首長に連絡しておきますから、心配はいりません」と答えた。また、「このあたりで、何か不便なことがあれば、言ってください」とも言ってくれた。

みんなが帰った後、徐福は橘に聞いた。首長の名は「ヤマ」といい、御年は五十歳を過ぎたという。そして、首長についてきた七人は、みんな七十歳以上の人ばかりだと聞いた時、徐福はがく然とした。この大原郷に来て、まだ一日とたっていない。どういうわけか、ここは全く異国だとは思えないほど、親しみを感じた。

彼の脳裏に、神仙という言葉が浮かんだ。あの穏やかな態度、落ち着いて、堂々とした風貌、爽やかな性格に、豪快な笑い。一つひとつ、正に水の流れのように、すべてが、ごく自然に、平和と安らぎを感じさせられる。

十、三番船沈没

一方、高良と徐連らは、済州島を通り過ぎた。

高良は副団長室から船橋にでた。関船長はオカ、クマと並んで立っていた。済州島から出て、三日目である。知訶島（五島）が見えた。陸が見えてから、みんなはそわそわし始めた。

「島が多いな」高良は言った。

「はい、オカとクマの話だと、五つの大きな島がありまして、全部合わせると百四十以上の島があります。ここまで着けば、ほぼ崎陽（長崎）に着いたと思えばいいのです」関は説明した。

「ただ、この知訶島から崎陽にわたる間は潮が激しくて、南からの潮（対馬海流）と北からの潮の潮目がつかみにくく、潮に気を取られないためには、東へ東へと全力で走らないといけませんから、また、小島や暗礁が多いので、十分注意してかじ取りをしないと、大きな事故になりかねません」

申《さる》の刻（午後四時）に両船は無事知訶島に着いた。北東から南西にかけておよそ百六十里（八十キロ）にわたる島々が目の前にあった。高良はすぐ両船に計測係りの確認と櫂を扱う水手の補充を指示した。その後、両船のかじ取りを呼び、十分注意するよう命じた。

その時、二番船のかじ取りが高熱を出し、ぶるぶるふるえていた。

気が付いた関はオカを呼んだ。「おまえにかじ取りを任せたいが、やってくれるか？」と聞いた。

オカは快諾した。クマが船長の傍に立った。

翌日、余裕を持って、満潮の辰の刻（八時）に、北東の針路を取り、船は出発した。走ること三刻半、柔らかい風が吹き始めた。南からの潮の流れも幾分穏やかになった。先頭を走っている三番船は帆を広げ、櫂も使い始めた。船はすごい速力で走りだした。地平線の向こうに、陸がはっきりと見えてきた。小島や岩がたくさん散在していることも目にした。三番船はすいすいとその間を走り抜けていく。崎陽はもうすぐだ。

「副団長、三番船に速力を落とすように指示してください」なぜか関船長は相当慌てた様子で言った。

「信号手、すぐ三番船に伝えてくれ。『副団長連絡：座礁の多いところ、速力を落とせ』」話が済むと、高良は外へ出た。三番船は、速力は落としていなかった。

「報告します。三番船から『了解しました』」信号手は戻っていった。

三番船は帆を降ろしたが、速力は変わらなかった。高良は再び信号手を呼び、指示をだした。

「三番船に連絡、『櫂を半減しなさい』」段々遠くなる三番船を見て、高良は嫌な予感がした。

三番船からの返事はなかった。高良は考え込んだ。

「三番船からです。『副団長補佐報告：同針路進行中、本船は座礁しました。ただいまから、脱出に全力を尽くします』」

串に刺されたように、三番船は小さな岩に捕まった。壁のような波に揺られ、時にシーソーのように右左に上下に動かされ、時計の針のようにくるくると回されている。船上はもちろん大パニック。

さらに、船の沈没という最悪の結果が待っている。至急脱出だ。

高良は自分の予感が的中したことに驚いた。前方に三番船が見えた。横たわっている船体が軽く揺れている。「副団長、三番船の船体が岩の上に浮いているので、船は転覆するか、真っ二つに折れる可能性があります。本船をそこの半島につけた後、私はすぐ三番船の救助に行きます」関は高良に報告して、操船一係に合図を出した。

オカの操舵はうまかった。接岸した船から、船上にある小船四隻と船員十五名を連れ、巻揚機、綱《ロープ》と滑車三つを載せた後、関船長は高良に「本船をオカに一任しましたから。では、行ってきます」と小船に乗り込んだ。

オカは船の指揮を執り、係船して、テントを張った。総務係に炊事の用意を指示した後、みんなテントで休みを取ることにした。オカは、砂浜に何か書きながら、総務長と話している。

関一行は、座礁現場に着いた。下島（天草の下島）の苓北《れいほく》より東に数里のところだった。「手伝いに来たぞ」と関は手信号を送った。「ありがとう」と原の返信。岸の西に暗礁、暗礁の西側に三番船という配置に対し、力で船を岸の方へ引っ張ることはまず不可能だ。関は座礁船の西側の近くに大な岩をみつけた。早速、綱を通した三つの滑車のうち、二つは岩に残して、頑丈な岩の別々の場所に固定した、もう一つの滑車は座礁船につけた。救助船の巻揚げ機に綱の一方を固定し、岩の一番目滑車、座礁船の滑車、再び岩の二番目滑車を通して、最後に座礁船の付け根に綱を固定した。巻揚げ機はゆっくり回り始め、綱が張ってきた。その力は岩の第一滑車を引っ張り、さらに座礁船の滑車を動かした。座礁船の滑車からもう一度岩にある第二滑車に力を伝えた後、座礁船の帆柱の根元を引っ張るという仕組みだった。やり始めてから、意外に早かった。ギー、ギーという音がした後、座礁船はゆっくりと真っすぐに戻り、暗礁から離れた。

船の船倉は、それぞれ壁で仕切られているため、一つの船倉がやられても、他の船倉に浸水することはない。航海には少しは遅れたとしても、大した支障にはならない。

「関船長、ありがとうございます」原船長からの信号が届いた。

「では、あっちで待ってます」関もすぐ返信した。時は酉の刻（午後五時）になっていた。

二番船は島原南の口之津に錨を下ろした。三番船までの直線距離は二百八十歩（約五百メートル）くらいである。

戌の刻（午後八時）に、三番船が無事口之津《くちのつ》に着いた。海人大石は、巻揚げ機の切れた綱に当たり、右足を骨折したと報告された。徐連と原は担架に大石を載せ、一緒に高良のテントを訪ねた。三人はひざまずいたまま、頭を地につけた。

「副団長補佐徐連一同、副団長に報告いたします」徐連の声が震えている。

今回の事故で、四十二名が海に落ちた。そのうち七名が木材に体を預けて、助かったが、三十五名は潮に流された。また、船が座礁で激しく揺れる間に、十七名が船から飛び込み、激しい潮流に流され、みんな溺れた。死者と行方不明者の合計は五十二名だった。

「申しわけございませんでした」涙を流しながら、徐連が頭を地につけた。

原も大石もひざまずいて、自分の責任だと謝った。

「立て！」高良は唇をかみしめて、皆を座らせた。

「本当に悔しい。悔しいのだ！」柳向隆が大声で叫んだ。そして、黙って、みんなに杯を渡した。

「この未知の世界に飛び込んで、みんなは心細いのだ。俺もそうだ。大使と合流するまでは、海との戦いはこれからも続く。みな力を合わせて、頑張ってくれ。いまは、くよくよする暇はない。頼むぞ」

高良はもう一度、杯を挙げた。

徐連ら三人は関船長を囲み、深々と頭を下げた。話の中に、関の滑車さばきの正確さと速さに皆脱帽した。

落ち着いたところ、原は座礁のことを振り返った。「下島が見えた時、誰かが陸だと叫んだ。そしたら、甲板の上は一斉に『陸だ』『陸だ』とざわめき始めた。櫂《かい》を扱う水手らも船倉の中から『着いたか?』『陸が見えたか』と外の者に聞く。悶々《もんもん》とした航海の中、不安、恐怖、苛々と、皆の気持ちが極限に達していた。『陸だ』と聞いた時、甲板の上も、船倉の中も大騒ぎとなった。気がつけば船は全速力で島に突っ込んでしまった。結果はこのありさまだ」原は泣いた。「悔しい。陸に上がる直前だというのに死んだ者に、本当に申しわけない」拳を握ったまま、言葉が途切れた。

高良は原に寄り添った。「今度のことは、絶対に忘れるな。成功を目前にして、衝動的に、無謀な行動は命取りだぞ」

三番船が座礁した現場から、関が帰って来た。連れていた四隻の船のうち、一隻はロープに絡まれた後に流された。四名の行方不明者を出した。

口之津で二泊して、三番船の船倉を補修するつもりだったが、座礁した後、船の第二倉のほかに、第三倉、第四倉も鋭い岩により被害を受けていた。停泊する間、浸水がひどく船頭から沈み始めた。高良は、すぐ三番船の食糧を二番船に移させた。一夜が明けて、沈んだ三番船の帆柱に別れを告げ、二番船はゆっくり下島から島原半島を回り、陸に沿って航海すること一日、夕方に無事佐嘉（佐賀の寺井津）に着いた。大石から「ここが、目的地です」と聞いた時、高良は大粒の涙を流して、空を仰いだ。

高良は徐福らの上陸地をオカに推測させた。オカは、北航路で渡ると大原郷（福岡）にはもう着いた筈《はず》という。この佐嘉から大原郷までは、陸路で百里（約五十キロ）足らず、海上だと六百里（三百キロ）あると聞いて、高良はすぐオカに大原行きを命じた。

十一、浮盃の再会

高良と徐連の両船を合わせて、乗組員は九十名以下となった。彼らは上陸すると、まず川の東岸にある小山を背にして、テントを張った。両船の幹部船員を呼び、高良の部屋と関大勝船長の部屋に分けて雑魚寝《ざこね》するようにして、他のものは底倉で乗組員と一緒に生活するようになった。この日、夕食を終え、上級船員はみんな高良を囲み、酒を飲みながら、オカらの帰りを待った。

見ず知らずの異郷のため、夜の灯火は慎んだ。小さなたいまつに火をつけ、テント内の光をできるだけ漏らさないように心がけた。

再び反省会が始まった。皆の顔が暗かった。

「しかし、滇人（雲南省のイ族やタイ族）らは実によく働いたな」関船長の一言で、話題が変わった。真面目で楽しく働く滇人に対する評判はよかった。時間が少したつと、話は故郷のことに移り、郷愁の雰囲気が漂い始めた。二十数日の郷里との別れが、まるで何十年間も会ってないように感じた。

「報告します！　北東方向からたいまつが見えます」見張りが入ってきた。

「ご苦労、隆、確認してこい」高良は命じた。柳向隆はすぐ護衛兵二人を連れて、出ていった。

「団長に会えるぞ」船内の雰囲気がガラリと明るくなった。憶測が飛び交う中、オカに対する期待が多かった。

柳が帰って来た。

「報告します」柳の声が震えている。「四方八方から、われわれは地元民に包囲されています。海上も小船は十数隻が泊っております」柳の顔に一抹の不安が過った。船内の雰囲気も一瞬に変わった。

高良は通訳を連れて、船橋に出た。周辺を見渡すと、海上から、陸から、「ここはワシらの土地だぞ」「この地から出て行け！」断続的に叫び声が聞こえる。険悪でもなく、威嚇でもないようだが、こちらが少人数であることを思うと、やはり、脅威を感じる。高良は船橋の上を歩き回った。

「報告します」見張りが走って来た。「北の方から、一列の人影が見えます。たいまつの光もはっきりと確認できます」

確かに、一行が北の方から移動して来る。その一行は、地元民の中に割り込んだ。およそ四半刻(約三十分前)後、地元民から離れた一行は、こちらに向けて動いてきた。地元民のたいまつが、一つ、二つと消え、残りの七、八束も、奥地へ移動し始めた。振り返ってみると、海上の船も、一隻、二隻と、去ってしまった。

高良は、不思議に思った。

「報告いたします」柳は、船橋に上がって来た。

「どうした？」高良は聞いた。

「オカから照明信号が入りました。大使様一行が、すぐつきますとのことでした」張り切った様子の柳の答えだった。

高良は立ち上がり、外へ出た。みんなも一斉に部屋から飛び出して、船から降りた。

九月八日(西暦十月一日)に琅邪を出発して、三十五日ぶり、十月十二日に、浮盃《ぶばい》で徐福と高良は再会した。

たいまつがだんだんと見えてきた。たいまつの光の中、先頭に徐福、オカがいた。康泰隊長、医者、鉄工、木工の匠など、みんなが元気な姿で現れた。

「あー、兄さん、お久ぶりです。会いたかった！」高良は大声を上げ、徐福の足元に座り込んだ。声が震えて、涙が頬から零れ落ちた。後ろにいた乗組員らも、一斉にひざまずいた。「良、久し振りだ。元気でいて何よりだ」徐福は言葉をかみしめるように高良に声をかけた。泣きながら彼は高良を立たせ、両手で高良を抱きしめた。

「みんなもご苦労だった。みんな、立ちなさい」徐福は声を詰まらせた。

二百四名もいた高良ら両船の乗組員が、今は半分も残っていない。「みんなよく生き延びてくれた、本当にありがとう」

高良の部屋で、徐福は三番船沈没の経緯を聞いた。

「橘はどこにいる？」高良は聞いた。

「あれは、船を修理するために大原郷に残っている。修理が終わったら、こちらに来ることになっている」徐福も一番船が事故に遭ったこと、大原に近づく時、地元民と一戦を交えたことで、生き残りは五十九名しかいないと話した。

また、徐福らは、大原郷に着いた翌々日に、けいれんをおこした首長の姪《めい》の病気を治したことで、首長が大変喜んでくれたことも話した。首長が徐福に、しばらくいてくれないかと言ってくれたことも。その日から、ほぼ毎日のように、徐福は大原郷の首長と酒を交わした。徐福ははぐれた仲間が佐嘉か、川副で自分を待っているからと言うと、首長はすぐ部下を川副へ行かせて、三根郷の首長に知らせた。こうして、高良一行はゆっくりと休むことができた。

さらに、佐嘉か川副で仲間と合流する話を聞いて、首長は道案内一名と通訳一名をつけてくれた。

「兄さん、首長は親切な人だな」高良は言った。

「どこも人の気持ちが大切だろう。あれから、俺はよく集落に行き、数軒の家を訪ねた。うちの米を首長に少し分けてあげた。そして、甕《かめ》二個を渡して、地元の大根や白菜を使い、漬物を作って、首長に食べさせた。なんと、これが大当たりとなって、首長はぜひ甕を作ってほしいと言い出した。漬物の味がよほど気に入ったようだ」徐福は話しながら、みんなの顔を見た。好奇心に満ちた一人一人の顔に、明るさが見えた。


十日後に、大原から橘一行が、船で来た。大原郷の首長は、わざわざ水案内人を付けて、櫂を扱う水手二十人も出してくれた。

夕方に、三隻の船の乗組員が大使船の甲板に集まった。久しぶりの再会にみんな喜びの声を上げた。徐福一行が二台の馬車で運んできた首長の差し入れがこの日のご馳走となり、山の幸、海の幸、地元の酒と徐福が教えた野菜の漬物などが、甲板を埋め尽くした。大使船上の大宴会が始まった。皆異国の地での再会に酔い痴れた。

徐福を囲んで、高良、関、徐連、橘弘、柳向、隆、康泰、原、オカ、クマらは、みんなが無事この異国に着いたことを喜び、徐福に繰り返しお礼を言った。が、どういうわけか、徐福の顔はさえなかった。時々、甲板や船橋に行き、何かを探していた。見兼ねた橘弘が徐福の傍に寄った。彼は、徐福に耳打ちでしばらく話した。徐福の顔が険しくなった。時に首を横振りしながら、両手を揉んでいた。

徐福は黙って、杯に酒を入れ、橘にも酒を入れた。そして、二人は一気に酒を飲みほした。

「さあ、みんな、楽しい酒を飲んでいるか？」徐福は大きな声でみんなに話しかけた。

「大使様のおかげで、楽しい酒をいただいております」船橋から、甲板から、底倉からも、叫ぶような声で返事が返って来た。

「それはよかった。みんな何か気づいたことはないのか？」徐福は聞いた。

「あります。大使船の櫂を扱う水手はほとんどここにいませんね」誰かが返事した。

「よう言ってくれた。一番船の櫂を扱う水手の濵人十八名はここにいないのだ！」徐福はみんなの顔を見た。「濵人頭の于力《うりき》一人だけがここにきている。彼から仲間の行方について、説明してもらおう」

ざわめきが鎮まり、みんなは眼を于力に向けた。「申しわけございません！」于は大声で叫び、みんなの前でひざまずいた。

「私の監督が不行き届きで、十八人の仲間をここまで連れて来られませんでした」

上げた顔に大粒の涙が流れていた。彼はひと息して、経緯を語り始めた。

「実は、われわれより先に、戦乱中の華夏から逃れてきた濵人仲間が、すでに大原郷にいたのです。われわれは、四年振りに大原郷で偶然生き残りの仲間と出会いました。異国他郷の再会は、正に夢のようでした。みんなは喜んで、懐かしい思い出に心が沸きました。大原郷の濵人仲間から、大原首長は人が優しく、みなを公平に扱うと聞かされたとき、われらの仲間は、この大原に住みたいと大原首長に直訴したのです。皆の意思が固かったので、私は引き留めませんでした。私一人自分の気持ちで、こちらに来たのです。どうかお許しください……」

于は泣きながらみんなに訴えた。誰一人責めなかった。

「聞いた通りだ。于の気持ちはたいへんありがたいが、こちらの二番船、三番船にも、濵人がいるから、君たちは、大原郷に行きたいなら、申し出てほしい。わしは、行かせてやりたい」

徐福の突然の話にみんなは驚いた。とはいえ、しばらくすると、船上は人の動きが激しくなった。濵人たちは真剣に話し合い、相談し始めた。再会の宴会が、バラバラの討論会となった。

その結果、三十三名いた両船の濵人のうち、二十五名は大原郷に行きたいと申し出た。残り九名は徐福らについていくという。

「大原郷に残った十八人とこっちの二十四名を合わせると、濵人は四十二名の大所帯になりますが、気の短い濵人ですので、細波が立ちやすいです。集団行動には、どうしてもまとめ役が必要です。皆の許しをいただければ、私はこの四十二名と一緒に大原に行き、みなをまとめたいとおもいます。どうか、よろしくお願いいたします」于の目は潤んでいる。

「そうだな。じゃ、于、頼むぞ」徐福は于の肩を叩いた。

十二、魚心あれば水心

于から聞いた話はこれだけではなかった。もっと痛ましい出来事を、于は徐福に報告した。

「亡くなったのは越雲《えつうん》です。私が滇の県府役人だった時の友人です。団長がわれわれ滇人幹部の数人の家族をひそかに乗船させたことを、高良副団長から聞いて、すぐ越に話しました。船上で彼と別れの話をしました。すると、彼から、『俺はすっかり家族らがみんな趙高の人質になっていると思いこみ、趙高の言うとおり、団長を殺すつもりだった。今、助けだした家族らと再会ができて、滇人を大原郷へ行かすために、食糧まで段取りしてくれたことを考えると、大使は本当に神様に見えた。しかし、俺が大使を殺さなければ、趙高の追っ手はどこかで俺を狙うだろう。俺はこの生き恥と追っ手に追われる恐怖に耐えられないのだ』彼は一枚の木簡を私にくれました。『于、頼む』彼はいきなり手持ちの短刀で首の血管を切り、そのまま海に飛び込みました」

于は両手で口を覆い、目を潤ませた。「これが、その木簡です」

木簡には、「滇人のことを頼む。家族のこと、お願いします」とあった。

徐福は高良と二人で、一晩中酒を飲み続けた。亡くなった百五十余人の仲間のことや、越の自決のことを加え、暗い雰囲気の中で、二人の話が続いた。

朝食を済ませた後、高良は残る乗組員の組織再編を発表した。

船舶班は、大使船と二番船の修理を主な仕事とし、沈みかけた三番船に積載している荷物の回収も行うこととする。高良を頭領に、オカ、関、原、クマらを幹部要員として加える。操帆員と甲板員全員をこれに充てる。

次に、総務班は、全体の食事、住居を担当し、農作業を中心に、木工、陶工、捕魚なども行い、また、全体の食料を含む生活必需品の調達も担当する。徐連を総務班の頭領に、橘弘と柳向隆が補佐する。櫂を扱うすべての水手と予備要員全員をこれに充てる。

最後に、薬草班は、不死不老の薬を探すこととみんなの健康管理を担当する。三名の医者に徐福を加え、計四名の薬草担当者以外に、案内人は倭人のリス、康泰を含む護衛三名と随員三名を加えて、計十名となるが、呉の国出身の医者董玄《とうげん》を班長とした。また、十六名いた護衛のうち、一人が海に落ちたため、今は十五名しかいない。薬草班に三名を残し、他の十二名は全体の護衛に当たることにする。なお、この三班の総指揮は高良である。

会議は終わったが、これから先のことについては、依然五里霧中だった。

翌日、徐福は地元三根の首長へのあいさつに出かけた。事前に大原の首長から連絡が入っていたようだ。

徐福は大原首長からもらった通行札（結びひも）を三根の首長に渡した。三根の首長は黙って通行札を丁寧に手で触りながら、謎が解けたように頷いた。

「どうぞ、この地でくつろいでください」長い沈黙の後、三根郷の首長が話しかけてくれた。「この大原首長からの紹介状で、いろいろとよく分かりました」和やかな顔に笑みが見えた。

この「紹介状」のおかげで、三根郷のイワオ首長は、快く迎えてくれた。こちらから、酒を二樽、糯《もち》と粟《あわ》を、各二十斤（十キロ）と、火腿《ほおたい》（ハム）五本を手渡すと、首長はにこやかに受け取ってくれた。そして彼はすぐ部下を呼び、獲ったばかりのアワビ、サザエ、ウツボなどを徐福に渡した。続いて、首長のつよい勧めにより、イワオ首長の家で、ご馳走になった。その時、リスとオカが通訳してくれた。

イワオ首長は隣りの大原郷のヤマ首長と同様、「どれほどここにおられる？」と繰り返し徐福に質問した。

徐福は答えた。「私は、大秦帝国琅邪の睦東大使に任命され、お国に来たのです。親睦を図ることが第一です」少し間を置いて、昆布の煮物を口にした。「イワオ首長とヤマ首長の親切なお気持ちを、心から感謝します」徐福は話を進めた。「今度の航海は、失敗の連続で、わたしは自分の無力と無知を痛感しております」徐福の声が枯れてきた。

「ご立派です。大使様」首長は言った。

「わしの部族は七百人ほどおります。日々ほとんど食べ物に苦労しております。先頭に立つ者は、みんな苦労します。私は身を以て知っております。大使が三百人を連れて、この荒海を渡ってきたことは、正に勇ましいことです。どうか、ご自分を責められませんように、元気を出してください」首長は鹿肉の塊を徐福に勧めた。

「初対面の私に、ご自分のことを隠さずにさらけ出すなんて、大使の心の清らかさがよくうかがわれます」首長は優しいまなざしで徐福を見つめた。

「ありがたいお言葉です」徐福は軽く一礼した。

「実は、ここで、首長に、ぜひ助けていただきたいことがあります……」

「どうぞ、何なりとおしゃってください」首長は言った。

「実は、この地に着いて、もう四日ですが、しばらくの間、皆さんにお世話になると思いますので、よろしければ、余った土地を貸していただけたら、有難いのですが……」

「そのことなら、すでにヤマ首長と話しました。私とヤマ首長は大使がこの地に落ち着いていただけたらと思っております」イワオ首長は、軽くうなずいた。

「この三根地区は三養基町と筑後川平野が広がっております、見れば分かりますが、ここから少し奥の方に、江口という所があります。川は水深も幅も十分ありますので、船の出し入れには問題はありません」

徐福は素直にイワオ首長の意見を受け入れ、江口の土地を借りることにした。

十三、「蓬莱」の先着者

北の脊振山《せふりさん》、西の天山と東の清水山に囲まれた筑後川を中心とした佐賀平野の面積は、昔、現在の半分以下に過ぎなかった。つまり、江口から西の、坂から牛津あたりまでより南は、みんな標高五メートル未満であるため、海進により、全部海の中であったということになる。その後の海退で、今の広い佐賀平野ができた。しかし、徐福の目で見た時、ここが風水的に非常にいいと判断した。

三根の借りた土地に、総務班は十二枚のテントを張り、まず百人分の住居を確保することができた。

七日後、大原郷に行った濵人の于が二人を連れて徐福を訪ねてきた。大原郷の貫頭衣《かんとうい》を身にまとった三人はさっそく徐福に拝礼した。

「于、もう逃げて帰ったか?」徐福は冗談を言った。

「いいえ、首長の使いとして、参りましたよ」于は冗談を素直に受け止めながら、笑顔を見せたが、すぐに大声で泣きながら、語り始めた。

先日漁に出た時、砂浜に打ち上げられた二十数体の遺体が見つかった。服から見て、船団の仲間のようだった。遺体の状態は想像を絶する無残なものだった。頭や手足などはちぎれ、内臓もほとんどは、むきだしのままだった。長い間海水に浸かったため、みなぶくぶく膨らみ、腐りかけていた。首長の指示で、海岸に一時埋めることにした。話が終わると、于は目を潤ませていた。

「ああ、なんと惨いことだ！　みんな苦しかっただろう。つらかっただろう」大原郷接岸の時に犠牲になった乗組員三十七名のことを思い出し、徐福と高良は涙を拭きながら大声で叫んだ。

于についてきた二人のうち一人は華夏の言葉を話せる通訳、もう一人はカメという倭人の語り部（文字が普及していない時代、言葉で歴史や出来事を語る郷の記録係）だった。

語り部は首長の側近中の側近で、彼は生き字引と超能力者として尊敬されている。今回、彼は首長からの指示を受け、徐福らに大原郷の歴史を紹介するとともに、徐福らの今後の予定を聞き、首長に報告することになっていた。

徐福は高良と徐連をよび、一緒に聞くこととなった。

……言い伝えによると、二百五十年昔、華夏から、越に負けた大勢の呉国の人たちがこの筑紫島に流れてきた。彼ら約千人のうち、成人男子は数人しかいなかった。残りは年寄りや女と子供だった。……彼らが持っていたお金は、ほとんど使い道がなかったが、米や織物が現地では評判になっていた。また、持っていた鉄の道具なども、現地の人々を驚かせた。地元の人々は、可哀そうな彼らを親切に受け入れた。彼らもまた言葉を少しずつ覚え、地元の人らと一緒に、海や山で働くようになった。何年かたつと、女は地元の男と結婚し、子供ができ、新しい家庭が誕生した。

華夏の方々は、大陸の経験を生かし、地元のために大変尽力してくれた。彼らは首長にヤマという名前を付けて、その周辺六つの村をまとめて、この「大原郷」を作り上げた。

彼らが使っていた文字は、ここでは使わなかったが、みな自分の家で子供に教えているようだ。大原郷にいる彼らの子孫は、今は九、十代目にあたる。

また、隣の菊池（熊本）に、井野大原郷ができて、そこにも呉人は多かった。

あれから、百六十年の歳月が流れ、次に楚に負けた越の人々がなだれ込んできた。……八十年過ぎ、二百五十年過ぎて、呉の人々も、越の人々も、みんなが名実ともに倭人になった。このあたりは、みんな大なり小なり、華夏から来た人々の影響を受けている。そのおかげで、こちらの生活も幾分変わり、食べ物や、着物なども少しは変わった。ただ、あのころ、渡来した人々は、みな難民で、老人、婦人子供が多かった。残念なことに、彼らの中から、集落のリーダーが出なかった……。

いい話だけではなかった。この大原の隣りに、海賊か強盗のような流れ者数百人が上陸して、若い者を先頭に、そこの小さな集落を襲い、男女老若を問わず、皆殺しにした。わずかな人が、周辺の部族のところに逃げて、生き残った。このあたりは大騒ぎとなった。上陸者はさらに別の集落を襲い、食料品や家畜を奪った。部族同士が連合して、奪った集落を取り戻したり、逆に取られたりして、一進一退の戦いが続いた。上陸した者は一人二人と減っていった。一年を過ぎたころには、形勢が逆転した。優勢に立った部族の人たちは一気に反撃にかかった。上陸した武器を持った者は全員殺され、残った老人女子供たちは投降した。彼らは皆部族に引き取られた。これを機に、各部族は警戒心を高め、部族間の絆も強くなった。いざという時に、皆一斉に侵入者を追い払うようにした。

「二百五十年昔と八十数年昔のこともあって、今度は大使様が来られて、これが、何らかのご縁ではないかと、ヤマ首長は思いました。みなさんの活力あふれるお姿を拝見して、首長は大きな期待を抱いたようです。本当に心から喜んでいました」カメは満面な笑みを見せ、徐福らの顔をのぞいた。

「そこで、ヤマ首長は、三根のイワオ首長と相談して、できることなら、ぜひ、大使様の御一行に、この地に留まってほしいと申されたのです。以上でございます」カメは一礼して、話は一段落した。

徐福はこの赤裸々な話に驚きを隠せなかった。

「良、連、おまえらはどう思う？」徐福は二人の顔を見た。

「びっくりした。恐ろしかったな」二人は答えた。

「われわれは、秦に戻るまでの間、ここに留まり、彼らにお世話になるしかないでしょう」連も一人言のように話した。

徐福は于らの三人に、今晩はこちらで泊まるように勧めた。

第四章　徐福「蓬莱」で生きる

一、「高良郷」誕生

　この夜、于は久しぶりに、橘弘、関、原船長らと再会し、六人は夜中まで華夏の酒を交わした。大原郷の日常生活が主な話題だったが、時に語り部から昔話も披露された。

　一晩中、眠れなかった徐福は、朝になって、やっと横になれた。

　門を叩く音がした。高良と原が入って来た。

「どうした？」徐福は聞いた。

「はい。干潮を利用して、朝早く、沈没船に乗り込んで、潜水作業員を潜らせて、ひと通り調べました。食料品、木材、医薬品などは、みんな船首にありましたから、浸水せずに、ほぼ全部引き揚げられましたが、船尾に置いた武器、小石、飲料水と一部の衣料品は全滅でした。引き揚げたものは、全部持って帰りましたよ」冴えない顔の高良だった。

「？」徐福は高良に近づいた。

「遺体は、……およそ六里（約三キロ）の海岸をしらみ潰しに探した……」

「見つかったか？」焦らされた徐福は叫ぶように言った。

「流された三十八名の仲間が見つかりました。みんな、区別のつかない遺体ばかり、無残な姿だったよ。見るに忍びなかった」酸鼻を極める現場の事を思い出した高良は手で口を押さえ、流れる涙が止まらなかった。

「もういい、分かった」徐福は大きなため息をついて、高良の肩に手を掛けた。

「于の口からも、似たような話を聞いた。みんな、可哀そうだったな。船酔いで海に落ちた者だろう。本当に……」徐福は顔を紅潮させた。

徐福は何も言わずに、高良の肩をしっかり抱えた。

「遺体は、人目に付かない海岸に埋めましたから……」高良は大きなため息をつき、静かに言った。


徐連が入って来た。

「于から聞いた首長の話だが、これからどうする？」徐福の声で、沈黙は破れた。

「良、おまえはどうしたらいいと思う？」徐福は聞いた。

「結論を出すのが先だと思う」高良は慎重に言葉をえらんだ。

「徐連は？」徐福は徐連を見た。

「今のところは、なにより、船の修理でしょう。副団長が言ったように、それが解決してから、考えればいいんじゃないですか？」徐連は明らかに穏やかになった。

「分かった。良も、徐連も、おそらく同じ考えだろう。両首長に取り敢えず、一応承諾の返事をするぞ。ただし、われらは、戦乱で逃げてきた呉や越の人々とは違う。われらは船の修理をしなければならないから、ここで、居座る気はないと、きっぱりと言っておく。そして、彼らの意向を伺う、ということでいいかな？」徐福は一気に話した。

「それでいいです」二人は答えた。

「良！　もし、両首長が土地を譲ってくれたら、おまえは主になってくれ！」徐福は高良に声を掛けた。

「地主は徐福大使、地名は徐福国でよろしい」高良は即答した。

「そうですね、副団長の言う通りです」徐連も賛同した。

「おまえらは何を言う？　俺は秦の官職をもつ秦の役人だぞ。簡単にここの地主や国造りが、できるというのか？」言葉は重かった。

「ん……？」高良は聞いた。

「先に言った通り、答えはただ一つ、高良が地主だ。そして、国名は一番手取り早い『高良郷』とする。そうなると、両首長も異論はなかろう」二人は黙っていた。

于らが大原郷に帰っていった。五日後に、大原郷のヤマ首長一行三十数名と馬車一台、三根郷のイワオ首長一行二十数名と荷車二台が、徐福らを訪ねてきた。大行列の来客に徐福は驚いた。物々しい雰囲気の中、徐福は笑顔で両首長を迎えた。

ヤマ首長が運んできた食べ物、イワオ首長が持ってきた地酒を出した。「ヤマ首長、イワオ首長、わざわざお越しいただきまして、ありがとうございます」徐福は拱手《きょうしゅ》の礼をして、「ご馳走になります」と言った。

一番大きなテントにテーブルを丸く並べ、ほぼ三分の一に分けて、徐福側、大原郷側と三根側に分けて座った。

三グループにそれぞれ十名ずつテーブルについた。残りの者は、オカ船長が段取りした大きなテントで食事を取ることにした。

「有朋自遠方来、不亦楽乎」（『論語』：朋有り遠方より来たる、亦楽しからずや）

徐福はすぐ孔子の言葉を思いだした。異国他郷で友人が訪ねてきたことを、彼は心から喜んだ。酒がすすみ、料理に箸を運んだ。次第に、話が弾み、歓声や歌声も聞こえてきた。

「徐福大使、着いたばかりのみなさんのところに、押しかけて、本当に申しわけございませんが、お許しください」ヤマ首長は、徐福に頭を下げた。

「実は、私とイワオ首長は、先日、于力からお伝えした話の回答を伺いに来たのです。大使はお決めになりましたか？」ヤマは笑顔で徐福を見つめた。

「お二人のご好意に心からお礼を申し上げます」一礼して、徐福は高良と徐連の姿を探した。

「みんなと相談しまして、両首長の言葉に甘えて、お世話になろうかと思います。両首長から土地をお借りして、この地にしばらく留めさせていただきたいと思いますので、どうぞ、よろしくお願いします。なお、詳しい話は、副団長の高良からお話しします」

「おー、有難い、有難い！」ヤマとイワオが両手をたたいた。

「二人は心から、この返事を待っていました」ヤマは立ち上がり、徐福と高良、徐連に酒を勧めた。

高良から、事前に話したこちらの意向を伝えると、ヤマとイワオはみなさんがいてくれれば、すべて承諾すると即答してくれた。

にぎやかな雰囲気が続く中、ヤマ首長は徐福に近づき、耳元でささやいた。徐福は驚いた顔でヤマを見返した。ヤマはお任せくださいという顔で、大きく目を開けて、両手をたたいた。すると、テントの外から、三十名の女性が中に入って来た。中に一人の年配の男もいた。

「話は長くなりますが、先日、徐大使が滇《てん》人らの気持ちを、快くご理解いただいたこと、大変ありがたく思います。この四十数名の滇人は、わが郷の大きな力となりましょう。私も彼らを大事にしますから、どうぞ、ご安心ください」振り向いて、女の人らを指差した。

「ここにいるのは、わが郷とイワオ首長のところの女性です。誠に勝手ながら、みなさまの使いとして、食事、家事、洗濯などの雑用の手伝いをさせていただくつもりで、連れてきました。どうぞ、彼女らを受け入れてください」ヤマとイワオは深々と頭を下げた。

二、四海之内皆兄弟

徐福の周辺にざわめきが起こった。

徐福は、すぐリスの通訳を介して、両首長と話し始めた。激しいやり取りのなか、三十分がたち、徐福はようやく両首長の意向を理解した。

「みんな、聞いてくれ！　両首長と話したことを、皆につたえよう」徐福は説明し始めた。

「両首長はわれわれに土地を無償で譲ってくれるが、この地から立ち去る時に、その土地を首長らに返す。われらは、両首長に、それぞれ職人二名ずつ送り、素焼きや大工の技術などを各部族の民に教える。両首長は、われらが田植えや、田んぼ作りと船を修理する時には、部族から男をそれぞれ十名ずつ出す。男たちは作業を手伝いながら、稲作や船大工の技術を学ぶ。

それから、われらは、ヤマ首長から二十名、イワオ首長から十名連れてきた女性を受け入れ、それぞれの住居を作る。彼女らにわれらの炊事、洗濯、掃除などを手伝ってもらう。彼女らの管理は、部族からの責任者に一任し、華夏の言葉の話せる三人の通訳を通じて、みんなと調和を図ることとする。

とにかく、この地で、われらの住む場所を確保した。

それから両首長のご厚意により、船修理用のドックも提供してもらえるようになった。こうなると、皆安心して国に帰ることができる。

これ以外に用があれば、高良副団長とヤマ首長間で相談して決めることとする。以上！」

徐福の話が終わった瞬間、「大使に従います！」皆は一斉に大きな声で答えた。

「そう、よく分かってくれた。ここで、あらためて、わしは『勤勉自尊、就地札根』という言葉をみんなに送りたい。いいか？ 覚えてほしい。

『自尊心を忘れずに、勤勉に働け、そしてその地に根を下ろせ』ということだ。みんな分かったか？」

「勤勉《きんべん》自尊《じそん》、就地《しゅうち》札根《さっこん》」皆は雷鳴のごとく、総立ちで、手を上げて叫んだ。徐福は額に手をあて目をつぶった。


傍で見ていた両首長は、手をたたいて、大声で笑った。

「団長の言った言葉を、しっかり覚えてくれ。みんな、頼むぞ」高良はみんなの顔を見た。

「分かりました！ 副団長」「われわれは団長について行きます」皆の顔に安堵の表情が浮かんだ。

徐福は目頭を押さえ、静かに高良を外へ連れ出した。地べたに座った二人は、黙ったまま、肩を組んだ。徐福は木の枝を拾い、地面に「以心伝心」と書いた。すると高良は、その枝を取り、隣りに「以心伝心」と書いた。この四文字は辛酸をなめつくした二人の心に染みた。二人は西の空を見上げた後、テントに戻った。

狭いテントから、外の周りから、歓声が上がり、一カ月ぶりに、故郷の歌まで聞こえてきた。倭人らと一緒に、歌に合わせて、踊る者もでた。命をかけて、海と戦ってきた一行の、興奮は収まらず、朝方まで宴会が続いた。

　翌日、高良は徐連と橘を連れて、場所確認のために江口へ行った。江口は東西に流れる筑後川の北側にあった。名前の通り、昔は河口だったようだが、平地は想像以上に広かった。川の幅は十分あり、深い所の水深も一丈（およそ三・三メートル）もあるから、船の修理には問題なさそうだ。北に平野が広がり、北東方面には小高い山が見える。のちに、その小高い山を、ヤマ首長が高良山と名づけた。北と北西の方向に、低い山が連なっている。これなら、稲作りの水引きには困ることはなく、この土を開墾すれば、思うような収穫ができそうだと徐連は言った。高良は徐連と橘に、「これなら、住めるぞ」と話した。

　十一月十日から、三日かけて、総務班と護衛の者は、新しいテントを張ることになった。部族から来た女性も作業に加わった。団長、船長らのテント、道案内通訳のテントと集会所兼食堂のテントと残る乗組員全員のテント六面で間に合う。これに女性用テント三面を加えると、九面のテントが必要となる。

　三日目の昼頃から、三根から江口への引っ越しが始まった。ヤマ首長とイワオ首長の厚意で、譲ってもらったこの神埼の江口の地に国（集落）を作ることとなった。また、徐福の指示に従い、集落に『高良郷』という仮称を付けた（今の久留米市高良山近く）。

　引っ越しの二日目の昼から、大原郷や三根郷から、五十数人がテント張りの仕事に加わった。彼らは、明らかにテント張りを勉強しに来たようであった。また、女性たちも、四、五人の責任者の指揮の下、片付けや、夕食の用意に励んだ。徐福がヤマ首長の大原郷で教えた飯団子（丸いお握り）と漬物の作り方も、ここで役に立った。彼女らの作った飯団子と塩味の漬物を試食して、徐福は自分の『秘伝』に自慢げに笑顔を見せた。

木を伐採する者がみんな帰って来た。高良は徐福のテントに入ってきた。

「兄さん、引っ越しも終わり、沈没船も全部片付けたぞ。特に食料品などを無事に運んだことは、何より嬉しい。本当によかった」手で汗を拭きながら、徐福に声をかけた。

「ご苦労、よくやった」徐福は手拭を渡した。「良、明るいうちに、外で夕食でもしようか？」

「いいね！　広々とした大地を食卓に、みんなと一緒に食べると、きっと美味しいだろうよ」高良は喜んでくれた。

「机は足りるかな？」

「足ります」外から徐連が入って来た。

「副団長が引き揚げた九卓を加えて、折りたたみの長机が三十八卓もありますから、十分足りますよ」

徐福から受け取った手拭で顔を拭き、徐連は席についた。

「良、いろいろな工具道具類は、大丈夫かな？」徐福は聞いた。

「ん、大丈夫」大きな体を曲げて、徐福の真ん前に座った。「大工道具、伐採道具、農作業道具、焼き物用道具……、まあ、ほとんどは失わずに、こちらに持ってきました」自慢げに徐福に答えた。

総務班の全員もそろった。女性たちが作った料理の前に、みんなが集まった。徐福のテントには高良と徐連が笑いながら、入って来た。後ろに、女性七名と年配の男がついてきた。

橘が走って入って来た。

「副団長、遅くなりましたが、お呼びでしたか?」

「おー。橘、通訳をやってくれ。これから、大使の言ったこと、俺と徐連の言ったこと、そして、彼女らの言ったことを訳してくれないか?」高良は橘に言った。

まず、大原郷からは、責任者イソとサバの二名と通訳のノリとワカメ、三根郷からは、責任者スミレと通訳モモが紹介され、みんな徐福に拝礼した。

「三根郷のイワオ首長のご厚意により、薬草採集と山登りの名人のゲンシチとその娘タツを大使の道案内役兼世話役として遣わせてくれました」目の前に、六十前半の男と、三十前後の娘がいた。

「俺の案内役か?」徐福は不思議そうな顔で高良に聞いた。

「団長の山道案内と、薬草の勉強のためです」高良は徐福の傍に寄って来た。

「このゲンシチは、薬草採集の名人だそうです。首長は、薬草採取には彼が非常に役に立つと言っております。ゲンシチの娘は、病気の母を看取った後、父親のゲンシチと二人で暮らしをしています」

高良は徐福に説明した。

「テントの方は、確認してくれた?」徐福は話題を切り替えた。

「はい！　大小九つのテントについては、みんなに説明しました」徐連は答えた。「副団長から、いただいたこのテント配分表の通り、すべては落ち着きました」

三、異国の地に生きる

百五十数人が無事テントに入った。徐福が一人、一つのテントに住み、幹部の集会や臨時の集まりも、このテントで行うことになっている。

その夜、幹部と道案内がみんな徐福のテントに集まり、高良から今後の行動計画が発表された。

まずは、船舶班と総務班の全員が木の伐採に取り掛かる。大工技術者の育成については、高良と徐連に一任する。続いて、徐連は両部族から来た女性の担当を再確認した。

翌日辰の刻（八時）、三根の責任者スミレがゲンシチとタツを連れてきた。タツはこの時通訳を務めた。長身のスミレは、まず自己紹介をした。彼女は今年二十七歳、イワオ首長六人兄弟の一番下の妹だ。徐福は驚いた。彼女は、母親を補佐して、三根郷の会計や家事を担当していた。ふくよかな顔に落ち着いた表情、時に笑うと、えくぼが見える。彼女は自分を含む女性十名とゲンシチ親子の総責任者だと紹介した。

ゲンシチも自己紹介した。部族から少しは離れたところに、二カ所に自分の住まいを構えている。狩猟と薬草採集が彼の仕事、彼は部族の健康を守っているという。一匹狼的な存在で、首長からの信頼は厚い。彼は部族のみんなとはほとんど一緒に仕事をせず、娘と二人で行動をしているらしい。彼は、目の前の脊振山、英彦山をはじめ、西の天山、多良岳、東の久住山、阿蘇山、南東の市房山、国見岳など、全部自分の足で歩いて回ったと話した。薬草のことをはじめ、山の動物や植物についてもよく分かると自信満々で言った。彼は華夏の医学について教えていただきたいと徐福に頭を下げた。

最後にタツが深々と一礼して、徐福にあいさつした。

「タツです。いろいろと教えてください」癖のない華夏の言葉であいさつし、徐福は不思議そうに思った。「倭」と言われるこの国で、ここまで華夏の言葉を話せるとは、徐福は自分の驚きを隠さなかった。

「そなたは誰から華夏の言葉を習った？」徐福は聞いた。

「おばあさんからです」タツは答えた。「私が六歳の時に、母は病気で亡くなりました。おばあさんが私を引き取ってくれました。実は、曾祖母は、越の人だそうです。おばあさんは、曾祖母から、華夏の言葉を習っていたのです」関から聞いた通りだ。どおりでどう聞いても、（呉出身の）高良の言葉に非常に似ていた。

「今までどんな仕事をしてきたのか？」余計な質問だったが、徐福はその穏やかな態度と、落ち着いた言葉に少し関心があった。

「子供の頃から、ずっと家事の手伝いをしていました。その後、父について、周辺の山や海を回りました」静かに語るタツの態度は何となく、誰かに似ていると徐福は感じた。

皆が帰った後、外で待機していた康泰が入って来た。橘と二人で記録した木簡を置き、一礼して出ていった。

朝早く、高良と徐連が来た。「のこぎりは七本もあるから、取り敢えず、全員で手分けして、原木の伐採にかかるぞ」高良の声は大きかった。

「そうか。ご苦労だな」徐福は言った。

「兄貴、あのゲンシチ親子は、誰かに似てないか？」高良は急に声を抑え、徐福の傍に寄ってきた。

「似ている？　誰に？」徐福は知らん顔で高良に聞いた。

「兄貴、あのゲンシチはうちのおやじに似てないか？　それと、タツは姉の高紅に似てないか？」頭を振りながら、徐福を見た。

「そう言われると、そうかもしれないな」人ごとのように徐福は言った。顔に現れた郷愁の表情は隠せなかった。

四、「国」作り

二カ月が過ぎた。原木の伐採作業はほぼ終わり、全員が製材に取り組むこととなった。伐採と同様、製材においても大鋸《オガ》は大変役に立った。

帆柱用の丸太と甲板用板材、住宅用大黒柱などの巨木のほかに、つなぎの梁材と門、扉用角材にもそれぞれ必要になる。それまでに二十日間特訓して育てた若い大工が十分力を発揮した。特に女性の見習い大工が、男顔負けの技術を身につけたことに驚かされた。

護衛隊の康泰隊長は、徐福の提案を取り入れ、士気を高めるため、久々に本物の剣や刀を取り出して、訓練を行った。鉄の刀、剣を目にした人々は、みんな興奮した。この騒ぎは、たちまち周辺の部族にも伝わった。大原のヤマ首長と三根のイワオ首長は、わざわざ大勢の人を連れてきて、この訓練を見学した。帰り際に、二人は徐福を尋ねた。

「大使様、これなら、海賊が来ても、大丈夫ですね」そのうわさがあったためだろうか、その後、海賊来襲の話はほとんど聞かなくなった。

徐福の隣に小さなテントがある。いわゆる徐福専用の薬屋であり、徐福を補佐するゲンシチ親子らの休憩所でもある。薬草採取を始めてから、徐福は康泰を連れて、予備練習のつもりで、近くの山々を回ったが、年下の徐福も、康泰も、ゲンシチに追いつけなかった。先頭はゲンシチ、続いて徐福と康泰、最後尾にタツという順で歩くが、いつも、タツは大声で言う。

「お父さん、大使は疲れているよ。待ってください」「すまん、すまん」ゲンシチは笑いながら、徐福らを待った。

こうして、一カ月が過ぎ、二カ月目に入った。もっと高い山、遠い山へと行動範囲を広げた。近くの朝日山、鎮西山、鷹取山から、離れている金立山や権現山、英彦山へ回り始めると、皆の顔に疲れが見えはじめたが、十一月末(西暦一月)の真冬になっても、ゲンシチは気を緩めずに、相変わらず、黙々と先頭に立った。

徐福はタツが薬草の名を全く知らないと聞き、薬草の木簡と薬草の標本を書いたうさぎの革をタツに渡した。橘に発音を教えてもらい、春になるまでに勉強してみなさいとタツに命じた。

一方、山仕事が少なくなった両部族の人々は、暇があるたびに、二十人、三十人と自分勝手に高良郷を訪ねるようになった。この筑後平野は、春になると、山から大量の水が流れてくるが、その流れは速く、海の方に一気に流れてしまうから、かんがいに使う水はどこにもためていなかった。水のことを心配した高良は、徐福に提案した。みんなの力を借りて、農業用水を引こうと考えた。

思いつくと、高良は直ちに動いた。この郷の男衆は船の修理や家づくりを行っているため、農業用水を引く作業は、来ている女性たちと、手伝いに来た男衆に頼ることにした。高良は用水工事の責任者を三根郷のスミレに決めた。

さすがに、スミレは首長の妹であるから、指導力も行動力もある。用水工事の話を説明したその晩、スミレは通訳のスズメと一緒に遅くまで高良のテントにいた。高良は田んぼ作りに励む徐連をよび、水路作りのことを説明させた。

池から近くの田んぼまで水路を作る。その水路も、水を引く水路と水を排出する水路に分ける。水門の仕掛けや、畦地の給排水口なども説明してもらった。帰る前に高良はスミレに「明日は仕事の合間に、皆に棒術を教えてあげるから、来られる者は、長さ六尺くらいの棒を持ってくるように伝えてほしい」と言った。

スミレらが自分のテントに戻った時、亥《い》の刻（夜十時）を過ぎていた。

翌日、大原郷と三根郷から合わせて五十数名の男が来た。高良郷の女性を合わせると、八十名の大部隊となった。ゲンシチに案内を頼んだ。三組に分けて、溝を掘り始めた。この一日目の作業は、早く切り上げて、みんなに昼食を食べさせた。申の刻（午後四時）に、両部族の男衆を川辺の広場に集合させた。そこに、同じ六尺の棒を持った橘がやって来た。

「さあ、準備はいいかな？　今から棒術を教えるぞ」橘は皆に声をかけた。

「はい、準備完了です。よろしくお願いします」好奇心に満ちた一人一人の顔に笑みが浮かんだ。

テントののれんの隙間から、徐福はこの心温まる光景を食い入るように見つめていた。「こういうことか？　手伝いのお礼に、みんなに棒術を教えるのか？　いい考えだ」徐福は感心した。

広場で、劈《ぴー》（面）、戮《うお》（突き）、掃《さお》（払い）、架《じゃ》（受け）などの基本動作を、声を出して繰り返し練習した。練習が終わると、疲れたはずの男たちは、みなが、清々しい表情で帰っていった。

この棒術を取り入れたおかげで、暇になった部族の人たちは高良と橘を訪ねるようになった。

さらに驚いたのは、部族からきた女性たちのことであった。ある日、高良は言った。

「この女性たちは、積極的にこっちの男に話しかけているぞ。ひょっとすると、われわれの男は彼女らに取られるかもしれない」

徐福も薄々感じていた。首長たちは最初から、われらの男を引き抜くつもりで来たのではないか。

山の水は三つの水路を通して、順調に筑後川に流れ込んだ。テント村の北の方に、使えそうな未開の土地も見つかったので、徐連はその土地を開墾して、全部で六区画の用地に拡大する計画を立てた。田んぼの面積、畦の盛土、幅、用水路と排水路のつなぎなど、大事なところには全部印の杭を打った。年が明けてからの楽しみだと徐連は徐福に報告した。

この新しい土地で、早新しい一年を迎えようとしている。徐福の机に、鹿の革で落書きのように書いた暦が、無造作においてある。その中の「一四三日」と大きな字が目立つ。琅邪を離れて、もう百四十三日になったのか？

五、案ずるより産むが易し

高良は朝食前に徐福のテントに入って来た。

「どうした？」徐福は聞いた。

高良は頭を振りながら、ドスンと椅子に座った。「薬草班の張景順が大原から来たイリコと一緒に、大原に逃げてしまった」

「おお」徐福は足を止めた。「それはいつのことだ？」

「昨夜だ。朝食の時には二人ともいなかった。同じテントの人から、二人は荷物も持たずに大原に出ていったと聞いた」高良は大きなショックをうけていたようだ。

「ん、一人減ったか？」徐福は予想していたことに、あまり驚かなかった。「残り八十八名か？　困ったな」徐福は高良の焦りを無視するように、話を逸らした。

　高良は腹を立て、椅子を蹴り飛ばした。

「まあ、怒るな。良」徐福は座っている高良の肩に手を置いた。「今日は仕事に出る前に、みんなを広場に集合させせろ。一言をみんなに言ってやりたい」

　百十八名が広場に集まった。みんながひそひそと話している。

「さあ、みなの衆、大使から話がある。静かに聞いてくれ」固い表情の高良。

「楽にしてくれ！　まずはじめに、知らせがある。昨日、薬草班の張景順が仲よしのイリコと一緒にこの郷から出ていった」ざわめきが起こった。徐福は気にせず、話し続けた。「これで、郷には男一人が減り、大原には、一人が増えた。両方を足してみれば、人の数は変わっていないから、何より安心だ」

　大分静まり返って、笑い声さえ聞こえた。

「どこにいようが、生きているなら、それでいい。だから、もし、これから、好きなもの同士がここから出ようと思うなら、堂々と出て行って良いぞ」徐福は、みんなの顔を見た。

「本当のことを言うと、仲間がいないと、少しは寂しくなる、以上だ」徐福は解散を命じた。

　みんな無口のまま、三々五々散っていった。

「兄貴」高良が寄ってきた。「やはり兄貴の言う通りだ。さすがに兄貴だ。止められない者は、そのまま気持ちよく送り出した方がいい。よく分かったよ」片手に鍬《くわ》をとり、高良は出ていった。

この一件があってから、郷の雰囲気はガラリと変わった。男女間の語り合いが、よく見られるようになり、木陰や川辺で男女のペアも増えた。それから、郷には、歌や笑い声もよく聞こえるようになり、高良郷は明るくなった。

一方、徐連は百人が、一年間食べるだけの米を作るためには、少なくとも、四反以上の田んぼが必要だと高良に力説した。高良は黙って徐連の話を聞いた後、「分かった。頼むぞ！　思う存分にやれ」大きな手で徐連の肩をつかんだ。それから、およそ一カ月半をかけて、六区画ほぼ七畝（およそ四十六反）の田んぼが完成した。心配していた畦地も、徐連の指示通りにできて、まず米作りのめどが立った。残りは、用水路と排水路工事について、徐連は、両部族からの女性たちと手伝いに来た部族の男性軍にハッパをかけた。

田んぼの完成が間近になった時、高良は五十名の元気な男を選び、船渠《せんきょ》建造に取り掛かった。川の西から流れて来て、南へ曲がる所に、大きな長方形の船渠を作ることになった。素潜りに慣れた大原郷と三根郷の男たちは、遊びの延長のように、げらげら笑いながら、どんどんと河底を掘ってくれた。水深は六メートルの臨時船渠は予定より三日ほど早めに完成した。

製材作業は少し時間がかかった。特に板材と角材の加工には、一苦労だった。船のデッキ用板材は頑丈なものを選びたい、住宅の角材は寸法の正確さが要求される。高良はみんなに「仕事の量より、質の方が大事だぞ」と繰り返し注意した。

次の日、朝早く、大鋸《おが》三丁、手引きのこぎり四丁を手に、高良と橘が製材現場で待っていた。通訳のノリとイソも来てくれた。最後に、製材担当の九人も揃った。

「今日はこの現場から一歩も離れないで、徹底的に木の切り方を覚えてくれ！　いいか？　俺と橘さんがみんなにやり方を教えるから、そこらの廃材を使って、練習してくれ」話が終わると、高良はまず丸太を乗せる木棚の作り方を皆に見せた。でき上がった二つの棚に丸太を乗せて、大鋸で丸太を切り始めた。

のこぎりを入れて、一切《ひときり》がすむまでは、実に気の長い作業だった。途中で何回も切り口を確かめ、墨で印を付けた。そして、みんなにその切り口を見せた。

申《さる》の刻（午後四時）になった頃には、大鋸担当の九人はもちろん、部族からの五人も大分うまくなった。互いに片目で切り口を確かめ、良いか否かをチェックした。高良はこれなら安心だと見て、初めて、みんなに丸太を切るように命じた。


徐福は朝早く、隣のテントを見て回った。彼は机上にうさぎの革を開いて、筆に墨を付け、部屋中に散乱している木簡と竹簡を整理して、日記を書き始めた。「秦始皇二十八年九月八日～同九月二十三日誌」「九月二十四日～十月十日誌」……、表題を付けて一束一束と整理した。

こうして、十日前から始まった作業は、やっと先が見えてきた。一月三十日までで、二十束の日誌ができた。

このひもで繋いだ一枚一枚の木簡を束ねたものこそ、象形文字の「冊」の原型になり、さらに「本」

となった。中国で発掘された西暦前五〇〇年春秋時代の「孫子兵法」は、正に竹簡の束（冊）のお手本であった。

その後、西暦一〇五年、蔡倫《さいりん》の紙の発明によって、文字の文明は夜明けとなった。

徐福の整理整頓は、巳の刻（十時）まで続いた。高良はのれんを開けて、入って来た。

「兄貴、朝食はしないのか？」心配そうに、近寄って来た。

「これを済ませてから行く」革の図面に目を向けたまま答えた。

「もう、大分整理したじゃないか？　食事にいこう！」高良は徐福を待った。

食堂の奥の方で、二人は席を取った。

「兄貴、自分のテントで一人食事をするより、こっちの方がいいぞ」高良はお茶を一口飲んで、徐福に声をかけた。

「そうだな」箸を運び、徐福は高良を見た。「良、夕方に、俺の隣りのテントに引っ越してくれ！副団長のテントができたから」徐福は言った。

「オイ！　何を言っている？」高良はびっくりした。

「これは命令だ」徐福は言った。「おまえは偉い副団長だぞ。おまえが仕事のすべてを采配しているだろう。おまえこそ、一人部屋が必要だ。文句を言わずに、頼んだぞ」徐福は高良の肩に手をかけた。

六、高良の入居

食事の後、高良の引っ越しが始まった。徐連、柳向隆、康泰、橘弘、関、原両船長、オカ、クマらが、手伝いにきた。女性たちの責任者三名が通訳を連れて、来てくれた。隣から隣への引っ越しとあって、あっという間に荷物は全部移したが、部屋の後片付けは女性たちに任した。机の前に座ったま ま、高良は女性六名の勢いに圧倒され、一人でお茶を飲み始めた。蓋の開いた木箱から、高良の服などは全部取り出され、下着や上着を一枚一枚と畳み直してくれた。途中で高良は何回も止めようとしたが、通訳は知らん顔、みんなも言葉が分からないそぶりで高良を相手にしなかった。半刻（約一時間）くらいの時間が経った。高良は棗《なつめ》を取り出して、みんなに配った。「謝々《しぇしぇ》」と華夏の言葉でお礼を言ってくれた。

徐福が入って来た。

「兄貴、どこにいた？」高良はびっくりした。「今、女性たちを帰らせたばかりだよ」

「知っている。俺は食堂の外の椅子に座って、じっと見ていた。みんなゲラゲラ笑って、なかなか帰らないじゃないか？」徐福は椅子に座った。

「これなら、十分打ち合わせもできる、戌の刻（午後八時）に一杯やろうか？」

高良はすぐ柳向隆を呼び、酒の段取りを命じた。

徐阜村《じょふそん》から出て、二人で落ち着いて酒を交わすのは半年振りのことだ。二人は同時に大きなため息をついて、そして、黙って酒を飲みほした。

「良、よくもここまでやったな」徐福は高良の手を握り、声を詰まらせた。

「ん……」涙もろい高良の目が潤んだ。

「何もかも、夢のようだな。半年前、琅邪にいた俺たちは、今はこの倭の国にいる。信じられない話だな。考えてみれば、ここまで来られたことも、良のおかげだ」徐福は高良に酒を勧めた。

「俺は心から兄貴を信じているのだ」高良は肴に箸を運んだ。「郷の人たちに無性に会いたくなったな」

「そう思うと、われわれについてきてくれた人たちも、それぞれつらい思いがあるだろう」

しめっぽい話を避け、徐福は話題を変えた。「良、徐連や橘らと相談して、班別に、宴でもやろう」

「そう、みんなと水入らずで一杯やろう。俺が段取りする」高良は答えた。

「それと、良に神棚を作ってもらいたいのだ」徐福は言った。

「いいぞ。神棚なら、俺に任せろ！」お土産をもらったように、高良は満面の笑みを浮かべた。二人とも、趙寛がそばにいないことをすごく寂しく感じた。

その時、康泰が二人の様子を見に来た。

「良、ゆっくり休めや。俺は康泰と一緒に帰るぞ」徐福は席を立った。

「ほかに、用はないか？」高良は聞いた。

「あっ、そうだ。明後日から、ゲンシチらと一緒に薬草採取にでかけるのだ。五、六日で帰ってくる。

その間、留守番を頼むぞ」

　徐福らを見送った後、高良はなかなか眠れなかった。彼は徐福に言われた神棚のことが気になって、しばらく図面を引き続けた。

　一方、徐福は自分のテントに戻ってから、すぐ康泰から、薬草採取日程のことを聞いた。


「トン、トン、トン」それから三日後の朝早く、戸を叩く音で徐福は起こされた。

「入れ！」徐福はベッドから降りた。

「失礼します」何人かの声がした。目を向けると、康泰が董玄《とうげん》、リス、ゲンシチ親子を連れて、目の前に立っている。

「失礼するよ」高良は言った。「兄貴、ごめんな。約束より早めに起こして。悪かったな」と言いながら、康泰、リス、タツらと一緒に、机を片付け始めた。高良はでき上がったばかりの神棚を丁寧に机の上に置いた。

「お、お！　できたのか？」徐福は喜んだ。彼は早速昨夜自分が書いた神棚の位牌を祀った。その裏に、「天主、地主、兵主、陰主、陽主、月主、日主、四時主」と八神を明記した。

「兄さん、一睡もせずに書いたのだろう？」高良は徐福に声をかけた。

「良、ありがとう」徐福は言った。

「今朝は兄さんのテントで食事をするから。俺も入れて、七人の会食だ」やはり、気のきく高良だった。

「よく、やってくれた。すまん」徐福は笑った。そして、用意していた高台に、神棚を据えた。

「良、神棚は東に面して西に置き、朝晩のお祈りをささげることは欠かせないことだ。よく覚えておいてくれ」神棚の前でひざまずき、両手を地につき、拝礼した。そして、みんなに聞こえるように大声で祈り始めた。

「天と地の神々よ、東西南北九州四海の神々よ！　われわれ一同、みんなが元気でありますように。みんなが幸せでありますように。お願いいたします。われらの大業達成と平穏無事をお守りください。大秦帝国睦東大使徐福でございます」再び拝礼して、立ち上がった。

「良もしなさい」徐福は高良に言った。

高良も徐福に倣ってお祈りした。

見ていたほかの五人は驚いた。董玄さえ、見たことのないこのお祈りに、畏れさえ感じた。彼はすぐ高良の後に、同じお祈りを捧げた。康泰はゲンシチ親子とリスを誘って、神棚の前にひざまずいた。すべてが終わると、七人は互いに顔を見ながら、不思議そうに笑った。

方士徐福は安心した。神を畏れること、神を敬うことによって、人々は気持ちを引き締め、安心感と自信が身につくと、徐福は信じていた。

七、蛤岳《はまぐりだけ》の日出《ひので》

朝食の後、徐福一行は出発した。北北西方向に、平地をおよそ十五里歩いたところ、小高い山（今の朝日山）が現れた。所々に墓らしきものがあり、砂利道は整然と整備されている。

「私の母はこの山に眠っております」後ろからタツの声が聞こえた。

「そうか」徐福はうなずいた。「ここも三根郷の土地か？」

「はい、そうです」タツは答えた。「東と南は川、北は鷹取山《たかとりやま》、群石山までが三根郷の土地です」

「三根郷は本当に広いな」徐福は言った。

「大使、この地で亡くなられたわれらの仲間も葬ってあげたいですね」後から康泰が早足で追い駆けて来て、徐福に声をかけた。

「わしもそう思う。できればな」徐福は康泰に答えた。

「ひとやすみしましょうか」道案内役ゲンシチの提案を受け、この朝日山で、水を補給した。次に、石谷一つ目の小山（高さ約四百九十八メートル、後に城山と名づけた）を抜け、午の刻（正午）に河内の山（高さ六百二十六メートル、後に権現山と名づけられた）についた。和暦二月中旬の山は、緑一色だった。

董玄は下を向きながら、静かに徐福の傍に寄ってきた。

「大使様、よろしいでしょうか？　実は、私は漢方医と称しましたが、本当は有名無実なんです」彼は徐福に頭を下げた。

「里で、父の跡を継いで、薬屋をやっておりますが、実際、山には一度も行ったことはないのです。薬草はみんな、田舎から買い取ったものばかりです」

「そう。それで、どうしてこの東渡に参加したのか？」徐福は落ち着いて聞いた。

「大使をだまして、本当に申しわけないのですが、実は、私は人の命を奪ったのです」董玄は唇を震わせている。

「甥の夫婦と町の市場に行ったのです。そこで、県の小役人が甥の嫁に手を出そうとしたので、間に入って、阻止しようとしたのですが、なんと、小役人が突然刀をとり出して、こちらに迫って来たのです。怖くなって、手元にある天びん棒を必死で振り回しました。気が付くと、首と頭に棒が当たった小役人が伸びてしまったのです」董玄は涙を流しひざまずいた。

「私は甥らに別れを告げ、街から逃げました。十日後、斉の国に地にたどり着いた時、そこで、大使の東渡人員公募を目にしましたので、すぐ名乗りでて、乗船したのです。どうか、どうか、お許しください」ひざまずいた董玄の顔は真っ赤になっていた。

「よくぞ、本当のことをよく言ってくれた。まあ、安心しろ。ここは秦国じゃない。高良郷だぞ。心配するな。董玄、大変ご苦労だったな」徐福は董玄の肩をたたき、立たせた。

「薬草の話だが、実は、俺もほとんど山に行かなくて、薬草採取は周辺農家に任せていた。その代わり、わしは人一倍本を読み、処方を調べ、調合を研究した。薬屋もみな同じではないのかな？　山へ行けなくても、恥ずることはないぞ」頭を下げたままの董玄の背中を擦ってやった。

「私の父は長年薬草採取をしていますが、外傷と胃腸関係以外は、治療したことはないのです」タツが寄って来た。

「痛め止め、止血、胸やけ、下痢、便秘、消化不良の治療はできますが、それ以外の病気があれば、隣りの部族の薬屋に頼むか、我慢するしかなかったのです」口を挟んだタツの告白に、徐福と董玄は驚いた。

「そうか」徐福はタツを見た。「これから、勉強すればいい。薬草採取も、薬の配合も、病を治すことも。董玄、皆と一緒に頑張ってくれ」徐福はタツに昼食の用意を指示した。

康泰とリスは、水を入れた竹筒を持って、森から出てきた。筑紫平野を一望するこの河内の山（権現山）のいただきで、六人は昼食をとった。

午後から、初めて薬草採集することとなった。ゲンシチは、徐福から一歩も離れなかった。彼は自分の知る限りの薬草知識を徐福に説明し、時折、徐福に質問もするが、その都度、徐福は薬草の形、花の色、採り方、効用などを丁寧に教えた。

河内山を抜けて、高さ八百六十メートルの蛤岳に登った。山の上に東西に割れて蛤のように大きな口が開いている岩があることに因《ちな》んで、蛤岳と名づけたそうだ。

夕方、みんなは集まり、一日採った薬草を地面に並べた。ゲンシチが一番多かった。

「リス、タンポポはどんな薬か、知っているか？」徐福は聞いた。

「胃が痛む時、よく煎じてもらって、飲まされました。飲んだら、体が大分楽になったことをおぼえています」リスは答えた。

「そう。胃の臓を助ける薬だ」徐福はゲンシチと董玄の方を見た。

「その他にも、解毒、解熱、胆の臓を助けるという効果もあるのだぞ。薬以外に使い途がもう一つはあるのだが、誰か知っているか？」徐福は質問した。

「それは、食べられるということでしょう」ゲンシチが答えた。

「その通りだ。花も茎も全部食べられる。根をお茶としても飲める」徐福の話を聞きながら、みんなは仕分けをし始めた。

「さあ、みんなよく採ってくれたな。錨草《いかりそう》、藜《あかざ》、辛夷《しんい》といろいろある。錨草は健忘症や喘息に効く。藜は下痢止め、喉の痛み止め、虫さされにも効く。辛夷は鼻の炎症によく効く。ところで、ここに、ヨモギが二、三本ほど入っているが、ヨモギはまだ時期が早い、大体六、七月頃、花が付く前に採ればいい。かぶれや、汗疹によく効く。ほかに、歯の痛み、貧血、神経痛、喘息《ぜんそく》などにも効くらしいが、時に、ひどい皮膚病にも効くという話も聞いたことがある」徐福の説明に熱が入った。

ゲンシチは先頭に立った。宿泊のための小屋作りが始まった。

徐福は、遠い昔、幼い頃、趙寛、高良と小船で島に渡り、そこで過ごした一夜のことを思い出した。その島で作った小屋が、今の小屋によく似ている。「ああ、懐かしい！」彼は心の中で叫んだ。

建てたばかりの小屋の中は意外と広い。横およそ三メートル、奥行きは約五メートル。四人の寝処としては、十分に余裕がある。康泰が持ってきたたいまつに火を付けてみると、小屋中に光が届いた。火を消して、徐福は外へ出た。

ゲンシチは、隣の敷地にタツと親子二人用の小屋を作っている最中だった。

「大使様、ご相談がありますので、わしらの小屋に来ていただけないでしょうか?」ゲンシチは頭を下げた。その後ろで、康泰は首を横に振りつづけている。

「いいよ。行きましょう」徐福は立った。

「康泰、来なくて良いぞ」徐福は念を押した。

ゲンシチらの小屋に入った途端、ゲンシチは徐福の前にひざまずいた。

「大使様、大使様のお力で、私の娘を助けてやってください」ゲンシチは額を地につけた。「このタツは、生まれて間もなく、妙な病気にかかって、今までずっとその病気に悩まされ、苦しい日々を過ごしてきました」ゲンシチは傍にいるタツの腕を取り、徐福に見せた。

「この子は、サメ肌のようです。体中にうろこが付いています」

徐福はぼう然とした。タツの腕を取り、確かめたところ、徐福は自分の目を疑った。症状から見ると、魚鱗癬《ぎょりんせん》のようで、魚鱗癬でもないようだ。もしかすると、魚鱗癬でないかもしれない。乾燥肌病気の一つか?　いずれにしても、見たことのない病気だ。

「ゲンシチさんは、この病気にかかったことはない?」

「ないです」

「奥さんは？」

「ありません」

徐福は目を閉じたまま、軽くうなずいた。

「先天性ではないな。ああ、神様、ご加護ください」心で祈った。

「ゲンシチさん、この治りにくい病気は、俺の手に負えないのだ」徐福は降参の旗を挙げた。

涙を流すゲンシチの顔が苦痛と失望に満ちている。

「大使様、ぜひぜひ、お願いします」切々と嘆願するゲンシチは何回も何回も地に頭を打ちつけた。

徐福は弱った。「困ったな。試してみることができても、治るという保証はないのだ。どうする？試してみる？　それは、華夏の偏方《へんぽう》（民間薬）だが、タツにとって、厳しい試練になるぞ。それでも、やってみるか？」徐福の話を聞いて、タツは徐福の前にひざまずいた。

「お願いします！　お願いします」と叫んだ。

「病気が治るなら、どんな苦しみも耐えます。お願いします、お願いします！」気が狂ったように、タツは声を枯らした。

「分かった」徐福は決心した。

「まずは、これは言いにくいことだが、この病気は治りにくい難病だと華夏でも言われている。ただし、全く治らないとは、どこにも書いてないところに、一つの希望を託したい」ひざまずいたままのゲンシチとタツを立たせた。

落ち着いたところで、徐福はタツを見据えた。

「まず、自分の肌を清潔にすることと、掻かないことと、そして、乾燥させないことを守ってほしい」

一息をついて、「いいか？　すこし、むずかしいかもしれないが、毎日、寝る前に、自分の尿を水で伸ばして飲むこと。そして、同じ尿で痒いところ、赤くなったところに塗りつけること。ただし、傷のあるところは、ダメ。これを、十日から二十日間を続けてみなさい。そのあとで、新たに処方を考えよう」

徐福は放心状態になった、この偏方は実施したことがなく、効くか否かも、全く未知のものだった。斉老人からの偏方抄録には、『此乃不治之症也、以偏方施之、治癒者罕見《まれみる》』（これは不治の病なり、偏方を以って施し、治る者も希に見る）と記してあるから、その何千分の一かに賭けるしかない。

「また、食べ物には、卵、うなぎと豚の肝臓のほかに、わかめと明日菜も食べなさい。ただし、取り過ぎないように注意してほしい。めまいや脱毛があったら、すぐやめなさい」

やっと自信のない処方を説明し終えた徐福は、異様な疲れを覚えた。

「やります。治すためなら、何でもします」タツはすぐ答えた。

小屋を出る前に、徐福はタツに言った。「尿の色が黄色くなったら、すぐやめなさい。綺麗な尿でないと、体に悪いから。分かったか？」子供を諭すように念を押して、外へ出た。康泰はたいまつを持って、小屋の傍に立っていた。

翌日、徐福は早めに起きた。この倭の地についてから、初めて日の出を見た。湿気が多いためか、赤紫の太陽は眩しくなかったが、五色虹のように美しかった。また新たな一日が始まった。

八、水がほしい！

徐福らが薬草採取に出発した日から、高良はずっと船渠《せんきょ》の作業場にいた。仕事ができない初心者たちに、一から仕事を教え始めた。五日たったこの日、まず、みなに量より質を大事する習慣が身についた。加工した板と角材など、不合格品はほとんどなかった。こうして、船首部分と船尾部分の甲板の板が全部でき上がった。残りは、折れた帆柱一本とヤード二本については、高良が直すことにした。彼は大使船と副団長船を点検し、二十日をかけて、両船を新しい船と同様に仕上げるつもりだった。

同じころ、徐連はすでに、秦から持ってきた稲の籾《もみ》に水を十分吸わせた後、専用のテントで火をたき、耐えられるくらいの室温（およそ三十二度前後）の部屋で、芽出しの準備を済ませていた。総務班からの四人を各支水路の点検に配置し、残り全員を高良の手伝いに行かせた。

雨は降らず、掘った水路には、谷あいからの水が全く流れて来なかった。徐連はすぐ江口の高台から、もう一度周辺の状況を調べた。

北東から南西へ流れる筑後川の本流が見える。江口の東に細い川があり、山地から筑後川に注ぐ川である。それを見た瞬間、徐連はこの細い激流に夢を託そうと考えた。

江口の北の白壁からあの細い川に取水路を引き、水を取り入れ、江口から古川に排水路を引けば、江口から用水の供給は可能である。水路は、白壁から古川までおよそ一里半、江口から古川までもほぼ同じ一里半、百人いれば、四十日でこの水路ができる。

徐連は船の修理場にいる高良を訪ねた。

「副団長、道具と人をください」いきなり徐連は高良に言った。「田んぼに水がほしいのです。時間は余りないから、鋤（シャベル）四十本、男衆を二十名ほどお願いします」

「時間がないと？」高良は聞いた。

「実は、大使が薬草採取に出た日に、私は稲の籾《もみ》に水を吸わせ、芽を出すために、高温の所に保管しました。あと十日ほどで、種まき、育苗をして、それから二十日後には、水田に水を引いて、水と土を柔らかくして、田植えの準備をします。その後、四月二十九日（西暦六月十五日あたり）頃に、田植えをする予定です。今は、水が命です。百人の食糧がわれわれにかかっています。本当に、水がないと、何もできません」徐連は興奮していた。

「それから、除草、分けつ、中干し、いもち病予防、開花、出穂と一連の仕事が待っているのだな」

高良は代わりに、その話の続きを一気に言った。

「参ったな。副団長は何もかもお見通しじゃないですか？　ならば、お願いできますか？」

高良に頭を下げた。まわりを見ると、奥の机にスミレ、スズメとイソ、ノリらが座っている。徐連は四人をみた。四人はにっこり笑って、頭を下げた。

「この四人は、連の一人言を聞き、連の悩みを知り、ひと足早く、ここに来たのだ」ここでやっと、徐連に席に座るように勧めた。

「道具と言ったよな？　鶴嘴《つるはし》と鋤のことだろう？　船の溜り場においてあるから、好きなように持っていけばいい」

「ありがとうございます」

「それから、人は百人を出せばいいな？」徐連にお茶を勧めた。

「はい、ありがとうございます」徐連は一礼をした。

「それでいいのか？　こんな大事な話を、わしは連からひとつも聞いてないぞ」高良は徐連を見つめた。

しばらくして、徐連は急に気が付いた。彼は高良の前でひざまずいた。

「しまった。副団長、段取りの事前報告を忘れまして、申しわけございません。どうかお許しください」

「いいから、立て！　分かれば、十分だ。老子曰く『人間は純朴さが大切』（二八章）。おまえは水のことを懸命に考えて、余念はなかった。わしは理解できる。これからも、その純朴さを保ち、どんどん行動すればいい」二人は時間をかけて、水路の作りについて話した。

別れる前に、徐連は高良に聞いた。

「副団長は、先から老子の言葉を話しましたね、何かわけでもあるのですか？」

「よく気がついたな」高良は目を細めにした。「これは、徐福大使から聞いた話だ。秦の都咸陽《かんよう》には、数千人の食客、方士、学士がいるが、ほとんどが儒家と自称するものばかり。その中には、調子に乗り過ぎた者が多く、彼らは秦の政策や法律に一々口を挟み、お上の怒りをかっているらしい。同じ食客の一人として、大使は身の安全を心配するようになり、それから、できるだけ儒家と名乗らず、老子の言葉を引用するようになったというわけだ」高良は徐連に酒を勧めた。

九、不老不死の薬草

二月十六日、徐福らがテント村に帰って来た。大した収穫はなかったが、徐福にとって、今回の山巡りは、良い経験となった。戻ったその日、タツから体の具合が悪いので、ゲンシチと一緒に自分のテントで、十日間ほど、寝泊まりしたいと申し出があった。

二月十三日から、水路工事が始まると、女性たちと部族の応援団をまとめて、総勢百十数名の大部隊が動き始めた。二月二十一日頃には、古川の水路が開通、水がそれぞれ六カ所の田んぼに流れ込んだ。続いて、水と土をなれさせるために耕し始めた。水路の開通と耕す作業開始の一報はたちまち両部族に伝わり、異様な騒ぎとなった。大原郷（後に奴国になった）と三根郷の首長はすぐ見に来た。徐福は両首長の応援に感謝した。両首長は、来年は自分の部族も稲を作りたいと徐福に申し出た。徐福は二人の話を聞き、一瞬黙り込んでしまった。「来年？　来年の今頃、われわれはここにいるのか？」

と心の中で叫んだ。

徐連には多忙の日が続いた。稲作りのことを教えてもらいたいと、農家出身の彼を訪ねる人が後を絶たなかった。

一方、高良は船体の検査を終えて、すぐ甲板の修理に取り掛かった。

二月二十七日、高良は船舶修理の日程を説明するため、徐福を訪ねた。

徐福のテントには、ゲンシチとタツもいたが、高良がテントに入った時、タツが腕を巻き上げて、徐福に診察してもらっている最中だった。突然入って来た高良を見て、タツは慌てて腕を隠した。

「お！　良か。掛けなさい」徐福は椅子を指さした。「大分よくなったたな。意外や意外」タツとゲンシチに話しかけた。

「治りにくい病気と言われ、本当は自信がなかったが、これをみると、やはりタツの運は強い」ひとり言のように徐福は上機嫌だった。「ひょっとすると、これは本当に魚鱗癬かな？　この調子だと、治る可能性がある。治療をこのまま続けてみよう。これから、甘草と一緒にきのこの料理も食べなさい。体に力をつけることだ。もう一つ、肌の乾燥を防ぐために、毎日朝、ヨモギの絞り汁で体を拭きなさい」タツはその話を逐一ゲンシチに訳している。

「大使様、ありがとうございます。われわれは失礼いたします」タツは徐福に言った。高良にも深々と一礼をして、ゲンシチと一緒に出ていった。

「例のサメ肌だろう？　治ったと？　すごいな。兄貴はたいしたものだ」高良はつい口を滑らした。

「人の病気を、そんな大声で言うな。何か話があるのだろう？」徐福は聞いた。

「実は、報告しに来た。徐連の田んぼと水路は一段落し、おれの船の検査も終わった。これから、大使船の甲板修理に続いて、二番船の帆柱を修理しますが、四月十五日頃には、大使船の修理を終わらせるつもりです」高良は書いた日程表を広げて、机の上に置いた。

「これが、全日程です」

大使船（一番船）の修理後の予定として、何より、まず、四月七日の入水航海がある。その後、高良は徐福と一緒に、水路で十五日間かけて、大原郷を訪ねる。徐連の総務班は、同じころ、田植えを済ませ、五月十五日から、仕事を終えた者を連れて、住居の作りに取り組みたいと言っている。同時期に、高良は二番船の修理に着手、六月末には完了する予定である。二番船の修理が終わると、全員を農作業と住居の作りに投入するつもりだという。

「ん、すごい！　よくまとめた！」徐福は喜んだ。

「稲はいつできる？」徐福は聞いた。

「順番で言いますと、出穂は七月二十日前、排水は八月二十八日頃、そして稲刈りは九月九日前後になると思う。乾燥や脱穀にはいい道具はないから、少し手間がかかるかもしれないが、どんな遅くなっても、九月二十日には、新米を賞味することができるだろう」と高良は一気に答えた。

「さすがだ！　わが副団長、偉い！」徐福は声を上げた。

めったに自分の感情を表に出さない徐福を見て、高良はにんまりとした。

三月初め、再び徐福は薬草班の一行と一緒に西方面の山を回ることとなった。今回は、山に慣れた徐福は、不老不死の薬草『フロフキ』（不老蕗）を探すことに決めた。

一回目の薬草採取以来、二十日以上たった。今度の四回目の山登りは、五泊六日と予定した。江口、天山、眉山、赤穂山というコースをえらんだ。先頭のゲンシチは歩きながら、フロフキについて、ボツボツと話し始めた。

「フロフキと言われましたが、それはクロフキ（黒蕗）のことじゃないかと言う人もいました。わしもそうではないかと感じています。黒蕗なら、わしも多少は知っていますが、養生にはいいとは聞いています。不老不死の薬とは聞いていませんな」話しているうちに、ゲンシチは突然左脇道に入った。タツも後に続いてくさむらに姿を消した。徐福は足を止め、みんなで二人を待つことにした。

「大使様、ありました」ゲンシチは手に持った薬草を高々と挙げ、大声を出した。「これだ、これです」道に出てきたゲンシチは両手に薬草を持っていた。

みんなゲンシチのもとにかけ寄り、我先にと薬草を見た。

「大使、これは華夏でいう『蕗《ロ》』という山菜じゃないですか？　北川では『款冬《クアンドン》』ともいいますね」

菫は初めて薬草の話をするようになった。

「款冬か？　それなら、わしも多少知っているぞ。ん、そうだな、款冬だ、これは」徐福は頭をかしげ、不思議に思った。「それにしても、この倭《わ》の国で、不老不死の薬として扱われたことには、驚いたな」

「私も、漁師から、不老不死の薬だと聞かされましたよ」タツは両手に蕗《ふき》を持って、みんなの中に入った。「これは良い薬だと、これを食べたら、長生きするぞと告げられましたよ」タツは蕗を一束にまとめた。

「確かに、蕗は煮物として食べられるし、煎じて飲めば、腹痛、頭痛とのぼせには効くが、不老不死とは程遠い話だな」徐福はみんなに説明した。「まあ、これでも、一つの収穫だ。石大年《せきたいねん》、おまえは一番若いから、この蕗をかごに入れて、運んでくれ」徐福は護衛の石大年に命じた。

酉の刻（午後六時）頃に天山に着いた。

徐福が自ら蕗の煮物を作って、夕食に出した。康泰が持ってきたミソを隠し味に使い、みんなが美味しいと舌鼓を打った。

夕食後、ゲンシチが来て、相談があるから、テントに来てほしいと言った。徐福は康泰に薬草の整理を命じ、一人でゲンシチらのテントに入った。

十、徐福の困惑

徐福は悩んでいる。最近タツからの大胆な接近に困惑している。これまで、徐福は指導者として、医者としてタツに対して平静を装っていたが、男としてはどうしても平静になれない。自分の気持ちを抑えようとするたびに、その気持ちがますます自分を苦しめる。理性、感情、そして肉体は、どこかアンバランスになっている。

徐福はゲンシチに呼ばれ、彼のテントに入った。ゲンシチは徐福の席に草を敷いてくれた。

「父ちゃん、先生を呼んでくれた？」中仕切りの向こうからタツの声。

声の後に、中仕切りが開き、タツはそこに立っていた。

徐福は頭を上げた。上半身ほぼ裸のまま、タツが立っている。徐福は目を逸らした。「タツ、そんな姿を大使様に見せるな！　失礼だぞ！」ゲンシチは言った。

「いいじゃないですか？」タツは冷静に答えた。「顔も、手も首も見てもらった。足も背中も、お尻まで全部見てもらったじゃないか？」タツは興奮気味に言った。

「この体がこんなにきれいになったと、先生に見せたい。叫びたいほど嬉しい！　先生は、生まれ変わった私の恩人です、先生のためなら、何でもします」強気な声だったが、顔に大粒の涙が流れている。長い間皮膚病に悩まされたタツは、心から叫んでいる。

ゲンシチはうさぎの皮で作った上着をそっとタツにかけた。タツは、徐福の前にひざまずいた。

一時ぼう然としていた徐福はやっとわれに返った。徐福はタツの両手を取り、隣に座らせた。

「ごめんなさい」ゲンシチは初めて華夏の言葉で徐福におわびした。

「本当だ、綺麗になったな。この両手も、両足も、首も、痕跡がほとんどは消えたな。肌は少しあかいが、つるつるになったぞ。あと数日あれば、もっと綺麗な肌になるだろう。実によく頑張ったな、タツ。おめでとう！」徐福は軽くタツの手をたたいた。

「ありがとうございます！」タツは急に徐福に飛びついた。「先生、先生」と頬を徐福の胸に擦り付けた。

徐福は天井を見た。一瞬、結婚当時の高紅の面影が浮かんだ。

「先生は、私の恩人です。先生の嫁さんになりたい！　なれたらいいな」タツの口からは信じられない言葉が走った。タツの肩にかけていた手がゆるみ、ゲンシチの方に目をやった。ゲンシチはタツが徐福に何を言っていたかわからず、頭を下げて静かにテントから出ていった。

「タツ、良い子だ。早く服を着なさい」徐福はタツを起こした。

「先生、まだ一カ所のかさぶたを見ていただけますか？　よろしいでしょうか？」

タツは徐福の前に座った。

「この右足の付け根の所が、一番気になるのです」

「ここだな？」恐る恐る徐福の手が傷に触れた。

タツの手が徐福の手に重なり、タツの体温をじかに感じ取った。戸惑う徐福は異様な感じに陥った。彼は慌てて自分の手を引き、手で頬をたたいた。

「タツ、これは魚鱗癬じゃないようだ。これくらいなら、よくなると思う」

こんこんとせきをして、徐福は手で汗を拭いた。

「これから、肌を温める温熱法でやってみよう。このあたりには、天然温泉があるから、熱いお湯に体をつけて、全身を温めることだ。それを二、三日に一回すれば、十分だ。繰り返して、半月ほどやってもらいたい。それから、温泉に入るとき、できるだけ熱さを我慢して、体を温めること。熱かったら、外へでて、少し体を冷やしてから、もう一回中へ入る。それを四、五回繰り返してやれば、その日は終わりとする。そのあとは、治療の結果をみて考えよう」

「温泉なら、いくらでもある」いつの間にか、ゲンシチが帰ってきた。「わしが案内するから、任してください」

「大使様、本当にありがとうございます」ゲンシチは、深々と頭を下げた。「大使様はやはり本当の名医です。親子ともども恩にきます」

「そうです、恩人です。このご恩は一生忘れません」ほほえみながらタツはゆっくり徐福に寄って来た。

「これから、先生と呼ばせてください」タツは生き返って、別人のようだ。

たじたじになった徐福は、自分のテントに戻り、よたよたになった体を床に投げた。

テントの中で、康泰は寝床を整理していた。

「大使様、お帰りなさい」丁重に迎えの言葉であいさつして、下を向いたまま、作業を続けた。

「泰、何か話すことはないか?」徐福は康泰の態度が気になった。

「別にございません」康泰は答えた。

「そうなら、自分のテントに戻って、寝なさい」追い払いように徐福は言った。

「ちょっと気になることがありまして、話してもいいですか？」康泰は作業の手を止め、徐福の前に立った。

「ああ、いいぞ」徐福は康泰の顔を見つめた。

「実は、言いにくいことですが……」康泰は頭を下向きのまま、少しは困った様子。

「早く言わんか？」徐福は康泰の答えを待っていた。

「はい、大使様、部下からの報告がありまして、三根のスミレが、十日ほど前から、ずっと、副団長のテントで寝泊まりしております。私も確認しましたが、それは本当のようです。報告するかどうかと、大変迷っていましたので、申し遅れまして、お許しください」

「あのことか？」徐福は驚かなかった。「五、六日前、董玄からも同じ話を聞いた。副団長は独身の男だから、まあ、大目に見てやれ！　それより、彼がスミレに取られてしまったら、大変だな！　そう思わないか？」徐福は先ほどの一幕を忘れ、高良のことに気を取られた。

「そうです。私も同感です。副団長はわれらの大将ですから、誰にも取られたくないです」康泰は笑顔で答えた。

「それは、副団長自身に任せればいいのだ。俺は全く心配してないぞ！」力強く徐福は言った。

しばらくして、康泰の口から、董玄も大原のイソと仲がいいという話も出た。

「そういうことか？　董玄は副団長のことはよく知っているはずだ。イソからの情報だろう」徐福は納得した。「それと、おまえも、気に入った女がおれば、堂々と付き合っていいぞ。俺は前からみんなに言っているだろう、好きな者同士であれば、堂々とつきあえばいい」徐福は何となく、自分に聞かせるような気がした。その後、若いペアがいつの間にか目立つようになった。

四泊五日の山巡りが終わった。波多津あたりで、濵人が素焼きをしている風景は、懐かしかった。天山からの望めは実に素晴らしい、ここから、有明海、雲仙岳、玄界灘などを一望することができた。八八四メートルの女山後の眉山、大通山、青ら山、黒髪山などは、みんなはおよそ五百メートルの高さ山であり、気楽に登れた。

七人の収穫も多かった。ヒノキ、クキ、タンポポ、桜、梅と種類は多く、量も十分あった。中には十本くらいのフロフキ（黒蕗）も入っている。ゲンシチとタツが採ったわずかなものだが、時期的には少しは早いため、芽が伸びたばかりの若葉だった。三月十一日の夕方、みんな大本営に戻り、徐福のテントで夕食を取った。徐福にとって、今度の山巡りは、複雑な体験となった。

十一、徐福受難

みんなが帰った後、徐福は高良のテントに入った。

「良、寂しかったな」

徐福は大げさに高良に声をかけた。

「酒を飲ませてくれ！」

「兄さん、お帰り」

話しながら、酒をついだ。

「ちょっと、兄貴に話したいことが……」

待っていたかのように、徐福は高良の様子を見た。

「おそらく兄貴の耳には、届いているかもしれませんが、実は、この十日間、スミレが俺のテントに通っているのだ。兄貴は知っているか？」

高良は恥ずかしそうに眼を逸らした。

「え？　毎日通う？　これは初耳だ」

徐福はとぼけるように答えた。

「スミレは、俺にはもったいないほどのいい女だ」

高良の目が潤んでいる。

「俺は本気で女房にしたいと、彼女に言ったが、結婚してどちらに住むかと彼女に聞かれた。俺はぐずぐずして、すぐ返事をしなかった。彼女は『結婚しなくてもいい、ここにいる間、このままで、通わせてください』と言った。彼女は親思い、兄思いの人、情の深い人だから、一生親や兄の近くで暮らしたいとよく言っていた。やはり、俺はダメなやつだ……」

高良の声が小さくなり、体も縮んだように見えた。

徐福は高良に酒を勧め、二人は飲み続けた。

「仕方なかったか?」

徐福はただ一言。二人は黙り込んだ。

「兄貴、ちょっと、聞いてもいいかな?」

高良は恐縮そうに徐福の顔を見た。

「スミレから聞いた話だと、ゲンシチの娘は、兄貴のことをたいそう好きだと聞いたが、本当か?」

声が小さくなった。

「そういううわさがあったのか?」

徐福は平然として顔で聞き返した。

「あるよ。タツのサメ肌を治したことで、本人は相当喜んでいると聞いたぞ。そして、大恩人の兄貴のためなら、死んでもいいと言っていたぞ」

高良は徐福を見つめた。

「変なことを考えるな!」徐福は高良の気持ちが読めた。

「俺には、高紅という女房がいる、おまえの姉じゃないか? 心配するな」打ち消すように、固い口調で高良に言った。

「勘違いするなよ。兄貴! 俺は姉のことよりも、今の兄貴のことを心配しているのだ。兄貴の不便や寂しさを思うと、タツと仲良くなっても、俺は反対しないぞ」高良は強気で言った。

「もういい! この話はここまでだ!」

徐福の頭は混乱している。高紅と一人一人の子供の顔が浮かんでくる、その中に、タツの元気な姿が影のように割り込んでくる。彼は再び、口に酒を運んだ。

田植えと水入れが終わり、徐連の農作業は一段落した。十二日大原郷から帰って来た高良は徐福に報告した後、翌日に第二隻目の船の修理に取りかかった。十六日、徐連の水抜き作業が始まった。作業は二十六日まで続きそうだ。連日仕事に追われ、徐福が高良と徐連に会うのは、夜しかなかった。

田植え前の五月一日、徐福は八度目の薬草採集に出発した。暖かい初夏の風が新緑の谷あいをかすめるように通り抜け、柔らかい日差しが頬を優しくなでている。昨夜の小降りの雨の後、生温い露に覆われた草むらの色も幾分明るく濃く見えた。

出発前に、ゲンシチは前日に採った四、五本の「ハマユウ」を黙って徐福の傍に置いた。

江口を出発して、金立山《きんりゅうさん》へと一直線に進み、昼過ぎには目的地に着いた。昼食を済ますと、徐福は、今日はここで宿を取り、午後の半日をかけて、フロフキの薬草をたくさん採るように指示した。この半年間、みなは周辺の山に大分慣れた。いつものように、徐福から、雨上がりの後には、蛇に気を付けるように注意された。一人一人が三尺くらいの棒を持ち、道端の草をたたきながら、それぞれ自分のペースで動き始めた。

肌が綺麗になってから、タツは積極的に徐福に近づくようになった。生きてきたこの三十余年間、皮膚病のために、誰も彼女に近寄らなかったことは、彼女にとって、屈辱と苦痛の歳月であった。そこに現れた徐福は正に幸せを運ぶ星のように思えた。

若いタツには、つらい日が多かった、口には出せない寂しさを泣いて耐えた。その出遅れがあったためか、タツの肉体と感情はむずむずして、爆発しそうだ。時に小便を我慢するような焦燥に悩まれ、よくゲンシチに八つ当たりすることもあった。それでも、ゲンシチにとって、生まれ変わったわが子はかわいい！

この日、徐福はテントの入口でみんなが薬草採取を始めたことを確認し、つえを取りに、もう一回自分のテントに戻った。

「あ！　やられた、やられたぞ！」徐福は異様な声を出した。彼はとっさにつえで左足首にかみついた蛇を思いっきりたたいた。蛇は口を外し、体が伸びた。徐福は座り込んで、両手で左足首を押さえた。

康泰が飛んできた。「どうされました？」

「マムシだ！　蛇にかまれた！」徐福は声が震えていた。康泰は徐福のつえを取り、長さ二尺くらいの蛇を十数回たたいた。蛇は完全に死んだ。

「どうしました？」タツも慌てて駆けつけてきた。目の前の出来事を見た途端、彼女はすぐ手元の鎌で自分の服を裂いて、一本のひもを作った。その紐を、徐福の左足首の傷口の上に括りつけた。毒が心臓の方にまわらないためだった。

「タツ、すまん、傷口を思い切り吸ってくれないか？　早く毒を吸い出してほしい！　絶対にのみこむな」

徐福の息が荒くなった。

「吸い出した毒は、すぐはき捨てた後、口を濯《すす》いで、もう一回吸い取ってくれるか？」

徐福の声が段々細くなった。タツは、傷口に口をあてて、吸盤のように思いっきり蛇の毒を吸い取り、素早くはき出して、濯いだ後に、もう一回傷口に口をあてた。その間、徐福は手で康泰を呼んだ。

「奥の風呂敷に、塩が入っているから、傷口を冷やした後、塩を塗りつけ、湿布で傷口に括り付けてくれ」徐福は弱ってきた。

タツは傷口から何回も毒を吸い取り、口を濯いだ。目には大粒の涙、首から汗が流れてくる。タツは布巾を水でぬらして、しばらく傷口に付けて、冷やした。その後、塩水の湿布を括りつけた。董玄は水を運んできた。

徐福の口から泡が出始めた。激しい息をした後、軽い眠りについた。タツは康泰が作った渋茶を少しずつ、徐福の口に入れた。タツの顔にはやっとあんどの表情が戻った。

ゲンシチはテントの入口に立ったまま、両手を胸に、心配そうにじっと徐福の様子を見ていた。「わしは、副団長に報告してくる」と言って、出ようとしたが、康泰が、「僕が行きます」と、棒を持って、すぐ出ていった。未の刻（午後二時）だった。

董の指示により、リスと石がヨモギ、ドクダミとクコの葉を採りに出かけた。殺菌免疫効果のあるこれらの葉っぱを傷口周辺に貼りつけた。

戌の刻（午後八時）頃、康泰が戻ってきた。高良、徐連、柳向隆、橘、スミレ、イソ、関、原なども一緒だった。

高良はすぐ徐福の傍に座り、手で顔を触りながら、タツから病状を聞いた。

「助かって、よかった！　本当に驚いたぞ」

泣きそうな顔で、黒くなった傷口をのぞいた。イソは静かに菫の傍により、説明を聞いている。

徐連はスミレとイソらが作った飯団子をみんなに配った。柳と橘は、持ってきた布団、鍋、お米、干し肉などを置いて、テントの外でリス、石らと話している。蛇にかまれた経験のある関は、菫とこれからの治療について打ち合わせしている。

外は大分暗くなった。高良は徐連、柳と橘を呼び、もう一つ大きなテントを作った。持ってきたたいまつ二本に火を付け、残りの六本は全部火を消した。三面の大きなテントの真ん中に、たいまつ一つ、もう一本は徐福のテントの入口に置いた。時刻は早亥の刻（夜十時）が回ってきた。高良は女性たち三人と菫に徐福のテントで付き添ってもらい、康泰と石に雑役や護衛するように命じ、他の者は大きなテントで雑魚寝の一夜を過ごすこととなった。

徐福は、相変わらず、ブー、ブーと口から微かな音を立てながら、息をしている。足は腫れている。顔の表情から見ると、苦しそうな様子ではなかった。夕方から、尿が出始め、量も多かったが、ほとんどは不規則に垂らしたままである。下着も上着も全部脱がされた徐福は、高良らが持ってきた布団の上に寝かされた。女性三人は、徐福を真ん中に、輪になって座っていた。スミレもイソも、タツの背中を擦りながら、慰めの言葉を交わした。年配の董は、入口あたりで、うたた寝をしている。康泰は一睡もせずに、たき火に柴を足して、湯を沸かしていた。時々、若い護衛の石大年に湿布を換えることも指示した。山の一夜は、早かった。

十二、思い出の山

翌日昼、徐福の容体が少しは落ち着いたと見た高良は、董に徐福の看病を頼み、他の者を連れてテント村に戻った。

目が真っ赤になったタツは、ほとんど寝ずに徐福の傍にいた。長い間、母の看病に慣れていたタツは、今度は男の下《しも》の世話までするようになった。気がつけば、男の裸を目の当たりにして、手で触った。徐福はまるで大きな人形のように見えた。

五月七日朝、徐福ら一行は、金立山のテントから、三根のゲンシチの山小屋に移った。広い小屋と広い敷地だった。その敷地にもう一面テントを張った。小屋は、徐福、タツとゲンシチの三人、テントは董、石、康泰とリスの四人に分けたが、ゲンシチは黙って董のテントに移ってきた。昼前に、疲れたタツはウトウトと居眠りし始めた。

「タツ、ありがとう」徐福の声で目が覚めた。

「先生！　先生が生き返った！　先生！」タツは大声を叫び、徐福の手を握り締めた。

「先生……」泣いたタツは体を徐福に預けた。

叫び声を聞いた菫、ゲンシチの後に、康泰とリス、石らも駆け付けた。みんなは喜びの声を上げた。

「あー、よかった！」「よく耐えてきてくれた！」

蛇にかまれて七日目だ。

「ありがとう、ありがとう」弱々しい声で徐福は、みんなにお礼を言った。「すまなかったな」軽く手を挙げ、一人一人の顔をみた。

「みんなは心配していましたよ」無口のゲンシチは寄って来た。「高良副団長らも来てくれました」

「康隊長、僕は副団長に知らせに、行ってきます」石大年は言った。

「そうか、みんなは喜ぶだろう。頼むぞ。時間が遅いから、向こうで泊まれ」康泰は言った。

「はい、失礼します」石は出ていた。

五月十日、夕食の前に、タツは菫を訪ねた。徐福の傷口はまだ腫れており、徐福自身も多少熱があるとタツは菫に告げた。

菫はすぐ徐福の脈を測った。脈には異常なく、息も平常であった。渋柿を煎じて食べたことで、毒の原因とは考えられない。取り敢えず、傷口を冷やし続けることにしようと菫はタツに言った。徐福のテントには、ゲンシチ、タツの二人がついている。

静かに寝ていた徐福は寝返りした。体を触ってみると、少し熱がある。

「熱があると、寒く感じるから」という董の言葉を思い出して、タツは布団の上からわらで編んだ敷物を二、三枚掛けたが、徐福は依然震えている。

「父ちゃん、うちのテントから、うさぎの皮を持ってきて、この間に仕切りを作ってくれる？」タツは言った。

「いい、わしは、向こうのテントで寝る」話が終わると、ゲンシチは静かに出ていった。

タツは自分の布団を徐福に掛け、座って徐福をしばらく見た。そして、静かに布団を開け、ゆっくり中へ入った。全身で徐福の体温を感じた。タツは息を潜め、徐福を抱きしめた。徐福の肩に頬を当てて、いつの間にか眠りについた。

もうろうとした部屋で、徐福は高紅を抱きしめている。

「あ！　痛い！」

足の激痛で徐福は目が覚めた。

あー、俺はどうしたことか？　徐福は抱きしめているタツを見た。潤んだ目でほほ笑んでいる。ああ、タツ！　愛しいタツ！　徐福は目を閉じた。

外に音がした。タツは素早く立ち上がり、服を着た。

「大使、大丈夫ですか？　大声で喚きましたので、見に来たんですが……」外から、康泰の声がした。

「ああいい、大丈夫だ」徐福は慌てて答えた。「もうすぐ起きるから、そちらも少しは休め」

九日目、徐福は目が覚めた翌日に、高良と徐連は見舞いに駆けつけたが、五月二十日午の刻（十二時）に、高良は徐連とスミレ、スズメを連れて、また徐福の見舞いに来た。

「元気になって、よかったな！」高良はじっと徐福の手を握り、ほほ笑んだ。徐連は董玄、康泰らに持ってきた鶏肉を渡した。

高良がくれた酒で、隣のテントにいる董玄とゲンシチが酒盛りし始めた。

亥の刻（午後十時）、徐福はうとうとと居眠りし始めた。タツも横になって、この二、三日と同じように添い寝するつもりで、徐福に布団をかけた。目覚めた徐福は大きな体でタツを包み、静かに抱きしめた。

華夏を離れて九カ月になる。四十歳手前の徐福は、やはり、寂しかった。彼は、寅の刻（朝四時）まで、けがした自分のことを忘れ、全身の血を注ぐように、タツと愛し合った。

十三、故郷が恋しい

蛇にかまれて、二十五日が過ぎた五月二十五日に、徐福は床を上げて、ゲンシチの仮住居からテント村に戻った。徐福の全快を祝って、テント村で祝賀会が開かれた。にぎやかな全快を祝う席に、ゲンシチはいなかった。自分のテントにも、外にも誰も見なかった。タツに聞くと、きっとどこかで休んでいると言った。

大原郷から戻った高良は、ヤマ首長と濵人頭領于力からの贈り物を届けた。上機嫌になった徐福は久々に酒を口にした。

祝賀会が終わって、戌の刻（午後八時）頃に、高良と徐連は徐福のテントに来た。

高良はいきなり徐福に声をかけた。

「三年の歳月が早いものだね。本当に華夏に戻るのか？　言うならば、来年だね」

「ああ、その通りだ。潮時だな」徐福は答えた。「宰相のご命令だからな」

「人質になっている家族がいるからな。そうじゃなかったら、俺は華夏へ帰らないだろうな」正直な高良はため息を漏らした。

「まあ、船の試行も済んだから、兄貴の指示を待つばかりになっているぞ」

高良は徐福の返事を待った。実は、大原のヤマ首長から、帰国の予定を聞かれていた。

心配した首長は、華夏帰りは、二番船と三番船の通った航路を使い、三根から済州島に直行し、北上する大潮（黒潮）に乗れば、一日二日は短縮できるだろうと言う。また、倭国に戻るなら、同じ航路で良いとヤマ首長は太鼓判を押した。

「あのヤマ首長は？　もう倭に戻ることまで考えてくれたのか？」徐福は高良に言った。

続いて、高良はヤマ首長から、船一隻を置いていってほしいという頼みもあったと話した。

「この倭の地に着いた時からお世話になった人だからな。彼こそ、われわれの大恩人だぞ。三根の首長に出会えたのも、彼のおかげだ」徐福は一口お茶を飲んだ。

「喜んで船を差し上げよう。な？」

「私も賛成です」徐連は言った。

「俺も賛成」高良は答えた。

「まあ、ヤマ首長のことはそのようにして、次に三根郷のイワオ首長に何を残して上げようか？」徐福は地図を広げた。

「われらが行ってしまうと、田んぼも、住宅も要らなくなるから、田んぼは約束通り、そのまま返して、住宅は全部三根郷にわたそう、そして少し食べ物も置いていく。これでいいかな？」真剣に二人を見た。

「もちろんです」二人は同時に答えた。

「ところで、徐連は俺に何か話したいのと違うか？」徐福は徐連を見た。

「はい」戸惑った徐連はやっと決心がついた。「お聞きになったかもしれませんが、帰国する時には、私は三根から来たサバ、橘さんはエビを連れて帰りたいと思っています。大使様、お願いできませんか？」赤面した徐連は頭を下げた。

「おお、めでたい話だ！」徐福は手をたたいた。

「ヤマ首長とイワオ首長は、婿を探すために、女性を送り込んだだろう。今度はその逆に、われらに、ついて来るものがいたなら、有難いじゃないか?」

「実は言うと、俺もタツと仲良くなった。みんなは聞いたんだろう? ただ、タツは、どうしても、父親の老後を見たいから、華夏に行きたくないと言っている。それに、徐家の都合もあるから、彼女はどうしてもここに残りたい。良とスミレのことと似たような話だ」やっと二人の前で告白した徐福は、苦い笑顔を見せた。

「もう少し飲もうか?」高良は言いだした。

「それじゃ、わが故郷と高良郷のために、乾杯!」徐福は声を抑え、酒を飲みほした。

三人はそれぞれの思いを胸に目を閉じた。

徐連は優しい目差しで徐福を見た。

徐連の視線を意識した徐福は驚いた。

「ここだけの話だぞ、聞いてくれ。実は、タツはわが子を身籠もっているんだ」蚊の鳴くような声で、徐福は呟いた。

「そうだろう。あの若さには、疲れるだろうよ。いつも兄貴の疲れた顔を見ると、昼夜の苦労はよく分かる」高良はにたにたと徐福を見ている。

「この野郎!」徐福は思いっきり高良の尻をたたいた。

徐福と高良は住宅のことを再確認した。六月中旬頃起工して、九月中旬頃には、入居できると分かった。

稲の分けつ、中干し、水管理に続き、徐連は七月上旬頃の出穂を楽しみにしている様子。

高良は六月に二番船の修理を済ませて、大原のヤマ首長を呼び、徐福らと一緒に試験航海することになった。さらに、家作りが待っている。時は無情に過ぎ去っていく。

六月二十九日は、徐福らにとって記念すべき日である。高良の船修理は一段落し、今日は北川方面へ試験航海をする段取りになっている。船が動くようになり、まず華夏に戻る希望が見えてきた。一方、徐連は四月三日に種まきをし始め、苗は順調に成長している。稲作りについて、うまく行けば、今年の秋には新米が食べられるから、すべては順調だ。

徐福は高良と徐連を呼び、三人で初めて帰国について打ち合わせた。

一緒に食事を取った後、三人は田んぼに出て、徐連の田んぼの状況を見てきた。徐連は数人の稲作りの経験者と一緒に水田の代掻《しろか》き作業をし始めた。裸足で皆と一緒に作業する徐連の姿はたくましかった。

その後、徐福は康泰と一緒に、高良の造船場現場に入った。高良から、甲板の防腐用塗料の調達に関する苦労話を聞かされた。当地では桐油の原材料であるアブラギリ（油桐）はわずかしか栽培していないため、よそで調達をしなければならなかった。スミレは三川郷の首長に頼んでくれた。首長は数十人を各地に行かせた。それから、約十五日間かけて、樽三本分の桐油を手に入れた。こうして、防水作業の山場は通り越した。

帆柱修理に当たって、長い丸太が手元にないため、高良の提案により、継ぎ手で帆柱を作ることにした。帆柱は航海中には、最も大事な部分で、強度、耐久性が必要である。高良は自ら柳向隆と一緒に二本の帆柱を作った。今回の大原郷訪問は、帆柱の強度の試験航海でもある。これが成功すれば、来年夏頃の華夏に戻るのに、問題はないと高良は自信満々で話した。徐福は康泰を連れて、高良と一緒に江口まで試乗することにした。

修理済みの船橋に立った徐福は、感無量だった。桐油で塗り替えた甲板は、新品のように輝いた。江口から出発して、船はゆっくりと、船渠から滑り出した。訓練された三十数名の乗組員は、みながすがすがしい顔で、自分の操業に励んだ。彼らは、みな上陸時のメンバーだった。三根を通り過ぎ、いよいよ船は海に出ようとしたところで、徐福は康泰と一緒に船から降りた。

「大原のヤマ首長によろしく伝えてくれ！」徐福は高良に手を振った。

晴れ渡る静かな海に、船は速力を上げて、あっと言う間に地平線上に消えた。

十四、高良郷第一号住民誕生

嬴政《えいせい》二十九年七月十五日、徐福のテントで全体会議を兼ねた簡素な宴会を開いた。女性たちの責任者も呼んだ。

始めに、徐福は地元の援助に心から感謝していると述べた。高良から船の修理とこれからの試験航海の結果を説明し、住居の基礎造りがほぼ完了したことも話した。最後に徐連は、四、五日後に稲が出穂をはじめると話すと、会場から歓声と拍手が沸き上がった。

宴会の後に、徐福は徐連に、総務班から四十名ほど出して、住宅建設に加えるように指示した。

一日に大原の首長と三根の首長が、十数人を連れてあいさつに来たとき、稲作りのことと薬草のことについて、徐福にお礼を言った。ヤマ首長は、三十人の女性を送り出して、その倍の人数になって帰ってくると期待しましたが、そうはいきませんでしたねと、笑いながら話した。その表情からは、根っからの誠実さと素朴さが窺えた。

徐福は両首長に出会えたことを、大変有難いとお礼を言った。

「いざという時に、われわれはこの神の国に脱出するぞ」紛れもなく、これは徐福の本音だ。

一月三日の朝、董玄が徐福に手作りの暦を返しにきた。暦のほかに、薬草の見本も写し取ったと言う。


八月下旬頃から、タツのツワリが始まり、二十数日後に収まった。十月初め頃、タツのお腹はだいぶ大きくなった。出産が二月中旬だと聞いた徐福は、子供の誕生に大きな期待を寄せた。

一時すねていたゲンシチは、大分大人しくなった。タツから、たとえ徐福が華夏に帰ったとしても、自分は三根に残ると聞いたからだ。

高良の建てた住宅は大好評だった。完工の時に来てくれたイワオ首長は、「ぜひ、うちの部族にも同じ住宅を作ってほしい」と冗談交じりで高良に言った。テント村は、両首長の意向により、正式に「高良郷《こうりょう》」と名付けた。

高良は徐福の部屋に入り、神棚に手を合わせ、静かに目を閉じた。そこにいるみんなが手を合わせた。徐福は黙って、皆に一礼をした。

徐連は九月上旬に稲刈りを終えてからも、一日も休まなかった。精米の道具がないため、彼は十数人を連れて、連日連夜、石臼作りに励み、まず四個の石臼を作った。徐連は精米作業の手順を皆に説明した。「この石臼に玄米を入れて、太い棒で突いて、もみ殻をすり落とす。その後、箕《み》で粕《かす》を飛ばせば、米ができ上がるという気の長い作業が待っているぞ」と話した。徐連の忙しい石臼作りを見兼ねたスミレは、イソと相談して、十二人の女性をつれて、三交代で臼突きともみ殻処理などの作業を引き受けた。十月初めからの精米は、予定より五日短縮し、二十日頃に、新米の試食会を開いた。

試食会で、徐福は、徐連に言った。「連よ、よくやってくれた、ありがとう！　これなら、われわれはどこへ行っても、生き延びられるぞ」その意味深い言葉に、みんなの目が潤んだ。

それから、二カ月たち、徐連は両首長に呼ばれ、両部族の部族に行き来して、泊り込みで、稲作りの指導を続けた。

この日、徐福は一人でぼーっとしていた。

「大使、失礼します」徐連は久々に顔を見せた。両手に荷物をいっぱい持っていた。

「久し振りだ！　連」徐福は床から起きて、徐連を迎えた。

「まず、こちらは、大原のヤマ首長から、海の珍味です。こちらは、三根のイワオ首長からヤマの珍味とオオカミの毛皮です」床一面に、お土産を広げた。

「両首長から大使によろしくとのことでした」

「おー、一日に二人は来たばかりというのに、これまた……。有難い。まあ、連、座れ！」

「はい。実は一日にあいさつに来るつもりでしたが、三根で田んぼの土を耕すために、足止めになったので、申しわけありません。一つだけ、大使に報告しておきます。去年の九月から、およそ三カ月の手入れで、両部族の田んぼは大分できました。日々の手入れも、みんなは覚えたようですし、これで、両部族もこの一、二年の米には困ることはないと思います」徐連はにこにこしながら、徐福をみた。

「ん。両首長からも、同じ話を聞いたぞ」徐福は干物を出して、酒を勧めた。

「これでおまえも、安心して、徐山郷に戻れるな」

徐福は徐連の望郷の思いを汲み取った。精米する前から、徐連は時間を惜しむように、無我夢中で働いた。やはり、彼は、華夏に帰った後の、両部族の今後のことを心配していたようだ。また、サバを連れて帰った後、残るサバの両親のことを考えると、彼の心には切ない思いがあったに違いない。

徐福の脳裏に、徐連の祖父徐春蓮の顔が浮かんできた。徐春蓮は徐福の父より十五歳年上。人当たりが良い人という印象が強かった。彼の妻も、穏やかな人で、薬を渡すたびに、よく珍しい食べ物を徐福の家に届けてくれた。年を取った二人が、どれほど孫の徐連を待ちわびていたかと思うと、徐福の目頭が急に熱くなった。

「連、いくつになった？」徐福は聞いた。

「はい、二十二歳になりました」徐連は不思議そうに徐福を見た。

もう二月だ。董玄は張景順を連れて来た。二人は、徐福に薬草や医療のことを教えていただきたいと申し出た。張景順とは一年半ぶりの再会だった。

「お久しぶりです」張は恐縮そうに徐福に拝礼した。

「随分久しぶりだ。イリコは元気かい？」徐福は寂しがり屋の張を見て、驚いた。

「おかげさまで、元気です」イリコのことを覚えてくれたことに、少しは楽になった。「実は、イリコから、タツさんがもうそろそろ臨月だと聞きまして、そうなったら、大使も忙しいだろうと思いまして、ついお邪魔しに来たのです」

「手伝いに来たのか？」橘はお茶を運んでくれた。徐福は二人にお茶を勧め、タツの様子を話した。「情報は早いな。二、三日ここに泊まれ。俺の隣に部屋が空いているから」徐福は医学の木簡を取り出して、机の上に置いた。

「そんな余裕はないかもしれませんよ。生まれは、十日ほど早くなるかも……」董は言った。

正にその通りだ。やはり亀の子より年の功だ。二人が訪ねてきたその翌日、二月二十七日朝、タツはついに大きな男の子を出産した。一晩寝ずに、徐福はずっとタツの傍にいた。スミレもイソも寝ていなかった。産声が大きく、隣の部屋でもその元気な泣き声がよく聞こえた。いつも穏やかな徐福は、タツの部屋から、自分の部屋まで、行ったり来たりしていた。

「高良郷」第一号住民が誕生した一報がたちまち郷内に広がった。

「男の子？」

「体重は何斤？」

「大使似？　それともタツ似？」

「どんな名前を付けた？」

いろいろな話が飛び交う中、徐福の家の前には人があふれていた。

スミレが入口から出てきた。

「みなさん、お静かに！　徐福大使の御子息が、ただいま誕生しました」

「オー、オー！」という歓声が上がった。

「男の子で、十六斤（約四キロ）です。そして、大使に似て、大使から頂いたお名前は徐海（スユイハイ）です。大使はウミと呼んでほしいと言っていました」スミレは丁重に説明した。

「これから、タツを休ませたいと思います。どうぞ、よろしくお願いします」

スミレの話を聞いた人々は、「ウミちゃんか」「ウミの名前はかわいいな」と小声で話しながら、三々五々と静かに解散した。

十五、第二の郷に別れを告げる

　徐福は神棚に手を合わせ、目を閉じた。ウミに乳を飲ませているタツは、ほほ笑みながら、徐福の傍に寄って来た。そして、静かに声を上げた。「神々よ、われわれ一家の健康と無事をお守りください。先生が無事に戻るようによろしくお願い申しあげます」祈りの言葉を読み上げ、タツは頬をウミの額にあてた。

「もう十一日目か？　大きくなったな！」指でウミの頬を擦った。

「おタツ、この神棚を頼むぞ。三年か、五年で必ず戻るから、ウミと一緒に楽しみに待っていてくれ」ウミが生まれてから、徐福はタツに対して、急に「おタツ」と呼ぶようになった。

　この十日間泣き続けたタツは目を赤く腫らしていた。タツは頭を徐福の肩にもたれて、断腸の思いでウミの顔を徐福に見せた。そして、「用意は全部済みましたよ」と徐福に言った。

　徐福は手で口を押さえ、外へ出た。

　一方、高良の部屋には、スミレがいた。両手で高良の首に絡みついて、泣いていた。

「俺はきっと戻るから、そんな悲しい顔を見せるな」高良が言った。

「あなたが戻る時には、私はもう他人の嫁だよ。兄貴が婿を決めてくれると言っておりますから」顔を高良の体に当てて、また泣き始めた。「いい思い出を作ってくれて、一生忘れません。ありがとう」

声が枯れていた。

八棟の長屋にも別れを惜しむ人がいた。男は華夏に帰り、女は三根に残るという難儀な話が多い。五日後の出発を控え、日夜に話が途切れなかった。

徐福は部屋から出て、北の裏門を抜け、村の外に出た。高台の倒木に腰を下ろし、「高良郷」と呼ばれるこの村を一望した。

山を背に作ったこの小さな村は、童話に出てきそうな素晴らしい村だ。

村全体は切妻造りの建造物だった。南北帯のような広い道を挟み、東西はそれぞれ四列の長屋が並んでいる。北には八戸の一軒家が肩を寄せるように一列並んでいる。徐福や高良らはそこに住んでいる。その一軒家と長屋の間に広場がある。四方を柱で支え、周りに壁がなく、屋根だけであるが、ここは、村の中心であり、みんなの集まり場であり、集会所や食堂でもあった。その集まり場の南に、女子住居がある。

村の正門は二本の太い木を建てて、その上に二本の木の梁《はり》で支えた井型の門構えだ。華夏の隠居者の正門に似たようなものだった。村を囲むように外囲柵があり、頑丈な木杭を打ち、横には上下にひもで木を括りつけた。そして、北に、裏門である。

走馬灯のように過ごした、一年九カ月だった。薬草、田んぼ、船、そして部族との付き合い……、忙しい日々はあっという間だった。

「ああ、過ぎ去っていく日々よ！」緩んだ徐福の顔に、涙が静かに流れた。華夏を離れて数え二年になる。今までやるべきことはすべてはやった。三年で華夏に帰れという、始皇帝の命令を思うと、今は正にそのとき。機は熟している。

予想以上に倭人女性と仲良くなった乗組員の駆け込み結婚が三十組以上も出た。両部族首長と娘の親たちや関係者が集まり、簡素な集団結婚式が高良郷で執り行われた。三日間の宴会はにぎやかだった。

この地に残りたい人が四十名も出たことに、徐福も驚いた。その中に、濵人八名もいた。結局、連れてきた濵人は、尹正平《いせいへい》ただ一人となってしまった。彼は倭人のウズラという娘と一緒になり、一生徐福について行きたいと申し出た。徐福はすぐには承諾しなかった。

徐連はサバ、橘はエビ、康泰はスズメ、関はヒバリとそれぞれ結婚して、徐福と一緒に帰国することになった。高良はスミレとつらい別れになり、柳向隆はノリという大原郷の娘と結婚した。ノリのお腹には柳の子がいるが、今回は柳が一人徐福一行と帰国し、そして再び徐福と一緒に戻る予定になっている。

「ここにいたのか?」高良も高台に来た。

「まあ、座れ。いろんなことがあったよな」徐福はため息をついた。

「おととい、一緒に高良山のお墓をお参りして、よかったよ」高良はなくなった仲間のことを思い出した。沈痛の思いだった。

高良はポケットから酒の入った二本の竹筒を取り出した。半刻の間に、二人は黙って、時間をかけて、酒を口にした。

「大使様、ここにおられましたか？」リスだった。彼は大原から通訳として、三根に来て、そのまま三根に残った。あれから、彼はずっとこの高良郷にいた。「私は、大使について華夏に行きたいと思いますが、お許しを頂けないでしょうか？」リスはいきなり、拝跪して頭を地につけた。

「どういうことだ？」徐福は聞いた。

「首長は承知しているか？」

「もちろんです。承知してくれました。首長から、私に、必ず大使様を連れて戻るようにという指示がありました。それから、ここに、ヤマ首長から預かった五個結縄《けつじょう》（縄の結び数と形で数字や文字を表す道具）の通行手形があります。この通行手形さえあれば、倭のどこでも再上陸ができます」リスは自信満々のようだ。

袋に入った結縄の通行手形をもらった。ヤマ首長の配慮と誠意がよく分かった。

「また結婚していない君は、まさか、華夏の女をもらうつもりか？」

「はい！　その通りです」陽気でよく喋るリスが言った。「大使様をお連れして、怡土国《いどこく》に骨を埋めるつもりです。大使様、よろしくお願いいたします」再びひざまずいたリスを見て、徐福はあきれた顔で笑った。

「いいぞ。君なら華夏に来ても大丈夫だろう」

満潮になった浮盃《ぶばい》港（佐嘉、諸富の寺井津）は、静かだった。八月頃台風が来る前に、出港するなら、今のうちだ。嬴政三十年六月二十四日（七月二十七日、大安）、いよいよ徐福一行六十六名は、五百人余りの見送りの中、船に乗り込んだ。

船橋に立った徐福は、両手を振った。海岸の高台に立っているヤマ、イワオ両首長も手を振った。すぐ近くで、タツ、スミレの号泣が聞こえ、ノリは二人を慰めるように傍に立っている。もっと近くに、残る乗組員が三列に並んで、直立不動の姿勢で挙手礼をしている。両部族から来た人々の中に、董玄と張景順の姿もあった。あっちこっちから、太鼓とホラの音が港に鳴り響いた。

両首長からのお土産を荷積みした後、徐福は再び船橋に立った。

「大原郷のヤマ首長、三根郷のイワオ首長、両部族のみなさま、この六百六十数日間、遭難後のわれわれを助けていただき、数々のご恩恵を賜りましたおかげで、今日の帰国ができました。いろいろと本当にありがとうございました」徐福は深く一礼した。

「ここで、まずわれわれから、大原郷のヤマ首長に二番船を差し上げます。そして、三根郷のイワオ首長には、われわれの高良郷と開墾した田んぼを差し上げ、採れ立てのお米も少し残しておきます。わずかなお礼ですが、どうぞお受け取りください」話がまだ終わってないうちに、岸壁から雷鳴のような歓声が沸き上がった。

「ヤマ首長、手形を確かにいただきましたよ。ありがとうございます。われわれは、またお邪魔させていただきたいと思います、その節はよろしくお願いいたします」徐福は深々と一礼した。

「宝以上の贈り物を、ありがとうございます」ヤマ首長とイワオ首長が一緒に大声で答えた。「必ず帰ってきてください！　みんな心待ちにしておりますから！」ヤマ首長はリスを指した。

「頼んだぞ、リス！　大使様を必ず連れて帰るのだぞ！」

歓声の中、船はゆっくりと、西へ西へと針路を取り、朝霧を突き抜け、広い海へと進んだ。

第五章　徐福華夏に帰る

一、徐福帰国

三百十名もいた睦東使節団一行は、華夏に帰るとなった今は、五十一名しかいない。倭人の十五名を入れても、全員六十六名だ。徐福の心には、無念さと後ろめたさが残る。

徐福、高良と徐連をトップに、船長橘、副長関と原、総務長柳向隆と少人数の管理体制に再編し、女性や護衛も操船に参加させることにした。今回の帰国に当たって、航海経験の豊かな橘がやはり一番頼りだ。けがをした大石をいたわり、船長室で寝かせた。関と原の両副長に対しても気を配り、逐一連絡員を通して、指示を出した。気になっていた拍子木担当についても、サバの意見を取り入れ、元気そうな女性二名を、交代で拍子木担当に加えた。彼女らの晴れやかな声と、軽快なリズムに励まされ、櫂を扱う水手のやる気を高めたことが何より嬉しいことだ。

新しいかじ取りに包成《ほうせい》を選んだことについては、徐福を驚かせた。橘の話を聞いてみた。橘は東渡の航海中、包成の働き振りを観察していた。その落ち着いた態度、正確かつ敏速な動きに、橘は「船に慣れている！」と直感した。じかに包成を呼び、話を聞いてみた。包成はそもそも魯の国の出身、操帆から、舵とりに昇進した後、斉の国の水軍で船長として務めていた。河水や淮水を自由自在に通っていた。よく、咸陽、新鄭まで行ったとも言った。橘は、試しに、新鄭《しんてい》（鄭州市）、洛邑《らくゆう》（洛陽市）、啓封《けいふう》（開封市）の話をしてみたが、包成は懐かしそうに、細かく話してくれた。包成と別れる時、「おまえの腕は確かだ。いずれ、私の下で働いてくれ」と橘は包成に言った。

こういう経緯があって、帰国の話が出た時、橘は包成を呼び、かじ取りとして、働いてもらうことにした。

「西方向、舵中央！」橘の号令と同時に、包成も号令を復唱し、舵を取った。西へ進む船は、少し大潮（黒潮）に流され、西北西に進んでいる。上弦の月がくっきりと見え、海も鏡のように穏やかだった。時たま見える流木で、北上する大潮の流れをはっきりと感じた。

翌日、夜亥の刻（午後十時）に、船は済州島に着いた。倭に渡る時のことを思い出すと、こんな平穏無事に航海ができたことを、みんなは不思議に思った。

護衛三名を当直させた後、甲板の上で、下船する大石の送別も兼ねて、皆で夕食を取った。食事が済んだ後も、大石が徐福の部屋に入り、朝まで高良を交えて、酒を飲んだ。

「このような親分と仲間には、二度とめぐりあえないだろう」大石は、いきなり号泣し始めた。徐福は用意した二枚の木簡を大石に渡した。その一枚には、「天時地利人和」、もう一枚には「以和為貴」とある。木簡を受けた大石は、ひざまずいて、お礼を言った。

卯の刻（朝六時）に大石は徐福に別れを告げた。徐福はカバンから用意した包みを泣き崩れた大石に渡した。

「大石、ご苦労だった。いろいろとありがとう。この一〇〇〇両で家を手に入れなさい。女房をもらって、幸せになってくれ！　大酒を飲むな。惰眠してはダメだぞ。いいか？　頼むぞ」これが大石との永別になるとは誰も予想しなかった。

「いよいよ故郷は目の前だ」済州島を出発する直前に徐福は皆に声をかけた。

「今から、大事な事を皆に話しておく」徐福の声に真剣さが増した。

「郷に戻ると、いろいろな人から、必ず東渡について聞かれるだろう。まず、三根郷のことや、大原の事については、一切口にしないことだ。われわれは、自分たちの力だけで蓬莱という島で約六百日以上を過ごしたということにしてくれ。次に、神仙とのやり取りを聞かれた場合、みんなは知らないと言ってくれ。仙人との交渉は、全部この徐福と通訳案内人の大石の二人がしたと言ってくれればいい。神の国で女性と一緒になったことも、わしがじかに仙人と決めたことだといえばいい。ここに大石はいないから、わしがすべて答えることにする。

われわれが始皇帝の命令で不老不死の薬を探しに行ったことが、どれだけ大変なことだったか、これだけ口裏を合わせてくれ。いい加減な話をすれば、首をはねられるぞ！　分かったか？」徐福は念を入れて、怒鳴るように叫んだ。

「分かりました。大使様！」一同大声で答えた。

船は済州島からゆっくり再出発した。みんなはいろいろな思いにふけり、黙っていた。しばらくして、陸が見えてから、十五名の女性は、一斉に外に出て、好奇心旺盛に広い大陸の景色を見て、きょうがくの声を上げた。船上の雰囲気もやっと穏やかになった。木浦を目指して、所安島《ソアンドラ》（韓国全羅南道莞島郡）などでも足を止めずに、船内で二晩を過ごし、六月二十九日夕方に船は木浦港に着いた。ここで、食料品、燃料や水などを調達した。

船が木浦を出たあと、渤海湾内で黄海暖流の戻し波が、真正面からたたきつけてきた。船の速力にも影響がでたが、橘、関、原三人は、ほとんど船橋の上から離れなかった。拍子木の音が鳴り続き、帆の担当係も、みんな「一人も海に落とさないぞ」という合言葉で、細心な注意を払っている。漢陽（ソウル）と義州（新義州）でそれぞれ一泊して、一日休みを取った。七月十一日申の刻に、三山《さんざん》（大連）に着いた。徐福は底倉に降りて、柳向隆と櫂を扱う水手にも、「無事三山に着いた！　三山は秦の領土、わが国だぞ」と告げると、興奮の歓声が沸き上がった。

早めに夕食を取った。久々に肉料理と酒を出したが、ほとんどは酒に手が出なかった。やはり、秦の国に着くまでは、みんな我慢しているように見えた。

徐福は康泰と趙湖村出身の趙長勝をよび、直々に指示を出した。

食事の後、徐福は休みを取るため、大使室に戻った。

眠りに入ったところ、ドンドンと康泰が入って来た。

「申しわけございません、尹正平《いせいへい》がお目に掛かりたいと申しております」

「通せ」徐福は、椅子に座って尹正平を待った。

「失礼いたします」尹が入って来た。康泰も一緒だった。

「泰、良いぞ。外してくれ」徐福は康泰を払った。

尹正平は康泰が出ていったことを確認して、すぐ徐福の前にひざまずいた。「大使様、この尹正平が長い間大使を騙してきたこと、お許しください」枯れた声で、頭を地面に突き続けた。

「何事か？　申してみろ！」徐福は尹正平を見た。

「実は、私の親族が人質になっておりまして、奸臣《かんしん》趙高に脅迫され、滇人越が大使を刺した後、越を殺して、そのまま倭に残れと命令されたのです。もしも、越が失敗しても、その場で越を殺せとも命じられたのです」尹正平の涙が止まらなかった。

「趙高は、李斯《りし》宰相が勧めた東渡の計画を実現させないために、大使の命を狙っていたのです。この二年間、私は悪党の陰謀に手を貸したことに、いつも、後ろめたさを感じ、心が苦しかったです。越はすでに他界しまして、私は自分を殺す追っ手のことで、日夜安心して眠れませんでした。陰謀をたくらんでいる趙高の一味に加わり、大罪だと承知しております。どうか、どうか、この尹正平をお許しください」再び、地面に頭を打ち続けた。

「この野郎！」康泰が入って来た。後ろから、尹正平を足で蹴っ飛ばした。

「この場で死ね！」と言いながら、刀に手を掛けた。

「康泰、早まるな！」徐福は止めた。

「尹正平に聞く。その話の証拠を持っているのか？」徐福は再び鋭い目で尹正平を見た。

「ここにございます」尹は風呂敷から、一枚の木簡を取り出した。

「これが奸臣からもらった指令書でございます」両手で頭の上にも持ち上げた。康泰はすぐその木簡を取り、徐福に渡した。

「ん。間違いはないな。やはり、趙高の筆跡だ」徐福は木簡を康泰に渡した。

「え？『貴親此月車』？ これは何ですか？ 尹正平おまえは分かるか？」康泰は漠然として、尹を見た。

「康泰、もういいから、今度はおまえが同じ発音の字に書き直してみろ。貴《ぐい》は帰還の『帰《ぐい》』、親《ちん》は秦の国の『秦《ちん》』、此《つー》は刺殺の『刺《つ》』、月《ゆえ》は『越《ゆえ》』に、車《つあ》は中車府令趙高の『車《つあ》』にしてみろ、『帰秦刺越趙高』だろう。これで、意味は分からないのか？」徐福は尹正平をよそに、康泰に説明し続けた。

「そういうことですか？ 秦の国に帰るときに、越を刺すことか？ 越が大使を暗殺した後、尹が越を殺して、口止めするつもりですな。この奸臣め！」康泰はもう一度声を上げた。

「尹正平、この件ついて、われわれは前々から察知していたぞ。越が自殺した時、おまえは挙動不審だったから、何か企んでいるじゃないかと副団長に話した。そして、石大年におまえを見張るように指示した。長い間、何もなかったが、つい、おまえが結婚した翌日にわれわれはおまえの真意が分かった。ウズラが家を整理する時、この木簡を見つけ、すぐ副団長に届けた。こんな程度の物なら、誰でも分かる。ウズラに木簡をおまえの隠したところに戻させた。われわれも、おまえから言ってくれることを待つことにした。濵人はみんな三根に残るというのに、おまえ一人だけ、秦に帰ると聞いた時、きっと機会を見て、白状するだろうと思っていたぞ」

「この野郎！」康泰はもう一丁、尹正平の頭をたたいた。


中国の歴史では、このような当て字で大事なことを託すことが多く、これも漢字がわずかな文字で、多くの意味を表すことの便利さを物語っている。記憶になお新しい文化大革命の中でも、その結末に林彪《りんぴょう》が反乱を起こそうと、「五七一」という暗号を使った逸話がある。しかも、この暗号を密告したのは、林彪の娘であるという皮肉な話を聞くと、誰もが驚くであろう。「大義滅親」という中国の諺の呪いが効いた一例であろうか。親を殺しても、守る「大義」があるような話には、些か不気味な世の中を感じる。

「五七一」の謎については、「五」＝武（武装）、「七一」＝起義（蜂起）を「武装蜂起」として使ったのである。いとも解明しやすい仕掛けのようだ。進んだ世の中でも、計略や手法としては、昔も今も似たものをよく使うようだ。

「尹正平、よく聞け！」徐福の厳しい声が響いた。

「おまえは、この船に乗った時点で、もう死んでいた。越とさし違いで二人とも死んだのだ！　尹正平が死んだから、おまえも存在しない。良いか？　ただいまから、おまえは馬韓人の大村正人と名を改める。秦の国に戻ったら、すべてわしの言う通りにせよ、よいな？」

「ありがとうございます。ありがとうございます」泣きながら、また、頭を地に突き続けた。

尹正平が出た後、徐福は康泰に酒をついだ。「この話をそのまま副団長と徐連副団長補佐に伝えてくれ。そして、二度と口にしないことだ」念を押して、康泰を送り出した。

徐福は脳裏に、趙高に関わるいろいろな出来事を思い浮かべた。程英の暗殺未遂、越の自決、そして尹の自白……、趙高という悪魔がいる限り、一刻たりとも気が抜けないと徐福は痛感した。

二、懐かしい故郷

三山を出て、右から黄海暖流の返し波に打たれて、船の揺れが一段と激しくなった。甲板の上で海をみていた三根の女性たちは、次々と船酔いに襲われた。橘の指示により、女性たちをそれぞれ連れの男と一緒に、ロープでつないだまま、外へ出ることにした。大欽という島で、一休みを取り、甲板の上のはきだした汚物を清掃した。七月十五日転附港《てんふ》（煙台）に着くまでは、海に落ちた者は一人も出なかった。朝日を見ながら、みんなが笑顔で転附港に上陸した。

康泰と趙長勝は、徐福から受けた命令で、それぞれ護衛一名を連れ、買ってきた馬で出発した。康泰らは宰相李斯に無事帰国を報告するため、都咸陽へ直行。趙長勝は趙寛と徐訓に帰還を知らせるため、琅邪《ろうじゃ》と徐阜村《じょふそん》へ走った。

船は文登の小さな漁村（後の栄成市）と膠南の漁村（後の青島市）でそれぞれ一泊して、いよいよ故郷の港に近づいた。

七月二十一日朝、日差しが眩しく、あたり一面は黄金色に染められ、澄み切った青空が遠く、遠くへと延びていた。

そのはるか向こうに、琅邪台にそびえる「宇安楼」が見えた。船上では「万歳！」「大秦帝国万歳！」「秦始皇万歳！」の歓声が沸き上がった。

目の前が、琅邪、趙寛の造船場だ。故郷から離れて、およそ二年振りの帰郷だ。歓声が静まり返った甲板の上は、すすり泣きの声が響いていた。

「あ！　養神閣が見えたぞ！」誰かが叫んだ。

「あれは、間違いなく、六合亭だ！」また誰か叫んだ。甲板の上に、人が集まり、櫂《かい》を扱う水手も船倉から出てきた。橘は何も言わずに、満面の笑みを見せた。

「接岸用意！」橘の声だ。

「ロープ用意！」「右舷接岸完了！」「係船完了！」

岸壁に立つ一人一人の顔が見えてきた。小旗を振りながら、四百人以上の出迎えだった。

「お帰りなさい！」「お疲れさま！」

「徐福大使万歳！」岸壁からの歓声がはっきりと聞こえてきた。

趙寛一家と高仁一家が見えた。その隣に、高紅を囲んで徐訓兄弟らも見えた。両家族から、少し離れたところに、橘一家、さらにその後ろに、徐連の家族と石大年ら護衛の十数名の家族らも手を振っている。人々の歓声が高くなり、徐福を先頭に、高良、徐連、橘、柳向隆と、手を振りながら、船から降りてきた。

迎えの先頭は、高紅と徐訓、その後に趙寛夫婦だった。徐訓は徐福に飛びついて、両手で徐福を抱きしめた。「父さん、お帰りなさい！」「あなた、お帰りなさいませ！　本当に、お疲れさまでございました」高紅は両手を握ったまま、涙顔で徐福に近寄って来た。

「あ！　福兄！　福兄！」泣いている趙寛は言葉を詰まらせた。妹の徐坤も涙を流しながら、徐福をじっと見ていた。一歩遅れで、徐福の父母も傍に来た。徐福は両親に拝礼した。母は徐福の手を握り、その手を何回も擦った。腰の曲がった父が、徐福の尻をたたいて、「よく帰って来たな。また生きているぞ」と笑顔を見せた。趙寛の父趙豊と母も来ている。「おまえがいなくて、寛はどれほど寂しかったか！」趙豊は冗談交じりで徐福と言葉を交わした。

満面笑みの高良の父高仁と母趙珉は高良を両側から挟んだまま、徐福の傍に来た。徐福は、岳父（義父）義母に拝礼した。「よく帰ってきてくれた」高仁は言った。

「おー橘、こちらにこい！」趙豊は橘弘の父橘桓を呼んだ。こちらも弘の後に橘桓夫婦、弘の弟夫婦と息子六人が徐福の傍に来た。歩きながら、四家族の話が尽きなかった。

琅邪港から、およそ六百メートルの長い行列ができ、港町の石家村《せっかそん》と小石家村はたちまち大にぎわいとなった。趙寛が用意してくれた二枚のテントで大人数の昼食が始まった。

食事前に、徐福は郷に戻る二十名の乗組員を二つの机に集めた。彼らに華夏の服に着替えさせた後、それぞれに帰りの支度金を渡した。みんな泣きながら、徐福にお礼を言った。その時、徐福が再度束渡があれば、来てくれるかと聞くと、みんながぜひ呼んでくださいと懇願した。

趙寛は、帰郷者のために、馬車五台を用意し、斉、魯の七名に二台、韓、呉、趙の十三名に三台で送ることにした。

食事が終わり、みんなで、帰郷する二十名乗組員を見送った後、徐福は残り全員の行く先を発表した。

まず、徐連夫婦は徐連の故郷徐山郷に帰り、乗組員のオカ、クマ、関、原と包成の五名は、この石家村に残る。趙明が経営するこの造船場でしばらく住み、後にそれぞれの家を作ることに決めた。

高良、柳向隆と橘夫婦は趙湖村《ちょうこそん》で趙寛の屋敷に入る。

徐皐村には、徐福のほかに、康泰夫婦、リスと石大年ら護衛計三名が入る。

最後に、残り十三組二十六名の夫婦については、一時的に、この趙湖村に七組、徐皐村に六組それぞれ住むことにし、石家村の住宅ができた時に、全員そちらに移ると決めた。

なお、尹正平は徐福の勧めにより、大村正人として、原船長と一緒に、趙寛の経営する船場と商社に入り、趙寛の息子の右腕となって、国内外で活躍することになるが、それは後々の話となる。

あくる日、徐連夫婦を送り出して、徐福と趙寛両家族は馬車に分乗して、一緒に郷へ帰ることとなった。

途中、琅邪郡守と贛楡《かんゆ》県令のあいさつも済ませたが、郡守も県令も、極めて冷ややかな態度だった。

郡守は大袈裟にお土産を受け取ったものの、大好きな紫水晶や真珠には、目もくれなかった。別れ際に、「徐福殿、この二年余り、そなたに関するいろいろなうわさが出ているぞ。これを払拭するには、時間がかかるだろう。身の振る舞いに、重々配慮なされるよう」と厳しい一言。県令も同じく、翡翠やジャスパ（碧玉）のお土産には、ただ「ありがとう」の一言。なぜか、二人の顔は霜が降りかかったように冷たかった。

徐福は趙寛にわけを聞いた。

趙寛は「徐福一行が東渡した後、趙高の使いが頻繁に郡府と県庁を訪れていたようだ。彼らは、徐福の家に、陛下からの資金を私財として隠したのじゃないかと調べに来たらしい」話を聞いた徐福は怒りに震えた。

徐阜村に近づくにつれ、徐福は東渡のうわさが気になって、少し心配し始めた。

趙湖村で趙寛と別れて、徐阜村が見えてきた。およそ二年間離れていた徐阜村は、以前のままだった。あちらこちらの屋根に登る炊煙が、夕陽に照らされて、霧と一緒に薄いピンク色に染められ、正に絵のように見えた。四十数年間住みなれたわが故郷の懐かしさが、徐福の胸に迫り、全身が炎のように燃えていた。

段々村に近づき、大勢の人影が見えた。甥《おい》にあたる遠戚の村長を先頭に、三十数名の村民の迎えを見た時、徐福は両手を高々と挙げた。

徐福が東渡後、趙高らがばらまいた悪い風評を避けるため、徐訓は一家を連れて、近くの郯《たん》県に家を移した。徐阜村の家は、そのまま使用人の李義に留守番をさせていた。早速、徐阜村の徐邸で関係者を呼んだ。百五十人の来客が集まり、徐福の四合院は手狭に感じた。趙寛は南門外に、テント二枚を張って、やっと来客を収めた。

「村長の徐常明でございます。本日、徐福大使の御帰郷を迎え、村民一同心から喜んでおります……」

村長は長々と歓迎のあいさつをし始めた。始皇帝二十八年の東部巡幸、二十九年の北川巡幸などからはじめ、村の度量衡統一などの政策による一連の変化を述べた。そして、何よりも、この小さな村から、陛下から直々に東渡を命じられた大使が誕生し、立派に任務を果たし、無事帰国したことを称賛した。みんなから、大きな拍手が湧き上がった。

「村長、大使はお疲れになっていますから、そろそろお酒でも始めましょうか？」

「それでは、大使のお土産話を聞き、大使帰郷の祝宴を始めましょう」村長は杯を挙げた。

宴会が始まると、徐福と高良はみんなからの質問攻めに遭い、タジタジになっていた。徐山郷の徐連が夜中に駆けつけた時、宴会は正に最高潮に達した。気がつけば、徐連の稲作り話が、みんなの注目の的となっていた。その間、徐福も高良も、それぞれの両親とじっくりと話ができた。連れてきた倭人の女性らも注目されたが、仙人からの贈り物と、徐福は何とか適当にごまかした。最後に、皆にお土産も配ることになった。一番喜ばれたのは、やはり食べ物だった。のり、めんたいこ、干しアワビなど、みんなは珍しそうに試食した。長い宴会が夜中まで続いた。徐訓は用意した六台の馬車にみんなを乗せ、それぞれの自宅と宿に送った。

寅の刻（朝四時）に徐福はやっと床についた。高紅はオンドルの縁《へり》に座って、うとうとしていた。

「おー、帰ったぞ」

徐福は高紅に声をかけた。高紅は慌ててオンドルから降り、徐福の手を握った。その手を頬に擦り付け、声を抑えながら、泣きだした。長い、長い七百十数日だった。徐福は静かに高紅を抱きしめた。朝まで、ほとんど一睡もせずに、高紅は徐福の腕枕で横になって、徐福の話を聞いていた。

「仙人に会った？」

「ん、会ったよ」

「どんな人だった？」

「そうだな、われわれ人間と変わらなかったぞ」

……そんなやり取りして、いつの間にか、高紅は眠りについたと思うと、目を覚ました高紅は、再び、徐福にあれやこれやと聞き始める。

高紅は今も結婚当時と変わらず、子供のように、徐福に甘えていて、何でも素直に尋ねた。しばらく静かになった時、徐福はじっと高紅の寝相を見て、乱れた髪をそっと上げてやった。徐福の胸が熱くなった。

夜明けになっていた頃に、徐福はうとうとと眠りについた。隣にいた高紅は朝食を用意するため、すでに起きていた。

徐家の祖墳と趙家の祖墳は同じ徐山郷の裏山にあり、両家はよく一緒にお墓参りに出かける。

朝食の後、徐福一家と趙寛一家は一緒に、墓参りに出発した。四代目の徐訓と趙明も、兄弟のようによく行き来している。しっかり者の趙明と、学者らしい風貌の徐訓は正に親譲りであった。趙寛の両親と徐福の両親も、いつも互いの家に行ったり来たりして、お茶を飲んだり、将棋をやったりして、ゆったりと過ごしていた。

山の麓の、高さおよそ五尺（約一・五メートル）の石碑の前で、みんなが足を止めた。祖父徐名が建てた墓誌であった。「奠」の一字が大きく、一番上に刻んであった。その下に、

「……維、徐氏一族、始於伯益、乃夏王朝東夷盟主皋陶之子、禹王之弟也。助禹王治水之功、封泗水ため徐国君主。周穆王時、規制諸侯、禁逾制称王。徐三十二代君主徐迫治国行仁義、地方五百里、有三十六国進貢朝見、並称偃王。穆王怒伐徐、殺偃王於徐山。偃王子孫四散各処。……偃王二十一代孫徐名謹題」（訳：徐氏一族は、伯益の代から始まり。益は夏王朝東夷の盟主皋陶《こうよう》の子、禹王の弟也。禹王治水を助けた功労により、泗水《しすい》徐国の君主に封じられ。周穆王《ぼくおう》の時に、諸侯に対する規制が厳しく、領地を勝手に増やさせず、自ら王と称することも禁じた。徐国三十二代君主徐迫は、治国に努め、仁義を重んじ、領土は五百里に達した《この時の周王の土地は方九里という》、徐国に朝見進貢する国も三十六に及び、徐迫は偃王《えんおう》と称した。穆王は怒って、徐国を討伐し、徐山にて徐偃王を殺害した。偃王の子孫は、みんな各地へと散っていた……）とある。

徐福はこの徐氏興亡の碑文をよく読まされた。徐一族の悲しい歴史を振り返るとき、徐福の胸にい

つもジーンとくるものがあった。

石碑の前で、父徐隆は先に一礼して、線香の束に火をつけ、徐訓はそれをうけて、静かに香炉に挿した。徐福は両親の後に並んで拝礼し、みんなと一緒に静かに手を合わせた。すると、突然、母が泣き出して、続いて、徐坤と高紅もすすり泣き始めた。それぞれの胸に溜めていた思いが、一気に噴出した。

「俺の墓はどこになるだろう?」徐福は一瞬そんなことを思った。彼はしばらく立ちすくんだ。

「おやじ、どうされました? いずれ、みんながここの墓地で集まるでしょうね」長男の徐訓の言葉に、徐福はそのまましゃがみ込んだ。涙を拭きながら、「そうだな、そうだな」と答えた。

高仁の先妻、高紅と高良の母である金怡の墓が近くにあった。高仁はいずれこの隣山に高家の墓を造るとみんなに言ったが、結局、高仁の思いもかなわぬ夢となった。

一同は金怡のお墓に線香を上げた後、夕食前に村に戻った。

三、宰相李斯

翌日、徐福は徐訓を連れて、周辺の徐家親族のあいさつに出かけた。徐阜村、趙湖村と徐山郷の後、徐山郷附近の徐店村、徐青墩村、徐康邑村、徐接荘村など、金山鎮一帯の徐家湖村、徐家圩、徐家河村と少し南外れにある徐荘村《じょそうそん》、徐莒洲村《じょろすそん》など合わせて大小十以上の村を一気に回った。

七月二十六日、徐福は康泰、石大年と御者一名を連れ、馬車で都咸陽へ向かった。五日目、八月一日の夕方、四人は洛邑《らくゆう》（洛陽市）の南関門を潜り、九都路を通り、西苑の近くにある「迎客楼」という小さな宿に泊まった。徐福はここで、じっくりと明朝の拝謁のことを考えた。また、始皇帝の謁見や趙高との遭遇も予想したが、とにかく、李斯宰相に相談してから決めることにした。

翌朝、誰かが徐福の部屋を訪ねてきた。康泰は出てみると、そこに徐信が立っていた。先日康泰の報告を受けた後、宰相は近々大使が来ると推測し、事前に啓封（開封）、新鄭（鄭州）、洛邑（洛陽）の宿を調べるように命じられたという。つぶさに宿を調べ、徐福一行の所在を突き止めた徐信が、訪ねてきたのである。

徐福一行は、徐信の後について、隠密に宰相府に入った。

「琅邪郡方士徐福参見いたします。宰相のおかげを持ちまして、徐福は東渡し、事なきを得て、無事帰国いたしました。ここに、宰相にごあいさつ申し上げます」大声を上げ、徐福は李斯に拝礼した。

「徐福殿、よく帰って来てくれた。ご苦労だった」李斯は、「本当に徐福なのか？」と確かめるように、目を細めて徐福を見た。

徐福は、手短に東渡の経緯を説明し、三百数名の渡航者のうち、二百名以上が遭難し、連れて帰ってきた者は、わずか五十数名しかなかったことを、涙ながらに報告した。李斯は丁寧に聞いて、うなずいた。遭難の話を聞いた時、目を閉じ、長いため息をついた。

「苦労を掛けたな」と小さな声で答えた。

「宰相大人に、わずかながら、ご当地のお土産を持参して参りましたので、ご笑納いただければ、幸甚でございます」康泰と石大年が、二つのお土産箱を運んできた。徐福は印のついた箱を開けた。

「宰相大人、こちらは宝石類でございます。馬韓の紫水晶、蓬莱島の青い水模様の瑪瑙《めのう》、碧玉、純緑の翡翠と血赤の真珠。こちらは、毛皮類。狐、うさぎ、大山猫と川獺《かわうそ》の毛皮です。そしてこちらは、食用の品々でございます。馬韓ののり、蓬莱の明太子と干しアワビでございます」

「ありがとう、ありがとう。おー、狼の皮か？　こいつは寒さに強いのだ。大変ご苦労であった。ところで、肝心な薬は少し手に入ったか？」宰相の関心はこちらだった。

「畏れながら、ご期待に添えずに、申しわけなく存じます。不老不死の薬があると聞きましたが、蓬莱の仙人からは頂けませんでした」徐福は間を置いた。

「そうか？　その人たちは、どうして不老不死の薬をくれなかったのか？　その理由は？」李斯はじっと徐福の顔をみて、首をかしげた。

「手土産が少なかったのが原因です」徐福は下向きに声を下げた。

「まず、五百名の童男童女を連れてきてほしいと言われました。そして、金銀財宝や、牛馬と絹布なども要求されました」徐福はゆっくりと説明した。手の汗を拭き、箱の一番下にある小箱を取り出した。「これは、現地で採った薬草でございます。華夏のものに似たものばかりでございます」

徐福は薬草を横に並べ、それぞれに木簡をつけ、名称、効用などの説明を書き記した。魚腥草《ぎょせいそう》（和名：ツルドクダミ、何首烏）、竜爪花《りゅうそうか》（彼岸花、ハマユウ）、杜鵑花《とけんか》（シャクナゲ、石南花）、款冬《かんとう》（黒蕗）などと。

「これは不老不死の薬じゃないだろう？　困ったな」李斯は言った。「陛下が激怒されるのではないのか？」両手を揉み始めた。「本当に、命取りになるかもしれないぞ。どうする。陛下に謁見するつもりか？」李斯は困った様子で徐福を見た。

「ハー」徐福の口は重かった。

「もう、良い」何か覚悟したように、李斯は徐福に近づくように手招きした。

徐福はひざまずいたまま、前に進み、李斯の足元にたどり着いた。李斯は、右隣の椅子に座れと合図した。立っていた徐信は、椅子を徐福の傍においた。恐る恐る徐福は頭を下げ、椅子の縁に腰を掛けた。

「みんな、しばらく下がってくれ！」李斯は命じた。

李斯は椅子を徐福に近づけ、徐福の肩をたたいた。「すまなかったな、徐福。わしのために命がけで、よくぞ東渡を果たしてくれた。調べたところ、趙高がいろいろとたくらんでいたようだが、殺されなかったことはなによりじゃ。船を沈められそうになったことはなかったのか？」

一瞬、大石の顔が徐福の脳裏に浮かんだ。船の座礁について、高良は何度となく、大石の存在が腑に落ちないと言ったことを思い出した。

「康泰、ちょっとこい！」徐福は康泰を呼んだ。「大石を見送った時、奴から話はなかったのか？」

「あー、あのー」康泰は困った様子。

「宰相の前だ。はっきり言え！」徐福は声を上げた。

「実は、大石さんは誰かに命じられて、大使を陥れようとたくらんでいたそうですが、大使はいつも親切で公平にみなを扱ってくれまして、大使の人格に感化された彼は、自分が大使を裏切ったように思いました。船座礁の一件についても、すべて彼の仕業だと言います。大使のことを案じ、途中で思いとどまったのです。何回か、大使の許しをいただきたいとも言いました。そして、次東渡する場合、必ず大石の友人と名乗る馬韓の人が大使を訪ねてくるが、彼は東渡航路を進言するためにきたというのですが、聞いた振りをするだけでいいです、彼の言うことは、すべてワナですので、絶対に信用してはなりません、と言いました。これが全てです」

「なぜ？」徐福は腹が立った。

「大石は、大使に言わないでほしいと、何度も念を押しました。そして、再度の東渡になった時に、大使に伝えてくれとも言われましたので……、本当に申しわけございませんでした」康泰がひざまずいて、頭を地につけた。

「やっぱり、趙高は大石を使ったのか。徐福殿、それでも、再び東渡をするつもりか？」李斯は徐福に聞いた。

「前回は宰相の命令でしたが、今回は、自分の意志だけでも行きたいと存じます。ぜひ、機会をいただきたいと思います」徐福は頭を下げた。

「向こうに、意中の人でもいるのか？」李斯は言葉を濁した。

「いいえ……。みんな仙人ですので……」

「仙人？　本当に仙人か？　先ほど、その人たちはどうして不老不死の薬をくれなかったかと聞いた時、徐福の口から仙人という言葉を言わなかったぞ。違うか？」李斯は冷ややかに笑った。

徐福は息をのみ、一言も言えなかった。

「しまった！」と一瞬に思った。「康泰、下がれ！」徐福は動揺し始めた。

「その人たちのこともあろうが、わしも、そなたにもう一度東渡をしてもらいたい」意地悪そうに李斯が言った。「わしはあきらめていないぞ！　使ってない金は、大分残っているはずだ。それをそなたに預ける。琅邪からいつでも出発できるように、ひそかに、速やかに船と人員を用意しなさい」李斯はしばらく考え込んだ。

「今度の東渡は、新天地を開拓するつもりで行って来い。ここから脱出するのだ」

思わず李斯の言葉に、徐福はがく然とし、息をのんだ。

李斯は明らかに憔悴《しょうすい》している。眉をひそめる李斯の顔には、たくさんの小じわが寄っている。

彼は再び重い口を開いた。

「陛下は、数回の暗殺未遂に遭って以来、小心者になり、人間も変わった。それに付け込んで、趙高は巧みに盧生と候生を使い、陛下に『真人』になるために、日頃みんなに顔を見せないようにと吹きこんだ。陛下は地下に作った宮殿間を行き来しておられる。実に荒唐無稽な話だ。陛下は群臣に接触せず、すべて趙高を通して、聖旨を伝えるという異常な施政は、国を徹底的に衰弱させている」李斯の手が小刻みに震えている。「これからは、陛下の忠臣と側近が、一人また一人と消されて行く。そのうち、わしもだ……」李斯は目を閉じた。「わしは、陛下とこの国のことを心配している」宰相の目に涙……。


徐福らに食事をとらせた後、李斯は優しい口調で徐福に声をかけた。

「陛下への拝謁をやめたまえ。少しでもご機嫌が損なうと、命取りになりかねないから、代わりにわしが何とかうまく報告する。そなたはそのまま、琅邪へ戻りなさい。趙高の魔の手に重々用心してくれたまえ……」穏やかな李斯の顔に寂しさと無力感が漂う。

夕刻になった。徐福一行は、徐信の案内で都を出た。都から十里（約五キロ）ほどのところで、徐福は咸陽城の方に深く一礼をして、徐信と別れた。黄土高原の冷たい秋風が落葉と黄砂を巻き上げ、音を立てて、徐福の頬をかすめた。霧のような黄砂の中に、咸陽城は朦朧《もうろう》と姿を消した。

四、造船に力を注ぐ

史記の秦始皇本記第六には、「三十年（西暦前二一七年）、無事」と記されただけであったが、徐福一行はこの年の十月から、慌ただしい日々を送っていた。

徐福は都から徐阜村に戻る途中、琅邪の石家村に寄り、オカ、クマ、関、原と包成らを呼び、近況を聞いた。オカ、クマと包成は、それぞれ小船一隻を任せられ、川で内陸の運送を始めた。関と原は、造船場が所有する大型帆船で、海運に励んでいる。東渡で鍛えてきたこの五人は、趙寛の息子趙明の下で、楽しくやっていると聞いて、徐福は安心した。

「明、よく頑張ったな」徐福は初めて妹の息子趙明と二人きりになり、食事をしながら、造船場の経営のことを聞いた。

「造船場を処分するという李斯宰相の話は、どうなった？」徐福は一番の関心事を口にした。

「今のところ、何も聞いていません」趙明は答えた。「中央直属のこの造船場の経営に当たり、毎年八〇万両の上納金を要求されています。われわれから見ると、粗利（粗利益総収入）に対して五割以上の上納金です。一年間精一杯働いても、手元の残りはわずか五〇万両くらいです。本当にきついです」

明はすらすらと造船場の現状を説明した。

「この造船場の経営について、調達関係は全部張慈叔父さんに任せておりまして、残りは、すべて橘《きつ》毅《ぎ》お爺さんが采配しています」趙明は話し続けた。

「橘？」徐福は聞いた。あの天竺まで一緒に行った橘弘の親のことかと、一瞬に思った。

「はい。橘弘叔父さんの父親の橘毅おじいさんのことです。弘叔父さんの甥子、立強《りっきょう》はうちの妹 玉《ぎょく》芳《ほう》の旦那です」

そうか、俺の知らない間、いろいろなことがあったようだ。

橘弘が徐福と一緒に東渡に出た後、趙寛は造船場経営の経験をもつ弘の父橘毅を呼び、引退した高良の父高仁の後に、大番頭として、一緒に造船場を経営するようになった。弘の従兄弟の子立強も同じ造船場で働くようになり、後に、趙明の妹玉芳と結婚した。こうして、趙家と橘家は親戚となった。

移り変わる故郷のことも、二年余りの月日が長かったようだ。

その晩は、石家村で泊まることにした。徐福は趙明に橘桓、張慈、オカ、クマ、関、原と包成を集め、九人の現場会議を開いた。

始めに、関と原が、海運の増便を提案した。

橘は河運については、貨物船と客船を両方運営すれば、利益がもっと出るだろうと話した。

「明は何を考えている？」徐福は趙明に聞いた。

「僕はこの造船場を一つの大家族のようにしたいと思っています」若い趙明は顔を輝かせた。

「明、良いことを言うな！」橘と張慈が叫んだ。

「張慈、おまえの話を聞かせてくれ」徐福は張慈に言った。

「俺？　俺の調達は、物を買って、みなに渡すということだから、俺のところには、まったく利益が出ない。できることなら、この調達部門も、独立採算のできるようにしたい。もちろん、みなの注文を第一にするが、関連のある安い目玉商品を仕入れして、少し高値で売れば、いくらか利益が出てくる。本当のことを言うと、俺も少しは儲けてお役に立ちたいのだ」意外と重い話題だった。

「慈はみんなのために、よく走り回ってくれた。慈はもっと自分の力を出したいだろう。有難い話じゃないか」徐福は答えた。

単なる食事会だったが、一人一人の考えていたことが聞けて、思いがけない実りのある会合となった。酔いつぶれた者が、一人また一人と帰っていった。徐福は木簡を取り出して、この会合の議事を整理し、書き残した。

五、密かに東渡の用意

その翌日、徐福は趙寛の家にいた。応接間で趙寛、高良を呼び、昨夜の会合のことを話した。

「福兄、ありがとう」趙寛は言った。

「これから、みんなと月に一回くらいの打ち合わせが必要だな」

「福兄、肝心な金はどうする？」高良はやはり現実的だ。

「そうだな、事前に李斯宰相の了承をもらったから、東渡に残した金を使おう！　河川運送、海運、調達まで、ひととおりやり直そう。目立たないように、速やかにやってもらいたい」徐福は顔を紅潮させた。

この三人の打ち合わせを境に、造船場の動きが目まぐるしくなった。

まず、対外的には、経営の全体像をぼかすため、造船場を一店舗から、四つの店舗に分けた。金山という共通の名前を付けた。

グループ総本部金山琅邪船渠、総経理は趙寛、運送関係は、すべて高良の指示に従う。

本部の組織は、

(一) 総本部直轄の造船場には、高良総経理と趙明副経理を置く。帆船五隻所有。

(二) 直轄海運部経理は徐連担当、六隻大帆船で業務に遂行する。

(三) 直轄河運部経理は橘立強担当、河船九隻、三船団で行動する。

一、金山商行の経理は張慈、本社は彭城（徐州市）に置く。調達を担当する。

二、金山河運商行は柳向隆を経理とし、河船十隻を運行。

三、金山海運商行は橘弘が経理とし、帆船十六隻を運行。河運商行と海運商行の本社は会稽《かいけい》に置く。

それから、二カ月後に、徐福は、徐皐村から六組、趙湖村から七組の既婚家族を呼び、新居を与えた。

年が明けて、石家村の住宅は完成した。徐福はすぐ斉、魯、趙と韓各国に帰郷した乗組員の全員を呼びもどした。

琅邪の実家の造船場には、護衛十名をつけ、徐福と趙寛の住居にもそれぞれ五名の護衛をつけた。

二十名の護衛の隊長は康泰、徐福の護衛を兼務する。造船場の十名の小隊長は石大年に命じ、趙寛自宅護衛担当の小隊長は橘弘の教え子である孫玉発《ぎょくはつ》に決めた。

嬴政三十一年（西暦前二一六年）、隠居した徐隆と趙豊は六十四歳、高仁は六十三歳になった。戦乱から這い上がったこの二代目三人の男は、雑草のように、この金山鎮で根を下ろし、今はみな大所帯となり、町の支えにもなった。振り返ってみれば、やはり平和が何よりだ。

一月三日夜中の丑の刻（夜中二時）、南大門西側の馬屋、車庫、倉庫あたりに、十数本のたいまつが投げ込まれた。火柱が立ち、倉庫周辺は火ダルマ状態となった。

幸い、夜中にトイレに行った趙寛が気付き、みんなを起こして、早いうちに鎮火したが、馬車一台焼け、馬屋の扉が焦げてしまった。飼料の草が一番よく燃えて、倉庫の天井が焼け落ちた。火は消えたものの、庭中に走りまわる十数頭の馬を捕まえるのに、朝方まで時間がかかった。

卯の刻（六時）、趙寛は孫玉発がいないことに気がついた。火事があった時、孫玉発は、いち早く馬に乗って、南門から出ていったのが見えたが、二刻が経ったのに、まだ帰って来ない。

趙寛が南門から出て、野次馬らと言葉を交わしていた時に、孫玉発が帰って来た。馬の上にもう一人横たわっている。

「旦那様、遅くなり、申しわけございません」孫は拝礼して、馬から男を下ろしたが、その男はすでに死んでいた。「今回の火事は、魯の国の『両和会』の仕業です」孫は死んだ男の腕を巻き上げた。

その腕には鮮やかな『×』マークの入れ墨があった。

「どういうことだ？」趙寛は聞いた。

「火事があった時、私はいち早く馬に乗って南門から出ました。そこには、薄暗い所に七、八人の一団が見えました。私はすぐ追い駆けましたが、こいつが、一番後に残り、私を阻もうと向かって来たのです。こいつは私に目掛けて、矢を撃って来たのです。私は師匠（橘のこと）から教わった手投げ矛を至近距離で投げました。こいつは、右腹を抑えながら馬から落ちました。もう命がないと直感しました。その時、こいつから、『両和会』のことを聞き出したのです。彼の話だと、都から二人の大男が大金を持って『両和会』を訪ねてきて、頭領に趙湖村と琅邪を襲うように頼んだそうです。

私は十八歳の時に、同じ村の先輩に誘われ、『両和会』に入りました。魯の国の曲阜《きょくふ》の南十二里（六キロ）に、九竜山摩崖《まがい》で『両和会』の集まる場所があります。そこは、周辺数十名の若者が武術を習う塾です。地縁と血縁を合わせて、名付けた『両和会』は人を傷つけるような事は一切しなかったのです。その後私は斉の兵隊に入りました。会を離れて、七、八年にもなりますが、まさか、このような形で『両和会』の後輩と出会うとは思いませんでした」孫は声を枯らした。

「よく分かった。早くこの者（遺体）を連れて、県府に届を出してくれないか？　そして、この者を葬ってやれ」趙寛は孫玉発の背中を擦った。

「おい、矢がまだ服に刺さったままだぞ。深く入ってないから、早く、傷を見てもらえ！」手当てをすませた後、孫玉発は事件の報告を整理して、県府へと出発した。

この火事の一件を境に、みんなの警戒心も高まり、それぞれの持ち場にも護衛を増やし、皆に武術を習わせることにした。この年は無事に過ごし、仕事も軌道に乗り始めた。

嬴政三十二年（西暦前二一五年）春、徐福の母が亡くなった。六十七歳だった。母は趙家の出身で、趙寛の曾祖父の従姉の孫娘に当る。徐家と趙家は、母のおかげで、家族のように親しかった。徐家は薬屋のほかに、塾や占いの収入で賄っているが、安定した収入はなかった。困った時に、母はよく趙家に走って、援助を頼んだ。母も、先に立たれた祖母と同様、いつも子供に笑顔を見せた。言葉の少ない母は、常に父の影にいた。母の葬式は三日続いた。徐阜村から、徐山祖墳（先祖の墓地）のある徐山郷まで、案内幡を先頭に、長い行列が続いた。およそ四十里（約二十キロ）の路程は半日をかかった。

母の葬式の後、徐福はすぐ高良を呼び、「明朝卯の刻（六時）に、海人の何勇《かゆう》を呼んで、一緒に東渡の航路を確かめたい」と話を持ちかけた。

翌日、三人は徐福の馬車に乗り、琅邪港（今の膠南港）へと急いだ。趙寛の船を出して、何勇は近くの村から櫂と帆を扱う水手を十六人集めた。何勇は琅邪港から、二十日ほどで佐嘉（佐賀）と川副《かわそえ》までは行けると言った。川副という地名を聞いた途端、徐福は目が覚めた。

念のため、徐福は八卦（占い）で使っている司南（羅針盤）の使い方も確かめた。

「良、まず帆を使わずに、櫂で船を動かしてみよう」徐福は高良に声をかけた。彼は取り舵一杯（左向き三十五度）の指示を出した。

東南東にぴったり針を合わせた頃、海上から琅邪港が見えてきた。

高良がきた。「兄貴、帆を使おうか？」

「そうしよう」徐福はうきうきし始めた。

西の風に吹かれて、船は東南東へと衝き進んだ。海岸近くの潮が、小回りしているようだ。その小回りの流れを通り過ぎると、海面にさざ波は見えなくなった。静かになったと思うと、波長の長い波が船を上下六尺以上の高さに持ち上げて、再び海面にたたきつけた。高良が来た。

「兄貴、もう南南東に針路を変えよう！」

「どうして？」

「南の大潮（黒潮）が来るから。あれにのまれたら、大変なことになる。南南東か、東かに針路を変えよう」高良は言った。

徐福は前の帆柱に行き、操帆者に、シート（帆脚綱）を引っ張らせた。

「それはいかん！　早くシートをひけ！」高良はもう一方のシートを引くように叫んだ。大潮がドッと南から流れてきて、船は見る見るうちに、北方向へと押された。

「おーい！　何勇、北西へ舵を取れ！　取り舵（左舵）一杯だ！」高良は海人何勇にも指示を出した。

みんなは潮をかぶり、三人ともずぶぬれになった。

「何勇、西北西へ針路を変えろ！　早く琅邪に戻るのだ！」高良は同じことを何回も叫んだ。徐福と高良はシートを緩めさせ、前後のタック（隅索、前引き用）を引いた。

「舵中央、そのままいけ！」高良はブレース（操桁索：向き変更用）で向きを変えるように指示、これで大潮にのまれることを避けたが、船は思うように進まない。船上の十三人は黙々と作業し続けた。

未の刻（午後二時）を回った頃、やっと陸が見えた。琅邪から大分北に流され、膠南（青島）あたりの海上のようだ。落胆した皆の顔が真っ青になっていた。放心状態のまま、皆黙って櫂を漕ぎ、船はゆっくりと琅邪港に戻った。

徐福と高良は何勇らと別れて、夕方にそ知らぬ顔で徐福の家に戻った。すでに酉の刻（午後六時）を回った。二人はぶらりと趙寛の家へ足を運び、趙寛と三人の酒盛りが始まった。理論派の趙寛の、造船や運送に関する自慢話が始まったが、疲れた二人はすぐ寝てしまい、趙寛の家に泊まった。


母が亡くなった一年後の嬴政三十三年（西暦前二一四年）に、父徐隆も母の後を追うように六十六歳でこの世を去った。その直後の九月に、長年病床で寝込んでいた趙寛の父趙豊も他界した。

この年の冬は、いつもの年より寒かった。徐福は趙寛からもらった火鉢に火を入れた。

「福兄、珍しいな。のんびりしているじゃないか?」趙寛がきた。手に持った果物を徐福に渡した。「会稽（紹興市）からもらった茘枝《れいし》だ。食べてください」

「オー、ありがとう。まあ、掛けて」徐福はオンドルの席を指した。「元気でやっているか?」

「元気、いつもの調子だ」寛は答えた。「転附の航海は惜しかったな。あの時、なんで戻された?」

「あ……、去年のこと？　あれは波に負けた。櫂を扱う水手がよく頑張ったが、やはり、あの波に逆らえなかった」

「福兄はもう一度東の海を渡るつもりだろう？」寛は聞いた。

「そうだな。宰相の命令一つだ。行けと言われれば、行くしかないだろう」

「そうなら、訓に嫁を探して身を固めさせてやらないと、落ち着かないぞ」寛は素直に徐福に言った。

「当てがあれば、いいが……」

「当てなら、幾らでもある」趙寛は自慢げに笑った。「ついこの前、知り合いの塩商と話したら、向こうから、いい男がおれば紹介してくれと頼まれた。固い家柄だし、娘は今年で確かに二十二になるが、訓より四つ上、なかなかしっかりした娘だぞ」

「寛が言うなら、間違いないだろう。一度、一緒に訪ねてみようか？　俺も早く片付けさせてやりたいのだ」


徐福は趙寛と一緒に、転附（煙台）の塩商李志国《りしこく》の家を訪ねた。転附港に面した丘に、立派な屋敷があった。三代目の李塩商は、徐福と同じ午年《うま》、娘は李玉梅《ぎょくばい》といい、やはり、趙寛の言った通り、しっかりした娘のようだ。

その後、徐福は塩商李志国を招き、雑談を交えて、徐訓の婚約について確かめた。事前に趙寛からの紹介もあって、李塩商は快く承諾した。

結納はその年の十二月に済ませ、翌年一月に十八歳になった長男徐訓と李玉梅の婚礼は盛大に執り行われた。婚礼の参加者は、塩商の一族、徐家の一族と親戚、知人、要人を入れて、およそ二百人もいた。お正月並みのにぎわいが始まり、ラッパや太鼓の音が街中に鳴り響き、爆竹の音が夜中まで続いた。徐福は息子の婚礼に大喜びの余り、趙寛、高良らと一晩中に飲み続け、笑い声が絶えなかった。

翌年の十一月に、徐訓に息子が生まれた。徐福は初孫に、徐珍《じょちん》と名付けた。

十二月になって、冬は一段と厳しくなった。風邪がこじれて、急性肺炎になった高良の父高仁は、六十五歳で息を引き取った。金山鎮二代目の仲良し三兄弟は、この一年で相次いで他界した。

六、焚書坑儒（書籍を燃やし、儒者を穴に生き埋め）

嬴政三十三年（西暦前二一四年）、秦は万里の長城を増築し、西北の匈奴《きょうど》を追い払い、四十四県を設置した。

翌西暦前二一三年、北方胡人に大勝した祝賀会の席上で、斉の博士淳于越《じゅんうえつ》は秦始皇帝に、「商殷時代から、続けてきた分封諸侯制により、朝廷のために、諸侯は多大な貢献をしてきた。今、実施している中央集権の郡県制度では、いざという時、諸侯は中央政権よりまず先に自分を守ろうとすることになり、孤立した朝廷の安泰が憂慮される」と進言した。

同席していた中央集権の立案者である宰相李斯は不快感を覚えた。彼は郡県制の重要性を強調した。

今までの歴史は、諸侯割拠、小国林立の中、分封諸侯により華夏は形骸だけの統一であり、大国を中心とした、いくつの国家（諸侯）による同盟に過ぎなかった。また、華夏時代から、統一した貨幣も、文字も、度量衡や道路までもなく、諸侯間の争いは数百年も絶えなかった。今は、華夏の国土はすでに統一し、貨幣、度量衡、文字、道路も統一した。安定した政治、安定した国家をこれから造ろうという時期に、逆戻りの分封諸侯はもっての外だと一蹴した。

さらに、李斯は、より統一した思想と文化を樹立するために、書物なども、統一して管理する必要があると、始皇帝に勧めた。

その趣旨（主旨）とは、

「個人が所有する秦以外の史書については、すべて没収または焼却するものとし、皇室蔵書庫ならびに専門家の博士以外の蔵書は一切認めないものといたします。次に、農、医、占星術、占い以外の、詩書、諸子百家の書籍などは、もちろんすべて焼却いたしますが、これも、宮中と博士は例外といたします。そして、違反した者には厳罰を処することといたします」というものであった。始皇帝は李斯の献策を了承した。

博士淳于越の分封諸侯話により、思いがけない災いを招く結果となった。李斯の郡県制と淳于越の封建制は、正に現政権擁護の後王思想と古い政治を擁護する先王思想の対立を如実に反映したものだった。

また、『呂氏春秋』の編集に携わる多くの学者は、相国呂不韋《ろふい》亡き後、みんな手の裏を返し、相国の悪口を公然と言い始め、呂氏春秋まで否定するような批評が続出した。恩人、師匠呂不韋を裏切った学者たちを、李斯は許せなかった。

さらに、李斯が小篆書体を推奨することにも、学者らは、一々文句をつけ、古来の「大篆」や、「金文」がよいと猛反対した。

積み重なった一連の対立は焚書を早めた。

怒り心頭の李斯は焚書を始皇帝に勧め、断行した。焚書は民間の個人蔵書を対象としたものであった。宮中の書物や博士らの持つ書物は焚書の対象外であった。特に貴重な古典はすべて李斯の命令によって、ひそかに皇室蔵書庫に運ばれ、ばく大な書物はきちんと書庫に収蔵されていた。

反乱軍項羽が都咸陽に入り、宮中に火をつけた。この大火の中、多くの貴重な書物は灰と化した。焚書は李斯が勧めたが、実際、実行したのは項羽であった。

その後、反乱軍劉邦は、蕭何《しょうか》に命じて、内々に、法律関係の経典を運び出して、都を去った。その大量の経典が、後の漢王朝や中国歴代王朝の立法の礎となった。

焚書の嵐の二年間、徐福はよく李斯の書斎に通った。

焚書の騒ぎに続き、さらなる恐ろしい政治の嵐が吹き荒れた。

事の発端は、すべて燕出身の盧生《ろせい》という一方士のウソによるものだった。

始皇帝政三十二年（西暦前二一五年）、始皇帝は方士盧生に仙人の羨門高《せんもんこう》を探せと命じたが、羨門高が見つからなかった盧生は、始皇帝の命令を逸らすために、「亡秦者胡也」(秦を滅ぼすのは胡也)という刻石を発見したと報告した。それを信じた始皇帝はすぐ将軍蒙括《もうかつ》に命じ、三十万兵を連れて、北の異民族「胡」を討伐し、河南を手にした。

二年後(西暦前二一三年)の春、始皇帝は再び盧生を呼び、不老不死の薬を探せと命じたが、薬を見つけられなかった盧生は、「陛下は、不老不死の薬を探すより、真人になればいいのです。そのために、まず、自分の居場所を人に知られないように行動することです」と始皇帝に進言した。これも信じた秦の始皇帝は、二百数カ所の宮殿に復道と甬道《ようどう》(石畳みの道)を作り、行幸や居場所を隠し、自分の居場所を人に知られないようにした。そのために、日頃の施政では、始皇帝からの聖旨は、すべて宦官趙高を通じて、宰相李斯に伝えられる形で実施していた。趙高はいち早く、盧生のたくらみを見抜き、それを自分の都合でうまく利用した。この頃に、阿房宮と驪《れい》宮が作られ始めた。

この年の秋、始皇帝は、三度盧生を呼び、不老不死の薬を探すよう催促したが、言い訳ができなくなった盧生は仲間の候生と一緒に雲隠れした。彼は「……始皇帝は、強情な性格で、監獄官吏を重用し、厳しい刑罰を好む。……なぜ、われらは、彼のために不老不死の薬を探さなければならないのか?……」と秦の始皇帝の悪口を言いふらした。うわさを耳にした始皇帝は、激怒して、すぐ盧生と候生を捕まえるように命じたが、盧生らは見つからなかった。

始皇帝は、盧生が儒学者だと察知していたから、直ちに儒学者ら四百余人を集め、逐一尋問し、盧生の行方を聞いた。みんなは死を恐れ、知らぬと口々に答え、互いに中傷や誹謗《ひぼう》を繰り返した。その後、五十数名の錬金術士占い師も呼び、盧生らの行方を占ったが、彼らも居場所を当てられなかった。始皇帝は皆に、錬金術で本当に不死の身になるのかと迫ると、錬金術士たちは不死の身になると答えた。あきれた始皇帝は、方士と錬金術士らを処罰するように趙高に命じたが、どう処罰するかについては、言及していなかった。

趙高はかつて盧生を利用して、始皇帝に金粉の食用を勧めた。彼にとって、盧生とのつながりが命取りになるかもしれないと心配していた。できるなら盧生も一緒に処罰したいところだが、その盧生はここにいない。根こそぎ儒者らを処罰すれば、盧生がたとえ生きていたとしても、二度と表に出て来ないだろうと、趙高はもくろんでいた。彼は始皇帝の命令として、宰相李斯に儒学者らを生き埋めにすると伝えた。

四百六十余名の儒学者、方士と錬金術士らは、驪山馬谷《りざんばこく》に集められ、二十数カ所の天幕の中の机を囲み、古今東西の天下大事を論じるようにと命じられた。儒学者らが弁舌をふるい始めた矢先に、突然、四方八方の山から、雹《ひょう》のように大きな石が天幕に襲いかかった。阿鼻叫喚《あびきょうかん》の中、儒学者らは生き埋めの刑に処せられたのである。これが坑儒である。

徴兵、服役に加え、この焚書坑儒は人々の心を震わせ、秦の暴政に対する怒りが益々高まった。

この頃、再度東渡を計画している徐福は、資金集めに奔走している最中だった。その矢先に、父の塾で一緒に学んだ学友の付浩《ふこう》が咸陽に連れて行かれた。後に儒学者、錬金術易者四百六十名がみな生き埋めにされたと耳にした時、徐福は、涙を流しながら、ぼう然と立ちすくんだ。

徐福の脳裏に、弁論に長じる付造の優しい顔と巧みに空論を弄《もてあそ》ぶ盧生の姿が目に浮かんだ。俺はこの二人とは知り合いの仲だ！　俺も危ないのではないか？　徐福は冷や汗を流し、おびえ始めた。

徐福は一人で書斎に閉じこもり、八卦《はっけ》占いを繰り返したが、なぜか吉が出なかった。眠れない日が続いた。三、四日のうちに、彼はめっきり痩せてしまった。

そして徐福は何か覚悟したかのように人が変わった。彼は書斎で書物などを片付け始め、琅邪造船場にも、頻繁に足を運んだ。彼は高良と橘弘らを呼び、建造した二十数隻の帆船を逐一確認させた。

七、高紅が逝く

嬴政三十五年（西暦前二一二年）春、徐福家にて祖母の三十五回忌を催した。亡き祖父徐名と一緒に一族を連れて、この琅邪郡に移ってから、徐家一家の家事を一人で支え、祖母は大変苦労した。そんなつらい日々の中、祖母は子供に対して笑顔を絶やさなかった。祖母は花が大好きで、南窓際の花棚にいつもきれいな花が咲いていていた、昔話や謎々などの遊びもよくしてくれた。

それはある日こと。「この謎がとけたら、ご褒美をやるよ」と祖母は子供らを呼んだ。

「上有可耕田、下有可洗川。
兩月並相出、三山似倒懸」

（上に耕す田があり、下に洗濯できる川がある。

二つの月が並んで出て、三つの山が逆様に懸けている）

みんなが静かに考え込んでいた。

「はい、はーい！　分かった、分かった！」

頭の良い趙寛が声を上げた。

「それは『用』という字だ。ばあちゃん、ご褒美をおくれ！」両手を上げて、喜んでいる。

「なんで分かったの？」

祖母は聞いた。

「上に田、下は川だから。上と下をつなげたら、『用』じゃないか？　それに、用の真ん中から縦で割ると、月二つだろう。三つの山を逆さまにすれば、それも用だね？」

趙寛は嬉しそうにしゃべりながら、手を出して、祖母から、アメを三つもらった。ほかの子らも、一つずつアメをもらった。そして、みんながアメをなめ、笑いながら散っていった。趙寛は謎々が得意だった。

あの祖母の笑顔が忘れられない！　今でも、幼年時代の思い出は、鮮明に記憶に残っている。ああ、祖母が亡くなって、もう三十五年以上になるのか。

翌年、嬴政三十六年春が終わりを告げる前に、趙寛の叔母、高仁の再婚妻趙珉《ちょうみん》が六十七歳で亡くなった。高紅と高良が、本当の母のように慕っていた趙珉であった。二人は「母さん！　母さん！」と叫びながら、大声で泣いた。特に高紅は、気絶するほど泣きやまなかった。趙珉より二歳年上の趙豊は、魂を抜かれたように、妹趙珉の亡骸から離れなかった。

「珉よ、いろいろと、すまなかったな。おまえは兄貴の俺より先に逝ってしまって、あまりにもひどいぞ」

棺桶をたたきながら、一人で亡骸に声を掛けた。趙家と高家の両家の葬儀になり、趙寛の広い庭には、人が一杯集まった。出棺の時に、高良は掘った穴に棺桶を入れさせないように、穴の中で立ちはだかった。周りからすすり泣きが響いた。

夏になって、長女徐燕の結婚式が行われた。娘婿は徐福の友人張慈の長男張敬である。もともと、徐燕と張敬は幼なじみだったため、徐福から張慈に結婚の話を持ちかけた時、張慈は大変喜んだ。

「ぜひ、お願いします」深々と頭を下げてくれた。

しっかり者の徐燕は張家の人気者だった。親同士も、本人同士も、親族の人らも、みんな心から喜んでくれた。商売の都合もあって、張敬と徐燕は住まいを、海近くの青口（今の贛楡鎮管轄）に構えた。徐阜村までは約二十八里（およそ十四キロ）と近かった。

晩秋になり、気温が下がり、風も冷たくなった。以前から患っていた高紅のせきが段々ひどくなり、血のにじんだ痰をはき始めた。徐福はうすうすと癆《ろう》病（結核）ではないかと感じていた。徐福は薬や偏方を使い、手を尽くしたが、いずれも効かなかった。この時代に、癆病に関しては、特効薬はなく、不治の病と恐れられていた。それでも、徐福はずっと高紅の傍にいた。焼いた赤大根を食べさせたり、煎じた薬を飲ませたりしていた。痰が一杯になった痰壺を日に三、四回も外へ運んだ。

「ごめんね、世話ばかり掛けて」高紅は虚ろな目で徐福を見た。

「そんなこと言うなよ、俺はおまえを大事にしなかったことを、すごく悔やんでいるぞ。すまんな、これほど子宝に恵まれて、俺はうれしいよ」徐福は高紅の手を擦った。

「私はもう長くありません。子供のことを頼みますよね。できれば、全員そばに置いてほしいな」口をパクパクしながら、無理に話を続けた。

「あなた、海という子は何歳になった？　よく夢の中で、呼んでいたよね」目を細め、高紅は徐福を見つめた。

「……」徐福は体を硬直させた。倭に置いてきたタツの子のことを思い、答えに困った。

「ああ、八歳になったかな。紅、すまない」徐福は隠さずに答え、頭を高紅の両手にあてた。

「その子も、ここにいればいいのにね……」話が詰まった。「生きているうちに、会ってみたいな」

「おまえはまだ若いぞ。死んでたまるか！」徐福は怒った振りして、片手で高紅の髪をなでた。

「あなた、竜々《ロンロン》（徐訓の子徐珍の愛称）を呼んでくれませんか？」高紅は徐福に言った。

その夜、徐福、高良、子供らに見守られて、高紅は逝った。まだ四十七歳の若さだった。

高紅の葬式は三日間続いた。泣きやまない子供の前で、徐福はオロオロして落ち着かなかった。徐坤がしばらく家にいてくれた。

葬式の翌日、徐福は一人で高紅のお墓を尋ねた。彼はお墓の土を触りながら、高紅と過ごした歳月をしのんだ。

両手で口を覆い、大粒の涙が、零れ落ちる。

「おお、良か。すまなかったな！　紅を死なせてしまったよ！」徐福は泣きながら叫び続けた。

「兄さん来ていたか？」後ろから、高良の声がした。目は真っ赤になっていた。

「兄さん！」高良も泣いた。「兄さんのおかげで、姉さんは何の不自由もなく過ごしてきた、自分も幸せ者だといつも言っていたよ。兄さん、ありがとう、本当にありがとう」二人は黙って、再び、大束の線香に火をつけた。

しばらくして、二人は、肩を組んだまま、歩いて家に戻った。留守番の徐坤がお酒を出してくれた。二人は、また黙って、夜中まで飲み続けた。

この一年は、葬式と結婚式が重なり、忙しい日々が続いた。徐福にとって、悲しみと喜びの連続であった。

初冬になった。収穫を終えた農家は忙しかった。ある日の夕暮れ、南門をたたく音がした。徐訓は南門を開けた。そこに、女の人が二人立っていた。年はどちらも三十歳過ぎたところくらいだろう。二人とも、質素な服を身にまとい、手には風呂敷一つしか持っていなかった。

「斉秀英《しゅうえい》と斉秀蘭《しゅうらん》と申すものです。義兄の徐福様にお目にかかりたいと存じます」落ち着いた年上の女性が会釈した。

徐訓はすぐ徐福に報告した。徐福は琅邪台建設以来、二十数年も会っていない二人の義妹の来訪に驚いた。すぐ、客庁（応接間）へ通した。

「おお、英、蘭！　久しぶりだな。よく来てくれた」徐福は二人に声を掛けた。

二人は手荷物をおいて、一目散に徐福に飛びついた。「義兄《にい》さん、会いたかったよ！」二人は大声で泣き出した。

「みなは元気だったか？　英も、蘭も。話は山ほどあるのだろう」徐福は涙を堪え、二人の肩を抱きしめた。

「お義兄様、お元気ですか？」

「お義兄様は、昔と変わりませんね。父は、ずっと、義兄さんのことを心配しておりましたよ」

二人は我先にと徐福の手を握ったまま、話を続けた。二人は昔同様、子供のように、無邪気に徐福に絡みついた。

「お義父《とう》さんは元気ですか？」徐福は聞いた。

二人は急に握っていた徐福の手を離し、下に向いたまま、黙り込んだ。

「どうした？　何かあったのか？」徐福は気になって、二人に聞いた。

「父から、この包みをお義兄さんに渡しなさいと言われましたので、お義兄さんを訪ねてきたのです」

秀英は風呂敷を広げた。「これは父が整理したものです」

『偏方抄録』絹の巻物だ！　しっかりした筆跡が目につく。

徐福の目が熱くなった。義父斉逸然《いつねん》はよくぞここまで『偏方』のことを気にして、丁寧に整理してくれたことに感激した。

「英、蘭。ありがとう。よくぞはるばるここまで持って来てくれた」徐福は二人にお礼を言った。「で、お義父《とう》さんは？」と徐福はもう一度聞いた。

「父は十一カ月前の冬に亡くなったのです」秀英は口を押さえて、徐福に答えた。秀蘭は傍ですすり泣きをしている。

「ああ！　何たることだ！　義父の死に目に会えず、俺は親不孝者だ。どうか、この不孝な兄を許してくれ！」徐福は両手を合わせ、しばらく天井を仰いだ。

「お義父さんは本当に立派な人だった」徐福も泣き始めた。「男手一つで二人を育ててくれた。えらかったな」

「私たち姉妹は、塾には行けず、すべて父から読み書きを教えていただいたのです。父は、自分が長くないと悟ってから、私たちにたくさんの話をしてくれました。そして、ある日、『これを徐福兄さんに渡してくれ』と命じたのです。草や、土や、虫など手で触りながら、一つ一つ書き留めた姿が、本当に懐かしいです」秀蘭も傍で話を付けくわえた。

八、淇県の思い出

二十七年前、十八歳だった徐福が鬼谷子塾《きこくし》(鶴壁市淇県《きけん》)から徐皐村に戻った後、秀蘭、秀英姉妹は、それぞれ十九歳になったころに、同じ村の青年と結婚した。秀蘭の夫は、県の役人、秀英の夫は醸造屋の若旦那であった。やがて、二人に子供ができた。秀英は男の子、秀蘭は女の子だった。子供ができた後も、二人は交代で父の店の手伝いにきていた。そして、子供らが十歳になった時、二人は、再び父の元に帰ってきて、手伝いするようになった。一家の幸せがこれからという時に、父が亡くなった。その後、秀蘭の夫は、役人を辞め、薬屋を受け継いだ。

二人が、一番悩んだことは、父に言われた徐福に書巻を届けることであった。住所は知らず、どうすればいいのか、困っていた。

二カ月前に、徐信という若い役人が訪ねて来た。

「かつて、知人の徐福さんから、若い時、咸陽の川南にある小さな薬屋で『偏方』を教えてもらったと聞いたことがありますが、その店とはここではないでしょうか?」と徐信が聞いた。

「ここです」秀英は徐福の名前を聞いて、喜んだ。「徐福さんは父と義理の親子の縁を結んだのです。それから、兄さんはよくうちに来てくれました」秀英は徐福から父に渡した竹簡を出して見せた。『偏方治大病、泗水徐市』の篆書《てんしょ》であった。

徐信は竹簡をしばらく見て、「やはりかの有名な薬屋は、ここでしたか。ところで、お父様は、どこにおられますか?」と尋ねた。

「昨年の冬に亡くなりました」秀英は父を亡くした後、徐福を探していることを話した。

「私がもっと早く訪ねてきたらよかった」

徐信は悔いを残したまま、位牌の前で静かに両手を合わせた。せっかく徐福から斉老人のことを教えてもらったのに、斉老人に会うこともできず、聞きたいことも聞けなかった。

「もし、お節介ではなかったら、私個人の馬車で送らせてもらいましょう。徐阜村には、うちの者が行ったこともありますから。ぜひ、使ってください」二人は徐信の馬車で、徐阜村にたどり着いた。

「縁て、不思議なものだな」徐福は二人の話を聞いて、ため息をついた。

秀英ら二人は、贛楡の宿で一晩泊まった。翌日、徐福は二人に餞別の金と、徐信へのお土産を渡した。二人は徐信の馬車で禹王村《うおうそん》に帰った。今回の意外の来客に、徐福は心に大きな穴が空いたような気がした。はるか二十数年前の自分に戻り、若かりし日のこと、過ぎ去った故人に対する懐かしさが、次から次へと、呼び起こされ、忘れていた記憶の穴を埋めようとした。

嬴政七年(西暦前二四〇年)春、徐福は十六歳になったばかりの時、父に呼ばれた。春秋戦国時代に活躍している軍事家、政治家たちを輩出している名高い鬼谷子塾に勉強にいってこいと言われた。

父は鬼谷子塾で神学、兵学、遊学、出世学のうち、神学と出世学だけでいいから、勉強してきなさいと徐福に言いつけた。

二月十日徐福は李順という付き人と一緒に、鬼谷子塾へと向かった。徐阜村から（河南省鶴壁市淇県の）鬼谷子塾まではおよそ千二百六十里（約六百三十キロ）あり、半月を掛けて二人は、淇県に着いた。塾近くで下宿屋の部屋を借りて、塾に顔を出した。鬼谷子塾の主《あるじ》鬼谷子先生は、八十年前にすでに故人になっていた。今の塾は、鬼谷子先生の教本をそのまま使い、弟子の二、三人が塾の経営を続けている。塾生は徐福を含め、四人しかいなかった。最初の二カ月間、徐福は塾に顔を見せただけで、その後はほとんど塾に行かなかった。

見知らぬ土地で、暗中模索しながら、李順は塾の近くに下宿屋を見つけてくれた。静かで非常に快適なところだった。「俺はここで先生の本を読み、独学するぞ。たまには、一緒に町にでも出かけよう」徐福は李順に言った。小さいころ、油灯（植物油を用いたランプ）の下で、夢中で、鬼谷子の木簡を読む父徐隆の姿をよく見ていた。それから徐福は、よく父のまねして、本を読むようになった。今ここで本を読むいい機会だと徐福は、心に決めた。

「多文為富」（出『礼記』：知識を多く持つ者は富を持つ者とみなす）

これは父の口癖だ。徐福の目には祖父徐名、父徐隆の正に豊かな知識を持つ姿が、百万長者にも勝るように映った。

俺は「先難後獲」（出『論語』：難を先に、収穫は後に回す）とするぞと心に誓った。

塾で教科書（木簡、竹簡）を買い、特に好きな占（算命）の本をたくさん手に入れた。彼は、読書の疲れを癒すために、よく太行山に登り、薬草採取と物見遊山をして、気分転換した。そして、休みの日に、徐福は闇市で代書屋をやって、お金をすこし手に入れることも忘れなかった。

七月十六日を皮切りに、三カ月に一度の咸陽旅行を始めると、彼の生活は一層活気が増した。鶴壁の塾から、都咸陽までは、片道十二日でいけるし、宿泊を入れても、往復で三十五～四十日あれば十分である。徐福はおよそ二年半の「鬼谷子塾生活」中、八回も咸陽への旅をした。この旅は、彼の素晴らしい人生の勉強となった。

西暦前二三九年三月初め、三回目の咸陽行きの時、彼は、偶然渭水《いすい》南岸の禹王村で、「占」という一字の白布を棒にひもをつけた易者の店を見つけた。風に任せて揺れ動き、飲み屋の幌子（店の幟）によく似ていた易者斉逸然の店を訪ねた。店には徐福より三、四歳年下二人の女の子がいた。戦争で親を亡くした易者の姪《めい》である。

気さくな易者は自分も鬼谷子塾出身で、しかも、李斯宰相の先輩であると話した。夕刻になって、易者から「遅いから、ここで泊まれ」と、再三勧められ、徐福と李順は、この禹王村で一泊した。徐福にとって、初めての外泊であった。

夕食を済ませると、徐福は再び易者と話しはじめた。

「斉先生、私に一つ教えていただけないでしょうか？」徐福は突然易者に教示を願い出た。

「この老いぼれには、人様に教えることはございませんぞ」易者の顔は明らかに喜んでいるように見えた。

「先生、私も薬草や医学の勉強している端くれですが、その壁に『偏方治大病《へんほうたいびょう》』（偏方は大病を治す）という掛けものがありますね、その『偏方』は、一体どういうものですか？」徐福は遠慮せずに質問した。

「偏方か？　一種の民間処方箋かな」無造作に束ねた三束の木簡を取り出して、徐福のそばに置いた。「『偏方』は便利でいいものだ。薬などというものも、偏方の中から出てきたものだ。ん、これをゆっくり見れば、偏方のことは大体分かる」

李順は静かに徐福の傍に新しい木簡を置いた。

「そう、書き留めた方がいいな」

李順は筆と墨を染み込ませた短い筒を徐福に渡した。

幼い時に、父の後についてよく薬草採集や、薬の煎じる仕事の手伝いをしたが、「偏方」のことは全く聞いていなかった。徐福はこの知らない学問にひかれ、「勉強したい」と急に思いついた。

彼は再び易者の前に立ち、膝を曲げた。「斉先生、師として、この徐福を弟子に入門させてください」頭を地につけた。

「オー、これは、これは！」易者は慌てた。「わしのような年寄りを、師と呼ばれることはないぞ！」

「よろしくお願いいたします」徐福は再び頭を地につけた。

「分かった、分かった。徐さん、お立ちなさい」

「ありがとうございます。今から、弟子として、師に拝礼いたします。どうぞよろしくお願いいたします」徐福は顔をあげ、斉逸然老人の優しい笑顔をみた。

「今から、この禹王村にいる間、師弟として、義理の親子として認めよう。ただし、この門から一歩でも出れば、師弟の縁、義理の縁を絶つことにするぞ」厳しい言葉ではあった。

「必ず来ます」徐福はうなずいて答えた。

「わしは偏方のことだけは多少知っているが、本当に勉強するつもりか？」

「ぜひ、お願いいたします」徐福は再度斉老人にひざまずいた。この日から、徐福は偏方先生の弟子になった。

「よーし。ここに一三六種類の偏方しかないが、これからもボチボチ集めることにしよう」

徐福は黙って「偏方」を写し始めた。

「疲労—玄米、糯《もち》米食之」（玄米と糯米を食す）
「湿疹—澱粉加熱水成糊状後、塗患処」（片栗粉にお湯を加え糊《のり》状にして、患部に塗る）
「感冒—①生姜加白葱煮之、其湯或粥《かゆ》食之」（風邪—生姜に白葱を加え煮て、其のスープまたは粥《かゆ》を食す）
「感冒—②食多韮之湯」（韮《にら》をたくさん入れたお汁を食す）
「耳鳴—食栗或胡桃《くるみ》」（栗あるいは胡桃《くるみ》を食す）

「焼傷—①塗蜂蜜、②炒胡桃《くるみ》、出油後搗之、塗之」（やけど—①蜂蜜を患部に塗る。②胡桃を炒める、油が出てきたとき、胡桃を搗いて、患部に塗る）

「頭痛—①蘿卜湯加蜂蜜飲之、②白葱加生姜、用水煎後飲用」（頭痛—①大根汁に蜂蜜加えを飲む、②白葱に生姜を加えて、煎じて飲む）……。

気がつけば、もう丑の刻（夜中二時）になっていた。李順は敷居に座ったままうたた寝している。

二人は李順を寝かした後、寝床に着いた。

翌朝に、ご馳走が出た。秀蘭はお茶を持ってきて、「お兄さんと呼んでも、いいですか？」と徐福に声を掛けた。

女二人きりの姉妹に兄ができて、家の雰囲気はがらりと変わった。徐福は妹徐坤の幼い時の姿を思い出した。

朝食を済ませた後、徐福は黙って一枚の木簡と小包を机の上に置き、易者に別れを告げた。

渭水の畔まで、易者は見送りに来てくれた。秀英と秀蘭は泣いて別れを告げた。

易者は部屋に戻ると、机の上の置物をみた。易者はその袋を開いた。木簡を目にした。「金五〇両を置いておきます、御笑納ください。弟子」という徐福の書き置きだった。

それから、徐福は六回ほど禹王村を訪ねた。来るたびに、徐福は斉老人と一緒に禹王村の山に登り、一日中、薬草採集で楽しく過ごした日々は、忘れられない。

嬴政九年七月二十六日（西暦八月二十日）、徐福主僕は鬼谷子塾と禹王村に別れを告げ、二年半振りに、徐阜村に戻った。

昨今のように、二十七年昔のあの懐かしい日々の事が、徐福の脳裏によみがえった。

九、宰相の思い

徐福が嬴政三十年（西暦前二一七年）に倭の国から華夏に戻って、六年が過ぎた。あれから、造船場も運送業もすべて順調であった。趙寛からは、取り敢えず二〇〇〇万両の資金ができたという報告があった。これなら、宰相の方から資金をもらわなくても、二千人の三年間費用としては、十分間に合うだろうと趙寛は言った。

「いよいよだな」徐福の顔に笑みが浮かんだ。

嬴政三十六年十月に、始皇帝第五次巡幸が始まったと、徐信は徐福に連絡した。いつものように、十万の大軍を連れ、重臣、方士、占い師も同行させた。出発直前になって、趙高の申し出により、始皇帝の次男胡亥《こがい》と趙高も随行することになった。李斯が「なぜか嫌な予感がする」と言っていたと、徐信からの書簡に書かれてあった。

始皇帝の巡幸は、正に国軍の大移動である。十八列の行列が、延々と二十キロ以上も続く。先遣部隊と後方部隊にそれぞれ千五百人配置し、その間に、九万人の兵隊を九十兵団に分けていた。一兵団は、九十名一列、十八列、およそ千人の兵隊の集団である。先遣部隊も、後方部隊もみんな、騎兵隊で構成され、よろいかぶとに身を固め、臨戦態勢に入っていた。先頭部隊は、それぞれ各地の食事、宿泊、治安などの段取りが任務であり、後方部隊は主に官吏からの貢ぎものの受け取り、整理、運搬を務める。この黒一色のカラス軍団が、一カ所通るのに、少なくとも八時間以上はかかる。そして、兵団ごとに、馬四頭でひく馬車を二、三両(主車一両、副車一、二両)、兵士が囲むように配置していた。始皇帝の乗る馬車は、その兵団の中の、六の数に因んで、第六兵団、第三十六兵団と第六十兵団のいずれかになる。それも、毎朝、占い師によって、始皇帝の乗る馬車を決めることになっていた。

咸陽を出発して、会稽までは一直線、戻りは、琅邪台、之罘《しふ》と平原津を通って、嬴政三十六年十一月五日に咸陽に戻る。全行程はおよそ一万千五百里（約五千七百キロ）、二十日間の予定だった。

第五回巡幸は、嬴政三十六年十月四日に出発した。一行は十一月初め、衡山《こうざん》に着いた。五岳の南岳を登り、九嶷山《きゅうぎざん》にある舜帝をまつる舜廟《びょう》を拝謁した。さらに、十二月初めに会稽に着き、ここで十日間ほど滞在した。刻石を残した後、折り返し、北上の旅へと急いだ。

事前に連絡を受けた徐福は徐連を連れて琅邪に行き、琅邪の大使官邸で徐信と会った。二十歳前後の青年も一緒だった。

「叔父上に朗報と宰相からの依頼を持って参りました」徐信はあいさつを済ませ、用件を切り出した。

「まず、朗報とは、叔父上の度重なる懇願により、東渡については、内々陛下の了承を得られたということです。今まで、隠密にされた船の用意なども、堂々とやればよいと宰相は申されました」

「おー、それは、大変ありがたい話だ。信！　世話をかけたな」徐福は喜んだ。

「これも、叔父上の根性と誠意によるものです。次は、ここにおります青年のことですが、名は栗嗣《リース》といい、実は彼は李斯宰相の庶子《しょし》であられます」青年は黙って深く一礼をした。徐福は耳を疑うようなしぐさをして、目を丸めた。

「実は、宰相が呂不韋相国の門下にいた頃、趙の国から連れてきた太后の侍女を紹介されたのです。廷尉になられるまで結婚しないままでいましたが、その間に、栗嗣様がお生まれになったのです。廷尉になられた後、陛下からの強い薦めにより、第三公主を大臣夫人として迎えたのです。その後は叔父上のご洞察の通りです」

「そうでしたか、栗嗣様、大変失礼いたしました。宰相にはいろいろと多大なご恩恵を承り、心から感謝いたしております。栗嗣様にはわざわざこの田舎までお越しいただき、感無量でございます」徐福の驚きは尋常ではなかった。

「恐縮に存じます」栗嗣は軽く会釈した。

「叔父上、用件はこれからです」徐信が話し続けた。「宰相の真意は、この栗嗣様を叔父上に預け、一緒に東渡をさせてほしいということです」

「……？」

「叔父上もご承知のとおり、時勢は大変厳しくなっております。特に、趙高中府車令は、扶蘇《ふそ》太子を差し置いて、胡亥殿下を擁立しようとしておりまして、周りの武官をはじめ、宦官仲間、文官、侍女などを少しずつ自分の味方にしています。朝廷の中は、趙高に足を向けて寝られないのです。皆は趙高の機嫌を窺って行動しているのです。今は、宰相自身さえ、うすうす身の危険を感じておられます。宰相はひそかに親族たちを楚の国、燕の国に分散しました。私もこれが最後の仕事となりますので、叔父上にお別れを告げることも兼ねて、ここに参ったのです。どうぞ、宰相の頼みを引き受けてください」

徐信は急に徐福の前にひざまずいた。栗嗣も徐信と一緒にひざまずいた。

「分かった。徐信。よく分かった」徐福は二人を立たせた。

「叔父上。これだけではございません。宰相はこの栗嗣様を、叔父上の養子にしていただきたいと申されました」徐信はじっと徐福を見据えた。

「なに！　養子！　とんでもないことだ！」徐福は机をたたいて席から立った。

「叔父上、叔父上！　これも、宰相の強い意向でございます。宰相のお言葉で申しあげますと、今さら、命令することはできないが、この老いぼれの頼みとして、受け止めてほしいとおっしゃいました。どうか、栗嗣様の命を助けるためと思って、了承してください」徐信は再び栗嗣と一緒に、徐福の前でひざまずいた。

「宰相はそれほどお困りになっているのか？」徐福は二人の肩に手をかけた。

「分かった。二人とも立ちなさい。栗嗣君、息の長い旅になるぞ」徐福はぼう然と椅子に体を投げた。

「今回都から出る時に、宰相は私に『一見、華やかに見える官界の道は、実はいばらの道、獣道だ。正に一寸先は闇だ。わしはこの獣道を歩む一人として、自分の不徳を恥じているぞ』と驚くような話をされました。この話を、ぜひ叔父上に伝えてほしいと仰いました」

徐信はすまなそうな顔で徐福を見た。

徐福の脳裏に一筋の稲妻が走った。李斯宰相と大秦帝国の運命が危ういと予感した。

二人が食事をする間、徐福はしばらく占いに没頭していた。

さて、巡幸中の始皇帝一行は呉県の西湖一帯で、休養を取り、年が明けて、二月初めに、琅邪郡に着いた。静かな臥竜山荘が一夜にして大騒ぎとなり、ろうそくやたき火の光により、琅邪の暗闇は白夜と化した。

少し肌寒い天気だったが、澄みきった空に、雲ひとつなかった。ほどよく吹き寄せる海風が、磯の匂いを運んでくれた。

始皇帝一行のために、李斯宰相は万全の段取りを済ませた。十万の兵隊は九年前と同様、琅邪郡府周辺に駐屯させ、精鋭部隊だけを琅邪台周辺に配置した。さらに護衛隊員は、養神閣を固め、皇帝周辺に警備を配した。

嬴政三十七年二月庚辰（西暦三月二十四日）、始皇帝は李斯など重臣を伴い、琅邪台に登った。宇安楼の三階にある祭壇で、道士による神事を行い、線香の煙はもくもくと、一点の曇りもない空へ高く昇った。太鼓、銅鑼《どら》とラッパを一斉に鳴らした後、琅邪台を埋め尽くした八色の旗が春風に翻り、「万歳」の歓声が琅邪山の山々を越え、海のかなたまで響き渡った。

翌日、徐福謁見の日がやって来た

この日、李斯の引見により、徐福は始皇帝と一対一の対面を果たした。九年ぶりの「再会」であった。始皇帝から、家族などのことを聞かれた。さらに、始皇帝から、幼い頃に、孔子や孟子に憧れ、魯と斉の文明などについても、関心があったと聞かされた。

「しかしだ！　徐福、そなたはよくぞ朕《ちん》をだましたな」始皇帝は、突然、細高い声を上げ、食い入るように徐福を睨みつけた。

「金を使い果たして、帰ってきたものの、肝心な不老不死の薬はどこにもない！　食客の中で、そなたの詐欺行為は実に卑劣極まりないと言うものが多く、みんなは憤慨しているぞ」

「陛下のご命令に添えなかったことは、臣徐福は万死の罪に当たります」徐福はひざまずいたまま、立てつづけに頭を地につけた。「天地神明に誓って、皇帝陛下をだますつもりはございませんでした。多くの仲間と一緒に命をかけて東海に渡り、全身全霊で不老不死の薬を探してまいりましたが、残念ながら、願いを果たせませんでした。三百余名もいた仲間のうち二百四十数名の命を失い、残り六十数名だけが命からがら帰って参りました」

涙顔で始皇帝を見つめ、震えた声で訴え続けた。

「どうか、どうか！　これらの事情を、ご理解いただき、お許しを賜りたく存じます。なお、先般帰国直後に、すでに、宰相閣下にご報告を申し上げました」

「それは分かっておる。お土産ももらった。大儀であった」始皇帝の口調は幾分柔らかになった。

「前回は、仙人から要求された金銀財宝と五百人の童男、五百人の童女を事前に用意しなかったことが失策の一因だと推測いたします……」徐福は下向きのまま、一人言のように説明した。

「それも聞いておる。今度行く時には、宰相がちゃんと段取りしてくれるだろう」

始皇帝は静かに話してかけてくれた。

「大魚（鯨）の恐ろしさだの、高い波だの、そして激しい風だのと、よく宰相から聞いたぞ。今度は同じことに遭うとしたら、そなたも前回と同様、手ぶらのままで、戻ってくるつもりか？」

質問はさらに鋭くなったが、「宰相が段取りした」という言葉を聞いた時、徐福はすぐ、陛下の真意を読みとった。

「そうはなりません」徐福は自信を持って答えた。

「畏れながら、先般の東渡は、偵察のようなものでございました。たった三隻の船で、各船に護衛もわずか五名しかいなかったのでございます。海上で大魚に出くわした時、右から左から飛び交う大魚に突っ込まれ、船首は一丈（約三メートル）以上持ち上げられました。みな身動きがとれずに、自身を守るのに精一杯でしたので、大魚を撃つ余裕は全くなかったのでございます」徐福は始皇帝をのぞいた。

「荒海の真っただ中で、傷だらけになった船は、必死に暴風雨と高波と戦いました。その間、多くの犠牲者を出したのです。やっと、上陸したと思った時、われわれは侵入者とみなされて、地元民から激しい襲撃も受けました。

しかし、今回の東渡は違います。陛下のご厚意により、宰相がいろいろと用意してくれます。大魚に出くわす時、まず船団で大魚を囲み、護衛兵が一斉に槍を投げ、大魚を確実に仕留めることができます。無傷の船であるなら、少々の風や、波には耐えられますから、今回の東渡は必ず成功いたします。

また、われわれは三年の間、少しずつ、地元民と協力し合い、現地人と友好的な関係を築きあげました。稲作りを教え、造船技術を教えました。漢方医学も伝え、鉄器、銅器も普及させました。上陸当時のように、われわれを侵入者として見る者は一人もいません。どうか、陛下の御英断を賜りますよう、心からお願い申し上げます」徐福は再び拝礼した。

始皇帝からの即答はなかったが、後日、また話を聞くことになった。

帰り際に、徐福は「この二、三日の間、蜃気楼《しんきろう》が見られます」と李斯に話した。

待つこと三日目（二月七日）の朝、薄曇りの空に、霧らしきものが出た。日の出は美しかった。霧と雲の中に、色鮮やかな赤い太陽が煙の中に浮いているように見えた。この日、北から軽い風が吹いていた。霧の後は必ず晴天……、徐福は直感した。

徐福の連絡を受けた宰相李斯は、早速始皇帝に報告した。始皇帝が李斯を従えて、琅邪台の宇安楼に登った。

午の刻（正午頃）に入って、昼食の前に、柔らかい春の日差しの中、海と空の間に、煙のような霧が漂っている。

突然、濃霧の中から、何かが見えた。

「蜃気楼だ！」

誰かが叫んだ。三角形の山、茂った森、田んぼに動く人の影……。険しい山に変わった。滝みたいなものもあった。その手前に揺れる船の影が霧の中に浮かんでいる……。

「素晴らしい！　宰相、これを書き留めてくれたまえ」始皇帝が沈黙を破り、李斯に声をかけた。

「畏まりました」李斯は既に絵師に蜃気楼を書くように命じていた。

「そうか、それが蜃気楼なのか？　その蜃気楼のところに、朕は行ってみたいの――」杯を口にし、笑みを見せた。

李斯が「琅邪の徐福は之罘で大魚を仕留めて、陛下に見せてあげたいと申して出ておりますが……」と話したところ、「うわさの大魚か？　良いぞ、之罘へいこう！」始皇帝はご機嫌だった。

二月二十一日、始皇帝一行は、琅邪をたち、之罘に向かった。徐福の船隊は三月二日に之罘に着き、三月五日までの間に、徐福は之罘の海上で大魚の情報を探った。

第六章　徐福再び東渡

一、故郷よ！　さらば

三月九日、大魚（鯨）の情報を受けた徐福は、始皇帝と、李斯宰相を始皇帝専用の楼船に迎えた後、始皇帝の目の前で、船隊の海上示威（デモストレーション）を行った。そして、船隊を黄島の入江で待機させた。

大魚がきたという一報を受け、徐福は早速始皇帝と李斯を迎え、船橋に上がってもらった。高い船橋の上から見下ろすと、右舷に大魚の群れが船と並行して泳いでいる。

「槍《やり》を用意！」橋は声を上げた。「投げろ！」

右舷に待機していた十数名の護衛が一斉に槍を投げた。三本の槍がみごと命中した。槍には長い綱がつないである。大魚は全力で海に潜り、また、海面に浮いてきた。そのまま右の方に逃げようとした。大魚に当たった二本の綱に、船上の者が一斉に飛びつき、大魚との力比べが始まった。しばらくすると、綱が急に緩み始めた。

「危ない！　かじ取り注意！　大魚は深く潜り左に回るぞ！」橋の声。「すぐ、取り舵一杯に左に回れ！

船首を東に向けろ！」声を枯らして橘は帆柱に向かった。船が急回転している間、大魚の魚影が再び右舷に見えた。

力比べはさらに半刻（一時間くらい）たち、大魚はやっと降参した。

始皇帝を乗せた船が大魚を仕留めた。始皇帝は甲板上に上げた大魚の大きさに驚いた。

「方士徐福、よくやった！」

始皇帝は高々と挙げた両手をたたいて喜んだ。

「秦の始皇帝万歳、万々歳！」

船上から一斉に万歳三唱が沸き上がった。この之罘《しふ》で大魚を仕留めた始皇帝は徐福に二度目の東渡を許可すると李斯に伝えた。


三月十五日に、始皇帝は李斯に、之罘を離れる前に、徐福船団を見送りたいと告げられた。

東渡の命が出たと聞いた徐福は、八卦占いで、出航の良い日をえらんだ。

一方、咸陽では、三月初めに、趙高が自分に一番近い武将程英《ていえい》を呼んだ。宮中にある「斬妖剣《ざんようのつるぎ》」（妖怪を斬る剣）を程英に渡し、

「徐福の東渡に随行して、始皇帝死亡の一報が入ったら、直ちに徐福とその側近を全員殺害せよ」と命じた。

続いて、趙高は始皇帝に武官一行の船同行の了解を取りつけた。三月十六日、程英ら武官十五名を

大使船に送り込んだ。李斯は嫌な予感がした。

三月十七日、咸陽から徐信が徐福を訪れた。始皇帝から東渡の許可が正式に下りたという李斯からの連絡だった。徐福はこの朗報を心から待っていた。

三月十八日、船団は琅邪港から出て、朝一番に徐山で集合した。そして、出港は四月二日大安（西暦五月二十日）の日に決めた。

この日、徐福は大使の部屋に戻り、父徐隆からもらった鹿皮の巻物を飾った。

「天時不如地利　地利不如人和」（孟子【公子丑】、天の時は地の利に如かず、地の利は人の和に如かず）と書かれてあった。

徐福は李斯から二千余人を連れて、東渡を命じられた責任の重みをひしひしと感じた。

五百名の童男と五百名の童女がそろった。その童男童女たちは、文字通り、みんな十五歳前後の子供である。宰相李斯の話によると、彼らは楚国から捕虜として連れられてきた子供で、しかも、滇人《てん》の子供が七割以上いるという。その子供たちを秦の国で一人前になるまでに十分教育をさせた上、秦の先鋭部隊や秦王身辺警護に使うという目論みがあった。

四月二日、徐福は始皇帝に呼ばれた。李斯宰相の後について、行宮で朝見することになった。階下で静粛な雰囲気の中、長い間待たされた。

始皇帝は沈黙を破り、両手をたたいた。

「よーし、分かった」両手をもみながら、徐福を見下ろした。「先日蜃気楼を見せてもらい、また、大魚も仕留めてくれた。そなたの言うことを、少しは信用できそうだ。確かにその節は、後日に東渡の結論を出すと言ったが……」始皇帝は李斯が近くにいることを確認していた。

「ただいまより、琅邪の方士徐福を大秦帝国大使睦東琅邪王に任命し、東渡を命ずる。後ほど宰相から詳細な指示を聞いて参れ！」始皇帝は大声で宣告した。

「はっ、はー。承知いたしました！」

半歩下がって、ひざまずいて帰ろうとした徐福。「話は終わってないぞ、近う」始皇帝に呼び止められた。

「全く一つの妄想だが、これほどの大部隊を連れて、そなたの力で、そこの宝の島を手に入れれば、実に喜ばしい話だ。そうなったら、朕《ちん》はそなたをその島の王に命ずるぞ！　よいかな？　はっはっはっはー」

始皇帝は鋭い目付きで徐福を凝視した。大声で笑った後、始皇帝はせき込んだ。徐福はひざまずいたままの体が小刻みに震え始め、額に冷や汗がにじみ出た。想定外の始皇帝の言葉に、徐福は驚いた。自分の考えを、すべて始皇帝はお見通しではないのかと。しかし、引くに引けない今となっては、突っ走るしかない。徐福は地に頭を付け、「承知いたしました」ともう一度大声で答えた。始皇帝は、下がってよいと手を振った。ここで謁見が終わった。

徐福は再び李斯に呼ばれた。

李斯から三つの木箱を渡された。一番大きな箱には、刺繍の大旗二十四面と、四船団に付ける旗が入っている。さらに一回り大きな箱四十箱に、四船団二千余名の三年間往復費用が入っている。

最後の箱については、李斯からの直々の説明があった。

「……ここにあるのは、陛下下賜の三種の神器である。

その一、青竜降魔剣《せいりゅうこうまのつるぎ》といい、陛下の威厳と力を象徴するものである。逆らう者がいれば、誰であろうと、この剣で切り捨ててもよい。

その二、青雲伏妖鏡《せいうんふくようのかがみ》といい、邪悪なものを一掃するもので、博愛と知恵の象徴である。

その三、最後の清瓊勾玉《せいこうまがたま》といい、仁徳と慈悲を示すものである。

この三種の神器を常に身辺に置き、陛下の慈愛と慈悲の心を思い出すように、大事に保管してくれ。また、これらの宝物は、陛下からの信物（信憑《しんぴょう》、委任状）である。忘れてはならないぞ！」

「はっはー！　畏まりました」

徐福の声が一段と高くなった。

「なお、水、食糧などはもう荷積みを済ませたと思うが、そこの馬屋に二十頭の仔馬《こうま》を用意しているから、何年後かに、神の島で役に立つかもしれない。大事に育てるよう。以上である」

李斯の話が終わった。

徐福は背中に大量に汗をかいていることに、初めて気がついた。

帰り道に、徐福は、遠くから李斯を見た。宰相は幾分小さくなったような気がした。生温い風が掠《かす》り過ぎた。夏は目の前だ。

団長部屋で徐福は高良と康泰を呼んだ。「青竜降魔剣」「青雲伏妖鏡」と「清瓊勾玉」のことを説明した後、徐福は満足気に笑った。

徐福二度目の東渡は、こうして本決まりとなり、いよいよ出発を待つばかりとなった!

二、帝国終焉

大商人呂不韋《ろふい》は趙の人質となっていた秦の公子異人を見込んで、投資することに決めた。異人は、二十数人もいる兄弟の中でも王位継承順位が低かった。呂不韋は秦の国で、華陽夫人に異人を推薦した。さらに異人を子供のいない華陽夫人の養子にさせ、安国君の世子に立てられた。

前二五二年、昭襄《しょうじょう》王が死んだ後、異人は孝文王(荘襄王)として即位した。前二四六年、荘襄王が死に、太子の嬴政《えいせい》が秦王となった。異人の即位から西暦前二三五年までの十六年間、呂不韋は宰相として、後に相国になって、国のすべてを委ねられるようになった。これが秦王朝の始まりである。

李斯は楚の国の小役人出身で、彼は荀子の門下に入り、法を学び、後に宰相呂不韋の食客となった。さらに、李斯は呂不韋の推薦を受け、秦始皇帝近侍になり、積極的に始皇帝に進言して、始皇帝の信頼を受け、廷尉（司法大臣）になり、後に宰相となった。

一方、趙高は没落した趙の王族の血を引く一族に生まれ、父は下級官吏、始皇帝の父異人が人質として趙にいた頃の使用人だった。

西暦前二五三年、呂不韋は賄賂を送り、嬴政とその母趙姫を趙の国から脱出させることに成功、秦に戻った際、七歳になった趙高も、異人の使用人である親と一緒に秦に来た。

趙高は寡黙な努力家で、幾多の試験に合格して、荘襄王からの信頼も厚かった。

また、趙高からは、始皇帝に日頃呂不韋と母（皇太后）の卑しい密通のうわさを吹きこまれ、始皇帝の自尊心は傷つけられた。

嬴政は成人後、当時の宰相の昌文君、大尉の李斯など若い近臣も成長してきたため、始皇帝はいよいよ自分の思うままに政治を行いたいと考えた。

呂不韋は太后のことに絡み、連座して失脚し、蜀の地で自害した。

西暦前二三四年、呂不韋失脚に関する書類が見つかった。その中に、趙高母子が太后と呂不韋の密通をのぞいたという大逆重罪が発見された。趙高の母は趙に返され、大将軍蒙恬の弟蒙毅《もうき》は趙高に死刑を言い渡したが、始皇帝は先帝が重用していた有能な趙高のことを配慮し、二十六才の趙高の死刑を、宮刑に減免させた。趙高は宮刑の苦痛を耐え忍んだ。復職後、彼は自分の感情を抑え、仕事に没頭した。西暦前二二九年、趙高は宮内の書記官になり、後に宮内重職の配車係りと行符璽令事《ぎょうふじれいじ》（玉璽管理）を兼務することとなった。

西暦前二二八年、趙国は秦に攻められ邯鄲《かんたん》が陥落。この時、趙高の母は蒙毅の秦軍に殺された。それを知った彼は怨恨《えんこん》を抱いた。

同じころ、始皇帝は「真人」になるため、群臣と顔を合わせないようになり、国政に関わる聖旨などは、すべて趙高を通して、宰相李斯に伝えるという異様な形になった。このとき、趙高は復仇の機会が到来したと確信した。

実際、秦王朝は全国を統一し、始皇帝が就位したその日から、秦王朝は傾き始め、自滅の道へと歩み始めたのだ。秦王朝が大量な労働力、膨大な資金を大型建造物の建設や国防ための徴兵などに投入したことは、秦を滅亡した最大の原因である。長城建設に三百万人を動員し、異民族の征伐に三十万人を徴兵した。始皇帝陵の建設に四十年の歳月をかけて、七十万人を徴集した。始皇帝の阿房宮などの宮殿建設にも莫大な資金を費やした。そして、九百キロの馳道建設や都江堰建設にも大量の資金を使い、五回にわたる巡幸にも膨大な資金と人員を投入した。

大量の資金の支出で、財源を確保するために、秦は頻繁に増税を行った。納税できない農民は、徴兵され、田畑は荒れ果て、全国各地で惨憺たる光景が広がった。

さらに、秦王朝は、性急に中央集権を断行した。度量衡の統一、貨幣の統一と文字の統一などの実施により、物流や文化の交流を加速させた。一方、焚書により民間にあった大量な書籍が没収され、焼却された。そして、坑儒で儒生方士四百六十名を生き埋めにした残酷な暴挙に民衆の不満や怒りが噴出し、各地で貴族や民衆による反乱が激しくなった。

加えて、高官の誤用は、秦王朝にとって、致命的となった。当初、秦王朝は大商人呂不韋の補佐により、一応国の基盤を作ったが、帝の資質のない嬴政になってから、「真人」になるというお伽《とぎ》話に惑わされ、誰にも顔を見せないように、帝は宮殿から宮殿へと逃げ回り、朝廷の聖旨は、すべて宦官趙高に任した。まさに帝が趙高の操り人形になってしまった。こうして、宦官趙高は朝廷内で、思うままに振る舞い始めた。

西暦前二一〇年、秦始皇は五十歳になったが、彼は身も心も完全に廃人になっていた。

この状況の中、始皇帝は咸陽から第五回の巡幸に出発した。趙高はこれもいい機会だとみて、日頃、手なずけた始皇帝の次男胡亥と一緒に、巡幸の列に加わった。

四月二日に徐福の出航を見送った後、始皇帝は七月五日（西暦八月二十日）に平原津にいた時、彼は病気で倒れ、そのまま十八日間もこん睡状態に陥った。一行は平原津から再出発し、砂丘にたどり着いた。この時、車内に始皇帝と趙高二人になった。始皇帝はすでに意識もうろうとした状態だった。

「死臭がひどいな！　嫌だ！」趙高の態度はひょう変し、独り言を繰り返した。

「趙高や、おまえはこの日を待っていたのか？」始皇帝の目には涙が浮かんだ。

「そう、国の恨み、母の恨み、おれの怨恨、貴様と秦の滅亡を待っていた」

趙高は誇らしげに残忍な顔を見せた。

「あー、あー貴様……」始皇帝は口から血を吐き始めた。

趙高の、宮刑を受けた苦しみ、趙の国が滅ぼされ、母を秦兵に殺害された憎しみが一気に噴出した。

「死ね！　この虫けら！」彼が思いっきり床を蹴った。

「おっ、おっ……」始皇帝は全身のけいれんが始まった。

「危篤だ。陛下は危篤だ！」大声を上げた趙高は目に唾をつけた。

李斯と胡亥が駆けつけた。

「父上！　父上！　目を開けてください！」泣きながら、床の縁にいる胡亥だった。

七月二十二日（西暦九月六日）、秦の始皇帝は崩御した。息を引き取った帝をよそに、趙高はひそかに李斯を呼んだ。李斯が同門の法家学者韓非子《かんびし》を自殺に陥れたことや、李斯の長男李由《りゆう》がかつて楚の国に内通したことを、胡亥に報告しなければならないと、早口で李斯に脅したところ、真っ青の顔になった宰相李斯が趙高の前にひざまずき、頭を下げた。

すべては、趙高の言うままに、二世胡亥を立てることに決まった。続いて、宰相李斯の手で、璽書《じしょ》（始皇帝の遺言）が書き直された。胡亥を秦二世に継がせ、帝の長男扶蘇と大将軍蒙括には「焚書坑儒」に反発した大逆不義の罪で、自害を命じ、また、蒙毅にも二世から自決の命を下した。こうして、始皇帝亡き四週間後に、秦二世胡亥が正式に即位した。

それから、血生臭い殺戮が始まった。宮廷内公子、公主二十数人と、その関係者、親族合わせて一万人を殺害し、自分の意のままにならない二世胡亥も殺害して、子嬰《しえい》を三世に立てた。

ここで、子嬰が密かに別の宦官と組み、趙高一族を滅亡させた。

そして、子嬰は劉邦の大軍の前で投降し、中国史上初めての統一国家秦王朝は終焉を迎えた。

三、大船団の運命

さて、こちらは徐福船団である。嬴政三十七年四月二日（西暦五月二十日）、徐福一行は始皇帝の見送りを受けた後、晴れて、琅邪港をたった。

今度の東渡は正に秦の国と永別であると徐福は覚悟していた。先祖代々が住みなれた故郷に別れを告げ、懐かしいふるさとの一山一水……が二度と見られないと思うと、徐福は断腸の思いだった。前回東渡時、一家全員を人質にされていたが、今回は、長男徐訓一家三人だけであるから、徐福にとって少しは気楽である。

出発直前に、大石の知り合いと称した大友という年配の海人が訪ねてきた。徐福はピンときた。その大友は、満面の笑みで、航路のことを説明してくれた。木浦から、釜山、釜山から壱岐に渡ることが一番安全な航路だと言ってくれた。徐福は丁重に扱い、大友に謝礼を渡して、玄関まで見送った。

大石の言った通りに現れた大友のことは、単なる偶然ではない。そして、大友の勧めたコースには、必ず待ち伏せがあると徐福は判断した。早速高良と話して、済州島コースに決めたが、このコースの航海経験者は一人もいなかった。

出発前日、徐福は高良を呼んだ。「いずれにせよ、なるべく早くこの地を離れることだ。済州についてから、ゆっくり考えよう」こうして、使節団は不安を抱えたまま出港した。

徐福は使節団団長、高良は副団長兼第一船団長、徐福の次女徐梅《じょばい》（十八歳）もこれに同乗する。この第一船団では、関は一番船船長兼第一船団の船長顧問、第一船団道案内兼通訳総括はオカ、使節団護衛隊長康泰は第一船団護衛隊長を兼務して船に同行する。

次男徐賀（十九歳）は使節団第二副団長兼第二船団長、橘弘は第二船団五隻船長を指揮する顧問船長とする、クマが第二船団の通訳道案内の総括責任者に決めた。

第三船団長は三男徐永（十六歳）、柳向隆が船長として同行し、副団長として徐永を補佐する。趙寛の叔父関雲一家はこの船団に乗る。道案内総括は包成の知人濵人の何平《かへい》に命じた。

第四船団長は四男徐善（十五歳）、副団長の徐連は徐善を補佐する。なお、徐連の家族も同行する。何勇は第四船団船長の総括指揮者、倭人リスが通訳道案内の総括責任者とした。

さらに、各船団には、それぞれ護衛兵二十五〜三十名を配置し、大使船は護衛兵三十名と始皇帝派遣武官十五名を配置することにした。童男童女は各二百四十〜二百六十名、百工は五十名、薬草専門医は十名、道案内人は五名、乗組員は百名、帆を扱う水手、炊事日常雑務などは五十数名を各船に配分した。また、航海中、童男は操船の手伝いをし、童女は炊事雑務を手伝うことを決めた。大使船には百十名の乗船者、他の十九隻は、百人前後の乗船者となる。四船団を合わせて、帆船は二十隻、乗船者は二千十余名になる。

慣れた地乗り航法で追い風に帆を揚げ、船はゆっくりと進んだ。渤海を渡る時、少し時化《しけ》ていたが、各船団とも損害はなかった。二十隻の帆船が長さ約六里（約三キロ）の長蛇の隊列で進み、二十七日間走りつづけ、四月二十九日（西暦六月十六日）に木浦に着いた。その間、船が港で停泊するたびに、各船とも陸に上がって、水と食料などの補給に忙しかったが、この時、朝廷武官の程英一行は、いつも遅くまで町で飲み食いをしていた。

木浦での休みの際、幹部船員による全員の健康状況調査と今後の航行予定を確認した。木浦から済州島へ渡る間、第一船団を先頭に、第三船団、第四船団と続き、最後尾に、第二船団という順に決めた。「一昼夜をがんばって、その翌日未の刻までに、みんなで一緒に昼食を取るぞ」を合言葉に、翌日、卯《う》の刻（六時）の満潮に合わせて、使節船団が錨を上げた。

出港当日、針路を南にとった船は、馬韓沿岸を南下するリマン海流と北東の風に送られて、順調に走りだした。予定より早く申の刻（午後四時）、船は木浦と済州間の小さな莞島に着いた。

無事を確認した徐福は「みんなは頑張ってくれ。ここから一海渡りだ」と各船団に念を押した。酉の刻（午後六時）に、空は少し暗くなり、風は幾分強くなったため、船の速力も大分上がった。高良はしっかり舵を取るように各船団に指示した。

一刻を過ぎたところ、たて続けに手信号と灯火信号で第三、四船団に連絡したが、両船団からの返信がなく、船影も見えなかった。さらに、最後尾の第二船団からも連絡はなかった。高良からの報告を聞いた徐福はあせった。

「大使、このままだと、済州島の東側に押され、さらに南へと流されて、大潮（黒潮）にぶつかります。急いで西に針路をとりましょう」海人のオカが走ってきた。

「針路西へ、面かじ一杯（右舵約三十五度）、全速力前進！」高良は号令を出した。船上に緊迫した雰囲気が漂い始めた。

「良！　ほかの船はどうする？」徐福は高良に聞いた。

「火を付けた松脂を塗った木片を流した。その木片の裏に『西行』と書いてあるから、後ろの船はそれを拾ってみれば、すぐ分かるようにしている。大丈夫だ」高良は落ち着いて言った。その間、曇り空が晴れてきた、月も星もはっきり見えた。

半刻（およそ一時間）たつと、「後ろに船団が見えました」と見張りからの報告が入った。灯火信号の蔭で逸れていた第三と第四船団が第二船団と合流ができ、戌の刻に済州島に入港した。

済州島に接岸した後、徐福は康泰に、九年前の東渡時、知訶島《ちかのしま》で片足を失くした海人大石の見舞いを指示した。武官の程英も一緒に行きたいと申し出たが、康泰は「一人でいく」と断った。

済州から東へ二里（約一キロ）、町から離れたところに、大石の住んでいる集落があったが、訪ねてみると、大石はもう一年前に亡くなったという。島に戻った大石は、朝から酒浸りの日々を送っていたという。康泰は大石の母親と弟に少し半両銭を渡して、船にもどった。

船に上がると、康泰は徐福に近づいた。「大使様、お話がございます」何か大事な話のようだ。

「実は、朝廷武官の程英が、あの趙高から『斬妖剣』を下賜されたと部下に自慢げに話しております。彼は趙高に将軍と呼ばれたと言っております。『斬妖剣』なら、誰でも斬れると放言しておりますから、気をつけてください。そして、もう一つ、彼の部下二人は、いつも大使にぴったりついていて、何かたくらんでいるように思いますので、ぜひご留意ください」話が終わると、すぐ部屋から出ていった。

「何！　あの程英か？」高良は声を上げた。

「いいか、良」徐福は高良を留めた。「わしもあの二人の動きを気にしておくから……」

「斬妖剣か？　泰、あとで俺の部屋にこい！」

徐福は康泰を呼んだ。

「陛下からいただいたあの箱を、しっかり守ってくれ」

重苦しい雰囲気のまま、三人共黙っていた。

四、再び「蓬萊」の土を踏む

あくる朝、ぜいたくな食事をみんなに食べさせた。いよいよ、知訶島（五島列島）への出発だ。海の上で休まずに、二日か三日で一気に海を渡る今度の航海の山場だ。みんなの顔に緊張感が漂った。

と、その時「大使、報告します」康泰が来た。

「昨夜、程英一行が、町に出て、船に戻った時に、大騒ぎになりました。程英の命令で、船の底倉から、若い女二人を連れだして、自分の部屋で犯した上、夜中に、その女たちを海に放り込んだそうです」康泰の怒りは顔に出ている。

「康泰、そこの『降魔剣』を出して、わしの席の後ろに掛けなさい」徐福は命じた。

「今すぐ、程英を呼びなさい！」

程英は部下二名を連れてきた。康泰はその二人を外で待機させ、程英の身につけている剣も預かった。

「程英が参りました」元気の良い声で、程英が康泰の後ろについて入ってきた。拱手《きょうしゅ》の礼をして、目の前に立った。

徐福は黙ってよそを見ていた。程英は上目遣いで、徐福をのぞいたが、その背後の壁に掛けている始皇帝下賜の『青竜降魔剣』が目に入った。程英の血相が変わり、両足が小刻みに震え始めた。彼が這うように徐福の前にひざまずいた。

「大使様、お許しくださいませ！　この程英、大変な過ちを犯しました。昨晩部下と町で食事して、船に戻った後、部下が酔った勢いに任せ、自分の部屋で、女を呼びました。申しわけございませんでした」小刻みに頭も地につけた。

「その女をどうしたか？」徐福は聞いた。

「部下の欲求不満に任せ、女を犯したのです。その後、二人の女が海に身を投げたと聞いております。本当に申しわけございませんでした！」明らかに罪を部下に擦《なす》り付けている。

「程英に申しつける」徐福は声を上げた。

「本来、貴様は中府車令の特命を受け、この船に上船したはずだ。その特命が何であろうと、自分の特命を果たす前に、船上で規律を乱し、人の命を奪うことは、誠に許しがたい。貴様みたいな人間は到底神の国には連れて行けない。よって、小船で、馬韓に送り返し、それから、中府車令に引き渡すものとする」

「大使様、お許しください。同行させてください。中府車令に渡されますと、私の命はありません。どうか、なんでもいたしますので、この船にいさせてください」音を立てて、頭を地面に打ち続けた。

「私は、今から、昨日悪事を犯した二人を処刑して、そして、みんなに二度とこのようなことを起こさないように守らせますので、どうぞ、お許しください」程英はすっかり降参したようだが、程英の後ろで、康泰は拳を握り、頭を横に振り続けた。

「護衛隊長、何か申すことはないか？」徐福は聞いた。

「程英自身は悪事をしていないと申しているのか？」康泰は前に進み、静かに聞いた。

「とんでもございません。天地神明に誓って、この程英、人様に言えないようなことを、一切いたしておりません」程英の顔に汗がにじんだ。

「貴様の成したことは、昨晩だけではないだろう！　おととい、貴様の部屋において、三人で若い女を蹂躙《じゅうりん》したことを、覚えてないのか？　その女は、部屋から追い出した後、海に投身自殺したこと、すべて陳虎と謝平に確認済みだ。これでも知らないと言うのか？」康泰はさらに程英に近づいた。

「いいえ……」程英は答えながら、顔を上げて康泰を見た。次の瞬間、程英はあっという間に康泰の鞘《さや》から剣を抜き、立ち上がった。

「貴様！　ここまで調べたのか？　ならば、ここで、貴様にも引導を渡そう」程英の目は真っ赤になった。「そこの徐福よ！　ここまでの命だと思え！　中府車令趙高様の命令により、貴様の首をもらうぞ！」剣で徐福に迫った。

「この人でなし！」傍にいた康泰が大声で叫んだ。後ろに回した両手から、シュッと手投げ矛を投げ出した。手投げ矛は程英の首と右目に命中した。程英は右手で、血が流れている右目を覆い、狂ったように左手で持った剣を振り回した。康泰はもう一度手投げ矛を投げた。程英の左胸に手投げ矛が深く刺し込んだ。血がドドッと流れ出した。程英が口から血をはき、よろめきながら、棒のように前に倒れた。

「大使様、大丈夫ですか？　危ないところでした。どうか、お許しください」剣を鞘に納め、康泰は急いで、徐福の前に拝跪《はいき》した。

「隊長、よくやってくれた。礼を言うぞ」徐福は康泰を褒めた。

「それにしても、どこからその手投げ矛を習ったのか？」

「剣を教える見返りに、橘さんから手投げ矛の術を教えてもらいました」恥ずかしそうに、康泰が答えた。

「そうか、そういうことだったのか！　皆仲よしだな」徐福はうなずいた。

「出発は明日だ」徐福は大声でみんなに言った。

夜が明けた。徐福は昨夜、康泰から詳細な報告を聞いて一睡もできなかった。趙高が上船させた武官十二名について、康泰が一人一人の意向を聞き入れ、みな船に同行したい意向を表明したため、全員康泰の護衛隊に編入した。

各船団の人数確認をしたところ、四船団合計すると百四十名がいなくなった。海に落ちた者、各港や休憩地に上陸した後、帰って来なかった者、病気を隠して無理に上船して、激しい櫂の作業で倒れた者、仲間とケンカで命を落とした者……。厳しい現実の前に徐福はあぜんとした。

徐福は航海に慣れた橘に航海に関する注意事項の説明をさせた。

「みなこの道のつわものだから、特に言うことはないが、ただ一言を言わせてもらえば、航海中には、見張りが一番大事なことです」橘はゆっくりと重い口を開けた。

「海と空と天候をみる、そして、陸と島を探す。これが大事です。これさえ分かれば、船乗りなら、まず良い判断ができると思います」短い言葉だった。

徐連は、九年前に経験した船酔いの怖さを強調した。大波で、甲板上にいた仲間が次々と波にのまれ、海に放り出され、助けられなかったことを悔やんだ。

続いて、高良は航路のことを念入りに説明した。済州島北の港を出発して、南下する大潮の返し波に任せ、西へ進み、さらにその流れに沿って南下し、済州島西の海岸が見えたら、正確に流れをつかみ、針路を東へ切り換え、一気に北上する大潮を横切る。簡単に言えば、済州島を左半周して、東へ突進することを強調した。

「もし、ここからいきなり東に針路を取ると、北上する大潮に押され、北海のどこかへ流されてしまうかもしれないぞ。重々注意してくれ！」

続いて、明日の出航計画を発表した。先頭は徐善船団、次に徐永船団、続いて徐賀船団、最後尾に高良の船団だと話した。航海のベテランが一番後ろにいると聞き、みんな安心した。

締め括りに、徐福から、「とにかく、自分の命と、部下の命を大事にしてくれ。頼むぞ」と言った後に、「同舟共済」（出典《孫子兵法》：同じ船に乗り、ともに済《たすける》）というスローガンを繰り返し、皆に朗読させた。

十五歳になった徐善の前に、徐福は足を止め、頭をなでた。徐連と何勇がついているから、安心しろと声を掛けてやった。

一人一人（わが子も含め）の顔を目に焼き付けるように見た徐福は、いつ再会できるかと一瞬に考えた時、目頭が熱くなった。

五、意外な間者

あれは徐福一行の出発前日のこと、李斯の使者徐信が来た。「宰相の書簡です」と竹簡一枚を置いて帰った。

「依爾有苟」

そのままで読むと、「爾《きみ》に依《よれ》ば（君にまかせば）、苟《こう》（呑気）有り」という意味の分からないものだった。

「俺に任したら、のんき過ぎるのか?」

なに? 分からない。どういうことか? 言葉が分かっていても、その趣旨は不明瞭。徐福は頭を抱えた……。

徐福は席を立ち、徘徊《はいかい》し始めた。

「依爾」「依爾」と繰り返し読んだ。

パッと徐福は手を叩いた。

「壱、弐だ!」目を細め、木簡を睨みつけた。

「依爾は壱と弐だ、一と二だな」

「壱と弐に、苟有るのか?」

「有苟、有苟」徐福は声を上げて、繰り返し、大声で読んだ。

足が止まり、徐福の拳が思いっきり机をたたいた。

「有苟は有狗(有《ゆう》=有、苟《ごう》=狗《いぬ》)だ! 一船団と二船団に狗が有るのだ。何ということだ」

「依爾有苟《イアルユウゴウ》」の発音と全く同じ「壱弐有狗《イアルユウゴウ》」に書き換えれば、この伝言の内容が一目瞭然となった。

「壱と弐に、狗(間者)があるか?」

ああ、危なかった。よく教えてくれた。有難うございます。徐福は手を合わせた。

徐福は竹簡を取りだして、「壱弐有狗」と伝言を書きなおした。幸い第一船団から程英という狗(間者）を早いうちにあぶりだした。徐福は第二船団の幹部船員名簿に目を通し、郝金昌《かくきんしょう》の名前が目に留まった。

郝金昌は徐福の長男徐訓と同じ年、徐阜村出身、しかも徐福塾の生徒だった。彼が一緒に住んでいた両親は、町でささいなことで、県令の息子とけんかになって、捕まった。父は万里の長城建設の服役に突き出され、母は県令の息子の家で奴隷のような使用人となった。一人になった郝は徐福に助けを求めた。徐福は郝を半年間家で居候させた。二度目の東渡を機に、郝を徐賀の船に乗せ、郡守に頼んで両親も呼びもどした。彼は事務副長として、事務長邱林《きゅうりん》を補佐している。

徐福は郝を呼び、「犬＝狗」という謎解き話をして、「壱貳有狗」の木簡を見せ、四半刻（三〇分）話した。

郝金昌は、すぐ第二船団の乗船者名簿を調べ、整理したメモを徐福に渡した。出港直前に、郝は一度上陸したが、その日のうちに船に戻った。その時、彼はひそかに徐福に報告した。

徐福は徐賀に「久万《クマ》の奥さんはおめでたらしいぞ、知っているか？」と声を掛けた。

「聞いてないよ」と徐賀は答えた。

「何百人の命を預かっているのに、おまえはのんきだな。妊娠は人生で一大事だぞ、まあ、ちょっと来い。話を聞かせてやるから」徐福は徐賀を大使室に呼んだ。

もちろん、「犬」の一件の話だった。第二船団のすべてに目を光らしておけと指示した。

莞島から青山島に着くまでの海峡で、徐賀の第二船団の三番船が波にあおられ、船体が三メートルほど持ち上げられた時に、数人の甲板員と童男らが海に落ちた。船長谷雲秀は目の前にある大きな岩に気が付き、みんなに小船で脱出するよう命じた。

　そんなジタバタしている最中に、櫂を扱う水手担当の副船長米公平が、突然船尾に走りだして、「徐賀さん、すまないが、俺と一緒に死んでくれ！」と叫びながら、林というかじ取りを刺殺し、舵を握り、徐賀の乗っている一番船に突っ込もうとした。止めに入った操船副船長方正も米に刺された。小船に移った人を除けば、船橋には、船長谷、副長米、事務長邱と事務副長の郝金昌の四人になった。

　手に傷を負った郝は
「米公平、よく聞け。大使が最初、幹部乗組員の家族を全部乗船させたかと調べたところ、おまえと邱の家族が、入っていないことに気が付いた。大使はすぐ郡守に頼み、おまえらの家族合わせて六人を、ひそかに村から連れ出して、俺が全員一番船に乗せたぞ。徐一家に何か恨みがあるか知らないが、それでも、一番船に突っ込むつもりか？　しっかりと見てみろ！　おまえの家族はみなそこにいるぞ！」枯れた声で郝は叫んだ。

「おまえの言ったこと、本当か？」米は突然大声で郝に迫った。

「天地神明に誓う。一番船をみてみろ！　その右舷で誰か手を振っているんじゃないのか？」郝は答えた。

　米の手が止まり、一番船を見た。

「あー！　畜生！　趙高の畜生！　この悪魔！　俺を脅迫して、道具にしたな」米は叫びながら右足で甲板を二、三回踏み続けた。「家族を人質に、わしらを恐喝したな！　この獣！　この愚かな俺は、副団長らと一緒に死のうと思っていたぞ」大きな目が真っ赤になった米の人相が変わった。

「許せ、許してくれ！　この愚かな俺を許せ！」

「郝金昌、すぐ船長、邱と一緒に小船で逃げてくれ！」米は気が狂ったように大声で叫んだ。

邱がそばに寄って来た。

「郝や、俺も同罪だ。趙高に恐喝されて、米が失敗したら、俺が米と船団長を殺すように仕組んでいたのだ。谷船長と郝を巻き添えにしたくないから、早く小船の方に飛び込め！　家族を頼むぞ！」

邱は手荒く数人を乗せた小船を本船から下ろした。

その直後、邱、米、谷船長と郝の四人が乗った三番船は、一番船に突っ込む針路を、取り舵一杯(左)で前へ変え、そのまま、真正面の大きな岩に突っ込んだ。船首は高々と持ち上げられ、船は二つに折れ、ゆっくりと沈み始めた。谷船長は海に飛び込み、足をケガしたが、後ろから来た四番船に救助された。郝は折れた帆柱で頭を打ち、波にのまれた。操船していた米と邱は海の中に消えた。

谷船長は第三船の出来事を徐賀と橘に報告した。「危なかったな。郝さんのおかげです」徐賀はすぐ谷を慰め、その場で、皆が郝金昌を悼んだ。橘は大使に「全忘」（犬亡＝犬は死んだ）と二文字の信号を送った。

「米も邱もみないいやつだったのに、やはり人間は人質にされた身内のことを思うと、脅迫に負けてしまうな。趙高というやつはこの世の最悪のくずだ、本当に憎い獣だ！」橘は涙ながらに言った。

「大使は宰相の連絡を受け、郝金昌に調べてもらったところ、すぐ米と邱に目をつけた。大使は『犬』のことを手信号で私に知らせてくれた」徐賀は沈痛の気持ちで振り返った。

徐賀の航海日記には、「莞島から青山島をくぐり抜ける間、三番船が座礁し、船体が二つに折れた。船が沈む前に、第三船の生存者は、全員四番船に移した。不幸中の幸いだった」と書き記してある。

橘からの報告を見て、徐福はほっとした。

第二船団は五月二日夕方、済州島に着き、皆と合流した。徐賀は沈痛な顔で徐福に深々と頭を下げた。

六、陸をさがせ！

五月三日辰の刻（八時）、徐福は船団長の高良、徐賀、徐善と徐永を呼び、じかに大原首長からもらった倭の結縄《けつじょう》作りの通行手形を渡した。これを見せれば、倭の国ならどこでも通してくれると言い渡した。そして、徐善船団に続き、徐永、徐賀、高良の三船団、計二十隻の大帆船が隊列を組んで済州島から出港した。船団間の連絡手段は手信号と灯火信号である。酉刻（十八時頃）済州島西海岸を抜けたところで、最後尾の高良は、徐善船団の船影が見えなくなったと徐福に話した。徐福は連絡が来るまで待とうと答えた。

翌日朝食の最中に、徐賀から連絡が入った。徐善の船団の二番船と三番船で、櫂を扱う水手の半数が船酔いのため、船倉内の作業ができなくなった。船は海岸に沿って、リマン海流に南へ流されているという。徐善は、これから、なるべく東に針路を取るので、こちらの心配はないから、みんな自分の船団だけはしっかり指揮するようにという連絡だった。その後、徐永から『徐善を助けにいく』という信号の後に、連絡が絶えた。二日目の夕方だった。

心配になった徐福は船橋の外に出て、無情に降り続く雨に打たれて、しばらくぼう然と立っていた。その時、高良は寄って来た。「何勇がいるから、命に関わるようなことはないだろう」高良は言葉を濁した。

時は刻々と進み、夜、亥の刻（午後九時）の「二更《こう》」を知らせる「梆子《ばんず》」（拍子木）の音が耳に入って来た。ちょうどその時、「大潮の真ん中だ！　今から、東に針路を取り、みんな、海を渡るぞ！」と徐賀からの信号が入った。徐賀の船団はほぼ大潮を横切る最中だったため、それから、お互いに連絡が絶えた。

徐福は黙って高良の傍に来た。「徐善らをどうする？」高良は大声で聞いた。徐福は頭を下げた。「よーし、関船長、針路このまま、南へ進め！　前方の第三船団、第四船団の船影を捉えろ！」高良は関に言った。

三日目の朝、大雨が降り始めた。大潮（黒潮）の激流が通る福江島の手前まで進んできたが、徐永らの船影が依然見当たらない。「大使、これ以上追うと危険です。東に針路を取ります」高良は繰り返し、大声で徐福に言い続けた。徐福は黙ったまま、甲板に座った。

五月五日（西暦六月二十三日）、男女群島を抜けた後、黒島の近くにたどり着いた。高良は徐福に言った。「今頃、徐賀は倭の国に着いただろう」徐福は「ああ、神様、われらを救いたまえ！」と小さな声で祈り、両手で顔を覆った。

いま、正に黒潮の真ん中に航行している。次々と迫って来る大潮の波が右舷をたたきつける。巨龍の背中に乗せられたように、高さ三メートル以上の黒い壁のような波に打たれて、船首は約五メートルの高さに持ち上げられ、左右に揺れながら、再び海にたたきつけられる。肝をつぶされそうになった徐福は静かに船室に戻った。

「危ない！」一瞬のうち、高良は目が覚めた。

「関！　このままだと転覆するぞ！　大潮を横切ることを避け、斜めに南東の針路を取れ！」

叫ぶように高良は言った。甲板の上に出ていた童男童女の七、八人が全員海になげ出された。甲板に残りの操帆員も作業できず、みんなラットにしがみ付いている。振り向いて、高良は関に言った。

「下へ行って、櫂を扱う水手を励ましてやれ」関はかじ取りに指示を出した後、急いで船倉に入った。自ら拍子木をたたきながら、「加油、加油！（がんばれ！　がんばれ！）」と、拍子木の音が響き、櫂のリズムも一段とはやくなった。「みんな、頼りにしとるぞ！」関はみんなに声を掛けた。

二刻（四時間）の格闘の後、船の揺れがやっと収まった。振り返ってみると、他の四船はぴったりと本船について来ている。いずれの船も、苦闘していた。波をかぶり、安全のため、各船とも帆を下ろしていた。

しぶきの中で、懸命に働いている乗組員の姿が徐福の目に映った。この時、彼は改めて数百人の運命を自分に預かっていることを悟った。彼は黙って、後ろの帆柱の下に座り込んだ。雨はさらに激しくなり、波も相変わらず、横から被せてくる。

「福兄、中へ入って！　ここは、邪魔だ」高良は弱気になった徐福を大使室に連れ戻した。大使室内は、木簡、茶碗、いろいろな道具などが飛び散り、足の踏み入れ場もなかった。ベッドに布団を頭に被り、娘の徐梅が体を震わせながら、しくしく泣いている。

左舷にうっすら陸が見えたが、激しい潮の複雑な流れの中、思うように近づけなかった。

パニック状態になった船倉から出てきた十数人が、船尾にある救命用板を持ち出して、海に飛び込んだ。

関が寄って来た。

「副団長、右前方に大潮の本流です。今から全速力で左へ針路を変えて、大潮から抜けましょう」

「そうしてくれ。詳しいことをみんなに言うな！」高良はすぐ信号手を呼び、全速力で取り舵（左舵）一杯の針路を取り、各船に総動員の指示を出した。酉の刻（午後六時）に、雨が止み、夕陽が見えた。

童男らは、全員櫂を扱う水手として担ぎ出された。船倉の櫂を扱う水手も、甲板の操帆員も、飯団子《はんとあんず》（お握り）を片手に、自分の作業に励んでいる。ゆっくりと遠くへ離れいく小山のような大潮を見つめ、みながため息をはき、寒気がして、背中はゾクゾクした。

「ドン、ドン、ドン」皆が落ち着いたところに、大使室から、太鼓の音が聞こえた。「みんな頑張れ！頑張れ！」徐福は声を枯らし泣き叫んでいる。落ち着いた徐福をみて、高良は可哀そうに思った。

先に見えていた陸らしきものが視線から消えた。周辺は真っ暗な海、異様な静けさの中で、船をたたく波の音だけがよく聞こえる。大潮から抜けるために、およそ三刻（六時間）の間、みんなが休まずに懸命に頑張った。

「兄貴、大潮から抜けたぞ」高良が笑顔で走って来た。

「もう大丈夫か？」徐福は念を押した。

「大丈夫、大丈夫だぞ。大潮はずっと南の方だ。西から東に流れ大潮が、見えるでしょ？　あれ、あの黒い帯が東の方に流れているでしょう」高良の説明を聞いていた徐福は魂を抜かれたように、長いため息を漏らした。

高良の指示により、みんなに休みを取らせて、操帆員だけの航海となった。夜中過ぎ、三日月も星も一緒に顔を出した。久々に見た夜空のわずかな光が、みんなの心を慰めてくれた。甲板の上に十数人が寝ている。

徐福は高良を呼び、大使室で酒を一口飲んだ。それまでにずっと大使室で泣いていた徐梅が、高良にお茶を入れてくれた。国を離れてこの一カ月間、徐梅にとって生まれて初めての大試練だった。

「梅、よく頑張ったね」高良のこの一言で、徐梅はワーッと泣きだして、徐福の胸に頭を埋めた。高良は口を押さえて部屋から出ていった。

船団は小雨の中、ゆっくりと速力を保ったまま、針路東へと進んだ。右手に小さな島が見えた（現在の硫黄島）。東西約二十里（約十キロ）の島だが、接岸できそうな場所は見当たらず、人影もなかった。高良は島が見えただけで、まず安心したが。

五月九日夕方、誰かが「カモメだ！」と叫んだ。高良はすぐ徐福を呼び、一緒に船橋に出た。左前方、カモメ二十数羽が飛んでいる。

「北北東へ進め！　そこは希望の陸だ」陸に思いを寄せる高良は零れ落ちそうな笑顔で指示を出した。徐福は船団全体のことを見なかった、自分の身勝手な行動を悔やんだ。

「俺は本当に愚か者だった」

彼は遠い地平線をジッと見つめていた。

第一船団所属三番船と五番船から救助を求める連絡が入った。小島（硫黄島）を通り抜ける時、両船とも岩にぶつかり、浸水し始めた。今は、五番船は生存者二十六名、三番船の生存者は三十六名いるという。高良は、二番船に五番船の救助、四番船に三番船の救助を命じた。月夜の中、沈みかけた三番船と五番船から、大事な食料品などの運び出しはできなかった。

「カモメが見えましたから、近くに陸があるに違いない」二番船から報告が入った。硫黄島から少しずつ北北東へ針路を取り、都井岬左に海岸を見ながら、船は進んだ。甲板の上、作業中の乗組員を除いて、全員が出てきて、湧き返ったような騒ぎが起きた。真っすぐな海岸線が目につき、砂浜が輝いている。翌日朝、内海を通り抜けた。大きな湾があった。接岸もできそうだが、船団の出入りが難しいと判断し、そのまま船を進め、入江の奥の砂浜で、高良は上陸を命じた。

五月十日、之罘を出発して、三十九日目であった。今の大淀川の北側に上陸した。後にここは「芳《ほう》士《じ》」と呼ばれた。その隣に「蓮の池」があった。

船五隻、乗船者五百十二名で出発した第一船団は、三番船と五番船を失い、上陸できたのは、計三百二十名だった。

七、七年振りの再会

徐賀の第二船団は、橘船長の指示に従い、済州島を左に回り、東に針路を取った。短時間で一気に大潮を横切り、無事壱岐島の北端に近付いた。この壱岐には大小二十四、五の島があって、四、五の島以外は、ほとんど無人島だった。

五月五日昼過ぎ、琅邪を発ってから三十四日目に、船団は無事波多津（伊万里）に上陸した。五隻船のうち、四隻は残った。損傷を負った四番船はこれから修理が必要となっている。乗船者を調べると、童男童女百六十名含め、生存者は合計三百六十名いた。取り敢えず、筑後川の河口一帯の砂浜で、けがした童男童女らの手当てをして、腹を満たしてから、しばらく休みを取ることにした。一刻半（約三時間）が過ぎた頃、みんなが目を覚ました。

その時、突然四方八方から法螺《ほら》の音が聞こえてきた。透き通った法螺の合奏から、警戒感と威圧感が伝わって来る。田んぼから、山から見る見るうちに、およそ五百人が集まっていた。みんな貫頭衣《かんとうい》を身にまとっている。そのほぼ真ん中に、頭領らしき者を囲む六人の一団がいた。一人は貫頭衣の着物だったが、ほかの者は、みんな華夏に似た服を着ている。彼らは手に棒を持ち、厳しい面持ちで、ゆっくりと、こちらへと進んできた。

「橘さん、どうする？」徐賀は橘に聞いた。

「われわれも六人で会いましょう。二番船、四番船と五番船の船長を呼びましょう」橘は答えた。

「今呼んできた五人の護衛を船のあたりで待たせましょう」クマが近寄ってきた。

「私は大秦帝国の徐賀と申す。このたび、潮に流された船が無断でお国に入りました。どうぞ、よろしくご寛容ください」徐賀は拱手《きょうしゅ》の礼をしてあいさつした。この固い難しいあいさつを橘がすらすらと訳した。橘が訳した話を聞いた途端、相手の一団が返礼もせず、突然ざわめき始めた。背の高い五十前半の頭領らしい者が、急に橘を睨みつけた。頭を横に振りながら、近寄ってきた。

「首長様、御返礼を」後ろから部下は首長に声を掛けた。

「あー、これは、これは、失礼」首長は拱手の礼をして、口を開いた。「徐賀様、ようこそ、いらっしゃいました。私はここの首長イワオでございます」興奮した顔が紅潮している。

「あ！」橘とクマが同時に声を上げた。「首長、御無沙汰いたしております」二人は拝跪して、頭を下げた。

「これは？　どういうこと？」この未知の地で予想も理解もできないこの唐突な出会いに、徐賀はびっくり仰天になった。

「徐賀様、実は、われわれが八年前、大使と一緒に東渡した時に、お世話になった三根郷の首長が、このイワオ様です」橘は徐賀に紹介した。

「そうでしたか。その節は、父が大変お世話になりました」初耳のことに徐賀はお礼の言葉を述べ、再び拱手の礼をした。

「徐賀様、大歓迎でございます」イワオの顔に笑みがいっぱい広がった。「やはり、橘様とクマでしたか？　お帰りなさい。待っていましたぞ」初老の顔に涙が見えた。

「橘さん、徐賀様の腰につけた結縄は、大原首長からいただいたものでしょう？」イワオは聞いた。

「はい、そうです。大使がじかに各船団長に渡した通行手形です。船団長、早速通行手形をイワオ首長にお見せしましょう」橘は丁重に答えた。

「あなたたちの顔が何よりの通行手形じゃないか。ところで徐福様はお元気でおられますか？」イワオは徐賀に訪ねた。

「おかげさまで元気ですが、海を渡る時に、父と逸《はぐ》れまして、今のところは行方を探しております」

徐賀は説明した。

「あっ！　連絡は取れない？　それは大変だ！」イワオは叫んだ。彼は、すぐ部下に徐福の行方を探すよう命じた。

イワオ一行は徐賀の船団の方に案内された。乗船する前に、イワオはひそかに部下に話しかけた。すると、その部下は大きな法螺を取り出して、軽快なメロディーで、山や田んぼの方に法螺を吹き始めた。

「首長、何かご不安でも?」橘は聞いた。

「とんでない。酒と肴《さかな》を届けてくれと連絡しただけのことだ」首長は笑いながら、答えた。

橘の妻エビが子供を連れて飛んできた。首長の足元に拝跪したエビは、泣き崩れた。首長は三歳と一歳の子供を抱き上げ、笑いながら、一人一人に頬ずりした。

「立派な子供だ。エビ、良い旦那、良い子供に恵まれたのう」イワオは笑って、エビを立たせた。

甲板の上で、イワオ首長らを歓迎する宴会が始まった。徐賀と橘に囲まれた首長は上機嫌だった。話がほとんどイワオ首長からの質問に対する答えだった。

「スミレさんはお元気ですか」橘は突然首長の妹のことを聞き始めた。

驚いたイワオは言葉に詰まった。「あれはな、壱岐国王の御令息の嫁に行かせた。元気でおりますから……」明らかに、イワオは、この話を避けたいという素振りであった。クマはそれをみて、イワオに、大原郷の方はどうでしたかと問いかけた。

イワオは静かに、大原郷のことを語ってくれた。

徐福らの帰国後、隣の大原郷は濵人らの尽力により、大きな発展を成し遂げた。まず、徐福らが残した船を駆使して、頻繁に馬韓と日向と交易し始め、さらに、馬韓を通して、間接的に華夏との貿易もでき、部族の生活も豊かになった。

ところが、ある事件を機に、大原郷の様子が一変した。

それは、徐福らが帰国後三年目の夏のことだった。ある日、貿易商と称する二人の男が大原郷に来て、馬韓の船が波多津《はたつ》（伊万里）港で待っているから、至急サバ、蟹とエビをそれぞれ千二百斤（約六百キロ）届けてほしいという依頼があった。この大量注文に喜んだ責任者于力《うりき》は、すぐ、サバ、蟹とエビを集め、馬三頭を用意した。彼が自ら二人の濵人を連れて、注文品を届けるために波多津港へ急いだ。

その一刻（二時間）後に、山から郷に戻ったヤマ首長は、部下の報告を聞いた。ヤマは不思議そうに頭を傾けた。

「なぜわざわざ三根郷の港を使うのか？」と一瞬に思った。

「相手は竹簡の注文書を持ってきたか？」と聞き、さらに、「いつもの相手だったら、注文書があるはずだぞ。相手はどんな服装だった？」と問い詰めた。

薄茶色の頭巾を括り、薄茶色の服を纏い、腰に短刀を差していたと報告すると。

「しまった！　危ないぞ！　于力がいつも口にした華夏の手先じゃないのか？　すぐに護衛二十名ほ

どを集め、わしと一緒に波多津港へ急ごう」二十一人が早馬に乗り、波多津へと向かった。

申の刻（午後四時）、一行は波多津川と有田川の河口を通りぬけ、川東にたどり着いた。人が行かない南海岸に久原の砂浜があった。砂浜の入り乱れた多数の足跡を追うと、目の前に、想像を絶する屍骸が散乱していた。

馬を降りたヤマ一行は、死体一人一人を確認した。薄茶色服の五人は明らかに馬韓と自称した倭人の海賊（日本、韓国、中国沿岸に出没する海賊。主に越、呉の者、馬韓の者と倭の者、一括して倭の海賊と呼ばれた）だ。彼らの背後に誰かがいて、于力を殺すように仕向けたのだろうか。

少し海岸奥の岩を背に、于力と濵人二人の遺体があった。遺体にはみんな十数カ所の刀痕があった。殺された馬の内臓が散らばっていた。海賊らは、馬を解体して、肉だけは持ち去ったようだ。「畜生！」力を落とした首長は砂浜に座り込み、大声で叫んだ。

大原に戻ったヤマは、すぐ濵人頭助手の梁済民《りょうさいみん》らを呼んだ。四十数人の濵人はひそひそと外で二人の話に神経を尖らせた。

「以前、于力と約束したことがある。もしも、于力自身に何かがあった時、濵人のみんなを、出雲の国に行かせてほしいと約束した。今はその時がきた。どうすればいいのか、梁の知恵を貸してほしい」

ヤマは不本意ながら、于力との約束を明かした。

「首長様、行かせてください！」門外から叫び声が聞こえた。「出雲へ行かせてください！　首長様」喊声《かんせい》がますます高くなった。梁済民はヤマの前に拝跪して、「よろしくお願いいたします」深々と頭を下げた。

　こうして、大原の滇人とその家族ら計六十余名は、みんな出雲へ行ってしまった。

八、三根郷の成長

「その後、大原郷に、以前のような繁栄が、戻ることは二度となかった」昔を懐かしむイワオの顔に寂しさが漂った。「滇人らが去った後、船使いが少ないため、大原は馬韓から入って来た華夏人や馬韓人を受け入れて、貿易を任せたが、大原の実権も少しずつ、渡来人の手に渡った」イワオ首長の声が、だんだん小さくなった。「ところで、高良様は、今はどこにおられますか？」イワオは、橘に問いかけた。

「徐福様とご一緒です」橘は徐賀をみながら、答えた。

「首長様、報告します！」誰かの声がした。

　外のざわついた雰囲気を感じたイワオ首長は、「ちょっと失礼」と外へ出た。

　しばらくして帰って来た、青筋を立てたイワオの顔は真っ赤になっていた。

「首長様、何かあったのですか？」徐賀は聞いた。

「たいしたことはありませんが、わしの一番下の娘が、海に出ていたところ、気の荒い若者に囲まれて、連れて行かれそうになっているという報告が入ってきたのです」イワオが急いで帰りの支度をし始めた。

「橘さん、わしらの船を出して、助けに行きましょう！」徐賀は言った。

「そうしましょう。うちの船は停泊しているから、すぐ出られます」橘は船の出発用意を部下に命じた。

「団長様、恐縮です。こんな大きな船で行ってくれるなら、悪ガキ共は一目散で逃げるでしょう。本当にかたじけない」イワオが大きな体を曲げて、一礼した。

留守番を頼んだ後、徐賀と橘が団長船に乗り込んだ。イワオ首長と連れてきた部族の三十名と、本船の四十名を合わせて七十数名の乗組員で長浜から出港した。

走りながら、橘は船内の武器を逐一確認した。相手は海賊であるなら、機動性の良い小船か、独木舟などが主力と考慮して、一番効果的な飛び道具が必要だと考えた。投石器、弾弓（パチンコ）、弓など飛び道具を特に念入りに点検した後、栗石、小石と投げやりもすべて用意した。さらに、接近戦を念頭に、手投げ竹やりなどもチェックした。船は櫂だけを使って、前へ前へと進んだ。

今福を出たところ、真正面に、長さ八メートル、帆柱一本の帆船が泊まっている。明らかに、囲まれた船を帰港させないつもりで、河口をふさいでいるようだ。その向こうで、四隻の小船が、二隻の独木舟を囲み、怪しげな声を上げながら、少しずつ包囲圏を縮めようとしている。徐賀らの船が来ているにも拘らず、一隻だけとみて、目の前の帆船は全く動じなかった。

「太鼓をたたけ！」徐賀は大声を上げた。全長三十丈（八十三メートル）、水面から高さおよそ三丈（約八メートル以上）の船の巨体が相手の船を目掛けて突っ込もうとしている。この時、さすがに相手は動揺し始めた。

「前方帆船を目がけて突っ込め！」橘の号令が出た。「左右弾弓手、投石手、前方帆船に目標を定め！」橘は船橋の外に出た。その時、向こうから、矢が飛んできた。矢は橘の頭上を掠め、船長室の屋根に刺さった。

「一斉攻撃せよ！」橘は怒った。

弓、投石器、弾弓を一斉に発射し始めた。相手船の右舷に石や、弓矢が雨のように注ぎ、帆船右舷に数カ所の穴が空いている。突っ込んでくるこちらの船にも落胆し、海賊船は船体を傾けたまま、逃げ始めた。こちらの船首がすれすれに当たりそうになった時、橘はさらに命令を出した。

「たいまつを投げろ！」火のついたたいまつを十数本相手船に投げ込んだ。

相手船が、消火に取りかかる間、船が沈み始めた。パニック状態になった船上から、十数人が海に飛び込んだ。海賊三隻の小船は一斉に海に落ちた仲間を助けようとしたが、こちらの投石器、弾弓などの激しい攻撃を受け、二隻は海に沈み、残る一隻は水中にいる七、八人を残して、全速力で逃げた。

今福を出港して、わずか半刻足らずの救出劇だったが、二隻の独木舟は救出された。首長は何回も何回も徐賀にお礼を言った。

船は長浜に戻った。先に戻った首長の娘アキらは、海岸でみんなの帰りを待っていた。海岸には既に大小十面のテントが張られていた。部族の船員らは専用テントに案内され、三根郷の人々は徐賀、橘など幹部らと一緒に、第二船団長のテントに入った。全員席についた後、イワオ首長は、三根郷の者と一緒に立ち、徐賀と橘らに拝礼して、アキらを助けてくれたことにお礼を述べた。

そして、「今日は本当にありがとうございました」という透き通った声がテント中に響き、アキは体を深々と曲げた。この時、徐賀は初めてアキを見た。締まった瓜実の顔に、潤んだ大きな目は輝き、半分開けた唇に頬笑みが浮かんでいる。十七歳にして、もう一人前の女性である。徐賀は軽くうなずき、上目遣いでもう一度アキを見た。目が合った！　徐賀は目を逸らし、片手を机についた。

「私の父をはじめ、多くの仲間も、大変お父様に世話になったそうで、お礼を言われるには及びません」

徐賀は答えた。

「お父さん、あの方は橘兄さんと違いますか？　それと、あの人、クマ兄でしょう？」アキはイワオの袖を引っ張り、にこやかにイワオに聞いた。

「アキ、お客さんの前で、失礼だぞ！　言葉を慎め！」イワオは軽く頭を下げた。

「やはりアキちゃんだったか、綺麗になりましたな！」橘とクマが同時に言った。アキはすぐ笑顔で見返した。

「お父さん、このお兄さんは？」指で徐賀を指した。

「こら！」イワオは慌てた。

「この方は徐福様の御子息様の徐賀様だぞ。改めてお礼を言いなさい」

「あー、徐福伯父様の息子さんですか?」さり気なくアキは徐賀の前に進み、「今日は本当にありがとうございましたー」と深々と頭を下げた。

活発なアキの前で、さすがに徐賀もうろたえた。

テントの中は、アキの声がよく聞こえ、明るい雰囲気が漂っていた。橘は、各船長、副船長を呼び、アキを救助するために中断していた首長らの歓迎宴会を再開した。食事中、アキはよくみんなにお酌し、楽しく話しかけた。

とくに、賀の傍に来ると、「どうぞ、徐賀お兄様」とにこにこして声を掛けた。その都度、傍にいるイワオの叱りを受けた。

二年間の三根滞在中、徐福が名付けた子供は自分の子徐海とイワオの娘アキだけだった。これも何か縁があったような話だ。

七年の間、イワオ首長の地道な努力により、三根郷の西は、元の三根郷から、福崎（吉野ヶ里）を通り抜け、東は波多津（伊万里）まで、地盤は元来の四倍以上にもなった。佐嘉（佐賀）と波多津（伊万里）の両港に、十数隻の小型船で、近隣の部族ともよく交易した。また、三根郷の田んぼも次々と開墾され、耕地面積は、以前のおよそ三倍に増えた。三根郷の基盤産業として、貿易、漁業と農業は皆軌道に乗っている。

第七章　修羅場をくぐり抜ける三船団

一、第三船団の運命

徐永の第三船団は「徐善を助けにいく」と言葉を残して、その後、徐賀との連絡が絶えた。

徐永は柳向隆に徐善を助けてほしいと頼み続け、皆は懸命に徐善の船影を追った。一時は、起伏する波と波の谷あいに、一隻、もう一隻と船影がうすうすと見えていたが、船を確認している中、いつの間にか、船影は完全に消えた。

その日に、各船団から、断続的に直ちに東へ針路を取れという信号連絡が入った。徐永は柳向隆の意見を聞いた。柳向隆はしばらく考えた後、すぐ「四番船、五番船に命じる、最初の打ち合わせの通り、東の針路を取り、第二船団か、第一船団と合流しなさい」と思い切った指示を出した。

振り返って、二番船、三番船に対し、本船（一番船）の後に着いて、第四船団の船影を追えと信号を送った。

北西の風は激しくなり、大粒の雨が顔にたたきつけ、視界もますます悪くなった。

「二番船から報告します。甲板員三名海に落ち、行方不明」

「三番船から報告します。船酔いで甲板に出てきた、童男七名童女四名が波にさらわれました」事故の報告は相次いだ。

五里霧中の状態で、船は進み、徐永は塑像のように立ったまま船橋から一歩も離れなかった。

翌日の夜を迎えた。甲板の上での夜の作業は禁物であり、柳向隆は数人の甲板員を櫂の作業に補填することにした。櫂を扱う者の交代を急いで済ませ、みんなが静かに夕食をとった。

酉の刻(午後六時)過ぎると、各船は首尾に照明灯火を付けた。それで十分お互いの位置確認ができ、みんなの緊張感も幾分和らいだ。夜中過ぎ、雨が止んだ。みんなの疲れた様子を見て、柳向隆は東の針路を取るように、展帆し始めた。濃霧が海面に一面に覆うように漂い、この時誰も福江島の南側を抜けたことに気づかなかった。

朝が来た。

「はるか南前方約四里（二キロ）に二、三カ所の灯火が見える」信号手からの報告が入った。

船上は一時大騒ぎとなったが、しばらくすると、そのわずかな光も見えなくなった。何平が来た。

何平は濵人でありながら、かつて、越の人らと数回海を渡った経験を持つ。その彼は柳向隆の傍に寄ってきた。

「本来なら、倭の地に着くはずですが、今のところは陸が見えないし、カモメも見えない。ひょっとすると、われわれは、男女群島を抜けて、相当南の海で航海しているかもしれない」何平は冷静に柳向隆に言った。

「どうする？」

「これから、第四船団のことを差し置いて、今すぐ左へ針路を取り、大至急陸を目指すべきです」何平は柳向隆の指示をまっていた。

「分かった」柳向隆はうなずいた。

「二番船、三番船に連絡。取り舵（左舵）一杯、全速力前進。陸を目指せ！」振り向いて、大声で、本船にも指示を出した。

「取り舵一杯、全速力で進め」柳向隆の声は枯れていた。この時の船は、すでに屋久島南海峡を通り過ぎていた。向こう三里（約一・五キロ）真正面に大潮が海面を真っ黒に染め、はっきりと見えた。大潮とぶつかった沿海のうねりが波頭を立て、三角波と化けてこちらに近寄って来る。

「全船に命じる。前方に大潮とうねりだ。大至急斜めに三角波から逃げなさい！　取り舵一杯に全速力で大潮から脱出しなさい！」

柳向隆は信号で指示を出した。前後並んだ三隻は一斉に左へ向け、目一杯展帆して、みなは精一杯櫂をこぎ始めた。

およそ四半刻（約三十分）の格闘の末、三角波からようやく逃げ出したものの、三隻とも黒潮の上に突っ込んでしまった。櫂を扱う水手を半分に減らし、帆も使わないことにした。船はおよそ時速三十七里（約十ノット）で滑らかに進んだ。

はらはらしながら、四日間があっという間に過ぎた。うそのように海面は静かになり、船は九州と四国あたりの海にさしかかった。長い航海経験のない柳向隆は、頻りに何平に質問した。

「陸はまだですね？」と聞いた。

「北川方向（左側）には、陸があるはずですが、この大潮の中から、横切るには危険ですので、すぐには脱出できませんな」遠い前方を見ながら、何平は言った。

「善らはどこにいるだろう？」徐永はか細い声で柳に聞いた。数えで十七歳の徐永は、十五歳の弟の徐善とは一番仲よしだった。今、彼の脳裏には徐善のことしかない。

「柳さん、徐善を探してください！」青ざめた顔で、徐永は力をこめて、柳向隆の手を取った。

「はい、探します」徐永の肩を抱きしめ、柳は言った。

「どこへ探しにいったらいいのか、分からないが、今は、ここにいる二百数十人のことを先に考えましょう」優しい声で柳は答えた。

夕食の後、少し酒を徐永に勧めた。お猪口ひと口の酒で徐永はすぐ眠りについた。

波長の長い大潮（黒潮）のどす黒い流れに任せて、船は進み、三日間はあっという間に過ぎた。この日の朝、「右舷前方三里（一・五キロ）流木発見！」と見張りから報告が入った。船橋からのぞいて見ると、大破した船のようだった。帆柱らしきものが斜めに海に突っ込んでおり、船尾部分は逆さまになって帆柱に絡んでいる。その後ろに、家具などは浮き沈みながら、帆柱と一緒に流れているが、人はいなかった。

「人は大丈夫だったか？」柳の口から心配の言葉が漏れた。

「可哀そうだな」後ろから徐永はつぶやいた。明らかに、彼はおびえている。

「大使様がいつも言うように、『同舟共済』『人命至尊』だ。われわれも気持ちを引き締めて、今の難関から脱出しよう。な？　何平さん？」柳向隆は厳しい口調で何平に声を掛けた。

「はい。そうです」徐永の方から返事してくれた。柳向隆も何平も驚いた。

徐永は船団長室にいったん戻り、すぐ着替えて、甲板に降りて、船首へ行こうとした。

「団長、甲板は危ないですぞ！」柳向隆は注意した。

ちょうどその時、船倉から食品などをつり上げる最中、巻き揚げ機のヤードが起動した。徐永が帆柱の傍を通ろうとした時、足がマスト根元のロープに引っ掛かり、そのまま、荷役中のヤードにつり上げられた。

「たすけてくれ！」逆様になった徐永は悲鳴を上げた

「ヤードを止めなさい！　上げた荷物をおろすな！」

柳向隆は凄まじい声で叫び、走って船橋から降りた。帆柱にあるロープをヤードにつけた。ロープのもう一方を体と手首に回した後、帆柱に固定した。見る見るうちに、巻き揚げ機のロープは張ってきた。貨物の網袋（ネット）は、徐永と一緒に一丈二尺（約四メートル）の高さにつり上げられた。このまま落とされると、徐永の命がない！

風に吹かれて、ヤードが激しく揺れている。徐永は帆柱にあたりそうになり、そこに、柳向隆の叫びが響いた。

「みんなこちらのロープを引いてくれ！　巻き揚げ機をゆっくり緩めるように、伝えてくれ！」柳向隆は叫び続けた。彼は両手両足で帆柱をしっかりと抱きしめている。

巻き揚げ機のロープは徐々に緩み、徐永は貨物ネットと一緒にゆっくり降ろされた。徐永は真っ先に柳向隆の傍に飛んできた。

「船長、ありがとうございます」彼は柳向隆に頭を下げた。

「船長の左手首は脱臼、左手の小指と薬指の骨が折れたようですぞ！」誰かが大声で言った。

徐永は慌て柳向隆の手を握った。「この徐永のわがままをお許しください！」泣いて柳向隆の足元に座り込んだ。

薬屋の白国安《はくこくあん》が飛んできた。柳向隆の脱臼した左腕をもとに戻し、複雑骨折した左手の二本の指は切り落とした。船長がけがしたと聞いた乗組員は、みな甲板に出て、大騒ぎとなった。

やっと落ち着いたところで、二番船、三番船に関する報告が入ってきた。童男童女たちと船員らは、済州島から出発した八日目から、動揺し始めた。四番船、五番船の取り舵で東針路に変更した後、皆の不安が一層ひどくなった。女性の副総務長からの話だと、童男は叫び、童女は泣くばかりで、皆は何もせずに、船倉の中でオロオロしていた。汚物が散らばり、嫌な匂いが船倉に充満していた。

各船とも童女の世話人を総動員して、甲板上の汚物を海に捨てて、船倉も綺麗にした。船酔いに耐えきれないものは、夜中にこっそり甲板に出たりした。そのために、合わせて二十名以上の童女は海に落ちて流された。

朝方、徐永、柳と何平は黙ってその話を聞いた。

「みんな、ご苦労さんです」突然徐永が話し出した。

「すべては、この私が悪かった。みなさん、本当に申しわけない」涙顔でみんなに頭を下げた。

「今からは、船長の柳向隆さんに団のすべてを任せます。私は一乗組員として、みんなと一緒に働きます」もう一回頭を下げた。

柳向隆も何平も言葉がなく、総務長らもあぜんとした。

「柳船長、指示を出してください！」徐永はもう一回柳向隆に一礼した。

「分かりました。団長」柳は落ち着いて答えた。

「何平さん、道案内通訳の頭として、船団の針路を決めてください」柳は何平に言った。

「今日は、済州島を出て、ちょうど二十日目です。朝から、船は北北西の針路をとり、順調に進んでおりますが、巳の刻（九時）頃に、偶然、本船前方と左舷前方に層雲と雨層雲（乱層雲）が現れた。その後、全く動かないカサ雲も微かに見えた。考えてみると、この近くには陸があると思います！」

何平はしっかりした口調で説明した。

「山が見えたか？」歓声があがった。

「今から、ハトを放してみます。ハトが北西方向から無事に戻ってきたら、陸は近いところにある。一、二日中には、陸がもっと見えるはずです。それまでは、みんなは休んでください」何平は会心の笑顔を見せた。

この晩、放したハトが無事に戻って来た。静かになった団長室で、徐永は濃茶、柳と何は酒で晩酌した。二十日振りの安らぎだった。

二、一難去ってまた一難

「隆、ちょっと来い」徐福が呼んでいる。

「はい、何ですか？」柳向隆は答えた。

「おまえに徐永と徐善のことを任せたいのだ。頼むぞ」徐福は真剣に向隆に話した。

「何ですか？」

「第三船団と第四船団のことだ」徐福は柳向隆の肩に手を掛け、下を向いたまま、柳に頭を下げた。

「先ほど見たように、程英のような間者がまだ第一船団や第二船団にいる可能性はあると思う。その点、永と善の船団には『犬』は乗ってないから安心できる。徐連はまだ若いから、隆は何平と力を合わせて、徐永と徐善を無事倭の国に届けてやってくれ。頼んだぞ」

一方的に話した後、徐福は早足で闇の中へ消えた。

これは、済州島を出発する前夜、大使暗殺未遂の程英が康泰に切り捨てられた後の出来事だった。

大使は第三船団と第四船団のことをこの俺に任せた。しかし、任せられたこの俺は誰も助けてあげられない！

ウトウトしながら、いつの間にか柳は眠りかけた。

「船長、陸です！」誰か大声で叫んでいるようだ。夢だ。そう思って、柳は再び寝た。

「ドン、ドン、ドン！」戸をたたく音に目が覚めた。目の前に、何平が立っている。

「船長、陸が見えました」大粒の涙を何平は流している。

「陸？　本当か？」柳向隆は急いで何平と外へ出た。その足で徐永の部屋へと走った。騒ぎで目が覚めた徐永は入口に立っている。

「船団長、陸です」柳は大声で徐永に報告した。両手で顔を覆い、涙で目が潤んだ。

「あー、紛れもなく、陸だ」徐永は両手を上げ、「陸だぞ！」と叫んだ。三人は輪になって喜んだ。

「報告します。今朝辰の刻（八時）頃に陸を発見しました」見張りが来た。

「ご苦労さん」徐永は言った。

「陸が目の前だ。みんな上陸の用意をしなさい」甲板上の混乱を防ぐため、柳向隆は念を押した。

「信号手！　二番船と三番船にも、同じ命令を伝えなさい」柳の声は弾んだ。


船橋から左舷方向をのぞくと、険しい岩が海面に頭を出しており、その奥に、断崖のような海岸線が見える。ここは紀伊大島のあたりだ。船団の上陸は明らかに無理だ。

「岩の多い海岸が目の前にあるぞ。座礁しないように、慎重に舵をとれ！」信号手を見ながら、柳の声が一段と高くなった。

大きな半島が見えてきたが、ここも岩が散在しており、こんな大きな船は、接岸ができないため、さらに北へと進んだ。三番船から「三番船の船尾が岩に接触、無事脱出しましたが、入港後、破損状況を確認する必要があります」という報告が入った。

一直線の海岸線が見えたが、ここも断崖が多く、接岸することはできない。渇望していた海岸が目の前に見えたのに、上陸はできないというジレンマが船団に漂い始めた。

「何平さん、大きな河口を探そう。河口の奥に接岸できるなら、そこから上陸しよう」柳向隆は振り向いて、何平に言った。

「大きな河口が見えましたぞ」何平は左前方を指さした。紛れもなく、そこに幅およそ一里（五百メートル）の河口が見えた。北は複雑な岩海岸線になっているが、南は緩やかな砂浜だった。

「これだ！」柳向隆はすぐひらめいた。「二番船、三番船に命じる。取り舵一杯、本船について、河口へ針路を取れ」柳向隆は接岸の指示を出した。

巳の刻（十時）、第三船団三隻の船は先後に上陸した。河口からおよそ二里余りの南岸だった（今の蓬莱町のあたり）。接岸直後、岩にぶつかった三番船は浸水し始めた。取り急ぎ、三番船の乗組員を早く上陸させ、荷物を降ろさせた。その直後、三番船はジワジワと音を立てて海に沈んだ。長い航海の末、無事上陸した船は、三隻から二隻となった。徐永船団は琅邪を出発し、五十二日目に見知らぬ陸に接岸した。暦は五月二十三日（西暦七月十日）になっていた。

柳向隆は冷静になった徐永を見て、やっと安堵した。

柳は各船の船長、副船長に、生存者の確認を指示した。一番船三十一名、二番船七十名、三番船十九名、生存者合計百二十名だった。徐永、柳向隆と何平の三人は放心状態になったまま、互いに顔を見た。長い航海で受けた損害にショックを隠せなかった。

柳向隆は黙って総務長に命じ、みんなに酒を配った。柳向隆は自ら杯を徐永に渡したが、さえない顔の徐永は、左手で杯を払い退け、お茶の方に手を伸ばした。

「じゃ、みんな、改めて、上陸を祝して、乾杯！」柳は声を抑えながら音頭を取ったが、誰も声を出さずに、黙々と杯に口を付けた。長い沈黙は続いた。

「報告いたします」見張り頭と見張りが、走って来て、ひざまずいた。

「何だ？」柳は聞いた。

「四半刻（約三十分）前に、大きな湾を通り過ぎた頃、岩ばかりの浅瀬の奥に、険しい断崖がありましたが、実は、その時、断崖の蔭に、座礁したような、大きな船らしきものが見えましたが、みんな、目の前の岩に気を取られまして、つい報告が後回しになりました。大変申しわけございませんでした！」

「船か？」柳はびっくりした。

「はい。マスト二本の船のようでした」

「人は？」

「見えませんでした」

「分かった。下がってよい！」柳の顔に緊張が走った。

「先ほど通ったあの大きな岩が見えた湾のあたりか？（熊野灘南の三輪崎一丁目付近）」

柳はすぐ声を上げた。

「三番船船長」

「はい。ここにおります」三番船船長の趙長勝が出てきた。

「先ほど、通ったばかり、あの湾を覚えているか？　すぐ、第一副船長に十五人を連れて、八人乗りの平底船二隻で、受難船の確認に行かせろ！　もし、うちの者なら、一隻を救助作業に残し、もう一隻をこちらに報告するようにもどせ！」柳向隆は命令した。

「はい。承知しました」趙長勝が出ていった。

「まさか、四番船か五番船じゃないだろうな？」祈るように徐永が言った。

「時間的には、その可能性が高い」柳向隆はつぶやいた。「四半刻前か？　ここまで十里（五キロ）くらいかな。夕方までに何とかせんとダメだな」

受難船の確認を待つ間、柳向隆はみんなに昼食を食べさせ、テントを張らせた。

西の小高い山の上には、見張りとして二人の護衛をつけた。救助に必要なロープ、滑車と救急薬などを用意した。

半刻（約一時間）後に、遭難確認の小船からの報告が入り、四番船が座礁したものと分かった。五十名の船員は帆船に残った十隻の小船に分乗して、救助に取り掛かった。

夕刻（午後四時頃）、救助作業は一段落して、護衛四名を現地に残し、みんな芳士に戻った。幸い四番船の小船は全部損傷してなかったため、四十名の生存者を無事に大浜（新宮）まで連れてこられた。四番船船長王進喜《おうしんき》は、乗組員を連れて、徐永と柳向隆を訪れた。「四番船船長王進喜並びに乗組員三十九名無事上陸いたしました。船団長、副船団長救助をいただき、ありがとうございました」疲れ果てた声だった。報告が済んだ途端、命拾いした四十名の歓声と号泣が船上に響いた。立て続けの事故との遭遇は、柳向隆にとって、正に泣きっ面に蜂だ。

「みんな、よく生きてくれました」徐永は平身低頭して一人一人の手を握った。柳向隆と各船の船長、副船長らも、久々の再会に喜びの言葉を交わした。

三、おまえらは海人《うみと》？

少し落ち着いてから、みんなは王進喜船長を囲み、遭難の詳細を聞き始めた。

「済州島を出発して、その翌々日、第四船団を追っかけたところ、すぐ五番船の様子がおかしいなと気付きました。船は右、右と曲がり、左右の揺れもひどかったです。すると、五番船から、櫂を扱う水手が船酔いで動けない、調理場から出火、船橋まで延焼していると連絡が入りました。その直後に、私は船団長に報告したのです。櫂を扱う水手を出す用意をして、五番船を救助しようと思いましたが、一里（五百メートル）向こうで、五番船は帆を半分ほど広げたまま、火だるまになっていました。向こうからの連絡が途絶えました……」

四番船は、幅およそ百里（五十キロ）の大潮（対馬海流）の波涛に押され、あっという間に五番船を見失った。皆声を掛け合い、懸命に大潮と戦い、翌日の夕方、やっと大潮の黒い流れから抜けた。黒島あたりでまわりを見ると、目の前に、また別の大潮（黒潮）が現れた。一丈五尺（約五メートル）くらいの波である。船は二つの大潮の中で、押されるままに、東へと進んでいた。五十歩（約百メートル）くらい波長の大波に揺られて、急に不規則な揺れが激しくなり、船はほぼ止まった状態だった。

「『三角波だ！　櫂をこげ！　脱出だ！』私は叫んだ。私は三角波の怖さをよく知っている。

その時！『五番船だぞ！』と見張りが叫んだ。波に高々と持ち上げられた五番船が目の前にあった。無残に焼け焦げた船体が真っ二つに折れ、船首と船尾も、バラバラになったまま波に呑みこまれた。『そこに百人の命が……。ああ！』と思うと涙が止まらなかった。五番船船長李忠林と私は同じ越の出身、一緒に呂宋島（フィリピン）まで仕事に行ったこともあった。

あいつは、いろいろな経験を積んでいるのに、どうして大潮を横切るのか理解できなかった」

王進喜は悔し涙を流している。

「その後、われらにも災難が訪れました。それは、われらの左舷に陸が見えた時です。大潮からやっと脱出した直後、興奮のあまり、みな操船を放り出して、甲板に出たのです。こちらの指示にはほとんど耳をかしてくれなかったです。気がつくと、かじ取りのミスと陸への急接近のため、船は座礁してしまったのです。船団長、柳船長。多くの仲間を失い、大変申しわけございませんでした」

王進喜は再び徐永と柳向隆の前でひざまずいた。

徐永と柳向隆は口をへの字にして、黙って王船長を立たせた。徐永は救助された四十人の前で、頭を下げた。

「この徐永のわがままをお許しください！」徐永は叫んでみんなに謝った。

「あれもこれも、この柳向隆が船団長を十分補佐しなかったせいです。心から悔やんでおります。どうか、お許しください」柳向隆も深々と頭を下げた。

柳向隆の前に甲板員が走って来た。さきほど接岸前に、三番船船長の呉天新が強風の中、童女四人を甲板から船倉に戻す時に海に落ちて、大潮にのまれたという一報が入った。みんなが驚いて、悲鳴を上げた。

航海中の三角波の恐ろしさは皆の教訓として、忘れられない。

「報告します」護衛が来た。「陸の三面から、こん棒を持った人たちがこちらに来ます」

田んぼから、山の方から、およそ三百人がたいまつを持って、こん棒を手に近づいてくる。ただ事ではない！

「各船長に命じる」柳向隆は船橋の上に登った。「乗組員を全部本船の周辺に集め、童男と乗組員の男を六十名選び、こん棒を持たせて、前面に二列に並べ！　見張りの護衛二名は、そのまま小山に配置、残り護衛十一名は五人と六人に分けて、ヤリと刀、そして弓を身につけ、乗組員と童男の後ろに並びなさい」振り返って、「他のものは、男と護衛の後ろに集めなさい」柳の指示通り、みな整列した。

柳向隆はひそかに王進喜を呼び、男数人を連れて、船倉から酒の樽や、木箱に入った食べ物などを運び出させた。

徐永は真ん中に、柳向隆、二番船船長と通訳二名は両側に、手に何も持たずに、一列に並んだ。柳は徐永と短い言葉を交わした。

徐永の後ろから、「ドンドン、ドンドン、ドンドンドンドン」落ち着いた太鼓の音が高らかに響いた。続いて、「ブー、ブー、ブー」と細い法螺《ほら》の音が聞こえた。それを聞いて、相手の方からも、「ブー、ブー、ブー」と少しは太めのホラの音が返ってきた。柳の顔がゆるんだ。彼は右手を上げ、太鼓と法螺を止めた。好意の太鼓と法螺の音に、好意の返事が返ってきたからだ。

距離およそ十歩（十五メートル余）の所で、相手の七人は止まった。

「おまえらは、海人《うみと》か？」真ん中の年配の人が、地元の言葉で声をかけてきた。

「われわれは、海人ではない。私は、大秦帝国の徐永と申す。この度、近隣諸国訪問の途中、海を渡る時に、この地に流されました。無断で上陸しまして、ご寛容ください」徐永は堂々と答え、何平もすぐ通訳した。

「わしは首長のトラオだ。この地に、何しに来たのか？　いつまで滞在するつもりか？　お答えください」首長は言った。

「取り急ぎ、船と受難者の手当てをします。いずれ、われわれの使節団の団長一行と合流して、ここから出ます」徐永は答えた。

　首長一行は、相談し始めた。その中の部下の一人が後ろの人の群れに両手を振った。すると、三百人が一斉に思い切りこん棒を地に突きながら、「オー、オー、オー」と大声を出した。そして、みんな、地べたに座った。

「われわれは先祖代々、漁と農業を営み、この地で暮らしている。しかし、この地の恵みは、限られているから、大人数の外来者には、長期間の滞在を遠慮してもらわなければならないのだ」首長の声は厳しかった。

「われわれは重々分かっておる」柳向隆は通訳を通さずに答えた。「われわれは、受難したために、ここに接岸した。これからの航海のために、まず船の修理をすることが何よりです。船が修理完了次第、われわれは出て行きます」一息をして、「われわれは、一、二年分の蓄えを持っている。われわれの使節団長と合流するまでは、十分間に合うため、貴地には、一切迷惑をかけることはない」軽く拱手の礼をして、首長の顔をのぞいた。

　首長一行は、再び打ち合わせし始めた。

「首長さん、ここに、大原郷のヤマ首長からいただいた通行手形がございます、どうぞ、お目通しください」柳向隆は結縄の手形を首長に渡した。

「よく分かった。この手形は確かに大原首長ヤマ様のものです。差しつかえなかったら、しばらく、ここにいても構いません」トラオ首長の顔が緩んだ。大原首長の手形は確かなものだった。

「首長さん、ありがとうございました。ごあいさつの印にわれわれからのお土産を受け取っていただけませんか？」徐永は総務長に酒と干し肉を運び出させた。

首長は目を細め、少し躊躇《ちゅうちょ》したが、二人の側近らしき者と話した後、ゆっくりと近寄って来た。「わざわざ、どうも」首長は笑みを見せた。徐永と柳向隆一行も、前へ進んだ。

四、世紀を超越した人の絆

「首長、ちょっとお待ちください」二十歳後半の男が出てきて、首長に話しかけた。

一瞬のうち、両方の動きが止まった。男は徐永に向かって、話し始めた。「華夏のみなさんが、はるばる秦の国から来たのは、本当にただの近隣訪問のためなのか？　なぜ、鉄のヤリ、刀をお持ちになるのですか？　まさか、土地を奪いに来たのではないでしょうか？」鋭い質問をよどみない華夏の言葉で投げてきた。

「違います」後ろから、何平のいとこ呉信栄《ごしんえい》が出て、華夏の言葉で答えた。「海を渡るには、いろいろなリスクや海賊との遭遇の事を念頭に置かなければなりません。われわれはそのために武器を携帯したのです。いわゆる『有備無患』（備えあれば、憂いなし）ということです。ご覧いただければ、お分かりになると思いますが、若い童男童女がおります。また、年配の方や婦人もおります。われわれは、彼らを守らなければなりません。これでもわれわれは、海賊や略奪者に見えますか？」

呉信栄は歯切れの良い言葉で答え、優しい目で若い男を見た。

「呉義明《ごぎめい》、船団長と船長の話をもっと聞こう」トラオは若い男に声をかけた。「ところで、ここにひとつ、不思議なことがある」

首長は呉信栄と呉義明の二人を指でさした。「二人は同じうり実顔《ざね》、同じ言葉をすらすらとしゃべる所を見て、何かのご縁かな？　親子みたい、いや、兄弟みたいなふたりだな。呉義明、おまえは、どう思う？」首長はじっと二人を見た。

「そう言われてみれば、確かにそうです。これほど似るとは、珍しいことです」話を聞いた柳向隆もうなずいた。

「そうだ」両方から、驚きの声を上げた。

「こちらは、私のいとこ、呉信栄でございます」道案内通訳人何平が言った。「呉の国出身、四十一歳。妻と息子を連れて、私について、一緒に海を渡ってきました」

「何平、どういうことだ？　おまえは濵人ではなかったのか？」柳向隆は聞いた。

「呉の国が滅ぼされた時、われわれは呉から濵に逃げたのです。曽祖母は呉家の出ですので、その後、呉信栄の一家はわれわれを頼りに逃げてきたのです」何平は軽く頭を下げた。

「ちょっと、お聞きしたいですが、確かに、周辺諸国訪問と言いましたね？　なら、なぜ、家族を連れてここに来た？　まさか、移民ではないのか？」若い人から、さらに鋭い質問が出た。

「移民ではない。われわれは海の男だ。海から海へと渡り、漁をしながら、積んだ貨物で各地と交易しながら、各国を回ります。漁をされる皆さんも、家族を連れて、漁に出る経験はないですか？」

柳向隆は淡々とした口調で答えた。

「義明、その話はもういい」首長は若い男を止めた。

「呉の国の出身？」若い男は話題を変えた。「呉のどこですか？」好奇心に満ちた顔で、呉信栄を見据えた。

「呉の国の会稽《かいけい》出身ですよ」呉信栄は答えた。「その若い方、どちらのご出身？」

「私も呉の会稽出身だと祖父から聞いております」呉義明の口調は穏やかになった。それから、みんなの視線が二人に集中した。

「お父様、おじい様のお名前を教えていただけますか？」呉信栄は聞いた。

「父は信宏、祖父は誠貴、曽祖父は忠広、亡き高祖父は義亮です。われ呉一族は、『忠』『誠』『仁』『義』の四文字を名前につけ、先祖代々この四文字を使って来ました。五代目にして、『忠誠信義』がひとまわりになっています。華夏でいうと『五世同堂』です。高祖父と私の名前は、同じ『義』を使っております。高祖父から数えて、私までで五代です。ほかの家族は、『仁義礼智信』などと五字で『五世同堂』という決まりもありますが、わが呉家の先祖は、『忠誠信義』の四文字を世々代々に使って来ました」呉義明は丁寧に説明してくれた。

「高祖父は義亮さんですか？　まさか！　同族じゃないでしょうか？」呉信栄はためいきをもらした。

「いいですか？　私の父は誠富、祖父は忠友、曽祖父は義同、高祖父は信智だ！　わが呉一族は、江水（長江）の畔で根を張り、夏朝時代に諸候に封じられ、呉の地で国を作った。後に越に国を滅ぼされ、みんなが国から逃げた。われらは、その地に留まり、国の再生を図ったが、志の半ばで、国は楚に滅ぼされ、呉一族は再起を諦め、それぞれ各地へと散らばっていった。

祖父からの話だと、曽祖父義同には義亮という兄がいたが、呉と越が相次ぎ滅ぼされた時、曽祖父の兄は越の高官と一緒に逃げたと聞いている。それから音信が絶えました。あなたの高祖父と私の曽祖父は同じ義亮という名前ですね。まさか、同じ人じゃないのですか？」信栄の顔が紅潮した。

「え？　義亮？」義明が叫びながら、席を立った。

呉信栄は話し続けた。

「その後、われらの一族は、濵に移住している何平さんの一家を頼りに、濵に移りました。あれこれ、もう百年くらい昔のことです」呉信栄の目には、薄らと涙が浮かんだ。

「まさか、この異国の地で、同じ『忠誠信義』四文字を持つ呉の人と会えるとは、夢のようだ。義明さん、ぜひ、お父様、おじい様にお会いしたい」

「曽祖父も健在ですよ。一家はみんな、トラオ首長にお世話になっております」義明は言った。

「あー、義明さんは本当に幸せ者だ。お子さんはいるか？」信栄は聞いた。

「忠亮という三歳の息子がいます」

「素晴らしい！　同じ『忠』が一周りして、君の曽祖父と君の息子さんで『五世同堂』だぞ」信栄は名前の字を一字一字、かみしめながら読んだ。異様に興奮している。

結局、この日、トラオ一行は、徐永船団で大宴会となり、騒ぎは夜中まで続いた。彼らは船とテントで泊まることとなった。

仮設テントに信栄と呉義明が泊まり、男二人は、昔話に夢中になった。二人が百年昔の戦乱で、離ればなれになっていた呉義亮、呉義同兄弟の子孫であるということは、ほぼ間違いないようだ。正に奇遇である。

呉義明一家は、高祖父の時代にさかのぼって、高祖父義亮が一家を連れて、越の高官と一緒に華夏を脱出した。四十数日間海をさまよい、若狭湾あたりに着いた。能登半島から若狭湾一帯は、逃げてきた、たくさんの呉と越の人が住んでいた。この地で、曽祖父が生まれ、越の人と結婚して、子供三人が生まれた。漁に出ていた曽祖父は、偶然同じ呉の出身者と出会い、その同郷の誘いを受け、一家を連れて、呉出身者の多い出雲へと移った。

「出雲か？」話を聞いていた呉信栄は尋ねた。

「ええ、漢字の読めない地元人は分からないですが、出る、雲と書きます。うわさによると、雲南から出てきた人が多いから、名付けた地名らしいと聞いています。そのあたりには、雲南、要害、烏帽子、大仙などといった華夏的な地名がたくさんあります」

「雲南という名前は、そもそも蜀国から見れば、雲の南にあるから、雲南と呼ばれたそうですが……」

信栄は笑って説明した。

「聞いていますよ。面白い話ですね」義明も笑った。

「そこには、呉の人より、濵人が多いだろう？」信栄は聞いた。

「その通りです」義明はうなずいた。

「その出雲には、地元民と濵人がほぼ半々おりますが、呉の人はほんのわずかです。祖父は成人して、仲間から、近くに秦という集落と、呉という集落もあると聞いた。祖父は、すぐ知人を通じて、呉に引っ越した。呉の国で父が同じ呉出身の母と結婚して、兄と私が生まれたのです」

義明の話を聞きながら、信栄は、想像を絶する義明一家の百年間の歴史を聞いて、思わず目が潤んだ。


義明がこの大浜に来たいきさつも義明から聞いた。


義明の兄は、十八歳になった時、早々と父の跡継ぎに決まり、嫁をもらった。

次男の義明は、若さに任せ、山の猟と海の漁に夢中になり、名実ともに大人に負けないようなリョウシ（漁師と猟師）になった。一年前のある夏、一人で漁に出ていた義明は、少し寄り道して、淡島を抜け、渦潮の見学をしながら、釣りをしていた。その時、三隻の小船の男たちが大声を出して、一回り大きな船に付きまとっていた。その追われた船には、年寄り二人、婦人二名と子供一名のほかに、かじ取りと櫂を扱う水手四名の計十名が乗っていた。

「女と荷物を置いていったら、命を助けてやるぞ！」追う船からの声だった。

「危ない！　これは海賊だ」周防灘のあたりから、この平和な海に迷い込んできた海賊だった。義明は自分の船をゆっくりと大船と三隻の小船の間に割り込ませた。三隻の小船は近寄って来た。薄い黄色服をまとい、頭巾を被った八人乗りの船だった。

「そこの小僧、命がほしけりゃ、さっさとうせろ！」一番前の船の船頭に立てている男が弓を出した。

義明は素早く足もとの弓を拾い、矢をつがえた。「海賊ども、この海から消えるのだ！」言葉が終わると、「さっ」と矢を放った。

船頭に立った者が海に落ちた。続いて、もう一隻の船の船頭も、矢で海に沈んだ。三隻とも船首を西に向け、逃げ始めた。義明はさらに二番船のかじ取りを撃ち落とし、一番船の櫂を扱う水手一人にも命中させた。三隻の小船は、一目散と逃げた。その間、大船がゆっくり近寄って来た。

「お若い方、助けていただきまして、ありがとうございます。この平和な内海も物騒になりましたな。われらは、この向こうの伊勢大浜（新宮）に住んでおります。呉の親戚を訪問の帰途に、まさかこの平和な内海で海賊に遭うと思わなかった。運よく助けていただきまして、本当にありがとうございます」

五十代前半の男が、お礼を言いながら、船を横付けして、たる酒と毛皮をお礼として、義明に渡そうとした。

義明は再三断ったが、なかなか聞き入れてくれない。最後に、中年男に再び海賊に会うと怖いから、ぜひ同行して、大浜まで送ってほしいと頼まれ、義明はそのまま、大浜までついて行った。

船の主は、伊勢大浜部族首長トラオの兄虎太郎だった。助けられた話を聞いた首長のトラオも大喜びし、義明を丁重にもてなした。その席上、トラオは、虎太郎の娘ミワを呼び、義明に紹介した。綺麗な娘だった。

義明の生い立ちを真剣に聞いたトラオは、「兄貴、そちらには、男がいないから、何かと困るだろう。この義明さんを婿養子にしたらどうかの？」と急に虎太郎に聞いた。

慌てた義明は「とんでもございません。私はまだ嫁をもらうような身ではないのですから……」と断った。

「うちの娘が、気に入らないのですか？」と虎太郎は聞いた。

「違います」伏せ目をした義明は答えた。

「ならば、任せてください」トラオはすぐ虎太郎と相談して、翌日に、娘を連れて、義明の両親にあいさつすると言い出した。

それから、義明はミワと結婚し、養子として大浜の虎太郎の家で住むことになった。翌年に長男忠亮が生まれた。それから三年が過ぎた。

五、倭の地に第三船団上陸

何平は呉信栄から聞いたことを徐永に話した。

「海人」と呼ばれたのは、海から来た海賊みたいなものであり、彼らは、海上で相手を襲撃して、財産を略奪する悪党だとみんなが言っている。「海人」には倭の漁民もいれば、華夏の人や、馬韓の人もいると言われている。地元の人々は、みんな「海人」を警戒している。

「そうすると、われわれは、海人？」徐永は聞いた。

「われわれは山人でしょう」笑いながら、柳向隆は答えた。

「ヤマトか？」徐永は不思議そうに笑った。

「東海三神山の話の中では、仙人のことも山人と呼んでいる。われわれも山人になったとすると、すなわち仙人にもなったということ？　山の人、ヤマトか？」徐永は柳を見た。

「船団長、もう一つ、良い話がありますぞ」柳は徐永の気持ちが読めたように、徐永の肩に手を掛けた。

「いい話？」徐永は聞いた。

「第四船団の話です。トラオ首長の話によると、徐善さんらが運よく大潮（黒潮）から脱出できれば、近くにある御山（富士山）のあたりに上陸する可能性が高いと言いましたね？　私はそれに期待しています。できれば、早めに徐善さんらを探しに行きたい」柳の話を聞いた徐永は立ち上がり、柳向隆の手を握った。

「柳船長、ぜひお願いします」目が潤み、言葉が途切れた。徐永の唇は小刻みに震え出した。

「船団長！　みんなが船団長の強い味方ですよ」柳向隆は徐永の肩を抱きしめ、団長室に連れ戻した。

徐永は柳に酒をついで、自分はお茶で、二人で乾杯した。柳向隆は両手で杯を温めるように持ち、優しいまなざしで徐永を見た。

「ここの首長は、最初に、いつまでもここに住むと困ると言いましたね？」徐永はそのわけを聞いた。

「しかし、その後に、ここにいてほしいと言ったでしょう」徐永は聞きなおした。

「われらを見て、まず安心したのではないですか？　われわれは、みんな元気なものばかり。鉄の道具を持ち、立派な船に乗り、百工も連れておるから、昔の越呉の難民と違って、われらは侵入者に見えなかったかもしれないし、華夏の先進技術などに期待しているかも知れません。われわれを、最初から侵入者とは見ていなかったのでしょうね。だから、われらがここにいてほしいと言ったんじゃないでしょうか？」

柳向隆は三根や大原で経験したことを徐永に話した。

「父と合流するまで、ここで落ち着きますか？」徐永は柳に聞いた。

「ほかに成すべきことはないでしょう」柳は手元の酒を一気に飲み干した。その間、何平と王船長も来た。みんなのんびり船団長室で休むことにした。

柳向隆は甲板に出て、西の空を見上げた。この五十数日間、船団のこと、徐永のことなどで、本当に疲れた。わが身のことさえ忘れていた。今は、少しは落ち着いてきた。彼の脳裏に、おやじ（高良）のこと、妻のノリとの間に生まれてきたわが子のことが浮かんだ。心配でならなかった。

徐永が率いた百六十人は、紀伊の国の大浜（新宮）にとどまることになった。

大浜の生活がはじまり、住居ができるまでの間、牟婁川《むろがわ》（熊野川）河口の南岸の浅瀬に、まずテント村を作った。その間、地元民に漬物や、干し肉などを渡したりしているうち、日々の交流が盛んになった。

地元からの歓迎を受け、徐永一行は安心した。柳向隆は徐永に家作りと船の修理作業が何より大切だと説明し、五月という季節から考えると、穀物作りや漁業も手掛けるべきだと話した。

慌ただしい一カ月が過ぎ、大浜一帯にはテント村ができ上がり、それと同時に、井の沢周辺の開墾も少しは進んだ。稲を作る時期は過ぎているため、取り敢えず、そばの栽培をするため、およそ五十畝（約三・三ヘクタール）の田んぼを開墾した。八月末には、種をまき終えた。十一月の収穫を見込んで、次の水田を作るには十分間に合うと柳向隆はにらんでいた。

ある日、大浜の呉義明がトラオ首長を連れて、柳向隆にぜひ話がしたいと訪ねてきた。柳は徐永抜きでの話に少し戸惑ったが、話を聞いてみると、首長の一人娘イネを徐永の嫁にしてほしいと言う話だった。

困った柳向隆は事務長の関正宏（第一船団船長関大勝の父）に相談した。

関は「あせらずに、時間をかけて見ませんか?」と一言。

関の管轄下に、イネを加えて、船の女子用船倉で泊まることになった。イネは、首長と団長間の連絡役という役付けで、ほぼ毎日、徐永と顔を合わせるようになった。美人のイネは落ち着いた性格を持ち、何よりその声は小鳥のように爽やかだった。また、関は、何かと用を作って、イネを徐永の部屋に行かせた。二カ月過ぎたころ、徐永の部屋から二人の笑い声がよく聞こえるようになった。関はすぐ柳向隆に報告した。柳は関を呼び、二人だけで酒を飲んだ。「やはり、『姜越老越辣』（生姜は成熟につれ、ますます辛くなる＝年の功）だ。関さんは本当に知恵のある方です。はーはーは！」柳の会心の笑い声が夜空に響いた。

「船長のおかげです。この次はご結婚と二世誕生に期待しましょう」関事務長は笑みを浮かべた。

年が明けて、十七になった徐永は一歳年上のイネと婚約した。さらに次の年に、二人は結婚し、翌年（西暦前二〇七年）の春に長男徐万が生まれた。

六、「仙境」を切り開く

徐永らが多忙の日々を送っていた頃、徐永より遅れること八日、六月二日の朝、徐善一行は二隻の船で沼津にたどり着いた。

済州島出発後、大海原を初めて見た時、若手の櫂を扱う水手たちが、たたきつける三メートル以上の波に圧倒された。恐怖に襲われた彼らは硬直したまま、ほとんどは動けなかった。これがのちの事故につながった。

徐福一行を見失ったとき、徐善は「徐永が助けに来た」と聞き違いし、甲板に出て、叫び続けた。櫂を扱う水手も帆使いも思うように操船できず、パニック状態のままで、日夜大潮に流され、船団は四日間も南下し続けた。

五月九日、薩摩南端で二番船と四番船が帆を張ったままぶつかり、両船とも浸水し始めた。二番船十名と四番船四十七名の生存者全員を一番船に移した後、両船の船体は大破して、大海原に沈んだ。初めての遭難に、船団は恐怖のどん底に陥り、船上の雰囲気も極度に暗くなった。

その後、第三船団らしき船を見たと聞いた時、船橋の上に登った徐善は、両手を合わせ、「兄貴、俺はここだよ！」と叫んだが、ただの勘違いだと分かった。果てしない大海原で、黒潮に任せた恐怖の航海が続いた。

五月二十四日、三番船がカモメを見たという騒ぎが起き、みな興奮していた。一瞬のうちに突風にあおられて、甲板に出てきた三十数名の童男と二十数人の甲板員が、海に落ちた。止まった船は、竜巻のような風に揺られ、帆柱が折られ、船体が傾き始めた。一番船が海に飛び込んだ生存者約九十名を救助した後、三番船は船首から泡を立てて海に消えた。最後の最後まで童男童女らを小船に乗せた三番船船長孫岩も海に沈んだ。

三番船沈没後の混乱が続く中、事務長を任されていた徐連の父徐盛と徐連の妻サバは、三番船の生存者の面倒を懸命に見て回った。

六月二日早朝寅の刻（四時）見張りから報告が来た。「左舷前方に岬らしきもの発見、さらにその左奥の方に、灯火らしきものが見えた」という（御前崎のこと）。船長何勇は五番船への連絡を取り、直ちに、一番船幹部船員全員を起こした。徐連は船長何勇と言葉を交わし、二人並んで、船橋の前方に立った。紛れもなく、岬だった。

焼津、三保を通っていたが、浅瀬が多く、大船は接岸も係船もできず、やむを得ずそのまま、海岸に沿ってゆっくりと北東へ進み続けた。船は由比あたりを通過した。

「取り舵一杯、岸に近寄れ！」何勇の張り切った声が響いた。

「大きな山だぞ！」突然、誰かが叫んだ。

「すごい山だ。大地の底から突き出した、天まで届きそうな山だ！」

「あれは、蓬莱山《ほうらいさん》だろうよ！」また誰かが言った。

「本当だ！　これぞ、蓬莱山だ！」

「蓬莱山！　蓬莱山だ！　仙人の住む山だ！」甲板の上で、ひざまずく者まで出てきた。

徐連と徐善は並んで前を見た。正に蓬莱山と思われるような雄大な山が、目の前にそびえ立っている。逆さまになった銀扇のような山が、雪化粧されてそこにある。その美しい姿に二人はぼう然となった。「不死の山」徐善は手を合わした。

「不死《ブース》？」徐連は復唱した。「不死山《ブースーサン》か？」

「船団長、それがいいよ！　不死の山だ！　聞こえがいい」徐連が両手をたたいて声を上げた。甲板の上で「不死山」「不死山だ！」とみんな声を上げた。

「フジ山と呼んだ方が聞こえがいいでしょう」何勇がほほ笑んで二人にあいさつした。

「フジですね」五番船の通訳道案内である伍旭東《ごきょくとう》も寄って来た。「フジなら、一番倭《わ》の言葉らしく聞こえますね」彼は壱岐や馬韓によく行き来した経験がある。彼の一言でみんな納得した。

「右舷約三十里（十五キロ）先の河口に広い海岸発見！」見張りからの連絡が入った。

「了解！　砂浜を抜けた後、右舷前方河口へ進め！」何勇は大声で叫んだ。「面かじ一杯、了解！」かじ取りの高らかな返事がじかに聞こえた。操帆員たちは、互いに声を掛けながら、ゆっくり帆を下ろし始めた。この時、両船の全員が起きて、甲板に上がった。

久々に陸地を見て、地獄から戻ったように、みんなが喜びの渦に酔い痴れた。叫び声、うなる声、泣き声と笑い声……、接岸作業に取りかかった乗組員以外、ほぼ全員甲板に出てきた。何勇は座礁や衝突のないように、三名の甲板員を船首、船尾に見張りとして走らせた。

「無事上陸するまでは、みな引き締めて、落ち着いて作業に専念してくれ！」

何勇が繰り返し注意を呼び掛けた。

巳の刻（十時）頃、二隻の帆船が沼津地区の千本浜から狩野川河口東に登り、浅瀬の我入道《がにゅうどう》を通り抜け、川の北側の大岡に接岸した。大きな歓声と泣き声が再び湧き上がった。小雨の中、喜び、恐怖と疲れで、みんなが憔悴《しょうすい》しきった。

第四船団が琅邪から出港し、二カ月を経て、ここにたどりつくまでは、帆船五隻のうち三隻を失い、乗船者五百一名のうち、三百二十一人が犠牲となった。

また、この六十日の間、およそ二十数日は、櫂も帆も思うように使えず、黒潮に流されたままの航海だった。

名誉船団長である十五歳の徐善の受けたショックは一番大きかった。徐福らと離れたその日から、彼はほとんど徐連から一歩も離れなかった。二人は船団長室で寝泊まりし、昼間でもずっと徐連の傍にいた。彼はよく泣き叫んだ。十五歳の彼はこの未曽有の試練に、堪え切れなかった。見兼ねていたリス（李敬）の妻李香蓮《りこうれん》は四歳になった息子小虎を徐善と一緒に遊ばせた。この時、初めて徐善は笑顔をみせた。

大岡への上陸は、最善の選択だった。この頃海進により、香貫山、徳倉山、鷲頭山から、大平山、大男山、狩野川河口までは陸とは離れた一つの島だった。その島の北から東にかけて、長沢、柿田から、大場、仁場、韮山、長岡まで島を囲む孤形の海岸線だった。大岡一帯は、一定の水深があり、海岸線も広く、大人数での上陸にとって、正に最適な場所だ。

係船、荷揚げを終えて、徐連は全員を集合させた。

「みなさん！　六十日振りに上陸し、本当にご苦労さん！　そして、おめでとう！」

徐連は胸にこみ上げる思いを抑え、ゆっくりと皆に話しかけた。

長い航海中、思うように動いてくれなかった乗組員に対し、船長何勇は、口で言えないほど、複雑な気持ちを抑え、船舷に両手をついて、空を仰いだ。

「申の刻に起きてくれ、やることはたくさんある。頑張ってくれ」彼は淡々と次の指示を出した。

七、山人（仙人）の人々

翌日、徐善は虎を連れて、外へ出た。岸から離れて、林が茂る小高い山に入った。久々に木々の香りを嗅いで、徐善は生き返ったように喜んだ。彼は虎を抱き上げ、「やはり、山が良いな、虎ちゃん！」と虎に声を掛けた。「うん、山が良いよ」虎も同じ気持ちだった。小石を拾って、遠くへ投げてみた。すると、向こうのやぶから、小石を投げ返してきた。もう一回、小石を投げてみると、やっぱり、向こうからも、小石を投げ返した。

「そこには誰がいるか？」徐善は声を掛けた。

「●×▲□※……」知らない言葉が返って来た。女の声だった。

「倭人だ。あなたは誰だって聞いているよ」虎は徐善に言った。

「俺は秦の国からきた徐善《スユイサン》というものだ、そちらは？」徐善は驚いた。この地の果てで、初めて人と出会うことに興奮した。

「わたしはコトリ。あなたたち、山人？　それとも海人？」虎が相手の言葉を通訳した。

「われわれは、みんな山が好き、山人だろう。山人と返事してくれ！」虎を急かせた。

茂みから、女の子が出てきた。歩きながら、さりげない声を掛けてきた。「どこの山人？」と聞いてきた。

背の高い女の子だった。丸い顔、白い肌、どことなく、姉の徐梅に似ている。

「遠い国の山人だ」徐善はなぜか急に元気が出た。

「国？　国って何？　国に山人がいるの？」女の子の質問がさらに続く。

「団長、国って何のことと聞いているよ」虎は首をかしげた。

「たくさんの村がある大きな、大きな集落だ」さすがに鍛えられた大使の子、堂々としている。

「あなたは何歳？」女の子は聞いた。

「十六歳。そちらは？」

「わたしは十七歳よ」徐善の顔をジッと見ながら、近づいてきた。

通訳なしで話せるなら、もっと楽しいだろうなと、徐善は一瞬に思った。

体を曲げて、地面の数個の小石を拾った。「先と同じ石投げで勝負してみない？」コトリは徐善を見て言った。

「じゃ、ルールはコトリが決めてくれ……」男らしさを見せようとした。

「シーサンに任す」コトリが言った。

「俺はスユイサンだよ。徐善《スユイサン》」自分の名前を強調した。

「だから、シーサンでしょう」振り向いて、虎に聞いた。

虎は困っていた。

「もういい、好きなように『シーサン』と呼べばいい」

「じゃ、私がルールを決めればいいよね？　シーサン？」徐善の顔を見ながら、コトリが笑顔を見せた。

　徐善は心の底から、今までになかった喜びを感じた。

「じゃ、こうしよう。石で向こうの木を狙って三回ずつ投げて、多く当たった方が勝ち。一回ごとに勝負をする。負けた方は『負けた』と相手に頭を下げる」

「そちらは負けたら、『輪了《スウーラ》』（負けた）と頭を下げてくれ。『輪了』だぞ」真剣に見返した。

「ん、『輪了』だね。よーし！　そこの坊っちゃんに審判してもらおうか？」虎の頭をなでた。

「いや！」びっくりした虎が拗《す》ねた。

「かわいい虎ちゃんだね！　審判をお願いしますよ」笑顔でもう一回虎の頭をなでた。

　虎の出番になった。二人は競争し始めた。

　三回投げて、三回とも徐善の勝ちだった。『輪了』と、コトリは頭を下げた。そして、近寄ってきて、徐善の肩をたたいた。

「そちらの勝ちだ。強いね」話が終わると、振り向いて、帰ろうとした。徐善は何か話そうとした時、コトリは振り返って、

「明日も、ここで勝負しようか？」と徐善に言った。

「うん」徐善は笑顔で答えた。

　翌日も、徐善はまた来た。同じ三回勝負をしたが、今度は三回ともコトリに負けた。

「昨日、お姉ちゃんは、わざと負けただろう？」虎はコトリの手を握り聞いた。

「さあ、どうだろう。今日はツイていたかもしれないね」コトリは淡々と答えた。

「うちの団長は、えらいぞ。棒術、弓術、そして摔跤《シュアイジャオ》（レスリング）……、何でもできるんだ。それから、字も書くし、絵も書ける。偉いだろう？」

　体を曲げて、ほほ笑みながら虎の話を聞いたコトリは、急に虎を抱きしめた。

「さっき、虎ちゃんは、このお兄ちゃんを団長と呼んだね？　団長って、何者？」地べたに座って、虎に聞いた。

「ああ、団長ね。大きな船を何隻も指揮する偉い人だ。何百人の部下だぞ」虎は目を丸め、上向きでコトリをみた。

「あ、そう」コトリはここで初めて、自分はここの部族の首長の娘であることを話してくれた。

　彼女の話だと……、
　この御山一帯には、十数個の部族がある。部族は、それぞれいくつかの村を持ち、彼らはみんな、農業、漁業、狩猟で独自の生活を営んでいる。部族の間では、お互いに決して人に迷惑を掛けないようにしている。

　ここは、すごく平和で穏やかな所だった。

　ところが、よそから華夏人や越の人、呉の人と馬韓の人たちが、相次いで、この倭に逃げてきた。狭い倭の地も、大きく変わった。近隣同士でも、水の争い、土地の争いと財産の争いが増え、時に実力による争いもあったと聞いている。

「われわれのことを、どこかで聞いた？」徐善は聞いた。

「聞いたよ。三日前に、船が座礁しただろう？　その話も聞いたよ。父は、海人か山人か、しばらく見てみようと言っていた」

やはり、われらのことが気になっているようだ。どおりで、着いたその午後から、連日河口から独木船の出入りが激しかった。偵察だったのか……。

「お父さんにあいさつに行きたいが、良いかな？」とっさに、徐善はコトリに聞いた。

「来てくれる？」コトリは笑った。「あいさつって？　知らないな。とにかく、こちらに来るなら、嬉しい！　私は案内してあげる。いつ来るの？」

「近いうちにね」そう言った徐善は虎を連れて船に戻った。

この日の夕方、第四船団幹部会を開いた。会議で、みんなは徐善から聞いた地元の情報にあぜんとした。

「団長もやりますね。さすが、団長さん」

徐連は久々に徐善の笑顔を見て、誰よりも嬉しかった。

「早速、明日の朝、首長へあいさつに行きましょう。徐通、明日のお土産を用意してくれ」徐連は弟の徐通に指示した。

徐善一行は全員船で寝泊まりしていた。今日で四日目になる。集合場所以外には、テントを張らなかった。未知の地に対するみんな警戒心が高く、慣れた船が良いということになった。そんな中で、まさか十六歳の徐善が地元民の子供と二日も一緒に遊んだとは。みんなは驚いた。徐連は徐善の言ったことを完全に信じて、首長あいさつの日程を組んだ。留守を何勇に任せた。

あいさつは、団長、副団長以下、五番船船長莫洪臣など五名の幹部船員と、護衛、道案内を加え、計二十七名である。案内役の徐善と虎を先頭に、一行は砂浜に沿って、出発した。

その日の夕方に、一行は戻って来た。コトリに会えなかった徐善の顔は冴えなかった。徐連も口数が少なく、考え事にふけっている様子。それとは裏腹に、随行のものは、みんなが上機嫌だった。

徐連を先頭に、首長らにあいさつした後、すぐ大原首長から預かった通行手形を首長に見せ、手土産を渡した。コトリが事前にあいさつのことを首長に伝えていたため、部族の人らは親切にしてくれた。ご馳走になったことや、珍しい服装や、竪穴住居の話に、夢中になっていた。とにかく、あいさつに行って、よかったようだ。

首長の沼津一雄は気さくな人だった。その名前は、祖父の叔母がつけてくれたという。しかも、その叔母が呉の国の末裔だと聞いた時、徐善と徐連は驚いた。

首長は、コトリと同じ昔の話をしてくれた。首長も世の中の移り変わりについて、心配しているようだ。

徐善と徐連は沼津首長の歓待を受け、帰りにお土産をたくさん頂いた。これも倭の国の人々のお人好しの一面であろうか。

徐善と徐連はこれで一安心だと思ったが、帰り際になって、首長からの一言に、みんなあぜんとなった。

「娘のコトリが、昨日遊びに行ってから、急にいなくなった。今朝になっても戻りませんので、困っております」徐善の顔を見つめて、一雄は頭を下げた。

首長には、三人の娘と末子の息子がいる。長女のスズは、三年前に、三野首長の長男の嫁になり、今は二人の男の子の母になっている。次女のユリは、去年、大浜（新宮）首長の息子ハマと結婚している。三女のコトリは、まだ十七歳、首長に一番かわいがられている。

十日ほど前に、長女の嫁ぎ先の三野首長から、コトリを高志（後の越＝高志＝こし）首長の息子の嫁にしたらどうかという話があった。

海塩製造を武器に高志（越：新潟県）は、この十数年の間、近く五つの部族を合併し、東北の一大勢力になっている。動物性タンパクに依らない倭の食生活には、食塩は欠かせない。特に内陸部の科野、三野（長野県）、美濃（岐阜県）、甲斐（山梨県）、駿河（静岡県）などは、高志に対して、みんな一目おいているのが、事実である。高志首長から十九歳になった息子の嫁探しの話が出た時、美濃、甲斐と駿河の首長らから、沼津の三女コトリはどうかと、三野首長に話を持ちかけた。

四日前に、沼津一雄はそのことを妻に話してみた。呉系の先祖を持つ妻は、目を丸めて、断固反対した。昔「呉越の戦」の話が妻の頭にあったのかもしれない。「あれ（呉越の歴史）は、おまえの曽祖母の曽祖母以前の話だ。越とか、呉とか、もうたくさんだ！　わしは今の、この一族のことと、三野のスズのことを心配しているのだ」沼津一雄は一生懸命説明したが、妻は出ていってしまった。外でじっとその話を聞いていたコトリが入って来た。「私も断固反対です」と一言。そして、家から出て、二日たっても、二人とも戻らなかった。疲れた一雄の顔にしわが寄る。最愛の娘に怒ったこともなく、手を上げたこともなかった。

「家内の話だと、この二、三日前は、そちらの団長さんと一緒に遊んだと聞きましたから、もしかして、団長さんがコトリの居場所が分かれば、ぜひ教えていただきたいと思いました」

大きな体を再び曲げた。

「確かに、昨日とおとといは、僕と一緒だったのですが。虎も一緒にいました。昨日の夕方、別れ際、こちらにあいさつに行くと言った時、案内してくれると本人の口からききましたが、今日は会えると思っていたのに、まさか、今日は本人がいないと思わなかった」一人言のように、徐善は言った。

「首長、おとといに何か姫様に言ったのでしょうか？」徐連は思い付いたように、沼津首長に聞いた。

「明日は娘のスズと義父の三野首長がこちらに来るかもしれないぞ、と言っただけだが……」首長は首をかしげている。

「それです！」徐連は手をたたいた。

「三野首長とお姉さんに説教されるのが嫌になったのでしょう。そうなら、遠くには行ってないと思います。もし、三野首長らが話したら、適当に話を延ばせばいいと思います。どうしても、頼むと言うなら、首長は、呉や大浜などで先にコトリとの婚約を承諾してほしいという人がいると言ってごまかしたらどうでしょうか」

「それは、できません」首長は慌てて答えた。

「この倭の地では、いったん婚約したと言いだしたら、その婚約した人と結婚しなければならないのです。いい加減に婚約したとは言えないのです」

「ならば、婚約の話が出ていると返事したら？」徐連は言った。

「その手しかありませんね」首長は寂しそうに帰っていた。

八、徐善が婚約？

コトリのことが気になって、徐善は苛々《いらいら》していた。夕食の後、船団長の部屋で徐連はすでに横になっている。と、その時、戸をたたく音がした。

「団長、入ってよろしいですか？」リスの妻李香蓮が入口にいた。

徐連はベッドから起きて、戸を開けた。

門の外に、年配の女性一人、コトリ、リスの妻李香蓮と息子の虎、通訳の田《でん》と部族民らしきものが二人、計七人がいた。

「どうも、すみません」李香蓮は言った。「うちの虎が、首長夫人のタマ様と姫のコトリさんを連れて、参りましたので、ご紹介します」李は首長夫人とコトリを丁寧に部屋に案内した。

慌てた徐連は、ベッドを片付け、机を整理して、徐善と一緒に客を迎えた。

「大変ぶしつけですが、こんな遅い時間に、お邪魔いたしまして、本当に申しわけございません」通訳の田がタマ夫人の言葉を伝えた。

「どうも。私、この徐善団長の補佐、徐連と申します。どうぞお掛けになってください」李香蓮が通訳してくれた。

「失礼します。副団長、お呼びですか?」李香蓮の夫リスが入って来た。

「通訳を頼もうと思ったが、奥さんがやってくれているから、そばにいてくれ」徐連はリスに言った。

「突然で失礼ですが、徐善団長さんは、おいくつになられました?」首長夫人は真っすぐ徐善を見据えた。

「満十六歳になりました」徐善は答えた。

「副団長さん、失礼ながら、この団長さんの後見人は副団長さんだとみても、よろしいでしょうか?」

夫人は鋭い質問で迫って来た。

「大秦帝国睦東大使琅邪王のご命令により、一応そうなっておりますが、私はあくまで副団長です」

徐連はこの時何か異様な雰囲気を感じた。

「有難いお言葉です」振り向いて、コトリをまえに押し出して。「このコトリは、私の三女です。すでに、主人からお聞きになったと思いますが、私はこの子自身の考えを尊重したいと思っております。越の国とか、呉の国とか、それは一昔、われらの先祖のことです。私も自分の思いを子供に押しつけたくないのです。これが、親としての私の気持ちです」

「ごもっともですね」徐連も少し言葉を和らげ、「今、こちらに来られた夫人のご意向をお伺ってもよろしいでしょうか?」徐連はあることが頭に浮かんだ。

「実は、このコトリに聞いてみたところ、まず、本人は高志の嫁に行きたくないと言っております。高志は大陸からの進んだものを取り入れまして、確かに繁盛を成し遂げたものの、その反面、倭の伝統や習慣を変え、華夏の競争や戦いなどをこの地にもたらしました。華夏の聖人孔子は『以和為貴』という教えがあるように、人の和が何より大切なことです。ましや、嫁取りとなると、なおさらのことだと思います。本人同士、親同士の話もなく、いきなりどこそこの娘をもらいたいというやり方は、コトリにとって、屈辱です」

話が途切れた。

「副団長さんに、単刀直入でお話してもよろしいでしょうか?」

席を立ち、ほほ笑みながら徐連を見た。

「どうぞ。何なりと、おっしゃってください」徐連は答えた。

「実は……。実は、コトリは、こちらの団長さんと婚約したいと言っております。二人は、まだ二日しか会っていませんが、なぜか、コトリは団長さんに一目ぼれのようです。勝手なお話を申しあげまして、大変失礼ですが、どうか、お許しください」

話が終わると、ゆらゆらと地面に倒れた。

「申しわけございません」通訳の田は慌てて、タマ夫人を立たせて、席につかせた。「奥さんは、この二日間、従兄弟の家で、ほとんど一睡もしてなかったのです」

沈黙が流れた。コトリは母タマの手を握りながら、徐善を見た。徐善は突然の話に驚いて、徐連の後ろに身を隠した。

「首長夫人、いろいろと大変でしたね」ずっと黙っていたリスがよどみない倭の言葉で口を開いた。

タマとコトリはびっくりした。

「私は、怡土《いど》(大原郷)の番頭をしていたリスです。この使節団徐福大使から李敬《りけい》という名前を頂いております」

今度は、徐連と徐善が舌を巻いた。長年一緒にいて、かつては、怡土の通訳だと思っていたが、まさか番頭だったとは知らなかった。

「首長夫人のお気持ちは重々分かりますが、団長と副団長にとって、急に持ち込まれた今の話については、即答できないのです。さて、どうしたら、良いでしょうか?」

タマは黙っている。

「みなさんが困るなら、この私が何かお力になりましょうか?」リスは自分から助け舟を出そうとした。

「力に？」タマと徐連が声を出した。

「そうです」四十代初老の顔に笑みが浮かんだ。

「私の考えですが、首長のお気持ちが落ち着くまで、待つことが大事です。その間、コトリ姫をお預かりします。あくまでも、仮の婚約話にしますから。ご両家の話がつくまで、お預かりしますが、話がつかなかったら、姫をお返しします。首長には、コトリ姫が、外遊びで知り合った怡土の子供の船に遊びに行っていると言えば、何の問題もないです。もし、首長が心配するなら、明日でもいいから、私の所に来て姫に会えばいいのです」リスの話が終わった。

「首長夫人が困るなら、うちのリスに任せてもらいましょうか？　一応、姫様のお考えを待つという話として……」やっと、徐連から声が出た。

「そうですね、お願いいたします。お恥ずかしいですが、あくまでも、仮の話として、受け止めてください」タマ夫人は、コトリと一緒に立ち、頭を下げた。

「姉ちゃん、一緒に遊ぼうよ！　船の中は広いぞ。姉ちゃんみたいな人もいるよ」虎は走ってきて、コトリの手を取った。

「船上の日常生活の中では、姫様に対しては、コトリと呼ばせていただきますが、よろしいでしょうか？」

　念には念を、とリスが言った。

「どうぞ、どうぞ！」タマは言った。

翌日、沼津首長は、お土産を持って、リスを訪ねた。船に上がり、船倉の隅から隅まで見て回った。言葉の通じない人々の中で、リスは虎を通じて親しく話した。安心した首長は上機嫌になった。帰り際に、徐善と徐連にもあいさつした。彼には、昨日の仮の婚約話を言わなかった。

そのあくる日に、三野首長とユリが来た。タマは二人に今のところコトリの縁談が進行中のため、高志の縁談に言及しないようにと念を押したため、夕食の席上に、両首長から縁談の話は一切出なかった。

次の日に三野首長は、沼津首長に言った。

「みんなの元気な顔を見たから、これで安心して帰れる。コトリのいい話が決まったら、真っ先にわしに言ってくれ」

沼津首長は「ああ！　そうだな」と笑顔を見せ、言葉を濁した。

これで、高志の一件は取り敢えず落ち着いたように見えた。

九、第一船団上陸

一方、徐福、高良一行の第一船団は、徐永と徐善の行方も知らないまま、二人を探すために、必死の航海を続け、琅邪を発って三十八日目の五月十日に大淀川河口北岸に接岸した。夢から目覚めたように、誰も口を開けなかった。

「地獄から帰って来たぞ！」長いため息をついて、高良はつぶやいた。

「そうだ！　地獄から帰って来た！」みんなが放心状態になり、大声を上げた。

「報告します！」護衛が走って来た。「海から、陸から、大勢の地元民がこちらに寄ってきます」康泰は二十五名の護衛を集め、全員槍、短刀と弓を持て、徐福の前に立っていた。

周辺を見渡すと、海の方は、二隻の少し大きな舟の後方に、独木船およそ三十隻ほどが、見物するようにこちらの三隻の船を囲んでおり、陸の方は、およそ二百人、輪になって、こちらを見ている。首長らしき人の周辺にこん棒を持った男が七、八人いたが、ほかのものはみんな素手だった。

オカが走ってきた。「大使、私が話してきます」話が終わると、両手を上げ、交差しながら、前へと進み、倭の言葉で話しかけた。

「われわれは、秦の国からの東諸国を訪問する親睦使節団です。海難に遭いましたので、今は、ここで避難しております」首長らしき者に歩み寄った。

首長の傍にいた大男は何かを言っていた。

「みなさんに何かお手伝いすることはありませんか、と言っております」オカは徐福に伝えた。

「？」徐福は迷った。

「お気持ちだけは、非常にありがたいが、われわれは取り敢えず、少し休みを取って、船の修理をするつもりですので、どうぞ、お構いなく……」徐福は答えた。

「みなさん、お達者で。それじゃ、失礼します」集まった数百人が、あっという間に全員船に乗り、海の方へと姿を消した。

　徐福と高良は互いに顔を見て、不思議そうに笑った。

　総務長頭の白華は、浜でテント九面を張ったと報告しに来た。高良は昼食を用意する間、第一船団長室で、総務長補佐以上の上級乗組員ら三十四名を呼び、責任者会議を開くことにした。

　食事ができた。二カ月ぶりの陸での食事である。

「徐梅を見てないか？」徐福は高良に聞いた。

「半刻（約一時間）前に見かけたよ」高良は言った。

「いないな」徐福は席につかず、周辺を見渡した。

「お嬢様がこちらにきて、船を出してほしいと言われまして、すぐ、水手二名、護衛二名と道案内の白玉《はくぎょく》を付けて、船を出しました」四番船船長の呉大富《ごたいふ》が傍に来た。

「小船か？」徐福は聞いた。

「はい」呉は答えた。

「大変だ。平底の小船は遭難時だけに使うものだぞ。あれで広い海に出たら、いちころだ。良、済州で積んだ独木船を出してくれるか、俺が捜してくる」徐福は言った。

「分かった」高良は大声を上げた。「呉大富、四、五人を連れて、お嬢さんを探してくれ！」呉に言った。

「はい！」呉はすぐ部下を連れて出ていった。

高良は、通訳のオカを呼びそれぞれ護衛三名連れて、陸路で河口から北と南へ探すように命じた。

徐福は浜辺に座り込んでいる。高良も徐福の傍に座った。四半刻（三十分くらい）は、あっという間に過ぎた。

「大勢の船がこちらに向かってきます」見張りが大声を上げた。

河口の方を見ると、ついさっき、出会った地元民の一行が見えた。先頭に徐梅の乗った船があり、探しに行った船も傍にぴったり付いている。

「護衛兵！　すぐ集まれ！」高良は叫んだ。

「関大勝！　一番船の乗組員、乗船用意！」声に気迫があった。みんな浜辺に集まった。

康泰は弓矢、槍を持った護衛二十数名を連れてきた。飛び道具の擲石機、弾弓も用意した。

高良はもう一度周りを見た。

「全員、出港用意！」高良の大声が浜に響いた。

見る見るうちに船が近づいてくる。船頭に徐梅が立っている。徐梅は両手を交差に振っている。その後ろに、水手から手信号を送って来た。

「報告いたします」信号手が来た。「お嬢様一行は、河口から離れた海で、タカハラ首長一行に助けられ、ただいま無事帰還しました。とのことでした」

「どうする？」高良は聞いた。

「悪い奴じゃなさそうだな」徐福は言った。

「分かった」高良は、右手を上げた。

「全員に命じる。出港命令を取りやめ、警備状態を解除する」高良は康泰に言った。「武器などの物々しいものを全部片付けなさい！」

「はい、ただいま！」康泰は一礼して、小走りで去っていた。

さっきまで四半刻も続いた緊張な雰囲気が、一瞬にして解けた。強面の面々も笑顔に変わった。徐福と高良は席を立ち、接岸する船に向かった。そして、船団の道案内を呼んだ。

徐梅の乗った船に続いて、救助に行った船も接岸した。その後に、タカハラ（徐福は初めて信号手から聞いた）首長らも次々と上陸した。

徐梅は小走りで、タカハラ首長に近づき、道案内を買って出た。

「このたび、娘徐梅を助けていただきまして、本当にありがとうございました」徐福と高良は並んで、拱手《きょうしゅ》の礼をして、徐福からお礼の言葉を述べた。

「いや、いや」首長は言った。「お嬢さんが隣部族の若者に囲まれたところ、息子が中に入って、知り合いの客人だから、娘さんを知人に届けに行くからと、みんなに告げた。そして、ご覧のように、娘さんらをここまでお連れしてきました。娘さんは喜んでおります」年齢は徐福よりおよそ五、六歳上のようで、しっかりとした口調から、首長の堅実さが窺える。

「念のため、言っておきますが……。あの隣部族の人らは、今も、河口で行き来しております」河口の方へ振り返ってみると、そこには、確かに三十数隻の小船が往来している。船上の者は、みんな鉢巻をしている。徐福も高良も驚いた。

徐福らは、首長一行をテントに案内した。お茶を飲みながら、約半刻遅れの昼食を取ることにした。

「申し遅れましたが、私はこの使節団団長の徐福でございます。こちらは副団長の高良と申します。ここに大原首長からいただいた通行手形がございます。どうぞ、お受け取りください。なにとぞよろしくお願いいたします」徐福は名乗りでて、再度拱手して一礼した。

首長は通行手形を手に、しばらく息子らしい若い男と話した。

「こちらこそ。私は高原郷部族の首長タカハラです、これは、私の息子のナギです。通行手形を確かに拝見しました。ここの赤江はわれわれの土地です。ここにいても、構いませんので、どうぞご安心ください」首長も拱手して、一礼した。

「大変ぶしつけですが、お邪魔いたしております」徐福はあらためて拝礼した。

「団長さん、実に立派な船ですね。この船はどれくらいの人が乗れますか？」首長は巨大な船体を見ながら、徐福に声を掛けた。

「二年間の水、食糧、日常用品を積んだ上、百名前後は乗れます」徐福は答えた。

「オー、百人も？　これはすごい！」首長の息子ナギも、驚愕の声を上げた。

一方、じっと河口の方を見つめていた康泰は、護衛を全員集合させた。小山の麓に稲草人《かかし》を立たせ、弓の練習をし始めた。十数個のかかしを目掛けて、二十数人の矢が一斉に発射、弓矢は全部かかしに命中した。続いて、その十数個のかかしの真ん中のかかしに赤い布を付けた。再び、一斉の発射を命じた。二十本の矢は、全部赤い布を付けたかかしに命中した。見ていた首長一行の者が歓声を上げげた。

「隊長、河口の見物人はみんな退散しました」誰かが康泰に報告した。河口にいた鉢巻の衆は確かに姿を消していた。

「分かった。それじゃ、かかしを休ませて、われらも解散としよう」康泰の即席演出により、「見知らぬ観客」を送りだした。

十、千里之行始於足下

食事はにぎやかだった。華夏の酒に酔いしれた部族の人々は、大声で笑い、時に鼻歌まで出た。

徐福と高良は、別のテントで、首長らとくつろいで話し始めた。初めての会合の席上、首長から「みなさんは、取り急ぎ、船の修理が第一だと言いましたが、それなら、狭いこの浅瀬より、河口が広く、水深も十分ある北川（延岡）がいい」と提案してくれた。

「北川がいいでしょう」大声のナギは口を開いた。

徐福は高良と船長らの意見を聞いて、すぐ首長に北川行きを頼んだ。

「それでは、今のうちに出発しましょう」首長は即答してくれた。

未の刻(午後二時)に赤江を出発した。北川(延岡)までは、一日半はかかるので、まず、途中の美々津(日向)で一泊して、翌日の二十八日の昼前に、高千穂、美美津(日向)に次ぐ部族の第三の根拠地北川(延岡)に着いた。長い航海の後に続く、二日の急行軍だった。

海に面した北川は、広い入江の中にあった。湾の北から、北川、祝子川、五ヶ瀬川と大瀬川の四つの川が円を書くように大きな湾の中へと流れ込む。その少し南の外れに、沖田川がある。ここも、海進により、方財や恋島あたりの高台を除いて、ほとんど海の中であった。海岸線は、今の東海町から、岡富町、野田町と小野町へそして共栄町までと広がり、徐福らの大船でも二、三十隻が入るくらいの余裕があった。タカハラ首長に確認してみたが、砂浜には頑丈な木もなく、大きな船をつなぐものはなかった。探してみると、五ヶ瀬川と祝子川の間に山下という所があって、その西の小高い山で見つけた柱のような大きな岩に三隻の船をつなぐことができた。

普段は船を陸に上げて、そこらの石に括りつければいいが、地元の者にとって、大きな岩に船をつなぐことは実に珍しいことだった。徐皐村出身者が、「この山を『金山』と名付けたらいいな」と言った。人が集まり、名付けの話の結果、「今山」が良いとみんなの賛同を得た。ちなみに「金山」と「今山」は漢字で同じ発音ジンサン(Jin Shan)である。これは後世、「今山の徐福岩」と呼ばれた。

係船が終わり、首長は住居や食料と水などについては、全部任せてほしいと言ってくれた。部族の住居六軒を借りて、テント二十面を張れば、まず住む場所を確保。二、三日中にタカハラは、高千穂から食料などが届くまでは、船の食料品と水で賄うことにした。徐福が改めてお礼を言ったとき、タカハラは「われわれも、団長のような強い味方が傍にいてほしかった」と含みのある答えをした。

タカハラの親切に甘んじて、徐福一行はしばらくこの見知らぬ異郷の地に滞在することとなった。まさか、ここがそのまま第二の故郷になるとは夢にも思わなかった。


二カ月はあっという間に過ぎた。臨時のテントができてから、日常生活も大分落ち着いてきた。船と人が少なくなった今、徐福と高良の二人は、今後の予定について話し合った。取り敢えず、他の船団の消息を待つ間、まず住居建設が先だ。次に、船の修理である。この計画に合わせて、現地での組織再編を行った。

まず、船団長直轄として、道案内、薬屋と護衛を合わせて、計三十九名。船舶班として、操船関係乗務員、十八歳以上の童男と同乗家族の男を合わせて、計百二十八名。残り百五十三名は総務班に編入した。タカハラ首長から、手伝いに出してくれた部族民二百名をそれぞれ、百名ずつ船舶班と総務班に分けた。

総務班の日常生活担当者と船舶維持者を除く、四百人ほどを最重要課題である木材の伐採と製材に投入すると決めた。その責任者は、関船長を船舶班長として任命した。任務完了後、それぞれ船舶、総務に戻すことにした。

関らは、地元のアソ山から木を伐採して、原木でそのままイカダを組み、五ヶ瀬川の上流から、川下りで流し、河口まで一気に運んだ。また、イカダを船として使い、上流にある必要な物資の運びにも一役かった。イカダのうわさはたちまち地元に広がり、周辺の注目を浴びた。その後「筏下り」の伝統は、今も祭りとして続けられている。


船舶修理が始まると、船団の大工と地元大工は手分けして、総動員で組み立て作業にかかった。また、帆柱と船体の修理も二十日で終わった。こうして、船の修理作業は早いうちに終了した。

徐福は高良と相談して、タカハラ首長の厚意に対するお礼として、部族の船を作ることにした。タカハラ首長は、妹ハナ、サクラと息子のナギを連れて、徐福と高良にお礼を言った。夢に見た自分の船のことを思うと、四人共喜びの涙を流した。

三十日後に一隻目の船が完成した。帆柱一本、左右計十六本の櫂を備え、三十人乗りの船だった。進水式に、タカハラ首長は号泣して、徐福の手を握った。

「私は、岡の生まれで岡の育ちです。われらの一族は、広い土地があっても、人は多くても、海に出ると、いつもよその部族に圧倒されていた。結局、生まれ故郷の高原郷を離れ、こちらの高千穂へと移ったのです」タカハラは笑顔を見せた。

「やはり、七年前に聞いたうわさの通りです。団長さんが三根郷に繁栄と幸せをもたらした功績は、今も語り継がれていますよ。団長さんは、実に素晴らしい味方です」この時、徐福は、初めて首長の「強い味方」がほしかったという胸のうちが分かった。

船舶班の活躍と対照的に、徐梅はこの船舶班の中で、一番目立った。造船の仕事に関わらない彼女は、ナギの子供の子守役として、よくいろいろな場所に連れて回り、船上に女性と子供の笑い声が絶えなかった。

総務班長の四番船船長呉大富の下、一番船事務長の白華《はくか》と四番船事務長の高平《こうへい》は農業担当に、救助された五番船事務長の任長生《じんちょうせい》と三番船事務長補佐の朱小竜《しゅしょうりゅう》は住宅担当に決めた。白華と高平は農家出身であるから、農作業のことは二人に任せることができた。調達名人の冷文善《れいぶんぜん》と、もともと大工頭領の朱小竜も、住宅建設に自信があると言っている。朱小竜は郷でかなり腕のいい大工だというさがある。

今の東中川原から、萩町、今山麓を経て、祇園町あたりまでは海岸線で、長さは四里以上もある。この長い海岸線に沿った広々とした土地に、家を造り、土地を開墾することに、白華と高平も、そして冷文善と朱小竜までもが大きな夢を抱いた。

八月八日、総務班長呉大富は白華、冷文善ら四人を連れて、徐福と高良を訪ね、農作業の日程を説明した。今の時期、稲と小麦の栽培は間に合わないから、取り敢えず八月中旬頃に、秋そばを栽培することにした。そばの種まきが終わると、三分の一の人をそば栽培の担当にし、残りは水田開墾に移る。そばの収穫は十月中旬、製粉は十二月中旬頃になるという予定だが、そばの収穫の後にすぐ、同じ田んぼで冬麦の種まきをする。十二月にそばの製粉ができるまでは、三割の人は脱穀や乾燥と粒選びをし、残る七割の者を、水田開墾に回す。

こうすれば、年末には、製粉が終わり、水田の土壌作りもほぼ一段落。年が明けて、小麦の麦踏みと水田の土壌造りが同時に進行して、五月にはいよいよ本格的な稲作りが始まる、と白華からの報告があった。

「そばの用地はどれくらいが必要？」高良は聞いた。

「この三百二十人の半年分として、そばだけなら百七十俵があれば十分間に合うと思いますので、大目に見て六十四堈《けい》の土地があればいいです。大体、長さ百四十歩、幅九十歩（三百二十メートル×二百メートル）くらいの田んぼです」計算済みの白華はすらすらと答えた。

「次に水田も同じくらいで良いのか？」徐福は聞いた。

「ほぼ同じくらいでいいと思います」高平は答えた。「もう少し広くてもいいのですが、畦造りや用水の具合を見てから、決めたいと思います」農家出身の高平は余裕を持った答えだった。

「よし、二人力を合わせて、やってくれ！　頼むぞ」徐福は言った。

「首長からいただいた土地を大事にしてくれ」高良は白華の肩をたたいた。

「はい！　承知いたしました！」二人はそろって答えた。


住宅担当の呉班長らが入って来た。呉は若い任長生に報告を命じた。

「ご報告いたします。まず、船舶班のおかげで、木材に余裕が十分あります」大工の職人には見えない穏やかな口調で任長生が高良に話し始めた。「何より道具が急ぎ必要です。ノミ、ノコギリ、カンナ、チョウナといった物は、短期間で造りたいです。大工の育成も、従来の弟子入りのやり方では時間がかかりますので、いきなり『継手』という技をたたき込めば一番いいと思います。組接ぎ、留接ぎ、相欠接ぎ、ホゾ接ぎと四種類の継ぎ手、二十種のやり方を教えてやれば、後の作業は問題ないと考えております」高良はこの玄人らしい人の話を聞いて、目を丸めた。

「任長生と言ったよな？」高良は聞いた。

「はい、任長生です」

「おまえに任せたい。しっかりやれ。おまえの話を聞いただけでよく分かった。頼むぞ」高良は任の肩をたたいた。

呉も任長生自身も驚いた。

「団長、ひょっとすると、この任長生の腕は俺より上手いかもしれないぞ」徐福に向かって、うなずきながら、高良は言った。

「それなら、頼もしいな」徐福も任長生に声をかけた。

高良は給仕を呼んだ。

「みんな、一口飲んでくれ！」高良はみんなに酒をついだ。

「それじゃ、みんなの健闘を祈って、乾杯！」徐福は杯を挙げた。

「団長のため、副団長のため尽力します！」五人は席を立ち、挙げた杯を飲みほした。

九月初め、徐福は高良を呼んだ。

「船の進水式の時に、タカハラ首長が、七年前の三根郷のうわさを聞いたと言っていたな？　ひょっとすると、彼らは今も三根郷とは、よく行き来しているんじゃないのか？」徐福は何気なく高良に声をかけた。

「そう。俺もそう思った。彼の力を借りれば、徐賀らを見つけられるかもしれない」高良の頭の回転は早い。「では、兄貴。タカハラ首長に頼んでみる」

「そうしてくれるか？」徐賀の消息を首を長くして待っていた徐福は高良に言った。

「分かった」高良は答えた。

翌日、タカハラがきた。「高良さんから話を聞きました。団長は徐賀様のことを随分ご心配なさっていますね。実は、みなさんが北川に着いた直後に、徐賀様を探すために、すでに人を出しました。もう二カ月がたちましたから、そろそろ、いい話が舞ってくるかもしれませんよ」自信満々のタカハラだった。

「ありがとうございます」徐福は深々と頭を下げ、お礼を言った。

十一、親子再会

徐福が北川に来てから、梅と顔を合わせることは少なく、話す機会も少なかった。いつの間にか、梅は倭の言葉で子供らと会話をしている。梅はナギの子供を連れてきて、大声で話したり、笑ったりして、子供と一緒に走り回った。航海中の梅の姿はどこにも見られなかった。

九月十八日、そば栽培に関する培土、追肥のことを確認した後、徐福は「孫子」の本を開いたが、いつの間にか、寝てしまった。

暗闇の中に始皇帝の姿があった。

「徐福よ、近う寄れ!」気力のない遠い声だった。

「薬が見つかったか?」帝は聞いた。

「今は倭の国に着いたばかりです」徐福は答えた。

「もう、探さなくてもよい。そちらで、大事に生きよ」帝は木簡を出して徐福に投げた。

拝礼して、徐福は木簡を開く。そこには『天下混沌、漢水没秦』と書いてあった。

驚いた徐福が手に木簡を持ったまま、帝に聞こうとした時、帝は消えた。再び、目の前は真っ暗となった。

徐福は声を上げようとしたが、口から声が出ない、彼はジタバタと四方に手を出したが、何も当たらなかった……。

徐福は汗をかき、夢から目が覚めた。手に毛布をしっかりと握りしめていた。彼は慌てて、夢の中で見た八文字を木簡に書き残した。

その時、遅い朝食を済ませた徐梅が、帰って来た。久々に、ナギとその子供について話してくれた。

ナギの二人の子供は、上は女の子、三歳くらいで、名はテルといい、下の子は男の子、一歳、名はスサという。子供の母親は、熊曾郷首長の娘で、名は梨花《りか》、大層な美人だという評判だった。

高原郷と熊曾郷は親戚同士になり、両部族の間では、何年間も仲のいい関係が続いた。うわさによると、梨花の高祖母は華夏の魏の貴族だったと言う。昔、海で遭難した魏の娘の高祖母は、梨花の高祖父に助けられ、二人は一緒になったと。

今年の初め、里帰りの時に、久々に海へ出て、懐かしい里の海を見たいと思った梨花は、子供を親に預けて、独木船で四人の村人と一緒に、鹿児島湾から出て、大海原へと船をだした。船の上で、梨花は大声で叫び、大声で唄った。鹿児島湾の佐多当りで、一休みした所、何隻か遭難した船と出合った。

その船では見知らぬ人々が知らない言葉で話していた。顔も色も全く違う人々だった。いや、あれは鬼かも知れないと、梨花は言った。怖くなった彼女らは戻ろうとしたが、あっという間に遭難船から下ろされた小船に囲まれた。弓矢、槍で戦い、逃げようとしたが、大勢の人らに囲まれ、次々と殺されていった。残る男一人が重傷を負い、海に飛び込み、潜って、潜って、潜った男は逃げて帰って来て、首長に報告した。熊曾首長がすぐ現場に駆けつけた時、遭難船の跡もなく、みんなどこかへ消えていた。岩の岸壁に破損した独木船があったが、船内には、殺された無残な姿の梨花と三人の男の遺体があった。首長は大声を上げ、泣き崩れた。「この仇《かたき》、一生を賭けて取ってやるぞ！」怒り心頭の首長は、両手を上げて、何回も叫んだ。

それ以降、熊曾首長は以前より荒れていった。あれ以来、熊曾に上陸したよそ者は、ほとんど命を落とした。

ナギは、子供を抱きしめて、何日も泣いた。十九歳の時に三つ年上の梨花と結婚して、二人の子供を授かった。二人は仲睦まじく暮らし、高原郷中の語り草になっていたが、結婚四年目にして、こんな災難に遭うとは夢にも思わなかった。

徐梅が出ていった後、徐福は床に体を埋め、しばらく目を閉じ、長いため息をついた。

「団長、お客様です」護衛が知らせに来た。

「通せ！」

「タカハラ首長です」それを聞いた徐福は、すぐ床から降りた。

「団長、失礼しますよ」笑顔一杯のタカハラだった。「さて、お客さんをお連れして参りましたぞ」声が弾んでいる。

ズカズカと入って来たタカハラが徐福の目の前に立っていた。息子のナギも後ろについてきた。彼は、大げさに右手を上げ、

「どうぞ、お客様！」雷鳴のような声が部屋中に響いた。

徐福は目が覚めた。入口から、徐賀、徐司、橘弘の三人がそろって入って来た。あぜんとした徐福は大きく口を開いた。

「オー、オー……。おまえら……」そのまま地面に座り込んだ。

「おやじ！」徐賀が第一声、

「お父様！」徐司が続き、

「団長！」そして、橘の声が続いた。

「あー、我的天啊！（オー、神様）」途切れた声で、徐福はやっと声を出した。「みんな、よくぞ、生きていてくれた。ありがとう！　ありがとう！」三人を束ねるように両手で抱きしめた。「あー、神様ありがとう！　タカハラ首長ありがとう！」何回も何回も拱手のお礼をして、タカハラに頭を下げた。

「みんな、よく頑張ったな」

「あー兄さん、あっ、兄さん、橘兄！　みんなお久しぶり！」徐梅もどこからか飛んできた。抱きしめたままの四人の輪の中に割り込んで、大きな声で泣いた。「会いたかった。会いたかったよ！」と同じ言葉を繰り返した。

　五人とも、多くは語らず、ただ抱きしめたまま、生きて再会ができた喜びを味わっていた。

　徐福は繰り返し、「瑯邪《ろうじゃ》を発ってから、今日で百十一日目か」とため息をつきながらつぶやいた。

　一カ月前、タカハラ首長は三根に来ていたが、あいにくイワオ首長は娘スミレの嫁ぎ先の壱岐に行ったため、会えなかった。三日前に、イワオ首長は帰って来た。それを聞いたタカハラ首長は、すぐ三根に行き、徐賀ら三人を高原郷に連れてきた。

半刻（一時間）があっという間に過ぎた。徐福も徐賀らも、別れてからの出来事を語り始めた。橘は前回東渡時の経験を生かして、いろいろと、徐賀を補佐した。米造りも、家作りも、七年前と同じように、みんながよく頑張った。クマも以前以上によく走り回り、よく周りの面倒を見てくれた。徐福から薬草や占いを教えてもらった地元の者も、みんな活躍している。薬屋になった董玄と張景順も何度も大原郷から来てくれた。

三根郷の繁栄に伴い、周辺の部族からも次々と三根郷に入りたいという申し出が増え、今の三根郷は集落五つを抱える大所帯になった。三根郷の根拠地も三根から広い蓮池（佐賀市蓮池）に移った。

「国になったのか？」徐福は急に「国」という言葉を口にした。

「そんな大それたことはできませんよ。首長もそう言っております」徐賀は答えた。

「たけのこのように、あっちこっち国が立ち並んでいるじゃないか？　五つの集落を持つなら、立派な国だろう？　三根首長に伝えてくれ」

徐福は国の創立を積極的に勧めた。

そこに、橘は話の間に割り込んだ。「三根首長がぜひ団長に会いたいと言っておりますよ。首長は末娘を、徐賀様の嫁にしてほしいと熱心に勧められています」

徐福は「あのアキか？　わしは名付け親だ。あの子は小さい時から、利口そうなかわいい子だったな」徐福の口元に笑みが浮かんだ。傍で徐賀は目を逸らして黙っていた。

徐福は徐賀らに、この北川にたどり着くまでの経緯を話した。ここでも、三根郷の経験と人脈を生かしたおかげで、短期間で落ち着いたと徐福は言った。高良をはじめ、関船長や白総務長らの活躍も皆の注目の話題だった。そして、心配している徐梅のことにも少しは触れた。「ナギ？　あの子連れの若大将のことなら、大丈夫だろう。信頼できるやつだよ」徐賀はどこかでナギのうわさを耳にした様子で、徐梅の行動に異議はなかった。

二人になった時、徐賀は済州島の商人から聞いたことを徐福に話した。

二年前、第一次東渡の時、ケガや病気で倒れた第二船、第三船十九名の乗組員が、大石のおかげで済州島に預けられたが、その後、間もなく彼らは皆が亡くなったという。

話を聞いた徐福は、すすり泣きながら手で震える唇を押さえた。

しばらく経って、徐賀は耳にしたタツのことを話してくれた。

……徐福の帰りを待つタツは、「大体三年くらいで戻るから」と言った徐福の言葉を信じ、泣きながら、「何年でも待ちます」と徐福を見送った。三年たち、五年たっても、徐福は帰ってこなかった。その後、タツはよく一人で、絶壁の海岸に座り、「琅邪王よ、いつになったら帰ってくるの？」と叫び続けた。三根の人から聞いた話によると、おタツは、ある日、断崖で足を滑らせ、海に落ちて死んだというわさが広まった。真偽は誰も知らないが、それから、誰もおタツの姿を見た者はなかったし、そして、ゲンシチと子供徐海の姿も消えた……。

「分かった。すまん、ありがとう」徐福は両手で顔を覆った。涙があふれた徐福は、悲しみで動悸が止まらなかった。

第八章　徐福「平原広沢」の民となる

一、寝耳に水

徐福は疲れた。九月に徐賀と会って以来、相次ぐ世の中の目まぐるしい移り変わりに、彼の夢が次々と幻になってしまった。心配していた徐永と徐善の消息も全くない。タツ親子の安否も気にかかる。徐福は抜けがらのようになってしまった。

十月初めに、徐福は高良、関と通訳のオカ（岡訓《おかさとし》）を連れて、徐賀のいる三根郷を訪ねた。イワオ首長、大原のヤマ首長（後にヤマ王に）と久々に再会し、三日三晩夜通し、飲みながら話し続けた。その間、七年前の知人たちもみんなが来てくれて、懐かしい思い出話に花が咲いた。大原のヤマは徐福からもらった船で商売に大成功を収めた。イワオは、徐福らが残してくれた田んぼや、住宅のおかげで、生活が豊かになった。殊に、三根郷は堅実に成長したことは、徐福を驚かせた。あの小さな三根郷が、今は大小四つの部族二十の集落を集め、九州北部の一大勢力になった。徐福が勧めた「諸富国」も国名になった。イワオ首長はできれば、徐賀に娘アキの婿として首長になってもらって、「諸富王」を名乗ってもらいたいと、徐福に話をうちあけた。

徐福はすぐ徐賀に結婚の気持ちを確かめたが、弟らの行方がいまだに分からないままでは、気が進まないと徐賀は答えた。「婚約だけではどうだ?」と聞くと、「構いませんよ」と徐賀は答えた。徐福はすぐイワオ首長に会い、その日のうちに、徐賀とアキの婚約がきまった。

九月末、三根郷のイワオ首長と大原のヤマ首長が馬車四台、馬十頭を連れて、徐福を訪ねた。七年前のご恩返しにきたというのである。徐福らが残してくれた船でとった海産物、徐福らが開墾した田んぼで収穫した米などを持参してきた。

タカハラを交えた四人の会合は、にぎやかな宴会になった。タカハラは、「この高原郷も、大使のご恩恵を賜りたい」と訴えた。

「われわれも、引き続き徐福大使のご指導がほしい」ヤマとイワオも笑って徐福に頼んだ。

別れ際に、大原のヤマ王は徐福に近寄り、「うちの船員から聞いた話だと、『木の国』(和歌山)と御山(富士山)あたりに、大勢の華夏の人が上陸している」と夢のような知らせを話してくれた。

「それはいつのこと? 確かですか?」徐福は大声を上げた。たちまち、みんなも驚き、騒然となった。最後に、みんなでこの情報を確認しようと打ち合わせた。

徐福は脳裏に、再びわが子のことを思い浮かべ、目が潤んだ。彼は高良を呼び、徐善が見つかったら、秦に帰る支度をしようと話しかけたが、高良は良い顔をしなかった。今、倭の地に根を下ろしたばかりで、いきなり帰ると言うべきではないだろうといった。また、帰るとなれば、頑丈な船も必要だし、肝心の不老不死の薬を手に入れないとだめだろうと、徐福に迫った。

「そうだな！」徐福はわれに返った。

船舶班が作った第二隻目と第三隻目の船は二十日ほどで仕上がった。十月十日に船の引き渡し式が行われた。部族総出でこの日を祝った。その後、タカハラ首長は、この十月十日を、徐福に対する感謝祭の日と決め、その祭りは後世まで続いた。


十一月十六日、突如、徐賀が馬に乗って一人で徐福を訪ねてきた。

「何か急用か？」と徐福は聞いた。

「大変です」徐賀は目を丸めて、徐福の耳元に話しかけた。

「陛下は七月下旬（西暦九月初め）に崩御されたそうです」

「何？」徐福は椅子に座り込んだ。

「馬韓と壱岐の情報だと、陛下は亡くなられたそうです」徐賀は答えた。

「おやじは始皇帝を裏切ったとして、趙高から反逆罪を宣告されたよ」徐賀は言い加えた。

「あ？」一瞬徐福の言葉が詰まった。「あの五百数十年間の戦乱を平定した天下の英雄が？　……五十歳になったばかりだぞ！」徐福は心から、始皇帝の死を惜しんだ。


琅邪台の造営、二度の東渡に、徐福に大金を渡したことは、自分が始皇帝に信頼されたという何よりの証だ。しかし、今は、趙高に「帝を裏切った反逆罪」を着せられたことに、徐福のはらわたが煮え繰り返った。

彼は目の前の机を思いっ切りたたいて、椅子を蹴っ飛ばした。「あの……奸臣《かんしん》、この畜生！」がく然とした徐福は体を再び椅子に埋めた。

悲しいことだ。憎いことだ。こんなことがあっていいのか？　蚊の鳴くような声で徐福はつぶやいた。

「秦の運命は旦夕にあり。そして、帰郷の夢は絶えた」徐福は言葉で言えないほど虚しくなり、流れる涙が止まらなかった。

胡亥が二世に即位した後、趙高は郎中令の要職についた。彼は宮内の粛清を行い、胡亥の兄弟姉妹をはじめ、諸侯太子まで二十数名を殺害し、多くの連座者を出した。西暦前二〇八年、脇が甘かった宰相李斯は、血も涙もない趙高の手によって、一族みな殺された。李斯自身は腰斬され、さらし首にされた。想像を絶する残酷を極まりない刑罰であった。

趙高は宰相になり、二世胡亥を自殺に追い込み、西暦前二〇六年、趙高は最後の太子子嬰を秦王として即位させたが、子嬰は宦官韓談と連合して、趙高と趙高の一族を皆殺しにした。

その後、帝位についた子嬰は咸陽に入城した項羽に斬首され、光輝く史上初めての大秦帝国は滅亡した。

およそ五百五十年間続いた春秋戦国の戦乱の後、華夏（中国）は秦によって統一されたものの、その秦も、わずか十一年で、一人の復讐者の手によって、葬られた。

徐賀を送り出した後も、徐福は魂を抜かれたように落ち込んでいた。彼は始皇帝の死で、秦の滅亡を直感した。夢で見た「天下混沌、漢水没秦」とはどういう意味か？　楚漢争いの後、漢王朝が誕生するということか……。

彼はつい数日前に、この大浜で採集した「猿梨《さるなし》」のことを思い出した。華夏の「獼猴桃」（キウイフルーツ）という薬草である。華夏のものは柄が大きく、蔓も太くて、頑丈だった。紛れもなく「不老不死の薬」と言える薬草である。どんぐり似の実は果実として食用でき、殺菌力もあり、強壮剤にもなる。さらに、解熱剤であり、天然酵母作用で消化を促進することもできる……。いずれ始皇帝に見せたい一品だと思った矢先に、主がいなくなった今、不老不死の薬も、全く意味のない話になった！

いても立ってもいられなくなった徐福は、高良を呼び、素直に自分の悩みを話した。

「良、皮肉なことだな。華夏を離れた時は、一刻も早く秦の地から逃げたいと思っていたが、今になって、また、大陸が恋しくなった。頼りの主がいなくなった今、われらの帰り道は閉ざされ、もどる里もなくなった。堪えられない話だ！」徐福は弱気をはいた。

「安心してよ。俺はどこまでも、兄貴の傍にいるから」高良は自分から杯に酒を入れて、徐福に乾杯を勧めた。

「時を待つしかないな」徐福は言った。

「新帝の大赦令が出るまでは、しばらくこの倭の国にいよう」

「そうしよう」二人はちびちびと酒を口に運んだ。

徐福と高良が期待していた大赦は、西暦前一八二年漢の呂后の時代になってから、ようやく実現したが、この時、徐福はすでに七十四歳になっていた。帰りたいわが故郷、会いたい親族や旧友、一目見たい郷の一草一木……。そして、先祖の墓に、もう一度線香をあげたい……。あれもこれも、すべてはかなわない夢になった！

二、四年振りの再会

西暦前二〇七年春、徐賀はアキと結婚し、翌年の春に、長男強《きょう》が生まれた。その次の年の三月、徐賀は妻のアキと強を連れて、孫を見せるために、徐福を訪ねた。徐賀は徐福に徐永と徐善の居処と近況を報告した。徐永は首長の娘イネと結婚し、長男万《まん》が生まれた。徐善も今年一月に、首長の娘フジと結婚した。

高良はタカハラ首長の一番下の妹と結婚して、もう三年になる。また、この二月にタカハラから再三の催促もあって、徐福は三年間ずっと付き添ってくれた首長の二番目の妹ハナと結婚した。彼はいまだ顔を見ていない孫たちに会いたいと思っていた。

徐福は高良夫婦と橘の妻ノリに声をかけ、木の国（和歌山）へ行くことにした。徐福らは、徐賀が作った帆柱一本の中型の帆船で出発した。船には、徐福とサクラ、高良とオハナ、ノリと息子の隆志の六人が乗った。ほかに船長橘、副船長兼ガイド楊玉林《ようぎょくりん》以下船員十六名と一般乗務員六名に隊長康泰を含めた護衛十名を加えて、総勢四十名が、前二〇六年四月十五日に英多（延岡）を出発し、四月二十五日の朝に、大浜（新宮）に着いた。

大浜では、徐永と徐善家族が待っていた。実に四年振りの親子再会であった。立派な大人になったわが子を見た徐福は、足を引きずったまま、泣き崩れた。

「すまん！　すまなかったな！」子供との再会を一日千秋の思いで待っていた徐福は二人に謝った。

「俺のわがままがいけなかった」徐福の足元に徐善は拝跪《はいき》した。

「俺が、もっとしっかり善の後ろについて行けば、早めに再会ができたのに、本当に悔しい……」徐永も拝跪して、自分を責めた。

泣きながら、親子三人は抱き合った。

高良夫婦とノリ母子も、柳向隆との再会に歓喜の涙を流した。

柳向隆は徐福の傍にきて、拝跪してあいさつした。「大使の指示を守れず、本当に申しわけございませんでした」彼は額《ぬか》ずいて、許しを乞うた。

「向よ、今、永と善からいろいろと聞いたぞ。これほどやってくれたおまえに、わしからお礼を言わなければならないぞ。永を助けるために、けがをさせたことは、許してくれ」

徐福は潤んだ目で、柳向隆の手を取り、左手の指を擦った。

「この手のおかげで、永は命拾いしたな。おまえは永の命の恩人だ」

徐福は柳向隆の杯に酒をついだ。

素早く子供を連れてきたノリは、柳に飛び付き、「ここにわが子がいるよ！」と叫んだ。柳向隆は大きくなったわが子を抱きしめた。「隆志だな？　会いたかったぞ！」涙が顔一面に流れ、柳は叫び続けた。高良もオハナも近寄って、隆志の前に体を曲げ、頭をなでた。柳は片手でノリを抱きしめた。みんな泣いていた。「爸爸《バ バ》！」隆志が大声を上げた。柳向隆の太い足に頭を埋め、繰り返し、「爸爸」「爸爸」と呼び続けた。

徐永は妻のイネと長男の万を連れて、徐福にあいさつした。徐善も妻のフジを徐福に紹介した。一歳になった万を抱いて、徐福は息子らの嫁に話しかけた。部屋中に笑いが絶えなかった。

そばにいた大浜郷のトラオ首長と沼津一郎首長らは、この親子の再会を温かい目で静かに見守った。

半刻（一時間）後に、徐福らの歓迎宴会が始まった。

「久々の親子、夫婦再会に、乾杯！」徐福らの歓迎宴会のはじめに、沼津一郎首長は乾杯の音頭を取った。

「われわれの住むこの地で、徐大使親子ら一行が、苦難を乗り越え、四年ぶりに今日の再会が果たせたことは、誠に最高の喜ばしいことでございます……」一字一句をかみしめるような首長の言葉は重かった。

続いて、徐福があいさつに立った。

「大浜郷のトラオ首長、沼津の沼津一郎首長、ご臨席のみなさま、このよそ者の私たちのために、こんな盛大な歓迎宴会を開いていただき、本当にありがとうございます。また、息子の永と善が、両首長に大変お世話をお掛けいたしましたことに、かたじけなく思います。心からお礼申し上げます」

長年息子らと離れ離れになった日々のことを思うと、熱い涙がこみ上げてくる。徐福は深々と頭を下げた。

「また、息子二人に嫁まで世話をしていただき、本当にありがとうございます。親戚になったことを今、心から喜んでおります。私に代わって、子供らを見守っていただきまして、親として、心から感謝いたします……」宴会場にため息や、すすり泣きが広がっていった。

宴会の合間に、徐福はサクラを呼び、これからは、九州、木の国と沼津の子供たちの家で一年半ずつ住むことにしたい、と提案した。サクラは手をたたいて、喜んで同意してくれた。傍にいた両首長も「大賛成です。われわれにも会えますね」と賛同の声を上げた。高良は慌てて俺も一緒に入れてくれと徐福に言った。

一カ月が過ぎると、北川郷（火の国）帰りの用意が始まった。徐福夫妻と高良夫婦のほかに、楊玉林と康泰を含む護衛四名の計九名がこちらに留まることとなった。

両首長も、徐福らに別れを告げ、それぞれ帰っていった。

徐福一行は、徐永が用意した徐福の部屋で、徐福と高良を囲み、二十数人が輪になって座った。酒とお茶を用意した徐永は満面の笑みを見せ、妻のイネと息子の万を連れ、徐福の前に拝跪した。傍で見ていた徐善もフジを連れて、徐福の前にきた。

「われわれ兄弟は、もう二度とおやじに会えないんじゃないかと思っていました」徐永は再び泣き始めた。

徐善は頭を下げたまま、話し始めた。

「われわれも、人をつかっておやじと兄貴を探しましたよ。帰って来た者は、みな見つからないと言うので、われわれ二人は、失望のどん底に陥ったのです……」言葉を詰まらせた。

続いて、徐永は二人のその後のことを話してくれた。

「秦皇三十八年（西暦前二〇九年）に、この北浜に着いてから、首長から、娘のイネと結婚してほしいと再三に言われましたが、俺は、弟が見つかるまでは、待ってほしいと返事をした。そしたら、首長はわしの首にかけて、善さんを見つけるから、来年にでも結婚してくれと迫ってきました。仕方なく、向隆兄貴と相談して、翌年十月に結婚したのです。結婚して一カ月半がたったある日、イネのおやじから、善の居場所が分かったと教えてくれたのです」

徐永は二十人を連れて、沼津を訪ねた。この時は、徐善には一番つらい時期だった。

第四船団が沼津に着いた後、徐善は首長の末子娘フジと仮の婚約をした。これで一段落だと思っていたが、翌年（西暦前二〇八年）、高志首長から連絡が入った。今年の塩のできが悪く、量もあまりないから、来年、沼津と三野の塩は半分しか提供することができないと言ってきた。切実な塩のことである。沼津と三野に対する、高志首長から息子の求婚を断った仕返しであることが明白であった。塩は、料理に欠かせないものである。それを半分に減らされるのは、大変なことだ。苦杯をなめる沼津首長と三野首長が悩んでいる最中に、徐永が来た。

再会の喜びもつかの間、徐永と柳向隆は、すぐ、両首長と打ち合わせを始めた。その窮余の一策として、まず、徐善とフジの婚約を正式に決めること。そして、高志首長の所にあいさつに行き、婚約したことを報告する。次に、柳向隆は手慣れた大工の技を生かして、越出身の高志首長のことを念頭に、越の仕様で祠《ほこら》を作り、善の兄貴からのお土産として、高志首長に差し上げること。最後に、沼津と三野の首長は地元の珍味を集め、あいさつのお土産として持参する、という柳向隆の考えを両首長に話すと、首長らから異議はなかった。

十日後（七月二十七日）に、沼津から馬車五台に分乗した二十人と、護衛二十名合わせて四十名の行列が、高志郷へと向かった。五台馬車のうち、三台には、両首長、徐善とフジ、徐永、柳向隆と何勇などが乗り、一台は御土産用車、一台は祠専用であった。

出迎えにきた高志のシマ首長と息子のシカはこの行列をみて驚いた。柳向隆が作った祠を見た途端、シマは両手を合わせ、目を閉じた。信心深い呉と越の人々は、先祖に対する敬虔《けいけん》の心が厚い。合掌しているシマ首長の姿からもそのことが見てとれた。

徐永は初対面のあいさつをした。弟徐善が沼津の姫と婚約したため、あいさつに来たと告げた後、お土産を披露した。「ここに、ごあいさつのお土産として、私が作った越の仕様の祠を持参しました。どうぞ、お受け取りください」と首長に言った。

シマ首長は喜びのあまり、言葉がでなかった。彼は両手で顔を覆い、静かに頭を下げた。「兼ねてから、徐福様一族のうわさを伺っております、お目にかかり、嬉しく思います。このたびのご婚約、おめでとうございます。また、ご立派な祠をいただき、大変恐縮に存じます。先祖の思いを振り返り、心から感謝いたします」と丁重に返礼した。

徐永、徐善一行は、食事に招待された。宴会の席でシマ首長の笑顔は、皆を驚かせた。そして、帰り際に、シマ首長は、沼津首長と三野首長を呼んだ。

「塩は確かにできが悪かったが、今のところ、みなさんの分については、従来通り提供できると思いますから、心配しないでください」と両首長の肩をたたいて笑顔を見せた。

驚いた沼津、三野両首長は「高志首長、本当にかたじけなく存じます。ありがたいお言葉に衷心より感謝いたします」とお礼を述べた。

こうして、仮の婚約は、本婚約となり、そして、この年（西暦前二〇六年）の春に徐善とコトリ（結婚後フジと名乗った）は結婚した。

長い徐永の結婚話だった。

三、新宮の誕生

眠れぬ日が十日ほど続いた。徐福の部屋と沼津首長の部屋には、いつも灯が夜中まで点っていた。

十一日目の朝、沼津首長は、部族に戻る前に、徐福の手を握り、「一年後に、わが家でお待ちしております から……」と一言を残して帰っていった。

八月になった。少しは大浜での暮らしに慣れた徐福と高良は、一緒に田んぼを見て回った。稲作りについては、華夏とほぼ同じであったから、心配はなかった。

柳向隆の一回り小さい造船場も見てきた。一番船と二番船は全く修理する必要がなく、四番船も三、四カ月かければ、修理できる。右舷を岩に突っ込まれた約三メートル以上の傷口は、柳向隆が三カ月をかけて、修復した。船の進水式に、トラオ首長、首長の娘イネ（徐永の妻）、首長息子のハマ、トラタロウ、その娘のミワと婿養子の呉義明らも乗せた。懐かしい「秦」の旗を掲げ、熊野川河口から海へと走り出した四番船の雄姿に、誇らしげに高良は、「うちの隆が……」と徐福に声を掛け、笑みが絶えなかった。

更に慣れてくると、徐福と高良は動き始めた。高良は、大工の腕を振るい、手当たりしだいに、道具の修理や小物作りに日々を費やしていた。

山登りの達人の徐福は、本能的に周辺の山を回るようになった。徐福は徐永を呼び、薬草担当の三人と、通訳兼道案内の呉義明と康泰を含めた護衛五人を入れて、合計十一人で山巡りに出発した。風水の分かる方士徐福は、薬草以外に、この地の風水についても、興味津々であった。

大浜首長は集落の歴史話を話してくれた。部族の村落は上切原《かみきりばら》にあった。牟娄川《むろがわ》（熊野川）をたどり、北西方向七十里（約三十五キロ）の山奥で、ほんの百数十人の集落だった。部族は主に狩猟とわずかな農業で暮らしていたが、五代目祖父の代に、猟と芋作の豊作が続き、十数年間で、部族内の人が増え、領地も広げた。さらに、七代目のトラオ首長になった後に、一族は、牟婁川を下り、この大浜に根拠地を据えた。四十数年の歳月が経ち、百数十人いた一族は、今は千人以上の大部族になった。

徐福一行は、八月十日に大浜（新宮）を出発、北西の子の泊山から、一三五五メートルの笠捨山で一泊、一〇七七メートルの玉置山を回って、上切原の北西の牛回山で一泊した。翌朝、一二〇七メートルの頂上から南東方向を見ると、目が覚めるような風景がそこに展開していた。南北に連なる山々、広々とした緑一面の丘陵があった。手前に上切原、その一直線の遠い海岸に沿って、大浜があった。徐福は息を呑んだ。次の日、一一二三メートルの大塔山で一泊して、大浜に戻った。

「首長、やはり、立派な聖地をお選びになりましたね」徐福はトラオに告げた。

「よく、みんなに言われました」首長から意外な言葉が返って来た。

「首長もそう思ったのですか？」徐福は聞いた。

「牛回山を背に、上切原集落の風水が素晴らしいと言われました」徐福は首長の口から「風水」という言葉を聞いた時、耳を疑った。この倭の地にも、風水説があったのかと、驚いた。

「首長もよくご存じですね」相槌して、徐福は首長に言った。

「先祖代々伝えられてきたことしか頭にないのです。詳しいことなら、娘のイネがばあさんから占いと風水を少し習いましたから、あれなら、もっと詳しく話せます。大使はもともと方士がご本職だと伺っておりますから、みなは先生に期待しております」首長は言葉を濁した。

「そうなら、暇を見て、イネさんにお話を聞いてみましょう」徐福は話を切り替え、呉義明と翌日の打ち合わせをし始めた。

八月十四日、一行は再び、大浜から出発、井戸（現、熊野市）へと向かった。一六九五メートルの大台ケ原山に登り、一九一五メートルの八剣山、吉野、高野山と、それぞれ一泊して、伯母子岳に寄って、また牛回山に戻った。牛回山を登り、眼下の景色を鳥瞰した徐福は、何か大事なことを心に決めた。「霊場に立派な場所を取られたな」と徐福はつぶやいた。後ろを振り返ってみると、呉義明は持ってきた動物の革で、一生懸命スケッチをしていた。この十日間通った山々などを、丁寧に書き残してくれた。「ありがとう」と徐福は呉義明の肩をたたいて、声を掛けた。呉は、「実は、首長からの指示です。しっかり書き留めなさいと、言われましたので……」と返事した。これを聞いた徐福は、首長の神経の細かさに驚いた。上切原で一泊した後、十二日目に大浜に戻った。

四日後の朝、トラオ首長がにこにこして、徐福を訪ねた。「今日は、私の部屋で、高良さんと柳向隆を休ませていただいて、トライチロウ兄貴と呉義明も加えて、八人で昼食しながら、大使のお話も聞きたいです。大使のご都合はいかがですか？」

「了解しました」徐福は、あっさりと返事した。

北川郷（火の国）に戻る三十三名を見送った後、トラオ首長の部屋でみんなが集まった。はじめに、トラオ首長が徐福一行に対し、慰労の言葉を述べた。続いて、イネが、自分は祖母から少し占いと風水を習ったが、義父にぜひ華夏の占いと風水のことを教えていただきたいと願い出た。この会合の主役は徐福だった。

「首長の厚意に、心から感謝いたします」徐福は前から考えていたことを、ここでみんなに話そうと心に決めていた。「余談を抜きにして、まず、首長一族の発祥の地、上切原とここの大浜について、風水の立場からお話しします。上切原は非常に立派なところだと私は感じました。実は、私がこの地に着いた時から、このあたりの風水に惹かれたのです」徐福はできるだけ簡素に説明しようと、机の上の茶道具などを並べて置いた。

「このヤカンを上切原とします。その後ろに牛回山があり、それが北の玄武神です。この牛回山から南東方向の一直線上に大浜があって、南の朱雀に当たります。この直線の左に、玉置山、笠捨山、子の泊山があり、右には大塔山、那智山があります。それぞれ、白虎、青竜という神です。その間、牟婁川や那智滝があって、正に四神相応の立派な土地です。風水でいうと、『山環水抱』(山に囲まれ、水を抱く)という非常に珍しい風水です」話す間に、机の上は、茶道具などで一杯になった。再び徐福はヤカンに手を触れた。

「めったにお目に掛からないという素晴らしい土地ですので、首長さんに、ふさわしい地名をつけることをお勧めしたいと思います。よろしいでしょうか?」

「どうぞ」首長は手を上げた。「大使、名前をつけてください」

「神様も、立派な人間も住む所として、『宮』と言います。この『宮』を使い、上切原を『本宮』とし、大浜を『新宮』と名を改めたらどうかと思いますが、どうでしょうか?」徐福は笑顔で、みんなを見た。

「良い響きだ。元の発祥の地を《本宮》とよび、新しい住処を《新宮》とよぶ、素晴らしい発想だ！」

首長は納得してうなずいた。

「賛成！」みんなから賛同の歓声が上がった。

首長が徐福に近づき、風水に関する『山環水抱』の意味を詳しく聞くあいだ、イネはずっと徐福の傍で聞いていた。

「首長、ついでに、もう一つ、勧めたい名前がありますよ」徐福は続けた。

「おー、早く言ってください」首長はますます調子に乗った。

「出雲に娘徐梅の子供がいますが、そこに熊野という地名があります。この名を借りて、ここの牟婁川につければ、川の勇壮な姿が連想され、《本宮》《新宮》とは非常に釣り合います。首長はどう思われますか？」徐福はお酒を勧めた。

「牟婁川のことでしょう？」杯を持ったまま、縦に頭を振った。「ん、良いな！　クマノ、ムロ……。やはりクマノだな——。みんな！」徐福を信じ切った首長は即答した。

「この牟婁川は、支流と曲がりの数ほど、名前がたくさんつけられている。クマノにまとめ、それぞれ熊野川の上流、熊野川中流と、下流にすれば良いのだ。みんな、よろしいかな？」首長は皆の顔を見た。「熊野川のために乾杯！」答のかわりに、一斉に杯を挙げた。

宴会は遅くまで続いたため、イネが期待していた占いの勉強はお預けとなった。

四、黄泉《よみ》の国

翌日朝、高良は徐福を訪ねた。

「こんな早くから、何か?」徐福は目を擦りながら、高良に聞いた。

「寝ぼけているぞ、兄貴。明日朝に来てくれと言わなかったのか?」高良は椅子に体を埋め、欠伸《あくび》をする徐福を見た。

「おー、ごめん。そうだ、頼みがあるのだ。大工の神様、この俺のために、神棚を作ってくれないか?」

徐福は高良に手を合わせた。

「いくつ要る?」高良は徐福を見た。

「そうだな」徐福は高良のそばに寄って来た。「俺はこの土地が気に入ったぞ。ここで腰を据えて、そして、できることなら、ここを俺の黄泉《よみ》の国にしたいのだ」寂しさに満ちた静かな声だった。

「えー? 黄泉の国? 冗談だろう? 頭は大丈夫か?」高良は驚いた。

「まあ、死ぬ時は死ぬのだろうよ。俺はこの地に骨を埋めたい」

「縁起の悪い話をするな! それより、神棚は何個?」

「取り敢えず二つ。一つは本宮、もう一つは新宮。言ってみれば、地名は看板の代わりに、人に注目してもらえばいい。後はすべておまえに任す」徐福は高良に下駄を預けた。

「俺に任す？」

この日の夕方、徐永の妻イネが来た。「サクラの義母さん、このアワビとウニは私がただいま獲って来たのです、義父に食べさせて上げてください」とよどみのないな華夏の言葉でサクラに声を掛けて出ていった。

徐福はサクラに聞いた。「イネは確かに華夏の言葉で話したな？」

「はい、そうですが、どうしました？」サクラは聞いた。

「どこで習ったのかな？」徐福は首をかしげた。

「第一船団関船長のお母さんから教えてもらったと聞いていますよ。言葉も文字も習ったようです。若いですから。それにすごく利口な子です」わが子のようにイネを褒めた。

この日の夕方、高良夫婦を呼び、四人で海の幸に舌鼓を打った。

次の日から、高良は柳向隆の一番弟子劉宜《りゅうぎ》（両親を亡くした濵人の青年）を連れて、原木伐採のため山に入った。百工の職人十六名、地元の職人十名と高良、劉宜、楊玉林を入れて計二十九名の大部隊だった。

伐採した原木は、北川と同じやり方で、筏下りにして、熊野川の流れで木材を新宮まで運んだ。このイカダの川下りはたちまち評判となった。後々の世に、北山川筏下りが観光事業で脚光を浴びた。

一カ月が過ぎた頃、二基の神棚ができた。徐福は首長を誘って、四十名の部族民と自分の部下五人を連れて、本宮と新宮で、神棚設置の儀式を行った。手慣れた徐福は、八神の祈りを唱えた後、一同神棚の前でひざまずいた。部族民は、大自然の神に対する信仰が深く、石や古木などの神物に向かい、両手をまえに拳を握って、よく祈りをささげるが、徐福のような厳粛な儀式を見たのは初めてのこととあって、みんな固唾《かたず》をのんだ。祝詞奏上し、式の最後に、「みんなが元気でありますように、みんな無事でありますように、みんな長生きして、子々孫々繁昌できますように、よろしくお願いいたします。よろしくお守りください」と徐福に合わせてみんなが大声で祈りをささげた。正に祈りの大合唱だった。

一人一人の清々しい顔を見て、徐福は満足げに笑った。首長が寄ってきて、拱手《きょうしゅ》して、静かに頭を下げた。こうして、木の国の地にも、ひそかに、神道の話が方士徐福の伝説とともに広まり始めた。

一方、高良と劉宜は、集めた原木をまえに、近海で回りのよい、少し大きな船を造ろうと計画を立てた。

この話を耳にした徐善は、すぐ沼津から十名の大工を連れて、高良を訪ねた。「叔父さん、この者たちに教えてやってください」と頭を下げて、頼んだ。造船部隊はあっという間に、四十名になった。熊野川の河口は広く、一文字防波堤のように広い浅瀬があった。その南側の広い海岸は、水深があり、船渠造りには正に適地だった。思い付くとすぐ着手した。二カ月の苦闘の末、二基の小型船渠ができた。かつて人気のなかったこの辺鄙《へんぴ》な一帯が、船渠周辺に建物が増え、人も増えた。がらんとした海岸に、次々と家が立ち、にぎやかな町となった。それが、後の蓬莱町と徐福町である。

船渠ができたその翌日から、劉宜を頭にして、全員を四班に分けて、二つの船渠で、船作りが始まった。竜骨作りは一番気になり、劉宜は神経をすり減らして、両船渠の間、休まずに走り回った。

一隻目の進水式は着工を始めてから、四十日後に行われた。徐福は首長と部族幹部の八人と劉宜が連れてきた水手の十七名を加えて、計二十八人が乗船した。初めて大船に乗った首長は「この新宮一番船に、お祝いをしよう！」と大声を上げた。部族民の見守る中、船は滑るように船渠から離れて行き、あっという間に、河口を抜けた。船両舷に配置していた十六名の水手は劉宜の指示に従い、懸命に櫂を漕いだ。つわもののかじ取りは、円を描くように河口を一周して、船を戻させた。「徐福大使万歳！　高良副団長万歳！」覚えた華夏の言葉で万歳三唱が始まった。首長の後に、湧き上がる歓声の中、次の試乗者を乗せ、再び船を走らせ、乗船は三回で終わった。

材料は十分用意しているため、その後、二番船、三番船は、ほぼ三十日前後のペースでき上がった。

四隻目の船ができた時のことだった。高良が楊玉林と二人で船の試航中に、楊玉林は、「こんな立派な船があるなら、漁網さえあれば、今までの五倍、七倍の魚が獲れますね」と高良に言った。漁師出身の楊玉林の話を聞いて、高良は部族民に漁網の作り方を教える必要があると感じた。

四月十二日に、高良は船長楊玉林を呼んだ。楊玉林の実家は、呉の国で漁船七隻を持ち、漁民を三十名ほど雇った網元だったから、彼は正にプロ中のプロ、それをにらんで、楊玉林を網作りの総責任者に命じた。漁網作りの講習が始まった。まず、竹の編み針、定規、浮子、沈子、浮樽などの道具作りから始まった。すべて楊玉林の指導の元で行った。糸造りに欠かせない麻を集め、そして糸紡ぎ、撚糸作り、縄作りなどの作業も、楊の指示通りで行った。

このうわさが広がり、集落から、多くの申し込み者が押し寄せてきた。

首長の姉カオリは目を細め、懸命に働く楊玉林の姿を追い、じっと観察していた。カオリは、沼津首長の従兄弟と結婚して、一女を生んだが、子供が十歳になった頃、夫は漁に出た時に、不慮の事故で亡くなった。十日前、カオリは、二十一歳になった娘マリを連れて、大浜に戻ってきた。

高良らが造船の仕事に励む間、イネはほぼ毎日のように徐福を訪ね、占いや風水のことを習っていった。徐福は自分の持つ占いの竹簡をイネに渡した。イネの熱心さに徐福は感心した。徐福は塾にいたころ、徐永は占いについて、兄弟の中で一番だったとイネに話すと、今度はイネが徐永を連れてきて、一緒に占い竹簡を無我夢中で読むようになった。

徐福と高良らが、大浜の地について、一年になろうとした頃、いよいよ、徐善の国へ出発する日が迫ってきた。漁のことを心配した高良は、楊玉林と三名の熟練船員を大浜に残すことにした。

五、富士山を登る

この頃、倭の各地で、相次いで国と名乗る部族が現れた。首長も王と称するようになった。高志は高志国、その首長シマは高志王となった。わずか数年の間、壱岐国、対馬国、怡土国、熊曾国……など、あまたの国が誕生した。徐福は時の流れの速さに驚いた。

徐福と高良の一行は西暦前二〇五年五月八日に大浜をたち、五月十三日、沼津に着いた。

首長主催の宴会は三日続いた。四日目の十七日朝、誘いを受けた徐福は、沼津首長と一緒に、御山(富士山)に登ることになった。最初のうちは歩いて登ったが、三合目から七合目までは馬を使った。広い海に面し、天までそびえ立つこの巨大な山を見た時、徐福は思わず天を仰ぎ、跪いて山を拝んだ。そして、瞑想《めいそう》することおよそ八半刻(約十五分)、徐福は沼津首長に「富士山は素晴らしい！　幸せと富を呼ぶ山ですな」再び跪いて、拝み始めた。「富士山様、八神の神々の御加護を受け、そしてあなた様は、御山周辺の民をお守りください」三拝して立った。徐福は静かに首長に言った。「できることなら、御山の威光をふさがないために、南方向に住居を造らない方がいいと思います。北西、または北東方向なら構いませんね」真剣な徐福の声に、首長はしきりに会釈していた。

数日休んで、徐福と高良の体の疲れが取れたころ、徐善とフジが訪ねてきた。徐福がフジに薬草採集を教える間、徐善はフジの弟ハジメと一緒に高良のあとについて、大工の仕事を勉強したいと申し出た。徐福は嬉しかった。末子の徐善は華夏にいた頃、塾の勉強以外は、ほとんど遊びばかりしていた。自分から仕事の勉強を申し出たことは、実に喜ばしい。

徐善によると、この五年間、徐連から稲作りのことを一から教えてもらい、田んぼを十町ほど開墾した。また、船長の何勇と徐連の弟徐通から棒術などの武芸も習った。フジは、徐連と何勇の妻らと仲がよく、華夏の言葉と倭の言葉を混ぜながら、通訳なしでも一般会話までできるようになったという。楽しそうに話す徐善の顔を見て、忘れていた徐善らと逸《はぐ》れた日々のことを思い出し、徐福と高良はほっとした。

高床の倉から、海岸に沿って、水を引いた田んぼの畦が基盤のように整然として見える。田植え後の苗が田んぼ一面に緑の輝きを呈している。「徐連は徐山鎮の稲作りを、そのままこの沼津で花を咲かせたな」高良は言った。徐福は黙って会釈した。

「徐山鎮の徐連です。叔父さんの後について、蓬莱に参ります」十四年前、元気な声であいさつに来た徐連の顔が浮かぶ。二度目の東渡も徐福について来て、そして倭の女性と結婚し、今は一男、二女の親となった徐連のことを振り返って、徐福は過ぎた歳月を懐かしみ、さまざまな思いが胸に込み上げた。

六月に入ってから、徐福は第四船団の薬屋四名を呼び、道案内をつけて、薬草採集に出掛けた。妊娠しているフジのことを考慮し、徐福は黙って、「偏方《へんほう》」の木簡をフジに渡した。しっかりと勉強しなさいとフジに言った。

善は、同じ年のフジの弟沼津ハジメを誘い、高良について本格に大工勉強を始めた。劉宜に教えてもらい、椅子、机、棚、木箱など、普通の家具から始め、神棚、倉庫、家と建物をひととおり習った。

使用木材はすべて自分の手で山の原木を伐採し、加工したものである。西暦前二〇四年を迎えた一月に、建物作りを卒業した徐善らは、引き続き、船大工の勉強。下絵描き、型取り、竜骨作り、間切り、船体の板張り、帆柱の取りつけ、かじ取りつけを済ませた後、最後に防水防腐の桐油塗りと飾り付けまで、高良から習った。徐善と沼津ハジメは楽しく競り合いながら、熱心に勉強した結果、ともに「祠」や家を造り船造りの基本的な技術を身につけた。

七月十八日、徐善と沼津ハジメの手で作った第一隻目の船が進水式を行った。部族中の一大催しとなった。操船の何勇船長の傍に、徐福、高良と沼津首長が立っていた。甲板で徐善とハジメが走り回り、水手に号令を出した。四十名の乗船者から歓声が上がり、陸からも数百人の歓声が上がった。首長夫人のタマが、生まれて百日たったフジの子供苹《よもぎ》を抱いて、高台で見物していた。彼女は時に大声で叫び、時に高々と苹を持ち挙げた。その夕方、部族の盛宴が始まった。湧き返ったような集落に、朝までたいまつの火が燃え続いた。

宴会の最中に、徐賀の使者が来た。徐賀に長女華が生まれたという知らせだった。徐福は指で数えた。「孫は六人か、四男、二女だ」満面の笑みで大声をあげ、孫の誕生を喜んだ。

孫の自慢話の最中に、徐福の所に、首長の姉カオリが寄って来た。

「大使様、ご機嫌麗しく、お孫さんのご誕生おめでとうございます」とろけそうな笑顔のカオリをみて、徐福は驚いた。

「これは、これは、カオリさん、お帰りなさい。いつ実家に戻られたのですか?」徐福は聞いた。

「ただいま戻りました。そして、こちらもめでたいことがあります」満足気な笑顔が際立つ。

「めでたいこと！」

「そうです。弟トラオを介して、うちの娘マリは、楊玉林さんと結婚させていただきました。もちろん、徐永さんと柳向隆さんにも立ち合っていただきました」後ろを振り向いて、手招きした。「楊君、マリ、こちらへ来なさい。徐福大使にごあいさつをして、結婚の報告をしなさい」カオリは嬉しそうに娘らに声を掛けた。

「おー。おめでとう！　カオリさん。おめでとう、マリさん、楊君！」徐福は笑顔で二人を見た。

実は、カオリがひそかに楊玉林を観察している最中に、娘のマリもあの男が好きだとカオリに告白した。カオリは高田に橋渡しを頼んだ。高田はすぐ、トラオと須永に相談して、本人同士を呼び、二日の内に二人の縁談が決まった。

「そういうわけで、今日、ごあいさつに参りました」カオリは零れそうな笑顔で徐福に頭を下げた。

楊玉林は網作りに精を出し、また、大浜南五十里の太地で漁のやり方も地元の人に伝授した。今までの釣り漁法、潜り漁法、刺し突き漁を中心とした地元の漁業に、網漁業と陥井《かんせい》漁法が加わり、漁民たちは、みな漁に出ることが楽しくなった。「みんな、大使に感謝しております」締め括りに、カオリは再び徐福に頭を下げた。

一方、昨年六月頃から、フジは真面目に徐福が貸した「偏方」の本を読破し、子供が生まれてからも、薬草を採取して、処方もできるようになった。フジは健康管理において、もう一人前だと、徐福はみんなの前で太鼓判を押した。

六、徐福帰郷

旅人は、みな郷愁に悩まされる。旅先から離れ故郷に帰りたいと、懐かしむ気持ちによく旅人は襲われる。

故郷を離れ、異国他郷に住みついても、やはり、故郷が恋しい。故郷の一人一人の顔、故郷の一草一木、そして、数々の懐かしい思い出……、故郷は恋しい、懐かしい。せめて、故郷をもう一度自分の目で見て、心に刻んでおきたいと、郷愁の悩みが絶えない。

この日、徐福は突然徐賀に「華夏に帰るぞ」と言いだした。……嬴政《えいせい》三十七年、徐福が秦を離れて、およそ十九年がたっていた。花甲（還暦）を過ぎた徐福は無性に故郷が恋しくなった。

徐賀は任せてくれと答えた。徐福は康泰を呼び、おまえに下駄を預けるぞと徐賀の留守を頼んだ。康泰は、首長の姪《めい》子スズメと結婚して、今は二男二女の父親になっている。首長の娘婿の徐賀と康泰は親戚同士だ。

徐賀は海に慣れた武芸の達者な若者を連れてきて、今度の帰郷は心配いらないと徐福に報告した。万全を期するため、今回の帰郷は、北方航路を取ることにした。

西暦前一九一年和暦七月二十八日、徐福、高良と徐賀の三人は、徐司《リシ》（李斯の嫡子栗嗣《リース》一家五人）を呼び、徐連、柳向隆、橘弘と徐賀の家来十人を加えて、計二十一名がそろった。帆柱一本の船に乗り、佐嘉（佐賀）を出港して、和暦八月十九日に無事琅邪に着いた。

徐福は、金山鎮の趙寛と、郯《たん》県の息子徐訓と彭城《ほうじょう》の徐信にそれぞれ連絡した。

現職を退いていた徐信はすぐ彭城の宿に来てくれた。十九年振りの再会だった。白髪混じりの徐信を見て、徐福は感無量だった。あの四十四歳の若さで、中央で活躍していた徐信は、十九年前、徐福を見送った後、李斯宰相の勧めで、野に下った。彼は代書屋をやりながら、世を忍ぶ日々を送っていた。

三十九歳になった栗嗣をみた時、徐信は驚いて、「本当に栗嗣様ですか？」と問いかけた。徐福が「信君よ、栗嗣を渡したぞ」と言った途端、徐信はぐらぐらゆれながら、土間に座りこんだ。熱い涙があふれ出た。

徐信は改めて、李斯宰相の死を二人に告げた。無残な死を遂げた李斯の最期の話を聞き、二人は目を覆うように、涙を流した。そして、徐信から、李斯の庶子栗嗣はもともと李司と名付けられていたことを明かされた。李斯は李司に対して、大きな期待を寄せていた。

徐信は李斯から預かった封印したままの箱を李司に渡した。李斯宰相から預かったお金だと話した。李司は拝跪して、金を受け取り、徐信の足元で泣き崩れた。

また、徐信から、鬼谷子塾時代の秀蘭と秀英のことも聞いた。二人の夫はみんな出世した。秀蘭の夫趙伯年は、県の役人から、漢内史直管咸陽県県令となり、秀英の夫田栄は、醸造屋の若旦那から、郡試を受けた後、宮廷郎中令卿所属中尉政策参政官になった。紛れもなく、二人とも、政府の要職についている。

徐福は柳向隆に邯鄲《かんたん》への帰省を命じたが、隆は、里に帰らない方がいいと話した。祖父母と父母はすでに他界し、里の邯鄲には兄が父の跡を継いで八百屋を経営していて、姉も三人の子供の母になって小さな雑貨店をやっていると聞いている。自分が郷から出て来た経緯を考えると、彼の里帰りは、兄弟にとって迷惑になりそうな気がした。彼は徐信に頼み、商売に励む兄と姉に少しお金を渡すことにした。

徐信は李司一家を連れて、里に帰ることにした。徐信が所有している広い家に、李司一家を住ませるつもりだと徐福に説明した。

徐信と李司は徐福の前に拝跪して、別れのあいさつをした。そして二人は彭城へ、徐福は金山鎮へと、それぞれ徐信の用意した馬車で出発した。

徐福一行は彭城周辺、郯県周辺、呉（南京）周辺、最後に金山鎮周辺など、徐一族が散在しているあらゆる所を、自分の足で歩いて行きたいと考えた。彭城、郯県を回り、法事に合わせて、金山鎮へと急いだ。

八月三十一日（和暦七月十五日、鬼の日、死者の日ともいう。盂蘭盆《うらぼん》、お盆）に合わせ、趙寛や高良の親族などもみんな金山鎮に集った。

お盆の前日、徐福は一人でこの年の初めに亡くなった妹徐坤《じょこう》の墓の前にいた。束ねた線香に火をつけた。

徐福は墓の前で座り込んで、大声で泣き崩れた。「あ、あ！　妹よ！　坤よ！　兄ちゃんが帰って来たぞ！　徐坤や……」心の中で、徐福の悲鳴が炸裂した。

「坤よ、おまえはいつも出世払いだぞと言っていただろう？　今、ここに、悲しい涙と悔しい涙で、お返しに来たぞ。坤よ、起きてくれ！　兄ちゃんと話してくれないか？」徐福は墓石をたたき始めた。涙は枯れ、鼻水はとまらなかった。およそ半刻（約一時間）の間、徐福はずっと、徐坤に語りかけ続けた。

七、策士張良

翌日、妻高紅の二十一回の法事が盛大に行われた。娘夫婦張敬と徐燕が来てくれた。

この時、徐福は初めて、張敬の口から、自分に関するいろいろなうわさと、奸臣趙高のたくらみのほかに、張良《ちょうりょう》の仕返しがあったと感じた。

娘婿の張敬は張良の遠戚に当たり、二人の祖父はいとこ同士だった。張良の祖父張開地が韓の三代の王に仕え、丞相になったころ、張敬の祖父張開仁は大地主として、韓の国で名を知られていた。張開仁は経済面でよく張開地を支えていた。張開地の息子張平、張開仁の息子張慈の代になっても、張慈は父と同様、二代の王を支えた丞相になった張平のおかげで応援していたが、張良と張敬は、会うことがほとんどなかった。

張良は始皇帝暗殺をたくらみ、資金調達のために、二度も徐福の家を訪ねたが、暗殺の話に徐福は驚いた。日頃全く行き来もしない他人が、大金の借りとは、常識では考えられない。ましてや、秦始皇帝の金を、始皇帝を殺害に使うとは、義理に反し、人情としても理解できないと徐福は思った。

また、張良は亡き弟の葬式もせずに、家から出ていたことも、人格から見て疑念が残った。名門の丞相家庭はここまで脱落したのかと。本当に敵討ちするつもりか？　なぜ急ぐのか？

徐福は張良が二枚舌を使うことや、人間性にも疑問があったことから、二度も張良を門前払いにした。それが逆恨みとなったのか？

張良は出世した。そして、いつの間にか、徐福が平原広沢で王になり、始皇帝を裏切ったとのうわさが広まると、県守や郡守の使いが、度々徐訓の家を訪ね、徐福は本当に王になったのかと聞かれた。「都の趙高大臣も、始皇帝からの資金は家に残ってないか確かめたいと言っていた」と言う。故郷に居辛くなった徐訓は、一家を連れて、金山鎮から、郯県に移った。

張良は項羽から寝返って、劉邦の傘下に入り、蕭何、韓信と三羽ガラスとして劉邦を補佐した。劉邦が国を治めた時、張良は徐州市沛県にある留の地の「留侯」と封じられた。良い解釈をすれば、「留の地の諸侯」、当然「留侯」だが、「留」は留め、留まる、「候」は待つ、伺うという意味から見ると、「留候」とは「いつまでも、そのままで待て！」という解釈もできる。漢高祖はよほど悪い冗談を張良に投げかけたのかもしれない。

実戦の功績は少なく、劉邦や呂后の傍にいるだけの策士張良は、巧みな弁舌で活躍したが、念願の宰相にはなれなかった。

実際、「鴻門の宴」で劉邦が項羽からの暗殺を逃れたのは、項伯が項羽の計画を張良に知らせたからだ。功績は項伯にある。

劉敬が劉邦に長安への遷都を勧めたとき、張良はこれに賛同した。劉邦は長安遷都を決めた。これも張良の功績にはならない。

始皇帝暗殺に関する物語は、あまりに完璧すぎる。また、黄石《こうせき》老人の話も四方山《よもやま》話に聞こえる。暗殺や黄石の物語は、『史記』にのみ記録している。そして、地元出身の張敬さえも聞いたことはなかった。

劉邦は天下を取った時、御褒美として、「高祖功臣候年表」を発表した。それによると、蕭何は第一位、張良は第六十二位に留まった。韓信は先に斉王として任命され、実質第二位である。「王」に命じられた韓信に比べ、張良は一段下りの「侯」に命じられた。

古来、寝返った者の処遇は、ほとんど帝王の側近にない。張良は「忠臣不事二君」（忠臣は二君に事《つか》えず）という名言を知らなかったのか？　抜け目ない張良は劉邦の態度から、十分信頼されてないことをうすうす感じて、すぐ、皇后呂氏に乗り換えた。そのころ、高祖は呂后の子劉盈《りゅうえい》を皇太子に立てた後、愛妃戚氏の子劉如意を皇太子に替えようと考えていた。察知した呂后は張良に相談した。張良は呂后に、名高い「商山四皓」（商山隠居の東園公、甪里先生、綺里季、夏黄公）を皇太子の師として、皇太子の補佐役に迎えることを勧めた。かつて、高祖は度々四学者を招聘《しょうへい》しても、応じてくれなかった。彼らは高祖に、劉盈皇太子には、仁徳があると告げた。それを知った高祖は改めて立皇太子をあきらめた。劉盈は即位し、呂后の垂簾の政が三代も続いた。

その後、呂后の異姓諸侯の粛清が始まり、韓信を含む七人の功労者は次々と抹殺された。高祖の竹馬の友である盧綰《ろわん》さえ、いち早く粛清の情報を察知し、高祖に直訴するつもりであったが、高祖が先に亡くなったため、やむなく匈奴に逃げた。同じ時期、張良は三十六計の最後の一手「走」（逃げ）をえらんだ。彼は病気を理由に家にこもり、そして、「神仙術」や「長生術」に没頭することで、辛うじて異姓諸侯の粛清から逃れた。

『史記』には、策士張良の美談が完璧に作り上げられている。高祖を補佐する有名な「三羽ガラス」には、それぞれは高祖からの評価が与えられているが、『史記』にはなぜか、張良に関する記述の字数が多過ぎる。蕭何はおよそ二千三百字、韓信は千二百字に留まり、張良は五千字余りである。「運籌緯屋　絶勝千里」という立派な八字によって、張良は有名軍師として、歴史に名を残した。事務官として劉邦は張良を「軍師」として、呼んだことはなく、八字文句も「紙上談兵」に似たようなもの、一つの誉れ言葉であろう。太史令親子二代は、史書整理に当たって、どれほどその頃の強権者呂后とその一族に気を使い、苦心したか、司馬親子に「忖度」の気持ちがあったことが垣間見える。呂后は「本記」第九に帝王と肩を並べ、張良も「世家」で蕭何と肩をならぶ。

事実として、漢高祖時代に、丞相は蕭何一人であった。その後、恵帝時には、曹参、陳平、王陵の三人が宰相であったが、史后に可愛がられた張良は最後の最後まで、宰相になる夢をかなえることはできなかった。一族は「留」（とまる）の地に、「候」（まつ）こととなっていた。

八、故郷に再び別れを告げる

長男徐訓の呼びかけで、一族は金山鎮塔山湖西の徐山郷にひそかに集まった。先祖の墓を参拝した後、みなは徐山郷徐連の祖父の宅で内輪だけの宴会を開いた。

徐山郷の徐偉は、地元を代表して、徐福の帰郷を歓迎し、異国の苦労を慰め、異国の地で子孫を増やしたことをたたえた。

続いて、徐福はこの約二十年間の苦労話を語り、多くの仲間を失くしたことがどれほどつらかったかと、涙ながらに訴えた。聞いていた者はみな涙を流した。異国他郷の生活についても、言葉の不自由や慣習の違いなどに、質問が飛んだ。特に、女性を花嫁として押しつけられたような話を聞いたとき、みんなは笑いだした。

最後に、徐福が次男の徐賀が小さな部族の（首長）王になったことを説明すると、祝いの言葉と歓声が上がり、部屋中は沸き返った。

「俺はたった千人ほどの集落の頭領だ。村長のようなものです。華夏の諸侯とは大違いです」と徐賀は一生懸命説明した。六十人ほどの親族に囲まれた帰郷者十五人は、それぞれグループに分かれ、土産話に花を咲かせた。

徐福はじっと一人一人の顔を見つめ、長いため息をつき、涙を流した。

徐訓が一つの木箱を徐福に渡した。天竺からの贈り物だという。徐福は客間でその木箱を開けた。

青い絹の巻物に、

「歳月蹉跎《さた》、感懐之至、敬贈鏡毯、恵存是幸。砂尼《サニ》」（歳月を虚しく過ごし、懐かしむ至りに感ず、鏡と絨毯を敬贈いたします、恵存をして頂ければ幸甚に存じます。サニー）

天竺のサニー自筆の十八字が輝いている。

木箱の中に、青銅縁の鏡三面と絨毯《じゅうたん》一枚が入っている。木箱の裏に、「馬各答国朝臣《マカダ》」と記している。

徐福の目が潤んだ。天竺遊学時代に出会ったサニーを思い出した。あの大らかなサニーが大臣になったのか、胸が詰まる思いで、再び大粒の涙を流した。徐福は南に向かって、静かに両手を合わせた。

徐訓と徐賀が話している。四十歳になった徐訓は、華夏に残った徐一族の頭であり、一族の支えでもある。

「賀、徐一族の家譜が必要だろう？　時間があるから、写さんか？」兄貴らしく、徐訓は気を使った。

「兄さん、ありがとう、本当にそうしたかった」徐賀はすぐ徐訓から家譜の竹簡を借りた。

その夜、二人は趙寛の家に行き、家譜を写すための、空き部屋を借りた。書の達者な者四人がわざわざ手伝いにきてくれた。三十一冊（竹簡三十一束、束＝冊）の「徐氏家譜」は、五人が手分けして、写し終わるまでおよそ四日かかった。

無我夢中で「家譜」を書き写しながら、徐賀は父徐福の「家譜」に対する執念と一族の歴史の重みをひしひしと感じていた。

徐賀は家譜のほかに、故郷周辺の山や川などの名前も調べた。三根郷に戻った後、それらを参考に、多くの地名が生まれた。

西暦前一九一年八月四日（西暦九月十八日）、いよいよ徐福一行が琅邪を出発する日が来た。別れの日に、李司は徐福の足元で泣き崩れた。

「義父との出会いを一生の思い出として心に刻みます。そして、義父と再会できるよう心から祈っております。お傍におらず、この親不孝をお許しください」と何回も何回も頷いた。

徐福は「李司よ、絶えかけていた李家の墓をしっかりと守れ。いずれ、李家に栄光と繁昌が訪れることを祈っているぞ」徐福の目も潤んだ。

港に見送りに来た徐信の親子と一緒に五十代後半の老婦人二人もいた。徐福は、頭で軽く会釈し、老婦人らも、涙を拭きながら、軽く手を振った。二十数年前に別れた斉老人の姪子、秀蘭と秀英だと分かった。

船が動きだした。徐福は船倉に潜り、一人で泣いた。三十年の歳月がたっても、故郷の山と川、故郷の空、故郷の人々、そして幼い時から住みなれた故郷の一木一草が、一段と懐かしく思われ、これからは一生も忘れないぞと心に刻んだ。

八月二十六日、同じルートで佐嘉（佐賀）に戻った。

船の中で、柳向隆は倭国についてから、高良夫婦と一緒に住み、正式に親子の縁組をしたいと徐福に申し出た。そして、柳向隆は徐家の「隆」と高家の「高」を取り入れ、自分の名前を『高田隆』とし、高良も、高田良に変えてほしいと提案した。徐福はすぐ高良を呼び、「高田隆」の名で、息子として認めてくれるかと聞いた。あぜんとした高良は、涙を流しながら、座り込んだ。倭に着いた後、高良は正式に高田良となり、柳向隆は、自分の息子になった。高田良夫婦は、高田隆一家と一緒に住むようになり、新しい高田一族がこうして誕生した。

九、速玉の名とは

西暦前一八六年、徐福は大浜で満七十歳の誕生日を迎えた。元船団幹部らはみなが集まり、古希のお祝いを催した。また、この日、徐福から皆に名前を与えることになっている。

「三十数年のことは昨日のことのようだ。命をかけて、未知の世界に飛び込み、みなはよく俺についてくれた。ほんとにありがとう。そして、われらがこの地で、多くの地元の方に親切にしていただいたことも忘れられないだろう。われわれにとって、ここは正しく、安住の地、蓬萊だ。そこで、わたしは、ここの住民として、みなにこの地にふさわしい名前を言い渡す」

徐福は手元の竹簡を開いた。

「それじゃ発表するぞ。

まず、高良一家は、姓は高田、すなわち、良の一家は高田良、高田隆となる。

『徐』姓の者は同じ発音の『須』に入れ替え、それぞれ以下の名前にあてる。徐賀は、須賀、徐梅は須美、徐永は須永、徐善は須山、出雲の徐海は須海《すうみ》。徐連は須田」

「え？　俺は須田？」徐連は立った。

「そう、須連《すれん》は『思恋《すれん》』と勘違いするだろう。おまえは田んぼの内行《プロ》だ、だから須田でいいだろう」

徐連は手を上げ「私は須田です」と愛きょうをふりまき、みんなに一礼して座った。

徐福は目を閉じた。長いため息をつき、再び潤んだ目で、みなを見た。

「これでよし。

橘も、関もそのままでいい、残りは、福田、福岡、福島と福山から好きなのを選んでもよい。

それから、秦と同じ発音の『幡多』『羽田』『波多』にしてもいいぞ。

そのほかに、私は、以前から倭人に『シー』さんと呼ばれていた。いつの間にか、倭人になった華夏人五代、六代の子孫から、『志位』と呼ばれ、当て字を作ってくれた。それを知った者は、志位を名乗った者もいただろう。

また、故郷が恋しいなら、金山、今山、呉、斉、谷なども使える。皆自分で名前を選んでくれ。自分の名前を決めた後に、高良副団長に報告してくれ。いや、高田副船団長だ。これでいいか？」

徐福は再び大きなため息をはき、満面の笑みを見せた。

一瞬、皆がシーンとなった。隣の息遣いが聞こえるほどの静けさがしばらく続いた。

そしてざわめきが始まり、ついに大歓声が沸き上がった。お互いの名前を呼び合い、泣き出す者も、大笑いするものもおれば、真剣に自分の名前を呼び続ける者もいた。

乙卯《いつぼう》年(西暦前一八六年)十月八日の日を以って、徐福から言い渡された名前が生まれた。「須賀」「須美」「須永」「須山」などの姓が生まれた。「福山」「福岡」「福田」「福島」などの名前もあった。みんなはその名前で、地元民となり、何十年、何百年と時がたち、彼らは完全に大和の民となった。

高良の作った「祠」も、「徐賀祠」「徐梅祠」などから、「阿須賀祠」「須美祠」に名前を換えた。

「速玉大神祠」は、そのままにした。

最初のうち、高良は「速玉」の名付けについて、よく理解できなかった。「速い」「玉」か？　彼は書物を集め、そのわけを調べ始めた。最古の漢字辞書『説文解字』が上梓する二百五十年前のこと、「六書」を始め、「倉頡篇」、「周礼」、「尚書」と「春秋左氏伝」などを頼りに調べているうち、本の所々に、漢字の後に注釈として小文字で「××切」と表示している。さらに調べると、これが、漢字発音表示の「反切法」だと分かった。

「反切法」とは、二つの漢字をもって、一つの漢字の発音を表示するものであり、前の漢字の子音（子音似、k、g、dなど）と後の漢字の韻母（母音似、ア、イ、ウ、エ、オなど。A、O、I、Uなど）の組み合わせによるものである。これが漢字発音の「反切法」だった。後に完成した『説文解字』も反切法で発音を表示している。

例えば、「海」（hai）という字の発音については、古代は、「呼改切」と表示する。

現代辞書の「辞海」に、「呼」と「改」は（hu）と（gai）として表示する。「呼」の子音hと「改」の母音aiをつなぎ合わせると、Hu＋gAI＝HAIとなる。「辞海」で表示した「海《はい》」の発音と全く同じである。

徐の発音は、『説文解字』に「似魚切」と表示している。「似」はsi、「魚」はyu（iu）の発音であり、「反切法」による発音はsiu（↓スユイ）となる。

ここで、「速玉」の発音を「反切法」で表示してみよう。

速su（スー）と玉yu（ユイ）が（su↓スユイ）となり、正に「徐」の発音である。すなわち、「速玉」は「徐」である。試しに、中国人に「速玉」と「徐」を、繰り返し読んでもらえば、同じ「スユイ」に聞こえる。

参考までに、『説文解字』の注釈で、同じ徐に似たxuの発音の字は、「戌」は「傷遇切」shang＋yu、「須」は「相兪切」xiang＋yu、「許」は「虚呂切」xu＋lv（x＝si、V＝iu）などで表示されている。速玉は来駕という意味もある（鐘ヶ江信光著：『中国語辞典』）。来駕＝客が来る。速玉は徐と言い、また、速玉は来駕とも言う、徐と来駕を合わせると、「徐が来た」という意味になる。

徐福が大和に根を下ろすと決心した時点で、一族のシンボル、自分が連れてきたこの船団の旗印である「徐」というルーツを、忘れていなかった。彼は「徐」を倭の発音の「速玉」に書き換えた。そこに徐福の苦心と優しい思いがよく窺われる。「速玉」は単なる徐福のことではなく、徐一族のこと、徐船団のことも考えていただろう。

二千年以上昔の「速玉」という名は、実によく考えられた、倭の土地に似合った、「謎」の多い名前である。

十、タツの思い出

西暦前一八〇年、出雲の国から、三十七歳になった徐海は母おタツの遺品を持って徐福を訪ねてきた。徐海は出雲で結婚し、男の子二人を授かっていた。足が不自由で、年老いた徐福を見て、徐海の固い顔が緩んだ。そして、生まれて初めて「爸爸《ババ》」（お父さん）と徐福を呼んだ。徐福は「オー、オー」と咽《むせ》び泣きして、体をぐらぐら揺らし始めた。徐海は両手で徐福を支え、自分の手を握らせ、おタツの遺品を見せた。血と薬草の跡が染みついた布だった。三十数年昔、徐福が山で蛇にかまれた直後、飛んできたタツが口で蛇の毒を吸い出し、自分の服を裂いて、傷口を括ってくれたあの布切れだった。

徐福はその布切れを握り、頬に当てた。徐福の目に涙が浮かび、唇が震えつづけた。徐海も涙ながらに、海に流されたおタツのことを徐福に話した。

……実はおタツは、五年間も三根で徐福の帰りを待っていたが、友達のスミレがお嫁に行った後、彼女は大きくなった徐海を連れて、父ゲンシチと一緒に、ひそかにタツの母の故郷出雲に移った。いつも泣く母の姿を見て、徐海は幼い時から「母ちゃんを泣かせる父が憎い！」と繰り返し、祖父に叫んだ……。

徐海は六歳になった時に、名前を徐福の言う通りに徐海に改めた。ある日、徐海が海で岩から飛び込みの遊びをしていたとき、溺れそうになった。そばにいたタツが着のみ着のままで岩から飛び込み、溺れかけた徐海を岩に抱き上げた。その直後、ぬれた服が体に絡みつき、力尽きたタツが波にのまれて流された。ゲンシチと徐海が何日も何日も泣き続けた。

二年前、徐福が三根に戻ったと聞いたとき、病床の祖父は喜んでぜひ会いたいと言っていたが、その翌々日に笑顔のままで亡くなったという。

「あー！」徐福はよだれを垂らしたまま、大きな声で叫んだ。体が小刻みに震え、顎《あご》が激しく上下し歯ぎしりしながら、両手で布団をたたき続けた。

「俺が悪かった」蚊の鳴くような声が漏れた。

妻のサクラは手を徐福の額に当て、徐海に徐福を休ませようと目配せした。

徐海はサクラにその後の生活や自分の現状を説明した。運命に翻弄《ほんろう》されたこの親子の前に、心を刺されたような悲しみの涙が、堰を切ったようにサクラの目からあふれた。

徐海は徐福に近寄り、耳元で話しかけた。それまで震えていた徐福の手が止まった。「何？　どこにいる？」はっきりした口調で徐海に問いかけた。

サクラは徐福の手を握り、徐福に言った。

「スミレさんは、離れ部屋の食堂で皆と一緒に食事している。海を先にこちらに来るようにした。スミレを迎え、三根郷と大原郷の昔仲間が大勢に集まったよ。うちのハナも一緒だよ。皆が昔話に花を咲かせている。泣いたり笑ったり、にぎやかにやっている」落ち着いた徐福を見て、「もうすぐこちらに来るから」徐福に少しお茶を勧めた。

徐海は徐福の顔を拭いてあげた。「実は、スミレ叔母さんとは大分前から行き来しています。漁師のうわさから、母さんが出雲にいると聞いて、叔母さんはすぐ飛んで来てくれました。それから、母さんも俺を連れて壱岐を訪ねました。母さんが亡くなった時、叔母さんは葬式に参列してくれて、号泣の後気絶したのです。叔母さんは本当にお母さんと仲が良かったです」徐海は握った徐福の手を擦った。

「ごめんなさい、少し報告が遅れましたが、うちの次男坊の寅雄が、スミレ叔母さんの孫娘鈴と婚約したのです。もともと行き来している間、子供同士も仲が良くなって、叔母さんの強引な勧めで、早いうちに、婚約が決まったんです。叔母さんは大変喜んでいましたよ」その時、横になっていた徐福は自力で体を起こした。

「本当か？　みな、親戚になったのか？」笑顔を見せた徐福は、目を閉じ、両手を合わせた。

十一、高良とスミレ再会

見舞い客は皆出ていた。徐福は徐海の手を握ったまま、目を閉じている。時折、長い息をして、軽く口から「あー」と蝉のような声を出す。

玄関が開き、足音を立てて高良が入って来た。

「おー、海か？　いつ来た？」海の肩を叩いて大声で聞いた。

「つい一刻前です」海は高良に拝礼した。

「おまえはいつもそわそわして、落ち着かないな」起きた徐福はしっかりした口調で高良に話しかけた。

「海は珍しいお客さんを連れて来たぞ。びっくりするなよ」にんまりとした顔で、高良は言った。その間、サクラが静かに部屋に入ってきた。

「なんだ、兄貴。今日は急に元気になったんじゃないか？」高良は不思議そうに、徐福の傍に座った。

「そうだ、いいことづくめだ。第一に、わが子徐海が来てくれた。その二、おまえのような珍客が訪ねて来る。そしてその三、海の次男坊の寅雄が婚約した。これでどうだ?」威張るような顔は、徐福には似合わなかった。

「おー、そうか。いいことづくめか、兄貴が言うなら、そうだろう。俺が描いた絵を見たか?　兄貴の祠の絵だ」高良はマイペースで話を進めた。

「下手な絵だったな。まあ、地図として見たら、よく分かるから、一応よしとしよう」高良がきてから、徐福は急に元気がでた。

「この門は、気に入った。これを《开》の字にすれば、どうだろうか?」徐福の意見。

「それもそうだが、全体で見ると、何だが少しスケールが小さく見えるな」これは高良の感想。

「お客さんを連れてきました」サクラだった。サクラと一緒に、銀髪の女性が近寄って来た。

座っていた高良は急に立ち上がり、徐福も体をまえへ傾けた。

「オー、それは……」徐福はスミレを指した。

「あっ、あっ、スミレ?　スミレだな?」高良は叫ぶように大声で聞いた。

「高良さん、私よ。スミレだよ」スミレは高良に答えた。

「あー、神様、これは本当なのか?」高良の目が潤んだ。「あ、兄貴、これは夢だろう」高良は一人言を言い続けた。

「神様、ありがとう」徐福は両手を合わせた。

「大使様……」スミレは徐福の床傍でひざまずき、拝礼した。

「神様、ありがとう、兄貴、ありがとう、サクラさん、ありがとう」高良はスミレを抱きしめた。

「高良さん！　高良さん！」スミレは高良の体にもたれたまま、高良の胸をたたき続けた。

サクラの眼くばせを見た徐海は、すぐ高良とスミレを隣部屋に案内した。隣部屋から、叫ぶ声とうなるような泣き声が断続的に聞こえてくる。

急に元気になった徐福を見たサクラと徐海はほっとした。

八半刻後に、泣きっ面のまま、高良とスミレは、徐福の元に戻ってきた。

「団長、本当にご無沙汰いたしましたな」スミレは、また徐福の前にひざまずいて、徐福の両手を握った。

高良が華夏に帰った後、スミレはすぐ壱岐の首長の息子と結婚した。あれから、三十五年が過ぎた。スミレは一男一女の母になり、そして、夫が首長になった後、壱岐は国になり、首長が国王となった。馬韓と倭の板挟みになって、両者の機嫌を窺い、顔色を見ながらの日々はつらかったそうだ。

その間、タツが三根から出雲に戻ったと聞き、すぐタツを訪ねた。タツの死に大変ショックを受けた。徐福はもう帰って来ないだろうと、海と一緒に徐福のことを憎んだ。そして、徐海の次男坊寅雄がスミレの孫娘と婚約……。こうして、やっと落ち着いた。泣いたままのスミレは、時折、徐福の額を拭いてあげたり、自分の頭を徐福の両手に当てたりして、すすり泣きながら訴え続けた。

「スミレ、俺はどれほどおまえに会いたかったか。自分を憎んで、憎んで、死ぬほどつらかった。俺の優柔不断を許してくれ」高良は傍から話しかけた。

「高良さん、そう言わないで、この私も悪かった。タツのように、あなたに身を投げるように信じていれば、よかったのに……」言葉は途切れた。

「まあ、二人の言う通りだ」徐福は二人の顔を見た。「逆に考えると、この俺が二人に早く一緒になれと勧めれば、一番よかったかもしれないな。首長も文句はなかろう。やはり、俺が一番悪かったのだ。兄貴として、すまなかったな、良」徐福の涙がひと粒ひと粒と流れた。


西暦前三世紀ころより倭の地には廟《びょう》も神社もなく、高良親子は祠を作ることに専念した。屋外の小型神社や仏壇のようなものだった。西暦前二一八年三根郷で初めて八神の神棚を手がけて、以来三十七年間、日向、筑紫、富士山麓、そして、この大浜（新宮）や牟婁（熊野）に、百台以上の神棚や祠（ミニチュア廟）を作った。神棚は室内に置く、一回り小さなものだが、祠は、みんな幅一・五尺（約四十一センチ）、奥行一・八尺（約五十センチ）、高二・六尺（約七十二センチ）の寸法のものが多かった。

一方、徐福の体調は思わしくなかった。随分昔、高紅の看病をしていたころ、徐福も少し結核にかかったが、懸命な薬草治療や養生によって、ほとんど回復した。しかし、今頃になって、この持病が悪化し、肺炎になった。徐福は頻繁にタンを吐き、せきも続いた。いつもの散歩もままならず、椅子にもたれたり、横になったりする日が多くなった。心配した高良はハナを連れて、ほぼ毎日見舞いに来てくれた。

「俺はずっと前から、兄貴の祠を作ろうと考えていた。今まで、徐賀の『須賀祠』、徐梅の『須美祠』、徐永の『須永祠』、徐善の『須山祠』などを作った。今度は兄貴の番だ」ある日、高良は徐福の祠を作ると徐福に告げた。

高良は聖地牟娄（熊野）で、速玉祠を作り始めた。祠、庭、外門三つの建造物を一つにセットして、その寸法は、以前より一回り大きなものに決めた。外門は中国古代隠居宅の門に似て、「井」字の門構えにした。後に「开」となり、それが、鳥居の原型である。門には「速玉大神祠」の横額をつけた。

十二、人間到処有青山（人間到る処に青山あり）

※青山＝お墓

西暦前一八〇年夏頃、見る見るうちに、徐福は痩せてきて、血を吐くことも頻繁になった。

徐福が選んだ聖地の牟娄（熊野川）河口の畔に、高良親子が作った「阿須賀祠」と「速玉大神祠」が、全部据え付けられた。

「おれは無性に趙寛兄貴に会いたいな。われら『三兄弟』はいつも一緒だったよな」高良は徐福の耳元で話した。

徐福は潤んだ目で静かに高良を見た。

あの懐かしい徐阜村と趙湖村、竜王河とその西にある徐山、徐山にある徐家一族のお墓など……、高良はゆっくりと思い出しながら、徐福に声をかけた。

「兄貴、二度目の東渡は本当に死ぬほどつらかったな」

高良はサクラから渡された手拭きで徐福の唇を拭いた。

「俺はこれがみんなとの永別になると思い、夢のなかで泣いた。死別より生き別れの方がつらいものだな。俺は胸が裂かれる思いだった。あの時、華夏に残ると、みんな趙高の手で、殺されただろう。李斯宰相が、兄貴一家を海外へ送り出したことは、実に立派な決断だった。そして、自分の庶子栗嗣を兄貴に預けたことも……」

徐福に少しお茶を飲ませた。

徐福は笑顔で高良を見ていた。

「早い年月だな。もう三十年か！」

「百年後、千年後に、われわれの子孫は、華夏と倭の間を、自由に行き来するだろうよ」徐福は目を閉じたまま、瞑想《めいそう》にふけっている。

高良の目が真っ赤になっていた。

「この三十余年、兄貴はよくみんなをまとめてくれた。皆のために、兄貴は心血を注いだ。それぞれの安住の地に落ち着き、地元の人の中にも溶けこんだ。兄貴のおかげで、この国で、俺まで女房をもらえたな」

流れる涙が枕をぬらした。徐福の手が少し冷たくなった。

前日から、ここに徐福の子供や孫全員が集まった。徐賀、ナギ、徐梅、徐永、徐善、徐海とそれぞれの家族、親族、合わせて三十六名。年老いた大原首長、三根首長のほかに、熊曾国王、壱岐国王など、各地方の知人友人らも、大勢に駆けつけた。

徐福から少し離れて、大原首長はひそかにリス（李敬）を呼んだ。大原から、三根にリスを送り出してから、二十三年振りの再会に、大原はリスを思いっきり抱きしめた。感激と懐かしさに、大原は号泣した。そして、リスの肩をたたいて、笑った。

「リスよ、おまえには借りができたな。よくぞ、約束通り、徐福大使を連れて戻った。礼を言うぞ」大原首長は何回もうなずきながら、リスの手を擦った。

リスは一言も言わずに、涙を流し、大原首長の前に拝跪した。

「リス、大原に戻ってこい、おまえの番頭席は、ずっと空いているぞ。おまえのために建てた家は、弟の次郎に管理させているのだ。

おまえが行ってから、すぐ次郎に首長補佐に命じた。いずれ、彼に首長になってもらうつもりだ。弟を差しおいて、まだ幼い息子に首長を渡したくない。

番頭のおまえがいない間、于を番頭の補佐に命じた。彼もよくやってくれた。しかし、その于がわなにかかって、無残な死を遂げた。痛ましい事件だった。于が亡くなってから、大原は本当にどん底に陥っていた。

これからは、おまえにこの大原を立て直してもらいたい。七年間も華夏にいて、以前より華夏の言葉も大分上手くなっただろう。おまえの腕を見せどころだ。思う存分に暴れてくれ、よいな？」次々と話す大原は感無量になっていた。

「はい」リスは答えた後、再び大原首長の足元に頭を埋めた。両親を亡くし、孤児になったリスを自分の子供と一緒に育ててくれた大原首長の前で、リスは海ほど深く山ほど高い思いを胸に、言葉で言い表せないまま、流れる涙で大原首長に訴えた。

日向国の王になったナギは、妃になった徐梅と一緒にみんなの宿などを世話した。

後にナギの跡継ぎとして、日向国の王になるナギの連れ子のテルと、その弟のスサと一緒に、徐梅の子ヤマと連なって、徐福の前でひざまずいた。日向から出雲に出たスサは、徐福が付けてくれた須佐の名で、出雲で結婚し、今回徐福の危篤のために、駆けつけてくれた。彼は姉のテルに続いて、祖父の徐福にあいさつした。一昔前は乱暴な男の子だった面影はどこにも見当たらなかった。

徐福の前にひざまずいたテルは、

「義母（徐梅＝須美）から預かった三種の宝物を命に代えて、大事にします」と徐福の耳元で話した。

タカハラが徐福の手を握った。

「大使、なにからなにまで、いろいろと本当にお世話になった。本当にありがとう。今日までのあなたのご恩を忘れないぞ」

徐福はうなずいた。

「徐福さん、あなたの子孫は数十人にもなったじゃないか？　あなたが連れてきた人々は、須賀、須永、須山、須田、須川、橘、柳、関となって、それと、外の福岡、福山、福島、秦と波多、波田、秦、羽田を入れれば、千人以上になるかな。あなたが残した稲作りや漢方、養蚕などの技術は、正にこの地の宝となり、豊かな生活の源となっている。あなたは正に神様だ」

徐福を見つめながら、タカハラは両手を合わせた。

「わしは馬齢を重ねただけだ」はっきりと徐福は答えた。

「おー、思い出した。大原首長！　首長から頂いた結縄のおかげで、大変助かりました。この通行証で倭のどこでも行けるな。本当にありがとう」徐福は大原首長に手を振った。大原も両手を合わせ、深々と頭を下げた。

今度は、徐福はタカハラの耳元で、蚊の鳴くような声で何かをささやいている。

「安心しなさい。徐一族の『香煙』（香の煙＝子孫）が絶えることはないぞ！」

タカハラは大声で話した後、力が尽き、倒れそうになった。テルは両手で支えて、タカハラを立たせた。

「大使、これからは、あなたを速玉大神と呼びます。それから御祠も立派に立て直しますから、安心してくださいな」

大浜首長が来た。

「近いうちに息子のハマに首長を譲るつもりだ。その時には、須永君を大番頭にさせてもらいますぞ」

トラオの目は真っ赤になっている。

「ありがとう」徐福は両手を合わせた。

徐福は何も言わずに、静かに手を出して、徐賀、徐永、徐善、徐梅と徐海らの頭をなでた。

徐福は再びほほ笑み、そして静かに目を閉じ、息を引き取った。六月二十九日巳卯(西暦八月十三日)、亥の刻（二十一時）になったばかりだった。海は、もうすぐ干潮を迎える。

サクラは徐福の手を握り、叫ぶように大声で泣き出した。室内と屋外からも号泣が響いた。その声は遠い山の向こうに海の向こうに響き渡った。

旧六月の三日月が映り、東の方に、また明るさが少しは残っている。満天の星がきらきらと輝き、一つの流れ星が落ちた。流れ星の光が東から、西へと落ちて行き、山際でその姿が消えた。

高良は涙顔を両手で覆って、部屋から出てきた。彼は徐福がいつも座る切株に腰を下ろして、空を見上げた。万感の思いを胸に、唇をかんだ。握り拳の震えが止まらなかった。

「兄貴よ、あなたが言うように、俺は今日まで、ずっと兄貴の同路人（道づれ）だったよな。七十年以上も一緒に歩いてきた今、ここでお別れだな……。兄貴よ、兄貴よ！　あなたは立派な最期を飾ったよ」星に語りかけるように高良は空を見上げた。

彼は手にした木の枝で、大きな字で「善終」（有終の美＝天寿を全う）「善終」と書き続けた。

「あー！」彼の腹の底から出した、雷鳴のような叫び声が暗い山谷の間に鳴り響いた……。

終章　徐福は人々の心に生きる

徐福は逝った。七十六歳の人生に幕を閉じた。彼の遺言により、墓の頭を華夏の方に向けることにした。徐福三回目の命日に、高良がお墓の前に徐福の墓誌を建てた。その墓誌には、

君来何処　　君去何方《いずこ》
足跡千古　　面影　不忘《わすれず》」

と刻んである。

生前、高良は徐福の体が弱くなり始めた頃、徐福から、墓誌を書くように言われた。数日後、高良は墓誌の下書きを見せた。徐福は何回もうなずいた。「ん、いいじゃないか。分かりやすく、皆に通用するような言葉だな」と賛同してくれた。

「この墓誌を見て、俺は安らかにあの冥土の旅に出かけるぞ。良、ありがとう。おまえはよく考えてくれた。墓誌のことをたのんだぞ」徐福の穏やかな顔を見て、高良は涙顔で笑った。

また、徐福の遺言により、彼の遺骨は新宮から、それぞれ須賀、須山の国に分骨された。タカハラ家に嫁いだ須美には徐福の形見として、一回目の東渡時に持っていた司南（磁石スプーン、古代羅針盤）を渡した。

徐福をしのび、彼をたたえる人々は多く、彼に因《ちな》んだ祭りも各地に残った。徐福は「速玉」として、人々の心に残っている。

毎年八月十二日と十三日に、新宮で徐福をしのぶ万灯祭《まんとうさい》がある。

十月十五日には、新宮で漁業や造船に貢献した徐福をたたえる速玉船祭りを開く。

九州の佐賀県には、毎年一月二十日に徐副祭りがあり、四月二十七日前後、五十年一度の「お下り」大祭がある。そして、佐賀県白石町の稲佐神社には、毎年十月十九日は秋祭り、十二月三日は感謝祭がある。稲作りを祝う祭り、農業の神徐福祭りである。

また、四月十二日、十三日にいちき串木野市で徐福に花をささげる祭りが行われ、農業の稲作りに貢献した徐福をたたえる。続いて、毎年十月二十六日には、延岡でも徐福祭り、十二月三日は感謝祭がある。

遠い昔から、今日まで二千二百年も続けてきた徐福の祭りのことを思うと、実に感無量である。新宮市には「速玉大社」をはじめ、徐福に関わる社寺などが多くあり、そして徐福町もある。筑前筑後、紀伊、駿と富士山麓周辺に、徐福祠、徐福神社が点在している。徐福の故郷にある金山に因んだ今山や、徐福岩と芳士（方士）といった地名も残っている。

「速玉大社」は「徐《スユイ》大社」であり、「速玉大神」と「徐福大神」であり、「徐船団一同」の象徴でもある。

なお、徐福に関する伝説も、日本、中国のほかに、朝鮮半島や南米にまで存在する。

朝鮮半島の徐福伝説として、書籍などで見かけるのは、まず、済州島南端の正房滝の断崖の海岸に「徐福過此」（徐福此の地を過る）という刻字があった話。その言い伝えも、後に字の痕跡が見えなくなったという。

また、慶尚南道南海島にも、「徐福起礼日出」（徐福起きて日の出に礼）という刻石があったが、その刻石の字が薄れて、今は全く見えなくなったとのことである。

かつて見えていたという刻石が見当たらないことは、残念ながら、史料として認められ難く、伝説だけに止まるしかない。

なお、徐福が神武天皇になったという言い伝えもあるが、これも史跡史料として、認められていない。まず、縄文時代の徐福と二百年後の神武天皇間に、大きな時代の開きがある。

次に、長い世界の歴史の中から見ても、いったん大国の傘下に入った国々は、ほとんど、言葉、文字、生活習慣までも同化されてしまうという紛れもない事実がある。もし、神武天皇説が本当であるなら、今の日本語も日本文字も存在しないと言えよう。

さて、その後、徐福の子孫は、どうなっただろうか？　遺跡も史料も極めて少ないので、いろいろな憶測が飛び交う……。

徐福の娘須美（ナミ）はナギと結婚して、生まれた大山は、早いうちに出雲に出ていった。ナギの長男スサ（須佐）も、姉のテルにつきまとうため、出雲へ追い出された。

秦の始皇帝から、徐福に渡された三種の神器（始皇帝の信物＝委任状）は、ナミからテルに渡され、孫の日高に受け継がれた。その三種の神器の証しは、周辺小部族をまとめることに一役を果たした。日高は出雲の国にいる大山の娘と結婚し、火遠《ほおり》が生まれた。

一方、出雲の国に入ったスサ（須佐）は出雲で大山の孫娘櫛名田《くしなだ》と結婚し、後に、彼の五代目の孫大国《おおくに》が生まれた。

火遠の孫の若御毛沼《わかみけぬ》は、三根郷須賀（徐賀）の子孫と一緒になり、九州一大国、火の国を立ち上げた。若御毛沼は出雲の大国から国を譲り受け、倭の統一を果たした。徐福は天皇ではなかったが、彼は自分の子孫を倭の各地に残した。

東洋最古の歴史書『史記』で、司馬遷は王侯将相が活躍する歴史舞台の片隅で徐福に光を当てた。ちなみに、史記の「秦始皇本記」、「淮南衡山列伝」と「封禅書」の中で、徐福のために、千五百字も費やしたことは、司馬遷が下した徐福に対する評価であろう。日本史上、徐福のように、二千二百年以上にわたり、日本各地で人々に語られ、神様として祭られてきた人は、実に稀である。

明治初期に、「祭政一致」を掲げ、神道国教化を行った。「徐福」に関わる神社や宮も、名前を変えたり消されたりしたが、新宮の「速玉大社」は無傷で残った。人々の心に深く宿りついた「神様」はそう簡単には消せなかった。

古今東西、王侯将相たちの足跡は歴史として残るが、それを支える満天の星空で見た、輝く名も知らない星のような人々が存在していたことも忘れてはならない。彼らは王候将相とともに背中を合わせ、それぞれの己の長い歴史を背負い、同時代を生きてきたからである。

著者プロフィール
城戸 舟行（きど しゅうこう）
本名　城戸幹（きど　かん）
1941年（昭和16年）旧満州　富錦市生まれ
1945年終戦時、肉親と生き別れ、牡丹江市近郊の頭道村で中国人夫婦の養子となり、「孫玉福」として生きる。
1959年、大学入試に落第を機に、日本人肉親を捜すと決意する。それから、11年間、日本赤十字社、日本厚生省援護局、東京都等に手紙を送り続ける。すべて白紙のままで出発し、資料や、関係者等を捜し続け、300通以上の手紙を出す。厚生省による中国残留孤児の調査が始まる11年前に、1967年に、自力で親を見つけ、1970年に帰国を果たす。
帰国後、某中堅建設会社に就職、2001年定年退職。
日本で結婚し、一男二女の親である。
自分の人生の道を、『孫玉福39年目の真実』として、本名城戸幹で手記を出版、後に『瞼の媽媽』として、再版する。

速玉の謎

2023年６月15日　初版第１刷発行

著　者　城戸 舟行
発行者　瓜谷 綱延
発行所　株式会社文芸社
〒160-0022 東京都新宿区新宿１－10－１
電話 03-5369-3060（代表）
03-5369-2299（販売）

印刷所　株式会社晃陽社

ISBN978-4-286-29040-9

郵便はがき

料金受取人払郵便

新宿局承認

7553

差出有効期間
2024年1月
31日まで
(切手不要)

1608791

141

東京都新宿区新宿1－10－1

(株)文芸社

愛読者カード係 行

お名前《ふりがな》			明治 大正 昭和 平成 年生 歳
ご住所《ふりがな》	□□□-□□□□		性別 男・女
お電話番号	(書籍ご注文の際に必要です)	ご職業	
E-mail			
ご購読雑誌(複数可)		ご購読新聞	新聞

最近読んでおもしろかった本や今後、とりあげてほしいテーマをお教えください。

ご自分の研究成果や経験、お考え等を出版してみたいというお気持ちはありますか。

ある　　ない　　内容・テーマ(　　　　　　　　　　　　　　　　)

現在完成した作品をお持ちですか。

ある　　ない　　ジャンル・原稿量(　　　　　　　　　　　　　　　　)

書　名				
お買上 書　店	都道 府県　　　市区 郡	書店名	書店	
		ご購入日	年　　月　　日	

本書をどこでお知りになりましたか?

1.書店店頭　2.知人にすすめられて　3.インターネット(サイト名　　　)

4.DMハガキ　5.広告、記事を見て(新聞、雑誌名　　　)

上の質問に関連して、ご購入の決め手となったのは?

1.タイトル　2.著者　3.内容　4.カバーデザイン　5.帯

その他ご自由にお書きください。

(　　　)

本書についてのご意見、ご感想をお聞かせください。

①内容について

②カバー、タイトル、帯について

弊社Webサイトからもご意見、ご感想をお寄せいただけます。

ご協力ありがとうございました。

※お寄せいただいたご意見、ご感想は新聞広告等で匿名にて使わせていただくことがあります。

※お客様の個人情報は、小社からの連絡のみに使用します。社外に提供することは一切ありません。

■書籍のご注文は、お近くの書店または、ブックサービス(0120-29-9625)、セブンネットショッピング(http://7net.omni7.jp/)にお申し込み下さい。